Gustave Masson

Select tales by modern French writers

Edited with English notes and a chronological table illustrating the history of

French fiction, by Gustave Masson

Gustave Masson

Select tales by modern French writers
Edited with English notes and a chronological table illustrating the history of French fiction, by Gustave Masson

ISBN/EAN: 9783743331143

Manufactured in Europe, USA, Canada, Australia, Japa

Cover: Foto ©Andreas Hilbeck / pixelio.de

Manufactured and distributed by brebook publishing software (www.brebook.com)

Gustave Masson

Select tales by modern French writers

𝔠𝔩𝔞𝔯𝔢𝔫𝔡𝔬𝔫 𝔓𝔯𝔢𝔰𝔰 𝔖𝔢𝔯𝔦𝔢𝔰

SELECT TALES

BY

MODERN FRENCH WRITERS

EDITED.

WITH ENGLISH NOTES

AND A CHRONOLOGICAL TABLE ILLUSTRATING THE
HISTORY OF FRENCH FICTION

BY

GUSTAVE MASSON, B.A.

UNIV. GALLIC.

Third Edition, Revised and Corrected

𝔒𝔵𝔣𝔬𝔯𝔡

AT THE CLARENDON PRESS

M DCCC LXXXVIII

CONTENTS.

	PAGE
INTRODUCTION	vii
CHRONOLOGY OF FRENCH FICTION FROM THE RENAISSANCE PERIOD TO THE PRESENT TIME	xix
NOTICE SUR XAVIER DE MAISTRE	3
VOYAGE AUTOUR DE MA CHAMBRE	7
NOTICE SUR MADAME DE DURAS	65
OURIKA	67
NOTICE SUR MESS. ERCKMANN-CHATRIAN	99
LE VIEUX TAILLEUR	101
NOTICE SUR ALFRED DE VIGNY	123
LA VEILLÉE DE VINCENNES	125
NOTICE SUR EDMOND ABOUT	157
LES JUMEAUX DE L'HÔTEL CORNEILLE . . .	159
NOTICE SUR RODOLPHE TÖPFFER	205
MÉSAVENTURES D'UN ÉCOLIER	207
NOTES	225

CONTENTS

INTRODUCTION.

IN the whole field of French prose literature few portions have been so largely and so successfully cultivated as that over which imagination reigns supreme. There may be, and there will probably ever be, a difference of opinion respecting the merits of French poetry considered with reference to the structure of the lines, the necessity of rhyming, the metre, &c. The talent displayed by novelists, on the other hand, the consummate skill with which they paint manners and analyse the feelings of the human heart, are facts placed beyond dispute. The very horror created in some minds by the bare mention of a *French novel* serves to prove our assertions. If Voltaire's 'Candide,' for instance, were a dull book, it would no longer be dangerous. *French novels*, when they are bad, deserve undoubtedly to be treated as the entire library of the Hidalgo Don Quijote was in days of yore, because the authors contrive to be very amusing whilst they are very wicked. But the mistake lies in supposing that *all* French novels ought, as such, to be condemned to destruction. The present volume will, we hope, show that such is not the case.

If we go back to the origin of imaginative literature amongst our neighbours, we find two classes of works widely different from each other, but equally popular and interesting. The romances of chivalry, in which the fancy of the Trouvères took such liberties with the lives of Charlemagne, Alexander the Great, King Arthur, and the Twelve Peers of France, appealed to that fondness for the marvellous which has always formed so strong an element in our nature. It is curious to notice how the imagination of the old poets transformed the best-known characters in mediæval history so as to place them almost beyond the power of recognition. The Charlemagne 5 of the *Chanson de Roland,* for instance, is a real king, bold, courageous, wise, full of majesty and of true greatness; in the later *Chansons de Geste* he becomes a wayward capricious tyrant, attempting to rule over vassals almost as powerful as himself, waging against them endless wars from which he 10 almost always returns defeated and humbled. The points of view at which the *trouvères* placed themselves to study the character of the great Emperor are so various that some chroniclers came to wonder that *one* person could have done all the high deeds ascribed to Charlemagne. Thus the author 15 of Doon de Mayence says

> Segnurs, vous savés bien, et je en seis tous fis,
> Que plusors Kalles ot chè arrier en Paris.

The same remark may be applied to Roland, Ogier, Turpin, Oliver, and the other heroes of the Carolingian legend. The 20 *fabliaux* and tales of Rutebeuf, Gautier de Coinsi, and others, were spirited *tableaux de mœurs* pourtraying with mingled *naïveté* and coarseness the manners of mediæval times, denouncing in picturesque language the shortcomings of kings, priests, and nobles, and too often sacrificing common decency 25 to the irrepressible desire of making a good joke.

The spirit of rebellion against authority would naturally manifest itself strongly in a society where class-distinctions stood out so clearly marked, and where, between the feudal barons on the one side and the immense crowd of vassals, 30 serfs, and vileins on the other, lay a gap which it seemed impossible to bridge over. Embittered by suffering and hardships of every kind, and unable to assert their rights, the *bourgeois* and the *manants* found a kind of relief in describing what they saw around them, and they naturally viewed things 35 and individualities from the narrow and ridiculous side. The Crusades, for instance, were all very well as manifestations of religious zeal; but was it not far wiser to stay at home and to let the Sultan manage his own affairs as he thought best? (*La dispute du Croisé et du Décroisé.*) Of what use to society are the innumerable orders of monks, friars, religious of every kind and designation which fill the convents and mon- 5 asteries, living on the charity of the people? (*La Chanson des Ordres.*) Corruption prevails everywhere; gentlemen and peasants, lawyers and physicians, vie with each other in wickedness.

> Li uns de nous sont usurier,   10
> Li autre larron ou meurtrier.
>   (*La Bible au seignor de Berze.*)

The novelists of the middle ages not only dealt with political subjects, but aimed also at reconstituting or remodelling society. We shall merely mention here the famous 'Roman 15 de Renart,' which cannot claim to be French rather than English, German, or Dutch, and pass at once to the 'Roman de la Rose,' the joint production of Guillaume de Lorris and Jean de Meung. Readers who glance at that extraordinary book wonder that our forefathers should have ever found 20 anything to admire in its tedious descriptions; but let them look a little more closely into it, and they will soon discover passages which, for boldness and quasi-revolutionary tendencies, justify the anathemas directed against it by Gerson and Christine de Pisan. Guillaume de Lorris, who is re- 25 sponsible for the first part of the poem, is indeed as tedious as can possibly be imagined; but the matter-of-fact Jean de Meung, with his three allegorical characters of *Raison, Nature* and *Faux-Semblant*, might pass for a precursor of Jean Jacques Rousseau, Voltaire and Diderot.   30

All the productions we have hitherto described are written in verse. Prose works of fiction do not occur so frequently; yet we should not forget the touching story of 'Aucassin et Nicolete,' nor the curious collections of tales in which, under the titles of 'Dolopathos' and 'Viollier des Histoires Romaines,' 35 legends of Eastern or Latin origin are made to wear a French

garb and to appear in the dialect of Langue d'Oil. We may,
of course, also apply the word 'fiction' to the scenes of every-
day life entitled, 'Les Quinze Joies du Mariage,' 'L'Évangile
des Quenouilles,' and 'Les Cent Nouvelles Nouvelles'; but
5 it is impossible not to believe that these curious tales are
drawn far more from real life than from fancy, and that the
authors, whoever they may have been, mostly described what
they actually saw going on around them.

The sixteenth century, that epoch of universal ferment, at
10 last breaks upon the world. Politics, religion, literature, the
fine arts, philosophy, science—every element of civilisation is
affected by the revolutionary movement which threatens to
change the face of Europe; and men's ideas, like red-hot
metal, sometimes beautifully pure, sometimes disfigured by
15 dirt and scoriæ, have broken down the old channels through
which they used to flow.

The novel, or rather the prose epic, of those heroic days is
the 'Pantagruel' of François Rabelais, or Master Alcofribas
Nasier, Abstracteur de Quintessence. What a wonderful
20 book! Not only is it distinguished by an amount of *vis comica*
which has never been surpassed; but in it we find also the keen
touch of a moralist and the imagination of a poet. Rabelais is
profoundly acquainted with the human heart, and the characters he creates have taken a permanent place in the great
25 family of mankind. Panurge, Jean des Entommeures, Pichrocole, Bridoie the judge, Grippeminaud, and Trouillogan the
philosopher, are all personages whom we have often met in
our walk through life. We may notice besides that under
the fictitious names introduced by Rabelais sundry real per-
30 sons and localities have been identified by critics. Thus
Gargantua, Grandgousier, Panurge, Pichrocole, le roi Pétaud,
frère Jean des Entommeures, Rondibilis, Putherbe, Her Trippa,
l'île Sonnante, l'île de Ruach, les Fredons, are generally supposed to mean respectively: Francis I, Louis XII, Cardinal
35 d'Amboise, the King of Piedmont, Henry VIII of England,
the Cardinal of Lorraine, Guillaume Rondelet, Puits-Herbaut,

Cornelius Agrippa, the Church of Rome, the Court of the Louvre, and the Jesuits.

If we wish to know what was really the design of Rabelais in composing his book, we cannot do better than adopt De Thou's opinion: 'Scriptum edidit ingeniosissimum, quo vitae 5 regnique cunctos ordines, quasi in scenam, sub fictis nominibus produxit et populo deridendos propinavit.' Would that the jolly vicar of Meudon had not so often forgotten that fun has its limits, and that there is no excuse for indecency! 'Rabelais,' says La Bruyère, 'avait assez de génie pour se 10 passer d'être ordurier, même à l'égard de ceux qui cherchent moins à admirer, qu'à rire dans un auteur.' Compared with the 'Pantagruel' all the other works of fiction written during the sixteenth century sink into insignificance, as is seen in the cases of the bold 'Cymbalum Mundi' of Bonaventure des 15 Périers, and that clever imitation of Boccaccio's 'Decamerone,' the 'Heptameron' of Queen Margaret de Navarre.

The artificial style of Honoré D'Urfé's 'Astrée,' the conventional character of his scenes, and the insipidity of his heroes and heroines, render the perusal of the work quite 20 impossible, except as a matter of literary curiosity; and yet, when 'L'Astrée' appeared, about the beginning of the seventeenth century, it created the utmost *furore*, and was received with an amount of enthusiasm which can scarcely be imagined. No doubt the distracting effects of a long series of civil wars, 25 the general anxiety prevailing everywhere, the feeling of insecurity under which all classes of society were labouring, made readers fly eagerly by way of contrast to the quiet scenes of an ideal world where meadows are ever dressed in 'living green,' where shepherdesses are always so beautiful, 30 and shepherds so courteous. But it would be unfair at the same time to go against Boileau's verdict, and to deny that D'Urfé's romance possesses certain merits which are not exclusively the result of the circumstances amidst which it was published. One of the principal heroes of the book has, at 35 any rate, become a proverbial character, and every French-

man understands as well what a *Céladon* means as every
Englishman knows what is conveyed in the word *Lovelace.*

Instead of describing pastoral life, La Calprenède and
Mademoiselle de Scudéry borrowed the subjects of their
5 long-winded romances from the histories of Rome and of
Persia—or rather they made the *habitués* of the Hôtel de
Rambouillet sit for their portraits, and then clumsily flung
around them a costume *à l'antique.* Julie d'Angennes felt
proud to appear in print under the name of Clelia, and M. de
10 Montausier was not sorry to be identified with Brutus. The
various localities marked on the *Carte du Tendre* did not seem
to them what they are to us, a ridiculous allegory; they reminded
the Précieux and Précieuses of real adventures, and remained as
monuments of successful courtship or hopeless aspirations.

15   Besides the positive merits of the style, and the talent with
which some of the conversations are carried on, 'Le Grand
Cyrus' and 'La Clélie' are also extremely interesting from an
historical point of view. M. Cousin has proved that both
these romances give accurate descriptions of contemporary
20 events, and that, for instance, the battle of Rocroy, 'Le Grand
Condé,' and his friends, have actually engaged the pen of
Mademoiselle de Scudéry. We doubt, however, whether any
modern reader would have the courage to wade through the
cumbrous volumes of the Scudérys; and until a modest *recueil*
25 of elegant extracts enables us to enjoy the really choice
portions of 'Le Grand Cyrus,' we shall greatly prefer turning
to Madame de La Fayette's delightful novels. The superiority
of these productions, when compared with those we have just
named, arises from the fact that Madame de la Fayette seeks
30 to interest us simply by delineating the passions of the human
heart, and that she does not fly for effect to romantic scenes
and melodramatic episodes. The list of her works is not a
very long one, especially when we compare it with that of
some of her contemporaries. 'Zayde' was published in 1670
35 under the name of Segrais, and 'La Princesse de Clèves,' her
master-piece, appeared in 1678.

Unfortunately, real life is not always refined in its character, and novelists have been found in every age and country who affect the grotesque rather than the sentimental, usually looking 'below stairs' for their heroes and heroines. Agrippa d'Aubigné, by his 'Aventures du Baron de Fœneste,' had set the example of drawing pictures amusing in their exaggeration, and intended as satirical representations of his contemporaries, before Sorel published his 'Francion,' and Théophile de Viaud stood forward as the Teniers of French literature. Scarron's 'Roman Comique' is the *opus maximum* of this style of composition, and is far superior to the same author's 'Virgile travesti.' Who has not enjoyed the character of Ragotin, the fussy little *bourgeois*, the misanthropist La Rancune, the rogue la Rapinière, and the 'laurel-chewer' (mâchelaurier) Roquebrune, with his ridiculous pretensions to be a poet? Who has not admired the episode of Le Destin, and sympathized with La Caverne on the loss of Angélique?

The 'Mémoires du Comte de Grammont,' whilst they have assigned to Hamilton a conspicuous place on the roll of historians, should not make us forget that he has also left some pretty novelettes. They are entitled: 'Le Bélier,' 'Fleur d'Épine,' 'Zénéide,' and 'Les quatre Facardins,' composed, we are told, in consequence of a challenge; they are imitations of the 'Thousand-and-one Nights,' and, although they contain allusions which have not yet been identified, they deserve to live by the beauty and naturalness of their style. The two first are decidedly the best of the series.

Fénelon's 'Télémaque' must likewise be classed amongst the prose fictions of the seventeenth century. Written for the instruction of the Duke of Burgundy, that admirable work is, as M. Vinet calls it, 'un roman sublime.' The education of a young man by misfortune and by the advice of divine wisdom —such is the fundamental idea of a book in which all the graces of classical antiquity are to be found enhanced by a truly Christian inspiration. We are not astonished, however, at finding that Louis XIV visited with his displeasure the author of a work in which the noblest principles of a liberal form of government are boldly and unhesitatingly asserted. The 'Télémaque' was the bitterest denunciation of 'Le Grand Monarque's' despotism.

5 The eighteenth century can also boast of a goodly array of novelists. Let us place in the front rank Le Sage with his immortal 'Gil Blas.' Beautifully written, full of *verve* and of originality, that book has not much depth, perhaps, but it is an amusing panorama of the various classes of society. If Le Sage
10 does not show great indignation at vice, on the other hand he never condescends to extenuate it, although the *dramatis personæ* he introduces are generally of a very questionable character. The subject of 'Manon Lescaut' is one which reason, taste, and conscience alike condemn; and yet it is
15 impossible not to admire the Abbé Prévost's vigour of style, and the art with which he succeeds in interesting us on behalf of his degraded hero.

Whether we examine in Rousseau's 'Nouvelle Héloïse' the plot or the sentiments, we cannot be too severe in our con-
20 demnation of it. 'Never,' says Marmontel, 'was immorality presented under so brilliant a colouring.' It is impossible to distinguish where lies in the author's mind the limit between vice and virtue; his eloquent sophisms lend an unwholesome attractiveness to every form of passion, and the careless
25 reader is imperceptibly fascinated by the allurements of a style which seems to flow from the heart. 'La Nouvelle Héloïse,' for this reason, is far more dangerous than Diderot's tales, bad as these are.

Marmontel was, one hundred years ago, a very popular
30 writer, notwithstanding the pompous monotony of his language and the artificial structure of his stories. But the success he obtained in his 'Incas' and his 'Bélisaire' was entirely owing to the fact that he employed fiction as the means of diffusing among his contemporaries the ideas and doctrines of the
35 eighteenth century. Marmontel was one of the novelists of the philosophical school.

With less mannerism Marivaux would have been an excellent writer: the 'Vie de Marianne,' his masterpiece, exhibits all the qualities and the defects of his style. He is passionately fond of psychological analysis; but analysis carried too far becomes puerile. 'Marivaux,' says Voltaire, 'pèse des œufs de mouche dans des toiles d'araignée.' We greatly prefer to his affectation the simplicity with which Madame Riccoboni has described in 'Julie Catesby' and 'Ernestine' the ever-attractive history of a woman's love. La Harpe was not wrong when he called 'Ernestine' a gem (*un diamant*); and in an age conspicuous for exaggerated refinement in style and mawkish *sensiblerie*, it must have been a treat for readers of taste to meet with the charming tales of Madame Riccoboni.

We must allude here to that clever and bold satire, 'Les Lettres Persanes,' which was the beginning of Montesquieu's brilliant reputation, and which gives us such curious and amusing information as to French society during the last century; but if we wish to think of novels as a vehicle for the exposition of political or religious tenets, we immediately turn to the writings of Voltaire. Always witty, and *sometimes* sensible, the arch-philosopher of Ferney becomes detestable when he alludes to religion; the subject of Christianity drives him mad, paralyses his logical powers, and prevents him from judging soberly and dispassionately. In 'Zadig,' 'Babouc,' and 'Micromégas,' Voltaire is simply frivolous; but 'L'Ingénu' often borders upon profaneness, and 'Candide' exhibits before us the most unblushing Atheism. In vain some people extol the mirth which reigns throughout all these productions; the impression they leave upon the mind is most disagreeable, and, once more to quote M. Vinet, 'le tragique le plus noir n'est pas si triste que l'enjouement de Voltaire.'

On the limit between the *ancien régime* and the society which has sprung from the Revolution, we find Bernardin de Saint Pierre's touching novel, 'Paul et Virginie.' Imagine the graces of the golden age combined with the beauties of Christianity and the results of modern civilisation; sup-

pose a fusion by which the antique idyl has been blended together with the novel such as we know it;—you have then some idea of a work so perfect in its kind that no one has ever succeeded in imitating it. We must not omit even in
5 this short notice the light tales of the Chevalier de Boufflers and the neatly written *nouvelles* of Florian.

The name of M. de Châteaubriand stands on the threshold of the nineteenth century like a brilliant meteor, throwing all around a glare far different from the pure and steady light
10 which is shed from the works of the Louis Quatorze era. The author of 'Les Martyrs,' 'Atala,' and 'René,' is certainly responsible for the bad taste of our contemporary romanticists; but still he himself is not often guilty, and the splendour of his imagination is generally matched by the perfection of his
15 style.

M. de Châteaubriand's world is one of *images*; Madame de Staël deals chiefly in *ideas*, even when she writes such works of fiction as 'Delphine' and 'Corinne.' We have here the distinguished types or leaders of two classes of novelists
20 whose latest representatives have unfortunately exaggerated the defects of their models, whilst they fail to reproduce the brilliant qualities for which those models were so conspicuous. M. Victor Hugo ('Notre Dame de Paris'), M. Alfred de Vigny ('Cinq Mars'), M. Théophile Gautier ('le Capitaine Fra-
25 casse'), M. Mérimée ('La Chronique de Charles IX'), M. Alexandre Dumas, may be grouped around the author of 'Les Martyrs'; whilst M. de Balzac ('Eugénie Grandet, 'La Peau de Chagrin,' 'Le Médecin de Campagne'), George Sand ('Lélia,' 'Valentine,' 'Spiridion,' 'Consuelo'), and M. Émile
30 Souvestre (' Riche et Pauvre,' 'L'Homme et l'Argent, 'Le Mât de Cocagne') belong more distinctly to the school of Madame de Staël. From the long list of 'philosophical' or *soi-disant* 'philosophical' novels, we shall single out, as deserving special notice, M. de Sénancour's 'Obermann,' M. Benjamin Con-
35 stant's 'Adolphe,' and M. Sainte-Beuve's 'Volupté'; these three works are to a considerable extent autobiographies, as is like-

wise M. Alfred de Musset's 'Confession d'un Enfant du Siècle.' The scandal created by the publication of George Sand's ' Elle et Lui' and Madame Colet's 'Lui,' shortly after the death of the 'Enfant du Siècle,' has not yet been forgotten; and in a vigorously written answer entitled, 'Lui et Elle,' M. Paul de 5 Musset undertook the defence of his brother, whom the two ladies had grossly insulted.

Between these two families of novelists, a third one naturally places itself, combining the tendencies of both, and aiming at giving a correct picture of every-day life without 10 wishing either to defend a metaphysical proposition, or to dazzle us by Rubens-like colouring. Their canvas is generally a small one, their characters are few in number, and their story simple to a fault. Some, of them, M. de Maistre, M. Töpffer, M. Alphonse Karr, for instance, are humourists, 15 and claim Sterne as their intellectual progenitor; others, like the sparkling M. Edmond About, have borrowed many a shaft from Voltaire's armoury; the majority—and amongst them we would name Madame de Duras, Madame d'Arbouville, M. Fiévée, M. Charles Nodier, M. Delécluze, M. Alfred de 20 Musset, M. Saintine—merely aspire to the reputation of pleasant writers in whose company we can spend an agreeable half-hour and be rather the better for it. The ablest modern representatives of this last group are undoubtedly M. Jules Sandeau ('Marianna,' 'Madame de Sommerville,' 'Madeleine,' 25 'Mademoiselle de la Seiglière'), and Mrs. Craven ('Fleurange,' 'Le Mot de l'énigme'); after having, like Eugène Sue ('Les Mystères de Paris,' 'le Juif errant') enlisted fiction in the service of socialistic and revolutionary doctrines, George Sand, during the last twenty years of her life, confined her- 30 self to the novel *pur et simple*. We must not forget to say here that several of the most distinguished writers of fiction in the French language are foreigners. Madame de Charrière ('Caliste'), Madame de Montolieu ('Caroline de Litchfield'), M. Victor Cherbuliez ('Le Roman d'une honnête Femme') 35 belong, by their birth, to Switzerland, as well as M. Töpffer and M. Benjamin Constant; the author of the 'Memoirs of Count Grammont' was an Irish gentleman, Madame de Krudner ('Valérie') was born in Russia, and Savoy claims Xavier de Maistre as one of its most distinguished children.

5 The majority of the novelettes contained in the present volume have been taken from the works of writers belonging to the intermediate class just described. They are printed as specimens of a collection which might easily be extended, and are all acknowledged *chefs-d'œuvre* in the branch of literature 10 to which they belong.

GUSTAVE MASSON.

HARROW ON THE HILL:
    March 1868.

———

SINCE the first edition of this work was printed, fresh writers 15 of fiction have contended for the favour of the public, and obtained great success. Although M. Zola moves in a circle where we do not care to follow him, yet it would be mere affectation not to mention here the most striking disciple of Balzac, an author of whom still more than of Balzac himself it 20 can be said: 'quand on l'a lu on éprouve le besoin de se rincer la bouche.' In the class of descriptive novelists we would name Mess. Erckmann-Chatrian, who have contributed a short tale to this volume, and whose *romans nationaux* ('Waterloo,' 'Le Conscrit,' 'Madame Thérèse, etc.), besides being inspired 25 by real patriotism, are a faithful and picturesque description of common life in the wilds of Lorraine and Alsace.

In deference to suggestions which have reached us from various quarters, we have struck out Fiévée's 'La dot de Suzette,' and replaced it by two tales, one of them being 30 taken from Mess. Erckmann-Chatrian's 'Contes Vosgiens,' and the other from Count Alfred de Vigny's admirable ' Servitude et grandeur militaire.'

G. M.

December 1885.

CHRONOLOGY OF FRENCH FICTION,

RENAISSANCE PERIOD TO THE PRESENT TIME.

A.D.		SYNCHRONISMS.
1475	The *Évangile des Quenouilles* probably composed.	Treaty of Pecquigny, between France and England.
1483	François Rabelais *b.*	Louis XI, King of France *d.*; Edward IV of England *d.*; Birth of Luther.
1490	The *Quinze Joies du Mariage* published.	Savonarola preaches at Florence.
1537	Bonaventure des Périers' *Cymbalum Mundi* published.	
1544	Bonaventure des Périers *d.*	Diet of Spire; Battle of Cérisoles.
1550	Agrippa d'Aubigné *b.*	Maurice of Saxony besieges Magdeburg.
1553	François Rabelais *d.*	Edward VI, King of England, *d.*; Mary crowned.
1567	Honoré d'Urfé *b.*	Abdication of Mary, Queen of Scots; Revolt of the Netherlands.
1599	Sorel *b.*	Edmund Spenser *d.*
1607	Mlle. de Scudéri *b.*	
1610	Scarron *b.*; *L'Astrée* published.	Henry IV murdered by Ravaillac.
1617	*Le Baron de Fæneste* published.	Concini murdered; Disgrace of Mary de Medici.
1621	La Fontaine *b.*	Gregory XV, Pope.
1622	Sorel's *Francion* published.	S. François de Sales *d.*
1623	The *Caquets de l'Accouchée* published.	Blaise Pascal *b.*
1624	Gombauld's *Endymion* published.	The town of Breda besieged by Spinola.
1627	D'Urfé *d.*	Siege of La Rochelle.
1630	Agrippa d'Aubigné *d.*	
1632	La Calprenède's *Polexandre* published.	Battle of Lutzen.

A.D.		SYNCHRONISMS.
1633	Madame de La Fayette *b.*	Galileo renounces his scientific doctrines.
1635	*Ibrahim ou l'Illustre Bassa*, by Mlle. de Scudéri, published.	War declared between France and Spain.
1646	Anthony Hamilton *b.*	Death of Condé.
1650	*Artamène ou le grand Cyrus*, by Mlle. de Scudéri, published.	Battle of Dunbar; Death of Montrose.
1651	Fénelon *b.*; Scarron's *Roman Comique* published.	
1656	*Clélie, Histoire Romaine*, by Mlle. de Scudéri, published.	
1660	Scarron *d.*	Charles II of England proclaimed.
1663	La Calprenède *d.*	
1664	La Fontaine publishes his *Contes.*	French expedition against Gigeri.
1668	Le Sage *b.*	Conquest of Franche Comté by Louis XIV. '
1670	*Zaïde*, by Mme. de La Fayette, published.	
1674	Sorel *d.*	
1678	*La Princesse de Clèves*, by Mme. de La Fayette, published.	Treaty of Nimeguen.
1689	Montesquieu *b.*	William, Prince of Orange, King of England; Siege of Derry.
1693	Mme. de La Fayette *d.*	Battles of Nerwinden and of Marsaglia.
1694	Voltaire *b.*	Dieppe, Havre, and Dunkirk blockaded by the English.
1695	La Fontaine *d.*	
1697	The Abbé Prévost *b.*	Peace of Ryswick; Charles XI, King of Sweden, *d.*
1699	Fénelon's *Télémaque* published.	Treaty of Carlowitz.
1701	Mlle. de Scudéri *d.*	War of the Spanish Succession; James II *d.*
1707	Crébillon fils *b.*	Battle of Almanza; Aureng-Zeb *d.*
1712	Jean Jacques Rousseau *b.*	
1714	Mme. Riccoboni *b.*	
1715	Fénelon *d.*; Le Sage publishes *Gil Blas.*	
1720	Hamilton *d.*	The Financier Law dismissed.
1721	Montesquieu's *Lettres Persanes* published.	The Abbé Dubois obtains a cardinal's hat.
1725	Marmontel *b.*	Bombardment of Tripoli; Swift publishes his *Gulliver.*

A.D.		SYNCHRONISMS.
1732	Prévost publishes his *Cléveland* and his *Manon Lescaut*.	Bed of Justice held at Versailles.
1737	Bernardin de St. Pierre *b.*; Boufflers *b.*	
1740	Madame de Charrière *b.*	Frederick II, King of Prussia.
1746	Voltaire's *Babouc* published.	Battles of Culloden and of Raucoux; Philip V, King of Spain *d.*
1747	Le Sage *d.*	Battle of Lawfeld. Taking of Berg-op-Zoom.
1748	Voltaire's *Zadig* published.	Treaty of Aix-la-Chapelle; Dupleix defends Pondichery against the English.
1751	Voltaire's *Micromegas* published.	The first volume of the French *Encyclopédie*, with D'Alembert's Preface, published.
1755	Montesquieu *d.*; Florian *b.*	Earthquake at Lisbon and at Quito.
1757	Rousseau publishes his *Nouvelle Héloïse.*	Death of Admiral Byng; Battles of Hastenbeck and of Rosbach.
1758	Voltaire publishes *Candide.*	The English effect a landing in Normandy and Brittany.
1760	Mme. de Souza *b.*	Capitulation of Montreal, in Canada, to the English.
1761	Voltaire publishes *L'Ingénu.*	Capitulation of Pondichery; Lord Bute, Prime Minister.
1763	L'Abbé Prévost *d.*	Treaty of Paris; Arrest of Wilkes.
1764	Xavier de Maistre b.	Death of Mme. de Pompadour.
1766	Marmontel's *Bélisaire* published; Mme. de Staël *b.*	Abolition of the Stamp Act; Administration of Pitt.
1767	Benjamin Constant *b.*; Fiévée *b.*	The Jesuits expelled from Spain and from Naples.
1768	Châteaubriand *b.*	Maupeou Chancellor of France; Death of the Queen Marie-Leczinska.
1773	Madame Cottin *b.* (*Malvina, Mathilde, Claire d'Albe*.)	Insurrection of Boston against the English.
1777	Crébillon fils *d.*; Mme. de Duras *b.*; Marmontel's *Les Incas* published.	Capitulation of Saratoga.
1778	Voltaire *d.*; J. J. Rousseau *d.*	War declared against England by the French; Death of Lord Chatham.

A.D.		SYNCHRONISMS.
1783	Florian's *Galatée* published.	Pitt ministry in England.
1786	Mme. de Charrière's *Lettres Écrites de Lausanne* published.	Frederic II, King of Prussia, *d.*
1788	Charles Nodier *b:*; Florian's *Estelle* published; *Paul et Virginie* published.	Second assembly of the Notables, at Versailles.
1791	B. de Saint Pierre's *La Chaumière Indienne* published; Florian's *Gonzalve de Cordoue* published.	Death of Mirabeau; Louis XVI arrested at Varennes.
1792	Mme. Riccoboni *d.*	Opening of the National Convention in France.
1793	Mme. de Souza publishes *Adèle de Sénange.*	Louis XVI beheaded; Marat murdered by Charlotte Corday; Vendean insurrection.
1794	De Maistre's *Voyage autour de ma Chambre* publ.; Florian *d.*	Acquittal of Warren Hastings; Battle of Fleurus.
1798	Fiévée publishes *La Dot de Suzette;* Saintine *b.*	Revolution in Holland; The French in Egypt; Battle of Aboukir.
1799	Balzac *b.;* Alfred de Vigny *b.;* Marmontel *d.;* Töpffer *b.*	Storming of Seringapatam; *Coup d'État* of the 18th Brumaire (Nov. 9).
1801	Châteaubriand's *Atala* published.	Peace of Lunéville; Paul I, Emperor of Russia, murdered.
1802	Victor Hugo *b.*	Peace of Amiens.
1803	Alexandre Dumas *b.;* Mérimée *b.;* Mme. de Staël's *Delphine* published.	Invasion of Hanover by the French.
1804	George Sand *b.;* Sainte-Beuve *b.;* Jules Janin *b.*	Napoleon crowned Emperor of the French.
1806	Émile Souvestre *b.;* Mme. de Charrière *d.*	William Pitt *d.;* Battle of Jena.
1807	Mme. Cottin *d.;* Mme. de Staël's *Corinne* published.	Battles of Eylau and of Friedland; Canning minister.
1808	Alphonse Karr *b.*	Convention of Cintra.
1809	Châteaubriand's *Les Martyrs* published.	Battle of Essling, where Marshal Lannes is killed.
1810	Alfred de Musset *b.*	Napoleon marries the Archduchess Maria Louisa.
1814	Bernardin de Saint-Pierre *d.*	Invasion of France by the Allies; Napoleon abdicates.
1816	Boufflers *d.* (*Contes, Aline Reine de Golconde*); Benjamin Constant's *Adolphe* published.	Walter Scott publishes his *Waverley.*
1817	Madame de Staël *d.*	The Ionian Islands accept the protectorate of England.

A D.		SYNCHRONISMS.
1820	Madame de Duras publishes *Ourika.*	George IV, King of England.
1826	Alfred de Vigny's *Cinq Mars* published.	Revolt and destruction of the Janissaries; Don Pedro, King of Portugal.
1828	Edmond About *b.*; Madame de Duras *d.*	The Duke of Wellington forms an Administration.
1829	Mérimée publishes his *Chronique du Temps de Charles IX*; Jules Janin publishes *L'Âne Mort.*	The Catholic Emancipation Bill passed in England.
1830	Benjamin Constant *d.*	George IV *d.*; William IV succeeds; Revolution in France and in Belgium; Storming of Algiers.
1831	Victor Hugo's *Notre Dame de Paris* published.	Gregory XVI, Pope; Insurrection in Poland.
1832	George Sand's *Valentine* published; Alphonse Karr's *Sous les Tilleuls* published.	Reform Bill in England; The cholera; Cuvier, Champollion, Casimir Perier, *d.*
1834	Sainte-Beuve publishes *Volupté.*	Diet of Frankfort. Cabinets of Lord Melbourne and of Sir Robert Peel.
1835	Alex. Dumas publishes *Isabel de Bavière.*	Fieschi attempts to kill Louis Philippe.
1836	Alfred de Musset's *Confession d'un Enfant du Siècle* published; Mme. de Souza *d.*; Saintine's *Picciola* published.	Charles X *d.*; Revolution at Lisbon.
1837	Émile Souvestre publishes *Riche et Pauvre.*	Treaty of La Tafna; Taking of Constantine; William IV *d.*; Victoria, Queen,
1839	Fiévée *d.*	Earthquake at La Martinique; Chartist Riots in England.
1842	George Sand's *Consuélo.*	Treaty of Nankin; Hong-kong ceded to the English.
1844	*Les Trois Mousquétaires* published; Charles Nodier *d.* (*Jean Sbogar, Thérèse Aubert, Trilby,* etc.)	Battle of Isly; Geoffroy Saint-Hilaire *d.*; Bernadotte *d.*
1846	Töpffer *d.* (*Le Presbytère, Nouvelles Genévoises,* etc.)	Pius IX, Pope.
1848	Châteaubriand *d.*	Revolution in France.
1850	Balzac *d.* (*Le Père Goriot, Eugénie Grandet, La Peau de Chagrin,* etc.)	Louis Philippe *d.*

A.D.		SYNCHRONISMS.
1852	Xavier de Maistre d.	Napoleon III, Emperor of the French; The Duke of Wellington d.
1854	Émile Souvestre d.	Russian War; Battles of the Alma, Balaklava and Inkermann.
1856	Edmond About's *Mariages de Paris* and *Le Roi des Montagnes* published.	Bombardment of Canton.
1857	Alfred de Musset d.	Sepoy Insurrection in India.
1863	Alfred de Vigny d.	Civil War in the United States.
1865	Saintine d.	Richard Cobden d.
1869	Lamartine, d. ; Sainte-Beuve d.	Napoleon III appoints a Liberal Cabinet.
1870	Mérimée d.	Franco-Prussian War.
1871	Paul de Kock d.	Capitulation of Paris; The Commune.
1872	Théophile Gautier d.	
1874	Jules Janin d.	
1876	George Sand d.	Servian Insurrection
1885	Victor Hugo d.	

XAVIER DE MAISTRE.

VOYAGE AUTOUR DE MA CHAMBRE.

NOTICE

XAVIER DE MAISTRE.

XAVIER DE MAISTRE, frère cadet du célèbre diplomate, né en 1764 à Chambéry, était au service du Roi de Sardaigne lorsque 5 la Savoie fut conquise par les Français.

L'auteur des Soirées de Saint-Pétersbourg dit quelque part 'qu'il est le plus Français de ceux qui ne le sont pas.' Il semble que ce soit à son frère Xavier que ce mot spirituel pourrait s'appliquer plus encore. Du reste Xavier de Maistre ne peut- 10 il être réclamé par nous comme un compatriote, puisque nous empruntons cette notice biographique au Dictionnaire historique des Départements du Mont-Blanc et du Léman, Chambéry 1807, livre qui redevient de circonstance en 1868 ?

'Xavier de Maistre, né à Chambéry, capitaine dans le régi- 15 ment de la marine au service du Roi de Sardaigne, directeur de la bibliothèque et du musée de l'amirauté de Saint-Pétersbourg, a fait ses délices du dessin, dès la plus tendre jeunesse : il peint le portrait à l'huile et en miniature, et s'est fait dans ce genre une réputation méritée, en Piémont, en Allemagne et en Russie. 20 Son genre principal est le paysage, qu'il rend avec une vérité et une illusion de perspective aérienne du plus grand effet : celui de ses tableaux qui représente, dans un promenoir public, des carrosses roulant dans des tourbillons de poussière, saisit d'admiration, lorsqu'on observe avec quelle variété l'artiste a rendu 25 tous les reflets de la lumière sur toutes les parties de sa savante composition. M. Maistre joint au talent de la peinture des connaissances très étendues en littérature et en poésie.'

B 2

Xavier de Maistre servit dans les troupes Russes contre la Perse, et obtint le grade de général-major. Il se maria à Saint-Pétersbourg après la campagne, et revit un instant sa patrie, mais retourna bientôt se fixer en 1817 en Russie ; il 5 y mourut en 1852.

La première édition du 'Voyage autour de ma Chambre' porte la date de 1794. Encouragé par le succès de ce charmant ouvrage, l'auteur publia, à la sollicitation de ses amis, une suite sous le titre d'Expédition Nocturne ; mais il le dit lui-même : 10 'Je rentrais à regret dans la carrière ; hélas ! j'y rentrais seul. J'y allais voyager sans mon cher Joannetti et sans l'aimable Rosine. Le mur auquel était suspendu le portrait de Mme. de Hautcastel avait été percé par une bombe.' Bien qu'on retrouve dans ces pages tout l'esprit de l'auteur, l'Expédition 15 Nocturne a eu le sort réservé aux suites qui développent et épuisent une idée, tandis que la première création en donne la fleur et le parfum. C'était bien l'avis de son frère. Nous en avons la preuve dans ces lignes que nous empruntons aux Mémoires Politiques de Joseph de Maistre, publiés par 20 M. Albert Blanc :

'Xavier de Maistre était de neuf ans plus jeune que son frère Joseph, et lui portait une affection presque filiale. Lorsqu'il eut à Turin cette affaire d'honneur qui le fit mettre aux arrêts et qui le força, pour le bonheur futur de tous les gens 25 de goût, à voyager autour de sa chambre, Xavier était un officier oisif et étourdi, et songeait à toute autre chose qu'à devenir écrivain. Il pensait que les feuilles écrites pendant cette captivité de quarante-deux jours n'avaient guère plus d'importance que cet autre voyage qu'il avait fait dans la pre-30 mière Montgolfière qu'on vit en Savoie.

'En 1794, il passa à Lausanne et montra à son frère aîné ces pages charmantes ; Joseph, son parrain devant l'Église, voulut être son parrain littéraire, et envoya bientôt à Xavier, qui n'y songeait presque plus, l'ouvrage imprimé.

35 'Xavier, enchanté de son premier succès, se mit tout de suite à écrire son Expédition Nocturne ; mais Joseph s'y opposa.

'Il m'écrivit, a dit Xavier, que je détruisais tout le prix que pourrait avoir cette bluette, en la continuant; il parla d'un proverbe espagnol qui dit que les secondes parties sont mauvaises, et me conseilla de chercher quelque autre sujet; je n'y pensai plus.'

'L'Expédition Nocturne fut cependant achevée à Saint- 5 Pétersbourg; l'exil avait répandu sur cette âme gracieuse une mélancolie qui respire dans ce deuxième ouvrage; on sent qu'elle est toujours aussi jeune, mais qu'elle a souffert déjà [1].'

Le peu d'écrits composés par Xavier de Maistre ont suffi pour le placer au rang des meilleurs écrivains de notre langue. 10 Il était en même temps habile chimiste: il présenta à l'Académie des Sciences de Turin plusieurs savants mémoires, parmi lesquels on remarque ses recherches sur l'oxydation de l'or et sur l'application de l'oxyde d'or à la peinture.

Les lecteurs qui voudront connaitre tout ce qu'a laissé 15 Xavier de Maistre auront recours à l'excellente édition de ses œuvres complètes publiée en un volume, avec portrait, dans la bibliothèque Charpentier (Paris, 1859, 12mo).

G. M.

---

[1] Mémoires Politiques et Correspondance Diplomatique de J. de Maistre, avec Explications et Commentaires Historiques, par Albert Blanc, docteur en droit de l'Université de Turin. Paris, Librairie Nouvelle, 1858. La 2ᵉ édition a paru en 1859. Le Chapitre IX de ce livre précieux est consacré en entier à Xavier de Maistre.

VOYAGE

AUTOUR

DE MA CHAMBRE,

PAR LE COMTE XAVIER DE MAISTRE.

I. *Un Livre de Découvertes.*

Qu'il est glorieux d'ouvrir une nouvelle carrière, et de paraître tout à coup dans le monde savant un livre de découvertes à la main, comme une comète inattendue étincelle dans l'espace ! Non, je ne tiendrai plus mon livre *in petto:* le voilà, messieurs, lisez. J'ai entrepris et exécuté un voyage 10 de quarante-deux jours autour de ma chambre. Les observations intéressantes que j'ai faites, et le plaisir continuel que j'ai éprouvé le long de chemin, me faisaient désirer de le rendre public; la certitude d'être utile m'y a décidé. Mon cœur éprouve une satisfaction inexprimable lorsque je pense 15 au nombre infini de malheureux auxquels j'offre une ressource assurée contre l'ennui, et un adoucissement aux maux qu'ils endurent. Le plaisir qu'on trouve à voyager dans sa chambre est à l'abri de la jalousie inquiète des hommes : il est indépendant de la fortune. 20

Est-il en effet d'être assez malheureux, assez abandonné pour n'avoir pas un réduit où il puisse se retirer et se cacher à tout le monde ? voilà tous les apprêts du voyage.

Je suis sûr que tout homme sensé adoptera mon système, de quelque caractère qu'il puisse être, et quel que soit son 25 tempérament; qu'il soit avare ou prodigue, riche ou pauvre, jeune ou vieux, né sous la zône torride ou près du pôle, il

peut voyager comme moi ; enfin, dans l'immense famille des
hommes qui fourmillent sur la surface de la terre, il n'en
est pas un seul,—non, pas un seul (j'entends de ceux qui
habitent des chambres) qui puisse, après avoir lu ce livre,
5 refuser son approbation à la nouvelle manière de voyager que
j'introduis dans le monde.

II. *Éloge du Voyage.*

Je pourrais commencer l'éloge de mon voyage par dire
qu'il ne m'a rien coûté; cet article mérite attention. Le
10 voilà d'abord prôné, fêté par les gens d'une fortune médiocre :
il est une autre classe d'hommes auprès de laquelle il est
encore plus sûr d'un heureux succès, par cette même raison
qu'il ne coûte rien. Auprès de qui donc ? Eh quoi ! vous le
demandez ! C'est auprès des gens riches. D'ailleurs, de
15 quelle ressource cette nouvelle manière de voyager n'est-elle
pas pour les malades ? Ils n'auront point à craindre l'intem-
périe de l'air et des saisons ;—pour les poltrons, ils seront
à l'abri des voleurs, ils ne rencontreront ni précipices ni fon-
drières. Des milliers de personnes qui, avant moi, n'avaient
20 point osé, d'autres qui n'avaient pu, d'autres enfin qui
n'avaient pas songé à voyager, vont s'y résoudre à mon
exemple. L'être le plus indolent hésiterait-il de se mettre
en route avec moi pour se procurer un plaisir qui ne lui coû-
tera ni peine ni argent ? Courage donc, partons ;—suivez-
25 moi, vous tous qu'une mortification de l'amour, une négligence
de l'amitié, retiennent dans votre appartement, loin de la
petitesse et de la perfidie des hommes. Que tous les malheureux, les malades et les ennuyés de l'univers, me suivent ;
—que tous les paresseux se lèvent en masse :—et vous qui
30 roulez dans votre esprit des projets sinistres de réforme ou
de retraite pour quelque infidélité ; vous qui, dans un boudoir,
renoncez au monde pour la vie ; aimables anachorètes d'une
soirée, venez aussi, quittez, croyez-moi, ces noires idées ;
vous perdez un instant pour le plaisir, sans en gagner un pour
35 la sagesse ; daignez m'accompagner dans mon voyage ; nous
marcherons à petites journées, en riant le long du chemin

des voyageurs qui ont vu Rome et Paris;—aucun obstacle
ne pourra nous arrêter, et, nous livrant gaiement à notre
imagination, nous la suivrons partout où 'il lui plaira de nous
conduire.

III. *Les Lois et l'Usage.* 5

Il y a tant de personnes curieuses dans le monde!—Je suis
persuadé qu'on voudrait savoir pourquoi mon voyage autour de
ma chambre a duré quarante-deux jours, au lieu de quarante-
trois, ou de tout autre espace de temps : mais comment l'ap-
prendrais-je au lecteur, puisque je l'ignore moi-même ? Tout 10
ce que je puis assurer, c'est que, si l'ouvrage est trop long
à son gré, il n'a pas dépendu de moi de le rendre plus court :
toute vanité de voyageur à part, je me serais contenté d'un
chapitre. J'étais, il est vrai, dans ma chambre avec tout
le plaisir et l'agrément possible; mais, hélas! je n'étais pas 15
le maître d'en sortir à volonté : je crois même que sans l'en-
tremise de certaines personnes puissantes qui s'intéressaient
à moi, et pour lesquelles ma reconnaissance n'est pas éteinte,
j'aurais eu tout le temps de mettre un *in-folio* au jour, tant
les protecteurs qui me faisaient voyager dans ma chambre 20
étaient disposés en ma faveur.

Et cependant, lecteur raisonnable, voyez combien ces
hommes avaient tort; et saisissez bien, si vous le pouvez, la
logique que je vais vous exposer.

Est-il rien de plus naturel et de plus juste que de se couper 25
la gorge avec quelqu'un qui vous marche sur le pied par in-
advertance, ou bien qui laisse échapper quelque terme piquant
dans un moment de dépit, dont votre imprudence est la
cause, ou bien enfin qui a le malheur de plaire à votre
maîtresse ? 30

On va dans un pré, et là, comme Nicole faisait avec le
Bourgeois Gentilhomme, on essaie de tirer quarte, lorsqu'il
pare tierce; et, pour que la vengeance soit sûre et complète,
on lui présente la poitrine découverte, et on court risque de
se faire tuer par son ennemi pour se venger de lui. 35

On voit que rien n'est plus conséquent, et toutefois on

trouve des gens qui désapprouvent cette louable coutume!
Mais ce qui est aussi conséquent que tout le reste, c'est que
ces mêmes personnes qui la désapprouvent, et qui veulent
qu'on la regarde comme une faute grave, traiteraient encore
5 plus mal celui qui refuserait de la commettre. Plus d'un
malheureux, pour se conformer à leur avis, a perdu sa réputation et son emploi; en sorte que lorsqu'on a le malheur
d'avoir ce qu'on appelle une affaire, on ne ferait pas mal de
tirer au sort pour savoir si on doit la finir suivant les lois
10 ou suivant l'usage; et comme les lois et l'usage sont contradic-
toires, les juges pourraient ainsi jouer leur sentence aux dés;
—et probablement aussi c'est à une décision de ce genre
qu'il faut recourir pour expliquer pourquoi et comment mon
voyage a duré quarante-deux jours juste.

15   IV. *Latitude et Topographie.*

Ma chambre est située sous le quarante-huitième degré de
latitude, selon les mesures du père Beccaria; sa direction est
du levant au couchant; elle forme un carré long qui a trente-
six pas de tour, en rasant la muraille de bien près. Mon voy-
20 age en contiendra cependant davantage; car je la traverserai
souvent en long et en large, ou bien diagonalement, sans suivre
de règle ni de méthode. Je ferai même des zig-zags, et je
parcourrai toutes les lignes possibles en géométrie, si le besoin
l'exige. Je n'aime pas les gens qui sont si fort les maîtres de
25 leurs pas et de leurs idées, qui disent: Aujourd'hui je ferai
trois visites, j'écrirai quatre lettres, je finirai cet ouvrage que
j'ai commencé. Mon âme est tellement ouverte à toutes
sortes d'idées, de goûts et de sentimens; elle reçoit si avidement tout ce qui se présente, que:—et pourquoi refuserait-elle
30 les jouissances qui sont éparses sur le chemin difficile de la vie?
elles sont si rares, si clair-semées, qu'il faudrait être fou pour
ne pas s'arrêter, se détourner même de son chemin pour cueillir
toutes celles qui sont à notre portée. Il n'en est pas de plus
attrayante, selon moi, que de suivre ses idées à la piste, comme
35 le chasseur poursuit le gibier, sans affecter de tenir aucune
route: aussi, lorsque je voyage dans ma chambre, je parcours

rarement une ligne droite ; je vais de ma table vers un tableau qui est placé dans un coin, de là je pars obliquement pour aller à la porte ; mais, quoique en partant mon intention soit bien de m'y rendre, si je rencontre mon fauteuil en chemin, je ne fais pas de façons, et je m'y arrange tout de suite. C'est un 5 excellent meuble qu'un fauteuil, il est surtout de la dernière utilité pour tout homme méditatif. Dans les longues soirées d'hiver, il est quelquefois doux et toujours prudent de s'y étendre mollement, loin du fracas des assemblées nombreuses. Un bon feu, des livres, des plumes, que de ressources contre 10 l'ennui ! et quel plaisir encore d'oublier ses livres et ses plumes pour tisonner son feu, en se livrant à quelque douce méditation,—ou en arrangeant quelques rimes pour égayer ses amis ; les heures glissent alors sur vous, et tombent en silence dans l'éternité, sans vous faire sentir leur triste passage.　　15

V. *Le Lit.*

Après mon fauteuil, en marchant vers le nord, on découvre mon lit, qui est placé au fond de ma chambre, et qui forme la plus agréable perspective : il est situé de la manière la plus heureuse ; les premiers rayons du soleil viennent se jouer dans 20 mes rideaux. Je les vois, dans les beaux jours d'été, s'avancer le long de la muraille blanche, à mesure que le soleil s'élève : les ormes qui sont devant ma fenêtre les divisent de mille manières et les font balancer sur mon lit, couleur de rose et blanc qui répand de tous côtés une teinte charmante par leur ré- 25 flexion. J'entends le gazouillement confus des hirondelles, qui se sont emparées du toit de la maison, et des autres oiseaux qui habitent les ormes : alors mille idées riantes occupent mon esprit, et dans l'univers entier personne n'a un réveil aussi agréable, aussi paisible que le mien.　　30

J'avoue que j'aime à jouir de ces doux instants, et que je prolonge toujours autant qu'il est possible le plaisir que je trouve à méditer dans la douce chaleur de mon lit. Est-il de théâtre qui prête plus à l'imagination, qui réveille de plus tendres idées que le meuble où je m'oublie quelquefois ? 35

Lecteur modeste, ne vous effrayez point; . . . . c'est dans ce
meuble délicieux que nous oublions pendant une moitié de
la vie les chagrins de l'autre moitié.   Mais quelle foule de .
pensées agréables et tristes se pressent à la fois dans mon
5 cerveau! mélange étonnant de situations terribles et délicieuses!
Un lit nous voit naître et nous voit mourir; c'est le théâtre
variable où le genre humain joue tour à tour des drames
intéressants, des farces risibles et des tragédies épouvantables.
C'est un berceau garni de fleurs; c'est le trône de l'amour;
10 c'est un sépulcre.

VI.   *Aux Métaphysiciens.*

Ce chapitre n'est absolument que pour les métaphysiciens.
Il va jeter le plus grand jour sur la nature de l'homme : c'est
le prisme avec lequel on pourra analyser et décomposer les
15 facultés de l'homme, en séparant la puissance animale des
rayons purs de l'intelligence.

Il me serait impossible d'expliquer comment et pourquoi je
me brûlai les doigts aux premiers pas que je fis en commençant
mon voyage, sans expliquer, dans le plus grand détail, au lec-
20 teur, mon système de *l'Ame et de la Bête.*   Cette découverte
métaphysique influe d'ailleurs tellement sur mes idées et sur
mes actions, qu'il serait très-difficile de comprendre ce livre,
si je n'en donnais la clef au commencement.

Je me suis aperçu, par diverses observations, que l'homme
25 est composé d'une âme et d'une bête.   Ces deux êtres sont
absolument distincts, mais tellement emboîtés l'un dans l'autre,
ou l'un sur l'autre, qu'il faut que l'âme ait une certaine supériorité sur la bête, pour être en état d'en faire la distinction.

Je tiens d'un vieux professeur (c'est du plus loin qu'il me
30 souvienne) que Platon appelait la matière *l'autre.*   C'est fort
bien; mais j'aimerais mieux donner ce nom par excellence à
la bête qui est jointe à notre âme.   C'est réellement cette
substance qui est *l'autre*, et qui nous lutine d'une manière si
étrange.   On s'aperçoit bien en gros que l'homme est double;
35 mais c'est, dit-on, parce qu'il est composé d'une âme et d'un
corps, et l'on accuse ce corps de je ne sais combien de choses,

bien mal à propos assurément, puisqu'il est aussi incapable de sentir que de penser. C'est à la bête qu'il faut s'en prendre, à cet être sensible, parfaitement distinct de l'âme, véritable individu qui a son existence séparée, ses goûts, ses inclinations, sa volonté, et qui n'est audessus des autres animaux que parce 5 qu'il est mieux élevé et pourvu d'organes plus parfaits.

Messieurs et mesdames, soyez fiers de votre intelligence tant qu'il vous plaira ; mais défiez-vous beaucoup de l'*autre*, surtout quand vous êtes ensemble.

J'ai fait je ne sais combien d'expériences sur l'union de ces 10 deux créatures hétérogènes. Par exemple, j'ai reconnu clairement que l'âme peut se faire obéir par la bête, et que, par un fâcheux retour, celle-ci oblige très souvent l'âme d'agir contre son gré. Dans les règles, l'une a le pouvoir législatif et l'autre le pouvoir exécutif ; mais ces deux pouvoirs se contrarient sou- 15 vent. Le grand art d'un homme de génie est de savoir bien élever sa bête, afin qu'elle puisse aller seule, tandis que l'âme, délivrée de cette pénible accointance, peut s'élever jusqu'au ciel.

Mais il faut éclaircir ceci par un exemple.

Lorsque vous lisez un livre, monsieur, et qu'une idée plus 20 agréable entre tout à coup dans votre imagination, votre âme s'y attache tout de suite et oublie le livre, tandis que vos yeux suivent machinalement les mots et les lignes ; vous achevez la · page sans la comprendre, et sans vous souvenir de ce que vous avez lu :—cela vient de ce que votre âme, ayant ordonné à sa 25 compagne de lui faire la lecture, ne l'a point avertie de la petite absence qu'elle allait faire, en sorte que l'*autre* continuait la lecture que votre âme n'écoutait plus.

VII. *L'Âme.*

Cela ne vous paraît-il pas clair ? Voici un autre exemple. 30

Un jour de l'été passé, je m'acheminai pour aller à la cour à l'heure de l'ordre. J'avais peint toute la journée, et mon âme, se plaisant à méditer sur la peinture, laissa le soin à la bête de me transporter au palais du roi.

Que la peinture est un art sublime ! pensait mon âme. 35 Heureux celui que le spectacle de la nature a touché, qui

n'est pas obligé de faire des tableaux pour vivre; qui ne peint pas uniquement par passe-temps, mais qui, frappé de la majesté d'une belle physionomie et des jeux admirables de la lumière qui se fond en mille teintes sur le visage humain,
5 tâche d'approcher dans ses ouvrages des effets sublimes de la nature! Heureux encore le peintre que l'amour du paysage entraîne dans des promenades solitaires, qui sait exprimer sur la toile le sentiment de tristesse que lui inspirent un bois sombre ou une campagne déserte! Ses productions
10 imitent et reproduisent la nature; il crée des mers nouvelles et de noires cavernes inconnues au soleil; à son ordre, des bocages toujours verts sortent du néant, l'azur du ciel se réfléchit dans ses tableaux; il connaît l'art de troubler les airs et de faire mugir les tempêtes. D'autres fois, il offre à
15 l'œil du spectateur étonné les campagnes délicieuses de l'antique Sicile: on voit des nymphes éperdues fuyant, à travers les roseaux, la poursuite d'un satyre: des temples d'une architecture majestueuse élèvent leurs fronts superbes par-dessus la forêt sacrée qui les entoure; l'imagination se perd dans
20 les routes silencieuses de ce pays idéal; les lointains bleuâtres se confondent avec le ciel, et le paysage entier, se répétant dans les eaux d'un fleuve tranquille, forme un spectacle qu'aucune langue ne peut décrire.

Pendant que mon âme faisait ces réflexions, l'*autre* allait
25 son train, et Dieu sait où elle allait! Au lieu de se rendre à la cour, comme elle en avait reçu l'ordre, elle dériva tellement sur la gauche, qu'au moment où mon âme la rattrapa, elle était à la porte de Madame de Hautcastel, à un demi-mille du Palais-Royal.

30 Je laisse à penser au lecteur ce qui serait arrivé, si elle était entrée toute seule chez une aussi belle dame.

VIII. *La Bête.*

S'il est utile et agréable d'avoir une âme dégagée de la matière au point de la faire voyager toute seule lorsqu'on
35 le juge à propos, cette faculté a aussi ses inconvénients. C'est à elle, par exemple, que je dois la brûlure dont j'ai parlé

dans les chapitres précédents. Je donne ordinairement à ma bête le soin des apprêts de mon déjeûner ; c'est elle qui fait griller mon pain et le coupe en tranches. Elle fait à merveille le café, et le prend même très-souvent sans que mon âme s'en mêle, à moins que celle-ci ne s'amuse à la voir travailler ; 5 mais cela est rare et très-difficile à exécuter, car il est aisé, lorsqu'on fait quelque opération mécanique, de penser à toute autre chose ; mais il est extrêmement difficile de se regarder agir, pour ainsi dire ;—ou, pour m'expliquer suivant mon système, d'employer son âme à examiner la marche de sa 10 bête, et de la voir travailler sans y prendre part. Voilà le plus étonnant tour de force métaphysique que l'homme puisse exécuter.

J'avais couché mes pincettes sur la braise pour faire griller mon pain, et quelque temps après, tandis que mon âme 15 voyageait, voilà qu'une souche enflammée roule sur le foyer : —ma pauvre bête porta la main aux pincettes et je me brûlai les doigts.

IX. *Philosophie.*

J'espère avoir suffisamment développé mes idées dans les 20 chapitres précédents pour donner à penser au lecteur, et pour le mettre à même de faire des découvertes dans cette brillante carrière : il ne pourra qu'être satisfait de lui, s'il parvient un jour à savoir faire voyager son âme toute seule ; les plaisirs que cette faculté lui procurera balanceront de reste 25 les *quiproquo* qui pourront en résulter. Est-il de jouissance plus flatteuse que celle d'étendre ainsi son existence, d'occuper à la fois la terre et les cieux, et de doubler, pour ainsi dire, son être ? Le désir éternel, et jamais satisfait, de l'homme, n'est-il pas d'augmenter sa puissance et ses facultés, de vouloir 30 être où il n'est pas, de rappeler le passé et de vivre dans l'avenir ? Il veut commander les armées, présider aux académies ; il veut être adoré des belles ; et s'il possède tout cela, il regrette alors les champs et la tranquillité, et porte envie à la cabane des bergers : ses projets, ses espérances, échouent 35 sans cesse contre les malheurs réels attachés à la nature

bumaine : il ne saurait trouver le bonheur. Un quart-
d'heure de voyage avec moi lui en montrera le chemin.

Eh ! que ne laisse-t-il à l'*autre* ces misérables soins, cette
ambition qui le tourmente ? Viens, pauvre malheureux ! fais
5 un effort pour rompre ta prison, et du haut du ciel où je
vais te conduire, du milieu des ombres célestes et de l'empyrée,—regarde ta bête lancée dans le monde, courir toute
seule la carrière de la fortune et des honneurs : vois avec
quelle gravité elle marche parmi les hommes ; la foule s'écarte
10 avec respect, et, crois-moi, personne ne s'apercevra qu'elle
est toute seule ; c'est le moindre souci de la cohue au milieu
de laquelle elle se promène, de savoir si elle a une âme ou
non, si elle pense ou non. Mille femmes sentimentales l'aime-
ront à la fureur sans s'en apercevoir ; elle peut même s'élever,
15 sans le secours de ton âme, à la plus haute faveur et à la
plus grande fortune. Enfin je ne m'étonnerais nullement si,
à notre retour de l'empyrée, ton âme, en rentrant chez elle,
se trouvait dans la bête d'un grand seigneur.

X. *Le Portrait.*

20 Qu'on n'aille pas croire qu'au lieu de tenir ma parole,
en donnant la description de mon voyage autour de ma
chambre, je bats la campagne pour me tirer d'affaire ; on
se tromperait fort, car mon voyage continue réellement, et
pendant que mon âme, se repliant sur elle-même, parcourait,
25 dans le chapitre précédent, les détours tortueux de la métaphysique,—j'étais dans mon fauteuil, sur lequel je m'étais
renversé de manière que ses deux pieds antérieurs étaient
élevés à deux pouces de terre ; et, tout en me balançant
à droite et à gauche et gagnant du terrain, j'étais insensible-
30 ment parvenu tout près de la muraille :—c'est la manière dont
je voyage lorsque je ne suis pas pressé :—là, ma main s'était
emparée machinalement du portrait de Madame de Hautcastel,
et l'*autre* s'amusait à ôter la poussière qui le couvrait. Cette
occupation lui donnait un plaisir tranquille, et ce plaisir se
35 faisait sentir à mon âme, quoiqu'elle fût perdue dans les vastes
plaines du ciel ; car il est bon d'observer que, lorsque l'esprit

voyage ainsi dans l'espace, il tient toujours aux sens par je ne sais quel lien secret ; en sorte que, sans se déranger de ses occupations, il peut prendre part aux jouissances paisibles de l'*autre*; mais si ce plaisir augmente à un certain point, ou si elle est frappée par quelque spectacle inattendu, l'âme 5 aussitôt reprend sa place avec la vitesse de l'éclair.

C'est ce qui m'arriva tandis que je nettoyais le portrait.

À mesure que le linge enlevait la poussière et faisait paraître des boucles de cheveux blonds, et la guirlande de roses dont ils sont couronnés, mon âme, depuis le soleil où elle 10 s'était transportée, sentit un léger frémissement de plaisir et partagea sympathiquement la jouissance de mon cœur. Cette jouissance devint moins confuse, et plus vive, lorsque le linge d'un seul coup découvrit le front éclatant de cette charmante physionomie ; mon âme fut sur le point de quitter les cieux 15 pour jouir du spectacle. Mais se fût-elle trouvée dans les Champs Élysées, eût-elle assisté à un concert de chérubins, elle n'y serait pas demeurée une demi-seconde, lorsque sa compagne, prenant toujours plus d'intérêt à son ouvrage, s'avisa de saisir une éponge mouillée qu'on lui présentait, 20 et de la passer tout à coup sur les sourcils et les yeux,—sur le nez,—sur les joues,—sur cette bouche,—ah ! Dieu ! le cœur me bat,—sur le menton. Ce fut l'affaire d'un moment : toute la figure parut renaître et sortir du néant. Mon âme se précipita du ciel comme une étoile tombante ; elle trouva 25 l'*autre* dans une extase ravissante, et parvint à l'augmenter en la partageant. Cette situation singulière et imprévue fit disparaître le temps et l'espace pour moi. J'existai pour un instant dans le passé, et je rajeunis contre l'ordre de la nature. Oui, la voilà, cette femme adorée, c'est elle, elle- 30 même ; je la vois qui sourit, elle va parler pour dire qu'elle m'aime. Quel regard ! viens, que je te serre contre mon cœur, âme de ma vie, ma seconde existence !—viens partager mon ivresse et mon bonheur ! Ce moment fut court, mais il fut ravissant ; la froide raison reprit bientôt son empire, et, 35 dans l'espace d'un clin d'œil, je vieillis d'une année entière : —mon cœur devint froid, glacé, et je me trouvai de niveau avec la foule des indifférents qui pèsent sur la globe.

XI. *Rose. et Blanc.*

Il ne faut pas anticiper sur les événements : l'empressement
de communiquer au lecteur mon système de l'âme et de la
bête m'a fait abandonner la description de mon lit plutôt
5 que je ne devais. Lorsque je l'aurai terminée, je reprendrai
mon voyage à l'endroit où je l'ai interrompu dans le chapitre
précédent. Je vous prie seulement de vous ressouvenir que
nous avons laissé la moitié de moi-même, tenant le portrait
de Madame de Hautcastel tout près de la muraille, à quatre
10 pas de mon bureau. J'avais oublié, en parlant de mon lit,
de conseiller à tout homme qui le pourra d'avoir un lit
couleur de rose et blanc : il est certain que les couleurs
influent sur nous au point de nous égayer ou de nous attrister,
suivant leurs nuances. Le rose et le blanc sont deux couleurs
15 consacrées au plaisir et à la félicité. La nature, en les donnant à la rose, lui a donné la couronne de l'empire de Flore ;
—et lorsque le ciel veut annoncer une belle journée au
monde, il colore les nues de cette teinte charmante au lever
du soleil.

20 Un jour nous montions avec peine le long d'un sentier
rapide ; l'aimable Rosalie était en avant : son agilité lui donnait des ailes ; nous ne pouvions la suivre :—tout à coup,
arrivée au sommet d'un tertre, elle se tourna vers nous pour
reprendre haleine, et sourit à notre lenteur. Jamais, peut-
25 être, les deux couleurs dont je fais l'éloge n'avaient ainsi
triomphé. Ses joues enflammées, ses lèvres de corail, ses
dents brillantes, son cou d'albâtre, sur un fond de verdure,
frappèrent tous les regards. Il fallut nous arrêter pour la
contempler ; je ne dis rien de ses yeux bleus, ni du regard
30 qu'elle jeta sur nous, parce que je sortirais de mon sujet, et
que d'ailleurs je n'y pense jamais que le moins qu'il m'est
possible. Il me suffit d'avoir donné le plus bel exemple
possible de la supériorité de ces deux couleurs sur toutes
les autres, et de leur influence sur le bonheur des hommes.

35 Je n'irai pas plus avant aujourd'hui. Quel sujet pourrais-je
traiter qui ne fût insipide ? Quelle idée n'est pas effacée
par cette idée ? Je ne sais même quand je pourrai me

remettre à l'ouvrage. Si je le continue, et que le lecteur désire en voir la fin, qu'il s'adresse à l'ange distributeur des pensées, et qu'il le prie de ne plus mêler l'image de ce tertre parmi la foule des pensées décousues qu'il me jette à tout instant. 5

Sans cette précaution, c'en est fait de mon voyage.

XII. *Le Tertre.*

. . . .
. . . .
. . . . 10
. . . .
. . . .
. . . .

XIII. *Étape.*

Mes efforts sont vains : il faut remettre la partie, et séjour-15
ner ici malgré moi ; c'est une étape militaire.

XIV. *Joannetti.*

J'ai dit que j'aimais singulièrement à méditer dans la douce chaleur de mon lit, et que sa couleur agréable contribue beau-coup au plaisir que j'y trouve. 20

Pour me procurer ce plaisir, mon domestique a ordre d'en-trer dans ma chambre une demi-heure avant celle où j'ai ré-solu de me lever. Je l'entends marcher légèrement et tripoter dans ma chambre avec discrétion, et ce bruit me donne l'agré-ment de me sentir sommeiller : plaisir délicat et inconnu de 25 bien des gens ! On est assez éveillé pour s'apercevoir qu'on ne l'est pas tout à fait, et pour calculer confusément que l'heure des affaires et des ennuis est encore dans le sablier du temps. Insensiblement mon homme devient plus bruyant : il est si difficile de se contraindre ! d'ailleurs il sait que l'heure 30 fatale s'approche. Il regarde à ma montre et fait sonner les

C 2

breloques pour m'avertir, mais je fais la sourde oreille ; et, pour allonger encore cette heure charmante, il n'est sorte de chicanes que je ne fasse à ce pauvre malheureux. J'ai cent ordres préliminaires à lui donner pour gagner du temps. Il 5 sait fort bien que ces ordres que je lui donne d'assez mauvaise humeur ne sont que des prétextes pour rester au lit sans paraître le désirer. Il ne fait pas semblant de s'en apercevoir, et je lui en suis vraiment reconnaissant.

Enfin, lorsque j'ai épuisé toutes mes ressources, il s'avance 10 au milieu de la chambre, et se plante là, les bras croisés, dans la plus parfaite immobilité. On m'avouera qu'il n'est pas possible de désapprouver ma paresse avec plus d'esprit et de discrétion : aussi je ne résiste jamais à cette invitation tacite ; j'étends les bras pour lui témoigner que j'ai compris, et me 15 voilà assis.

Si le lecteur réfléchit sur la conduite de mon domestique, il pourra se convaincre que, dans certaines affaires délicates du genre de celle-ci, la simplicité et le bon sens valent infiniment mieux que l'esprit le plus adroit. J'ose assurer que le discours 20 le plus étudié sur les inconvénients de la paresse ne me déciderait pas à sortir aussi promptement de mon lit que le reproche muet de Monsieur Joannetti.

C'est un parfait honnête homme que Monsieur Joannetti, et en même temps celui de tous les hommes qui convenait le 25 plus à un voyageur comme moi. Il est accoutumé aux fréquents voyages de mon âme, et ne rit jamais des inconséquences de l'*autre* ; il la dirige même quelquefois lorsqu'elle est seule, en sorte qu'on pourrait dire alors qu'elle est conduite par deux âmes. Lorsqu'elle s'habille, par exemple, il l'avertit 30 par un signe qu'elle est sur le point de mettre ses bas à l'envers, ou son habit avant sa veste. Mon âme s'est souvent amusée à voir le pauvre Joannetti courir après la folle sous les berceaux de la citadelle pour l'avertir qu'elle avait oublié son chapeau, une autre fois son mouchoir.

35 Un jour (l'avouerai-je ?) sans ce fidèle domestique, qui la rattrapa au bas de l'escalier, l'étourdie s'acheminait vers la cour sans épée, aussi hardiment que le grand-maître des cérémonies portant l'auguste baguette.

XV. *Une Difficulté.*

'Tiens, Joannetti,' lui dis-je, 'raccroche ce portrait;'—il s'était aidé à le nettoyer, et ne se doutait non plus de tout ce qui a produit le chapitre du portrait que de ce qui se passe dans la lune. C'était lui qui, de son propre mouvement, 5 m'avait présenté l'éponge mouillée, et qui, par cette démarche en apparence indifférente, avait fait parcourir à mon âme cent millions de lieues en un instant. Au lieu de le remettre à sa place, il le tenait pour l'examiner à son tour. Une difficulté, un problème à résoudre lui donnait un air de curiosité que je re- 10 marquai. 'Voyons,' lui dis-je, 'que trouves-tu à redire dans ce portrait?' 'Oh! rien, Monsieur.' 'Mais encore?' Il le posa debout sur une des tablettes de mon bureau, puis, s'éloignant de quelques pas :—'Je voudrais,' dit-il, 'que Monsieur m'expliquât pourquoi ce portrait regarde toujours, quel que soit l'endroit 15 de la chambre où l'on se trouve : le matin, lorsque je fais le lit, la figure se tourne vers moi, et, si je vais à la fenêtre, elle me regarde encore et me suit des yeux en chemin.' 'En sorte, Joannetti,' lui dis-je, 'que si ma chambre était pleine de monde, cette belle dame lorgnerait de tout côté et tout le 20 monde à la fois?' 'Oh! oui, Monsieur.' 'Elle sourirait aux allants et aux venants tout comme à moi?' Joannetti ne répondit rien. Je m'étendis dans mon fauteuil et, baissant ma tête, je me livrai aux méditations les plus sérieuses. Quel trait de lumière! Pauvre amant! tandis que tu te morfonds 25 loin de ta maîtresse, auprès de laquelle tu es peut-être déjà remplacé; tandis que tu fixes avidement tes yeux sur son portrait et que tu t'imagines (au moins en peinture) être le seul regardé,—la perfide effigie, aussi infidèle que l'original, porte ses regards sur tout ce qui l'entoure et sourit à tout le 30 monde!

Voilà une ressemblance morale entre certains portraits et leurs modèles, qu'aucun philosophe, aucun peintre, aucun observateur n'avait encore aperçue.

Je marche de découvertes en découvertes. 35

XVI. *Solution.*

Joannetti était toujours dans la même attitude en attendant
l'explication qu'il m'avait demandée. Je sortis la tête des plis
de mon habit de voyage où je l'avais enfoncée pour méditer
5 plus à mon aise, et après un moment de silence, pour me
remettre des tristes réflexions que je venais de faire :—'Ne
vois-tu pas, Joannetti,' lui dis-je en tournant mon fauteuil de
son côté, 'ne vois-tu pas qu'un tableau étant une surface
plane, les rayons de lumière qui partent de chaque point de
10 cette surface . . . ?' Joannetti, à cette explication, ouvrit
tellement les yeux qu'il en laissait voir la prunelle tout entière ;
il avait en outre la bouche entr'ouverte : ces deux mouvements
dans la figure humaine annoncent, selon le fameux Le Brun,
le dernier période de l'étonnement. C'était ma bête, sans
15 doute, qui avait entrepris une semblable dissertation ; mon
âme savait de reste que Joannetti ignore complètement ce
que c'est qu'une surface plane, et encore plus ce que sont des
rayons de lumière : la prodigieuse dilatation de ses paupières
m'ayant fait rentrer en moi-même, je remis la tête dans le
20 collet de mon habit de voyage, et je l'y enfonçai tellement
que je parvins à la cacher presque tout entière.

Je résolus de dîner en cet endroit ; la matinée était fort
avancée ; un pas de plus dans ma chambre aurait porté mon
dîner à la nuit. Je me glissai jusqu'au bord de mon fauteuil,
25 et mettant les deux pieds sur la cheminée, j'attendis patiem-
ment le repas. C'est une attitude délicieuse que celle-là : il
serait, je crois, bien difficile d'en trouver une autre qui réunît
autant d'avantages, et qui fût aussi commode pour les séjours
inévitables dans un long voyage.

30 Rosine, ma chienne fidèle, ne manque jamais de venir alors
tirailler les basques de mon habit de voyage, pour que je la
prenne sur moi ; elle y trouve un lit tout arrangé et fort commode au sommet de l'angle que forment les deux parties de
mon corps : un V consonne représente à merveille ma situa-
35 tion. Rosine s'élance sur moi, si je ne la prends pas assez
tôt à son gré. Je la trouve souvent là sans savoir comment
elle y est venue. Mes mains s'arrangent d'elles-mêmes de la

manière la plus favorable à son bien-être, soit qu'il y ait une sympathie entre cette aimable bête et la mienne, soit que le hasard seul en décide. Mais je ne crois point au hasard, à ce triste système, — à ce mot qui ne signifie rien. Je croirais plutôt au magnétisme ; — je croirais plutôt au Martinisme. 5 Non, je n'y croirai jamais.

Il y a une telle réalité dans les rapports qui existent entre ces deux animaux, que lorsque je mets les deux pieds sur la cheminée, par pure distraction, lorsque l'heure du dîner est encore éloignée, et que je ne pense nullement à prendre l'étape, 10 toutefois Rosine, présente à ce mouvement, trahit le plaisir qu'elle éprouve en remuant légèrement la queue : la discrétion la retient à sa place ; et l'autre qui s'en aperçoit lui en sait gré, quoique incapable de raisonner sur la cause qui le produit. Il s'établit ainsi entre elles un dialogue muet, un rapport de 15 sensations très-agréable, et qui ne saurait absolument être attribué au hasard.

XVII. *Rosine.*

Qu'on ne me reproche point d'être prolixe dans les détails : c'est la manière des voyageurs. Lorsqu'on part pour monter 20 sur le mont Blanc, lorsqu'on va visiter la large ouverture du tombeau d'Empédocle, on ne manque jamais de décrire exactement les moindres circonstances : le nombre des personnes, celui des mulets, la qualité des provisions, l'excellent appétit des voyageurs, tout enfin, jusqu'aux faux pas des 25 montures, est soigneusement enregistré dans le journal pour l'instruction de l'univers sédentaire.

Sur ce principe, j'ai résolu de parler de ma chère Rosine, aimable animal que j'aime d'une véritable affection, et de lui consacrer un chapitre tout entier. 30

Depuis six ans que nous vivons ensemble, il n'y a pas eu le moindre refroidissement entre nous ; ou, s'il s'est élevé entre elle et moi quelques petites altercations, j'avoue de bonne foi que le plus grand tort a toujours été de mon côté, et que Rosine a toujours fait les premiers pas vers la 35 réconciliation.

Le soir, lorsqu'elle a été grondée, elle se retire tristement
et sans murmurer: le lendemain, à la pointe du jour, elle
est auprès de mon lit dans une attitude respectueuse, et au
moindre mouvement de son maître, au premier signe du
5 réveil, elle annonce sa présence par les battements précipités
de sa queue sur ma table de nuit.

Et pourquoi refuserais-je mon affection à cet être caressant qui n'a jamais cessé de m'aimer depuis l'époque où nous
avons commencé de vivre ensemble ? ma mémoire ne suffirait
10 pas à faire l'énumération des personnes qui se sont intéressées
à moi, et qui m'ont oublié. J'ai eu quelques amis, plusieurs
maîtresses, une foule de liaisons, encore plus de connaissances ;
—et maintenant je ne suis plus rien pour tout ce monde, qui
a oublié jusqu'à mon nom.

15 Que de protestations, que d'offres de services ! Je pouvais
compter sur leur fortune, sur une amitié éternelle et sans
réserve !

Ma chère Rosine, qui ne m'a point offert de services, me
rend le plus grand service qu'on puisse rendre à l'humanité :
20 elle m'aimait jadis, et m'aime encore aujourd'hui. Aussi, je
ne crains point de le dire, je l'aime avec une portion du même
sentiment que j'accorde à mes amis.

Qu'on en dise ce qu'on voudra.

XVIII. *Discrétion.*

25 Nous avons laissé Joannetti dans l'attitude de l'étonnement,
immobile devant moi, attendant la fin de la sublime explication que j'avais commencée.

Lorsqu'il me vit enfoncer tout à coup la tête dans ma robe
de chambre et finir ainsi mon explication, il ne douta pas
30 un instant que je ne fusse resté court faute de bonnes raisons,
et de m'avoir par conséquent terrassé par la difficulté qu'il
m'avait proposée.

Malgré la supériorité qu'il en acquérait sur moi, il ne sentit
pas le moindre mouvement d'orgueil, et ne chercha point à
35 profiter de son avantage. Après un petit moment de silence,
il prit le portrait, le remit à sa place, et se retira légèrement

sur la pointe du pied. Il sentait bien que sa présence était une espèce d'humiliation pour moi, et sa délicatesse lui suggéra de se retirer, sans m'en laisser apercevoir. Sa conduite, dans cette occasion, m'intéressa vivement, et le plaça toujours plus avant dans mon cœur. Il aura, sans doute, une place 5 dans celui du lecteur ; et s'il en est quelqu'un assez insensible pour la lui refuser après avoir lu le chapitre suivant, le ciel lui a sans doute donné un cœur de marbre.

XIX. *Une Larme.*

'Morbleu!' lui dis-je un jour, 'c'est pour la troisième fois que 10 je vous ordonne de m'acheter une brosse. Quelle tête! quel animal!' Il ne répondit pas un mot : il n'avait rien répondu la veille à une pareille incartade. 'Il est si exact!' disais-je ; je n'y concevais rien. 'Allez chercher un linge pour nettoyer mes souliers,' lui dis-je en colère. Pendant qu'il allait, je 15 me repentais de l'avoir ainsi brusqué. Mon courroux passa tout à fait lorsque je vis le soin avec lequel il tâchait d'ôter la poussière de mes souliers sans toucher à mes bas. J'appuyai ma main sur lui en signe de réconciliation. 'Quoi!' dis-je alors en moi-même, 'il y a donc des hommes qui décrottent 20 les souliers des autres pour de l'argent ?' Ce mot *d'argent* fut un trait de lumière qui vint m'éclairer. Je me ressouvins tout à coup qu'il y avait longtemps que je n'en avais point donné à mon domestique. 'Joannetti,' lui dis-je en retirant mon pied, 'avez-vous de l'argent ?' Un demi-sourire de justi- 25 fication parut sur ses lèvres à cette demande. 'Non, Monsieur, et il y a huit jours que je n'ai pas un sol ; j'ai dépensé tout ce qui m'appartenait pour vos petites emplettes.' 'Et la brosse ? C'est sans doute pour cela ?' . . . Il sourit encore. Il aurait pu dire à son maître : 'Non, je ne suis point une tête vide, 30 un animal, comme vous avez eu la cruauté de le dire à votre fidèle serviteur. Payez-moi 23 liv. 10 sols 4 den. que vous me devez, et je vous achèterai votre brosse.' Il se laissa maltraiter injustement plutôt que d'exposer son maître à rougir de sa colère.

Que le ciel le bénisse ! Philosophes ! chrétiens ! avez-vous
lu ?

'Tiens, Joannetti,' lui dis-je, 'tiens, cours acheter la brosse.'
'Mais, Monsieur, voulez-vous rester ainsi avec un soulier blanc
5 et l'autre noir ?'   'Va, te dis-je, acheter la brosse ; laisse, laisse
cette poussière sur mon soulier.'   Il sortit ; je pris le linge,
et je nettoyai délicieusement mon soulier gauche sur lequel
je laissai tomber une larme de repentir.

XX. *Albert et Charlotte.*

10   Les murs de ma chambre sont garnis d'estampes et de
tableaux qui l'embellissent singulièrement.   Je voudrais de
tout mon cœur les faire examiner au lecteur les uns après les
autres, pour l'amuser et le distraire de long du chemin que
nous devons encore parcourir pour arriver à mon bureau ;
15 mais il est aussi impossible d'expliquer clairement un tableau
que de faire un portrait ressemblant d'après une description.

Quelle émotion n'éprouverait-il pas, par exemple, en con-
templant la première estampe qui se présente aux regards !
Il y verrait la malheureuse Charlotte, essuyant lentement et
20 d'une main tremblante les pistolets d'Albert.   De noirs pressentiments et toutes les angoisses de l'amour, sans espoir
et sans consolation, sont empreints sur sa physionomie, tandis
que le froid Albert, entouré de sacs de procès et de vieux
papiers de toute espèce, se retourne froidement pour souhaiter
25 un bon voyage à son ami.   Combien de fois n'ai-je pas été
tenté de briser la glace qui couvre cette estampe pour arracher cet Albert de sa table, pour le mettre en pièces, le
fouler aux pieds !   Mais il restera toujours trop d'Alberts
en ce monde.   Quel est l'homme sensible qui n'a pas le sien
30 avec lequel il est obligé de vivre, et contre lequel les épanche-
ments de l'âme, les douces émotions du cœur et les élans
de l'imagination, vont se briser comme les flots sur les
rochers ?   Heureux celui qui trouve un ami dont le cœur
et l'esprit lui conviennent ; un ami qui s'unisse à lui par
35 une conformité de goûts, de sentiments et de connaissances ;
un ami qui ne soit pas tourmenté par l'ambition ou l'intérêt ;

—qui préfère l'ombre d'un arbre à la pompe d'une cour!
Heureux celui qui possède un ami!

XXI. *Un Ami.*

J'en avais un; la mort me l'a ôté; elle l'a saisi au commencement de sa carrière, au moment où son amitié était de- 5
venue un besoin pressant pour mon cœur. Nous nous soutenions
mutuellement dans les travaux pénibles de la guerre; nous
n'avions qu'une pipe à nous deux; nous buvions dans la même
coupe; nous couchions sous la même toile, et dans les circonstances malheureuses où nous sommes, l'endroit où nous 10
vivions ensemble était pour nous une nouvelle patrie. Je
l'ai vu en butte à tous les périls de la guerre, et d'une guerre
désastreuse. La mort semblait nous épargner l'un pour
l'autre; elle épuisa mille fois ses traits autour de lui sans
l'atteindre, mais c'était pour me rendre sa perte plus sensible. 15
Le tumulte des armes, l'enthousiasme qui s'empare de l'âme
à l'aspect du danger, auraient peut-être empêché ses cris
d'aller jusqu'à mon cœur. Sa mort eût été utile à son pays
et funeste aux ennemis. Je l'aurais moins regretté;—mais
le perdre au milieu des délices d'un quartier d'hiver! le voir 20
expirer dans mes bras au moment où il paraissait regorger
de santé; au moment où notre liaison se resserrait encore
dans le repos et la tranquilité! Ah! je ne m'en consolerai
jamais.

Cependant sa mémoire ne vit plus que dans mon cœur; 25
elle n'existe plus parmi ceux qui l'environnaient et qui l'ont
remplacé; cette idée me rend plus pénible le sentiment de sa
perte.

La nature, indifférente de même au sort des individus,
remet sa robe brillante du printemps, et se pare de toute 30
sa beauté autour du cimetière où il repose. Les arbres se
couvrent de feuilles et entrelacent leurs branches; les oiseaux
chantent sous le feuillage; les mouches bourdonnent parmi
les fleurs; tout respire la joie et la vie dans le séjour de
la mort;—et le soir, tandis que la lune brille dans le ciel, 35
et que je médite près de ce triste lieu, j'entends le grillon

poursuivre gaîment son chant infatigable, caché dans l'herbe qui couvre la tombe silencieuse de mon ami. La destruction insensible des êtres et tous les malheurs de l'humanité sont comptés pour rien dans le grand tout. La mort d'un homme
5 sensible qui expire au milieu de ses amis désolés, et celle d'un papillon que l'air froid du matin fait périr dans le calice d'une fleur, sont deux époques semblables dans le cours de la nature. L'homme n'est rien qu'un fantôme, une ombre, une vapeur qui se dissipe dans les airs.

10 Mais l'aube matinale commence à blanchir le ciel; les noires idées qui m'agitaient s'évanouissent avec la nuit, et l'espérance renaît dans mon cœur. Non, Celui qui inonde ainsi l'orient de lumière ne l'a point fait briller à mes regards pour me plonger bientôt dans la nuit du néant. Celui qui
15 étendit cet horizon incommensurable, Celui qui éleva ces masses énormes, dont le soleil dore les sommets glacés, est aussi Celui qui a ordonné à mon cœur de battre et à mon esprit de penser.

Non, mon ami n'est point entré dans le néant; quelle que
20 soit la barrière qui nous sépare, je le reverrai. Ce n'est point sur un syllogisme que je fonde mon espérance. Le vol d'un insecte qui traverse les airs suffit pour me persuader; et souvent l'aspect de la campagne, le parfum des airs, et je ne sais quel charme répandu autour de moi, élèvent telle-
25 ment mes pensées, qu'une preuve invincible de l'immor-talité entre avec violence dans mon âme et l'occupe tout entière.

XXII. *Jenny.*

Depuis longtemps le chapitre que je viens d'écrire se
30 présentait à ma plume, et je l'avais toujours rejeté. Je m'étais promis de ne laisser voir dans ce livre que la face riante de mon âme; mais ce projet m'a échappé comme tant d'autres; j'espère que le lecteur sensible me pardonnera de lui avoir demandé quelques larmes; et si quelqu'un trouve
35 qu'à la vérité[1] j'aurais pu retrancher ce triste chapitre, il

---

[1] Voyez le Roman de Werther, Lettre 28, 12 Août.

peut le déchirer dans son exemplaire, ou même jeter le livre
au feu.

Il me suffit que tu le trouves selon ton cœur, ma chère
Jenny, toi, la meilleure et la plus aimée des femmes;—toi,
la meilleure et la plus aimée des sœurs; c'est à toi que je 5
dédie mon ouvrage; s'il a ton approbation, il aura celle de
tous les cœurs sensibles et délicats; et si tu pardonnes aux
folies qui m'échappent quelquefois malgré moi, je brave tous
les censeurs de l'univers.

XXIII. *Le Musée.* 10

Je ne dirai qu'un mot de l'estampe suivante.

C'est la famille du malheureux Ugolin, expirant de faim :
autour de lui, un de ses fils est étendu sans mouvement à
ses pieds; les autres lui tendent leurs bras affaiblis, et lui
demandent du pain, tandis que le malheureux père, appuyé 15
contre une colonne de la prison, l'œil fixe et hagard, le visage
immobile—dans l'horrible tranquillité que donne le dernier
période du désespoir, meurt à la fois de sa propre mort, et
de celle de tous ses enfants, et souffre tout ce que la nature
humaine peut souffrir. 20

Brave chevalier d'Assas, te voilà expirant sous cent baïon-
nettes, par un effort de courage, par un héroïsme qu'on ne
connaît plus de nos jours.

Et toi qui pleures sous ces palmiers, malheureuse négresse !
toi qu'un barbare, qui sans doute n'était pas Anglais, a trahie 25
et délaissée :—que dis-je ? toi qu'il a eu la cruauté de vendre
comme une vile esclave, malgré ton amour et tes services,
malgré le fruit de sa tendresse que tu portais dans ton sein,—
je ne passerai point devant ton image sans te rendre l'hommage qui est dû à ta sensibilité et à tes malheurs. 30

Arrêtons-nous un instant devant cet autre tableau : c'est
une jeune bergère qui garde toute seule son troupeau sur
le sommet des Alpes: elle est assise sur un vieux tronc de
sapin renversé et blanchi par les hivers; ses pieds sont re-
couverts par les larges feuilles d'une touffe de cacalia, dont 35
la fleur lilas s'élève au-dessus de sa tête. La lavande, le

thym, l'anémone, la centaurée, des fleurs de toute espèce
qu'on cultive avec peine dans nos serres et nos jardins, et
qui naissent sur les Alpes dans toute leur beauté primitive,
forment le tapis brillant sur lequel errent ses brebis.

5   Aimable bergère, dis-moi où se trouve l'heureux coin de
terre que tu habites? De quelle bergerie éloignée es-tu
partie ce matin au lever de l'aurore? Ne pourrais-je y
aller vivre avec toi?

Mais, hélas! la douce tranquillité dont tu jouis ne tardera
10 pas à s'évanouir: le démon de la guerre, non content de
désoler les cités, va bientôt porter le trouble et l'épouvante
jusque dans ta retraite solitaire. Déjà les soldats s'avan-
cent; je les vois gravir de montagnes en montagnes et
s'approcher des nues. Le bruit du canon se fait entendre
15 dans le séjour élevé du tonnerre.

Fuis, bergère, presse ton troupeau; cache toi dans les
autres les plus reculés et les plus sauvages; il n'est plus de
repos sur cette triste terre !

XXIV. *De la Peinture et de la Musique.*

20   Je ne sais comment cela m'arrive, depuis quelque temps
mes chapitres finissent toujours sur un ton sinistre; en vain
je fixe, en les commençant, mes regards sur quelque objet
agréable;—en vain je m'embarque par le calme, j'essuie
bientôt une bourrasque qui me fait dériver. Pour mettre
25 fin à cette agitation, qui ne me laisse pas le maître de mes
idées, et pour apaiser les battements de mon cœur que tant
d'images attendrissantes ont trop agité, je ne vois d'autre
remède qu'une dissertation. Oui, je veux mettre ce morceau
de glace sur mon cœur.

30   Et cette dissertation sera sur la peinture; car de disserter
sur tout autre objet il n'y a point moyen. Je ne puis descendre
tout à fait du point où j'étais monté tout à l'heure: d'ailleurs,
c'est le *Dada* de mon oncle Tobie.

Je voudrais dire, en passant, quelques mots sur la question
35 de la prééminence entre l'art charmant de la peinture et celui

de la musique : oui, je veux mettre quelque chose dans la balance, ne fût-ce qu'un grain de sable, un atome.

On dit en faveur du péintre qu'il laisse quelque chose après lui ; ses tableaux lui survivent et éternisent sa mémoire.

On répond que les compositeurs en musique laissent aussi 5 des opéras et des concerts:—mais la musique est sujette à la mode, et la peinture ne l'est pas. Les morceaux de musique qui attendrissaient nos aïeux sont ridicules pour les amateurs de nos jours, et on les place dans les opéras bouffons pour faire rire les neveux de ceux qu'ils faisaient pleurer 10 autrefois.

Les tableaux de Raphaël enchanteront notre postérité comme ils ont ravi nos ancêtres.

Voilà mon grain de sable.

XXV. *Objection.*   15

'Mais que m'importe à moi,' me dit un jour Madame de Hautcastel, 'que la musique de Chérubini, ou de Cimarosa diffère de celle de leurs prédécesseurs? Que m'importe que l'ancienne musique me fasse rire, pourvu que la nouvelle m'attendrisse délicieusement? Est-il donc nécessaire à mon 20 bonheur que mes plaisirs ressemblent à ceux de ma trisaïeule? Que me parlez-vous de peinture, d'un art qui n'est goûté que par une classe très-peu nombreuse de personnes, tandis que la musique enchante tout ce qui respire!'

Je ne sais pas trop dans ce moment ce qu'on pourrait 25 répondre à cette observation à laquelle je ne m'attendais pas en commençant ce chapitre.

Si je l'avais prévue, peut-être je n'aurais pas entrepris cette dissertation. Et qu'on ne prenne point ceci pour un tour de musicien. Je ne le suis point, sur mon honneur!—non, je 30 ne suis pas musicien; j'en atteste le ciel et tous ceux qui m'ont entendu jouer du violon.

Mais en supposant le mérite de l'art égal de part et d'autre, il ne faudrait pas se presser de conclure du mérite de l'art au mérite de l'artiste. On voit des enfants toucher du 35 clavecin en grands maîtres ; on n'a jamais vu un bon peintre

de douze ans. La peinture, outre le goût et le sentiment,
exige une tête pensante dont les musiciens peuvent se passer.
On voit tous les jours des hommes sans tête et sans cœur tirer
d'un violon, d'une harpe, des sons ravissants.

5   On peut élever la bête humaine à toucher du clavecin, et
lorsqu'elle est élevée par un bon maître, l'âme peut voyager
tout à son aise, tandis que les doigts vont machinalement
tirer des sons dont elle ne se mêle nullement. On ne saurait,
au contraire, peindre la chose du monde la plus simple, sans
10 que l'âme y emploie toutes ses facultés.

Si cependant quelqu'un s'avisait de distinguer entre la
musique de composition et celle d'exécution, j'avoue qu'il
m'embarrasserait un peu. Hélas! si tous les faiseurs de dissertations étaient de bonne foi, c'est ainsi qu'elles finiraient
15 toutes. En commençant l'examen d'une question, on prend
ordinairement le ton dogmatique, parce qu'on est décidé en
secret, comme je l'étais réellement pour la peinture, malgré
mon hypocrite impartialité ; mais la discussion réveille l'ob-
jection, et tout finit par le doute.

20   XXVI. *Raphaël.*

Maintenant que je suis plus tranquille, je vais tâcher de
parler sans émotion des deux portraits qui suivent le tableau
de la bergère des Alpes.

Raphaël! ton portrait ne pouvait être peint que par toi-
25 même. Quel autre eût osé l'entreprendre ? Ta figure
ouverte, sensible, spirituelle, annonce ton caractère et ton
génie.

Pour complaire à ton ombre, j'ai placé auprès de toi le
portrait de ta maîtresse, à qui tous les hommes de tous les
30 siècles demanderont éternellement compte des ouvrages sublimes dont ta mort prématurée a privé les arts.

Lorsque j'examine le portrait de Raphaël, je me sens péné-
tré d'un respect presque religieux pour ce grand homme, qui,
à la fleur de son âge, avait surpassé toute l'antiquité, et dont
35 les tableaux font l'admiration et le désespoir des artistes
modernes. Mon âme, en l'admirant, éprouve un mouvement

d'indignation contre cette Italienne qui préféra son amour à son amant, et qui éteignit dans son sein ce flambeau céleste, ce génie divin.

Malheureuse! ne savais-tu donc pas que Raphaël avait annoncé un tableau supérieur à celui de la Transfiguration? 5 Ignorais-tu que tu serrais dans tes bras le favori de la nature, le père de l'enthousiasme, un génie sublime,—un dieu?

Tandis que mon âme fait ces observations, sa compagne, en fixant un œil attentif sur la figure ravissante de cette 10 funeste beauté, se sent toute prête à lui pardonner la mort de Raphaël.

En vain mon âme lui reproche son extravagante faiblesse, elle n'est point écoutée. Il s'établit entre ces deux dames, dans ces sortes d'occasions, un dialogue singulier qui finit 15 trop souvent à l'avantage du mauvais principe, et dont je réserve un échantillon pour un autre chapitre.

Et si mon âme, par exemple, ne levait brusquement la séance dans ce moment,—si elle laissait à l'*autre* le loisir de contempler les formes arrondies et pleines de grâces de 20 la belle Romaine, l'intelligence perdrait misérablement sa suprématie.

Et si, dans cette situation critique, j'obtenais tout à coup le privilége accordé à l'heureux Pygmalion,—sans avoir la moindre étincelle du génie qui fait pardonner à Raphaël ses 25 égarements, je serais capable,—oui, je serais capable de faire la même mort que lui.

XXVII. *Un Tableau Parfait.*

Les estampes et les tableaux dont je viens de parler pâlissent et disparaissent au premier coup d'œil qu'on jette sur 30 le tableau suivant; les ouvrages immortels de Raphaël, de Corrége et de toute l'école d'Italie, ne soutiendraient pas le parallèle: aussi je le garde toujours pour le dernier morceau, pour la pièce de réserve, lorsque je procure à quelque curieux le plaisir de voyager avec moi; et je puis assurer 35 que depuis que je fais voir ce tableau sublime aux connaisseurs

et aux ignorants, aux gens du monde, aux artisans, aux femmes
et aux enfants, aux animaux mêmes, j'ai toujours vu les spectateurs quelconques donner, chacun à sa manière, des signes
de plaisir et d'étonnement, tant la nature y est admirable-
5 ment rendue.

Eh! quel tableau pourrait-on vous présenter, Messieurs?
quel spectacle pourrait-on mettre sous vos yeux, Mesdames,
plus sûr de votre suffrage que la fidèle représentation de vous-
même? Le tableau dont je parle est un miroir, et personne
10 jusqu'à présent ne s'est encore avisé de le critiquer; il est,
pour tous ceux qui le regardent, un tableau parfait auquel il
n'y a rien à redire.

On conviendra sans doute qu'il doit être compté pour une
des merveilles de la contrée où je me promène.

15 Je passerai sous silence le plaisir qu'éprouve le physicien
méditant sur les étranges phénomènes de la lumière, qui
représente tous les objets de la nature sur cette surface polie.
Le miroir présente au voyageur sédentaire mille réflexions
intéressantes, mille observations qui le rendent un objet utile
20 et précieux.

Vous que l'amour a tenu ou tient encore sous son empire,
apprenez que c'est devant un miroir qu'il aiguise ses traits
et médite ses cruautés; c'est là qu'il répète ses manœuvres,
qu'il étudie ses mouvements, qu'il se prépare d'avance à la
25 guerre qu'il veut déclarer; c'est là qu'il s'exerce aux doux
regards, aux petites mines, aux bouderies savantes, comme
un acteur s'exerce en face de lui-même avant de se présenter
au public.

Toujours impartial et vrai, un miroir renvoie aux yeux
30 du spectateur les roses de la jeunesse et les rides de l'âge,
sans calomnier et sans flatter personne. Seul entre tous
les conseillers des grands, il leur dit constamment la
vérité.

Cet avantage m'avait fait désirer l'invention d'un miroir
35 moral, où tous les hommes pourraient se voir avec leurs
vices et leurs vertus. Je songeais même à proposer un prix
à quelque académie pour cette découverte, lorsque de mûres
réflexions m'en ont prouvé l'inutilité.

Hélas ! il est si rare que la laideur se reconnaisse et casse le miroir ! en vain les glaces se multiplient autour de nous et réfléchissent avec une exactitude géométrique la lumière et la vérité : au moment où les rayons vont pénétrer dans notre œil et nous peindre tels que nous sommes, l'amour- 5 propre glisse son prisme trompeur entre nous et notre image, et nous présente une divinité.

Et de tous les prismes qui ont existé depuis le premier qui sortit des mains de l'immortel Newton, aucun n'a possédé une force de réfraction aussi puissante, et ne produit des 10 couleurs aussi agréables et aussi vives que le prisme de l'amour-propre.

Or, puisque les miroirs communs annoncent en vain la vérité, et que chacun est content de sa figure, puisqu'ils ne peuvent faire connaître aux hommes leurs imperfections 15 physiques, à quoi servirait mon miroir moral ? Peu de monde y jetterait les yeux, et personne ne s'y reconnaîtrait. Les philosophes seuls perdraient leur temps à se mirer. J'en doute même un peu.

En prenant le miroir pour ce qu'il est, j'espère que per- 20 sonne ne me blâmera de l'avoir placé au-dessus de tous les tableaux de l'école d'Italie.

Les dames, dont le goût ne saurait être faux, et dont la décision doit tout régler, jettent ordinairement leur premier coup d'œil sur ce tableau lorsqu'elles entrent dans un ap- 25 partement.

J'ai vu mille fois des dames, et même des damoiseaux, oublier au bal leurs amants ou leurs maîtresses, la danse et tous les plaisirs de la fête, pour contempler, avec une complaisance marquée, ce tableau enchanteur,—et l'honorer 30 même de temps à autre d'un coup d'œil au milieu de la contredanse la plus animée.

Qui pourrait donc lui disputer le rang que je lui accorde parmi les chefs-d'œuvre de l'art d'Apelles ?

XXVIII. *La Voiture Versée.*

J'étais enfin arrivé tout près de mon bureau; déjà même,
en allongeant le bras, j'aurais pu en toucher l'angle le plus
voisin de moi, lorsque je me vis au moment de voir détruire
5 le fruit de tous mes travaux et de perdre la vie. Je devrais
passer sous silence l'accident qui m'arriva pour ne pas dé-
courager les voyageurs; mais il est si difficile de verser dans
la chaise de poste dont je me sers qu'on sera forcé de con-
venir qu'il faut être malheureux au dernier point,—aussi mal-
10 heureux que je le suis, pour courir un semblable danger.

Je me trouvai étendu par terre, complétement versé et
renversé, et cela si vite, si inopinément, que j'aurais été tenté
de révoquer en doute mon malheur, si un tintement dans la
tête et une violente douleur à l'épaule gauche ne m'en avaient
15 trop évidemment prouvé l'authenticité.

Ce fut encore un mauvais tour de ma moitié. Effrayée par
la voix d'un pauvre qui demanda tout à coup l'aumône à
ma porte et par les aboiements de Rosine, elle fit tourner
brusquement mon fauteuil, avant que mon âme eût le temps
20 de l'avertir qu'il manquait une brique derrière; l'impulsion
fut si violente que ma chaise de poste se trouva absolument
hors de son centre de gravité et se renversa sur moi.

Voici, je l'avoue, une des occasions où j'ai eu le plus à
me plaindre de mon âme; car, au lieu d'être fâchée de
25 l'absence qu'elle venait de faire et de tancer sa compagne
sur sa précipitation, elle s'oublia au point de partager le res-
sentiment le plus animal et de maltraiter, de paroles, ce pauvre
innocent. 'Fainéant! allez travailler,' lui dit-elle. (Apos-
trophe exécrable, inventée par l'avare et cruelle richesse!)
30 'Monsieur,' dit-il alors pour m'attendrir, 'je suis de Chambéry.'
'Tant pis pour vous!' 'Je suis Jacques, c'est moi que vous
avez vu à la campagne; c'est moi qui menais les moutons
aux champs.' 'Que venez-vous faire ici?' Mon âme commençait à se repentir de la brutalité de mes premières
35 paroles. Je crois même qu'elle s'en était repentie un instant
avant de les laisser échapper. C'est ainsi que lorsqu'on

rencontre inopinément dans sa course un fossé ou un bourbier, on le voit, mais on n'a plus le temps de l'éviter.

Rosine acheva de me ramener au bon sens et au repentir : elle avait reconnu Jacques, qui avait souvent partagé son pain avec elle, et lui témoignait, par ses caresses, son souvenir 5 et sa reconnaissance.

Pendant ce temps, Joannetti ayant rassemblé les restes de mon dîner, qui étaient destinés pour le sien, les donna sans hésiter à Jacques.

Pauvre Joannetti !　　　　　　　　　　　　　　　　　10

C'est ainsi que dans mon voyage je vais prenant des leçons de philosophie et d'humanité de mon domestique et de mon chien.

XXIX. *Le Malheur.*

Avant d'aller plus loin, je veux détruire un doute qui 15 pourrait s'être introduit dans l'esprit de mes lecteurs.

Je ne voudrais pas, pour tout au monde, qu'on me soupçonnât d'avoir entrepris ce voyage uniquement pour ne savoir que faire, et forcé, en quelque sorte, par les circonstances : j'assure ici, et je jure par tout ce qui m'est cher, que j'avais 20 le dessein de l'entreprendre longtemps avant l'événement qui m'a fait perdre ma liberté pendant quarante-deux jours. Cette retraite forcée ne fut qu'une occasion de me mettre en route plus tôt.

Je sais que la protestation gratuite que je fais ici paraîtra 25 suspecte à certaines personnes ;—mais je sais aussi que les gens soupçonneux ne liront pas ce livre ;—ils ont assez d'occupation chez eux et chez leurs amis ; ils ont bien d'autres affaires,—et les bonnes gens me croiront.

Je conviens cependant que j'aurais préféré m'occuper de 30 ce voyage dans un autre temps, et que j'aurais choisi, pour l'exécuter, le carême plutôt que le carnaval ; toutefois, des réflexions philosophiques, qui me sont venues du ciel, m'ont beaucoup aidé à supporter la privation des plaisirs que Turin présente en foule dans ces moments de bruit et d'agitation. 35 Il est très-sûr, me disais-je, que les murs de ma chambre

ne sont pas aussi magnifiquement décorés que ceux d'une salle de bal: le silence de ma cabine ne vaut pas l'agréable bruit de la musique et de la danse. Mais parmi les brillants personnages qu'on rencontre dans ces fêtes, il en est certaine-
5 ment de plus ennuyés que moi.

Et pourquoi m'attacherais-je à considérer ceux qui sont dans une situation plus agréable, tandis que le monde fourmille de gens plus malheureux que je ne le suis dans la mienne? Au lieu de me transporter par l'imagination dans
10 ce superbe casin, où tant de beautés sont éclipsées par la jeune Eugénie, pour me trouver heureux, je n'ai qu'à m'arrêter un instant le long des rues qui y conduisent. Un tas d'infortunés, couchés à demi nus sous les portiques de ces appartements somptueux, semblent près d'expirer de froid
15 et de misère. Quel spectacle! Je voudrais que cette page de mon livre fût connue de tout l'univers; je voudrais qu'on sût que dans cette ville, où tout respire l'opulence, pendant les nuits les plus froides de l'hiver, une foule de malheureux dorment à découvert, la tête appuyée contre une borne ou
20 sur le seuil d'un palais.

Ici, c'est un groupe d'enfants, serrés les uns contre les autres pour ne pas mourir de froid. Là, c'est une femme tremblante et sans voix pour se plaindre. Les passants vont et viennent sans être émus d'un spectacle auquel ils sont
25 accoutumés. Le bruit des carrosses, la voix de l'intempérance, les sons ravissants de la musique, se mêlent quelquefois aux cris de ces malheureux et forment une horrible dissonance.

XXX. La Charité.

30 Celui qui se presserait de juger une ville d'après le chapitre précédent se tromperait fort. J'ai parlé des pauvres qu'on y trouve, de leurs cris pitoyables, et de l'indifférence de certaines personnes à leur égard; mais je n'ai rien dit de la foule d'hommes charitables qui dorment pendant que
35 les autres s'amusent, qui se lèvent à la pointe du jour et vont secourir l'infortune sans témoins et sans ostentation.

Non, je ne passerai point cela sous silence ;—je veux l'écrire sur le revers de la page que tout l'univers doit lire.

Après avoir ainsi partagé leur fortune avec leurs frères ; après avoir versé le baume dans ces cœurs froissés par la douleur, ils vont dans les églises, tandis que le vice fatigué 5 dort sur l'édredon, offrir à Dieu leurs prières et le remercier de ses bienfaits : la lumière de la lampe solitaire combat encore dans le temple celle du jour naissant, et déjà ils sont prosternés au pied des autels ;—et l'Éternel, irrité de la dureté et de l'avarice des hommes, retient sa foudre prête 10 à frapper.

XXXI. *Inventaire.*

J'ai voulu dire quelque chose de ces malheureux dans mon voyage, parce que l'idée de leur misère est souvent venue 15 me distraire en chemin. Quelquefois, frappé de la différence de leur situation et de la mienne, j'arrêtais tout à coup ma berline, et ma chambre me paraissait prodigieusement embellie. Quel luxe inutile ! Six chaises ! deux tables ! un bureau ! un miroir ! Quelle ostentation ! Mon lit surtout, 20 mon lit couleur de rose et blanc, et mes deux matelas, me semblaient défier la magnificence et la mollesse des monarques de l'Asie. Ces réflexions me rendaient indifférents les plaisirs qu'on m'avait défendus. Et de réflexions en réflexions, mon accès de philosophie devenait tel que j'aurais vu un bal 25 dans la chambre voisine, que j'aurais entendu le son des violons et des clarinettes sans remuer de ma place ;—j'aurais entendu de mes deux oreilles la voix mélodieuse de Marchesini, cette voix qui m'a si souvent mis hors de moi-même, oui, je l'aurais entendue sans m'ébranler ;—bien plus, j'aurais 30 regardé sans la moindre émotion la plus belle femme de Turin, Eugénie elle-même, parée de la tête aux pieds par les mains de mademoiselle Rapoux. Cela n'est cependant pas bien sûr.

XXXII. *Misanthropie.*

Mais, permettez-moi de vous le demander, Messieurs, vous amusez-vous autant qu'autrefois au bal et à la comédie ? Pour moi, je vous l'avoue, depuis quelque temps toutes les 5 assemblées nombreuses m'inspirent une certaine terreur. J'y suis assailli par un songe sinistre. En vain je fais mes efforts pour le chasser, il revient toujours comme celui d'Athalie. C'est peut-être parce que l'âme, inondée aujourd'hui d'idées noires et de tableaux déchirants, trouve partout des sujets 10 de tristesse,—comme un estomac vicié convertit en poison les aliments les plus sains. Quoi qu'il en soit, voici mon songe :—Lorsque je suis dans une de ces fêtes au milieu de cette foule d'hommes aimables et caressants, qui dansent, qui chantent,—qui pleurent aux tragédies, qui n'expriment 15 que la joie, la franchise et la cordialité, je me dis :—Si dans cette assemblée polie il entrait tout à coup un ours blanc, un philosophe, un tigre ou quelque autre animal de cette espèce, et que, montant à l'orchestre, il s'écriât d'une voix forcenée :

'Malheureux humains ! écoutez la vérité qui vous parle 20 par ma bouche : vous êtes opprimés, tyrannisés ; vous êtes malheureux ; vous êtes ennuyés. Sortez de cette léthargie.

'Vous, musiciens, commencez par briser vos instruments sur vos têtes : que chacun s'arme d'un poignard ; ne pensez plus désormais aux délassements ni aux fêtes ; montez aux 25 loges, égorgez tout le monde ; que les femmes trempent aussi leurs mains timides dans le sang.

'Sortez, vous êtres libres, arrachez votre roi de son trône, et votre Dieu de son sanctuaire.'

Eh bien ! ce que le tigre a dit, combien de ces hommes 30 charmants l'exécuteront ? Combien peut-être y pensaient avant qu'il entrât ! Qui le sait ? Est-ce qu'on ne dansait pas à Paris il y a cinq ans ?

Joannetti ! fermez les portes et les fenêtres. Je ne veux plus voir la lumière ; qu'aucun homme n'entre dans ma 35 chambre ;—mettez mon sabre à la portée de ma main ;—sortez vous-même, et ne reparaissez plus devant moi.

XXXIII. *Consolation.*

Non, non, reste, Joannetti, reste, pauvre garçon,—et toi
aussi, ma Rosine, toi qui devines mes peines et qui les
adoucis par tes caresses, viens, ma Rosine ; viens—V consonne
et séjour.   5

XXXIV. *Correspondance.*

La chûte de ma chaise de poste a rendu le service au lecteur
de raccourcir mon voyage d'une bonne douzaine de chapitres,
parce qu'en me relevant je me trouvai vis-à-vis et tout près
de mon bureau, et que je ne fus plus à temps de faire des 10
réflexions sur nombre d'estampes et de tableaux que j'avais
encore à parcourir, et qui auraient pu allonger mes excursions
sur la peinture.

En laissant donc sur la droite les portraits de Raphaël et de
sa maîtresse, le chevalier d'Assas et la bergère des Alpes, et 15
longeant sur la gauche du côté de la fenêtre, on découvre
mon bureau : c'est le premier objet et le plus apparent qui se
présente aux regards du voyageur, en suivant la route que
je viens d'indiquer.

Il est surmonté de quelques tablettes servant de biblio- 20
thèque,—le tout est couronné par un buste qui termine la
pyramide, et c'est l'objet qui contribue le plus à l'embel-
lissement du pays.

En tirant le premier tiroir à droite, on trouve une écritoire,
du papier de toute espèce, des plumes toutes taillées, de la 25
cire à cacheter.   Tout cela donnerait l'envie d'écrire à l'être
le plus indolent.

Je suis sûr, ma chère Jenny, que si tu venais à ouvrir ce
tiroir par hasard, tu répondrais à la lettre que je t'écrivis
l'an passé.   30

Dans le tiroir correspondant gisent confusément entassés
les matériaux de l'histoire attendrissante de la prisonnière de
Pignerol que vous lirez bientôt, mes chers amis.

Entre ces deux tiroirs est un enfoncement où je jette les

lettres à mesure que je les reçois ; on trouve là toutes celles
que j'ai reçues depuis dix ans; les plus anciennes sont rangées
selon leurs dates en plusieurs paquets ; les nouvelles sont pêle-
mêle : il m'en reste plusieurs qui datent de ma première
5 jeunesse.

Quel plaisir de revoir dans ces lettres les situations intéressantes de nos jeunes années ! d'être transportés de nouveau
dans ces temps heureux que nous ne reverrons plus !

Ah ! comme mon cœur est plein, comme il jouit tristement
10 lorsque mes yeux parcourent les lignes tracées par un être qui
n'existe plus !   Voilà ses caractères, c'est son cœur qui con-
duisait sa main ; c'est à moi qu'il écrivait cette lettre, et cette
lettre est tout ce qui me reste de lui.

Lorsque je porte la main dans ce réduit, il est rare que je
15 m'en tire de toute la journée.   C'est ainsi que le voyageur
traverse rapidement quelques provinces d'Italie, en faisant à
la hâte quelques observations superficielles, pour se fixer à
Rome pendant des mois entiers.

C'est la veine la plus riche de la mine que j'exploite : quel ·
20 changement dans mes idées et dans mes sentiments ! quelle
différence dans mes amis, lorsque je les examine alors et aujourd'hui ! Je les vois mortellement agités pour des projets
qui ne les touchent plus maintenant !

Nous regardions comme un grand malheur un événement ;
25 mais la fin de la lettre manque, et l'événement est complètement oublié ; je ne puis savoir de quoi il était question.
Mille préjugés nous assiégeaient; le monde et les hommes
nous étaient totalement inconnus : mais aussi, quelle chaleur
dans notre commerce ! quelle liaison intime ! quelle confiance
30 sans bornes !   .

Nous étions heureux par nos erreurs.   Et maintenant : ah !
ce n'est plus cela; il nous a fallu lire, comme les autres, dans
le cœur humain; et la vérité, tombant au milieu de nous,
comme une bombe, a détruit pour toujours le palais enchanté
35 de l'illusion.

XXXV. *La Rose Sèche.*

Il ne tiendrait qu'à moi de faire un chapitre sur cette rose sèche que voilà, si le sujet en valait la peine : c'est une fleur du carnaval de l'année dernière ; j'allai moi-même la cueillir dans les serres du Valentin ; et le soir, une heure avant le bal, 5 plein d'espérance et dans une agréable émotion, j'allai la présenter à madame de Hautcastel. Elle la prit,—la posa sur sa toilette, sans la regarder, et sans me regarder moi-même. Mais comment aurait-elle fait attention à moi ? elle était occupée à se regarder elle-même. Debout devant un grand 10 miroir, toute coiffée, elle mettait la dernière main à sa parure ; elle était si fort préoccupée, son attention était si totalement absorbée par des rubans, des gazes et des pompons de toute espèce amoncelés devant elle, que je n'obtins pas même un regard, un signe. Je me résignai : je tenais humblement des 15 épingles toutes prêtes arrangées dans ma main ; mais, son carreau se trouvant plus à sa portée, elle les prenait à son carreau, et, si j'avançais la main, elle les prenait de ma main, indifféremment ; et pour les prendre, elle tâtonnait, sans ôter les yeux de son miroir, de crainte de se perdre de vue. 20

Je tins quelque temps un second miroir derrière elle, pour lui faire mieux juger de sa parure ; et sa physionomie se répétant d'un miroir à l'autre, je vis alors une perspective de coquettes, dont aucune ne faisait attention à moi. Enfin, l'avouerai-je, nous faisions, ma rose et moi, une fort triste 25 figure.

Je finis par perdre patience, et, ne pouvant plus résister au dépit qui me dévorait, je posai le miroir que je tenais à la main, et je sortis d'un air de colère et sans prendre congé.

' Vous en allez-vous ?' me dit-elle en se tournant de côté pour 30 voir sa taille de profil. Je ne répondis rien ; mais j'écoutai quelque temps à la porte pour savoir l'effet qu'allait produire ma brusque sortie. ' Ne voyez-vous pas,' disait-elle à sa femme de chambre après un instant de silence, ' ne voyez-vous pas que ce caraco est beaucoup trop large pour ma taille, surtout en 35 bas, et qu'il faut y faire une baste avec des épingles ?'

Comment et pourquoi cette rose sèche se trouve là sur une tablette de mon bureau, c'est ce que je ne dirai certainement pas, parce que j'ai déclaré qu'une rose sèche ne méritait pas un chapitre.

5 Remarquez bien, mesdames, que je ne fais aucune réflexion sur l'aventure de la rose sèche. Je ne dis point que madame de Hautcastel ait bien ou mal fait de me préférer sa parure, ni que j'eusse le droit d'être reçu autrement.

Je me garde encore avec plus de soin d'en tirer des con-
10 séquences générales sur la réalité, la force et la durée de l'affection des dames pour leurs amis. Je me contente de jeter ce chapitre (puisque c'en est un), de le jeter, dis-je, dans le monde avec le reste du voyage, sans l'adresser à personne, et sans le recommander à personne.

15 Je n'ajouterai qu'un conseil pour vous, messieurs, c'est de vous mettre bien dans l'esprit qu'un jour de bal votre maîtresse n'est plus à vous.

Au moment où la parure commence, l'amant n'est plus qu'un mari, et le bal seul devient l'amant.

20 Tout le monde sait de reste ce que gagne un mari à vouloir se faire aimer par force : prenez donc votre mal en patience et en riant.

Et ne vous faites pas illusion, monsieur : si l'on vous voit venir avec plaisir au bal, ce n'est point en votre qualité d'amant ;
25 car vous êtes un mari : c'est parce que vous faites partie du bal, et que vous êtes, par conséquent, une fraction de sa nouvelle conquête ; vous êtes une décimale d'amant ; ou bien, peut-être, c'est parce que vous dansez bien, et que vous la ferez briller ; enfin, ce qu'il peut y avoir de plus flatteur pour
30 vous dans le bon accueil qu'elle vous fait, c'est qu'elle espère qu'en déclarant pour son amant un homme de mérite comme vous, elle excitera la jalousie de ses compagnes ; sans cette considération, elle ne vous regarderait seulement pas.

Voilà donc qui est entendu ; il faudra vous résigner et at-
35 tendre que votre rôle de mari soit passé. J'en connais plus d'un qui voudraient en être quittes à si bon marché.

XXXVI. *La Bibliothèque.*

J'ai promis un dialogue entre mon âme et l'autre; mais il est certains chapitres qui m'échappent, ou plutôt il en est d'autres qui coulent de ma plume, comme malgré moi, et qui déroutent mes projets: de ce nombre est celui de ma biblio- 5 thèque, que je ferai le plus court possible. Les quarante-deux jours vont finir, et un espace de temps égal ne suffirait pas pour achever la description du riche pays où je voyage si agréablement.

Ma bibliothèque donc est composée de romans, puisqu'il 10 faut vous le dire; oui, de romans, et de quelques poëtes choisis.

Comme si je n'avais pas assez de mes maux, je partage encore volontairement ceux de mille personnages imaginaires, et je les sens aussi vivement que les miens; que de larmes 15 n'ai-je pas versées pour cette malheureuse Clarisse et pour l'amant de Charlotte!

Mais, si je cherche ainsi de feintes afflictions, je trouve en revanche dans ce monde imaginaire la vertu, la bonté, le dés-intéressement, que je n'ai pas encore trouvés réunis dans le 20 monde réel où j'existe. J'y trouve une femme, comme je la désire, sans humeur, sans légèreté, sans détours; je ne dis rien de la beauté, on peut s'en fier à mon imagination; je la fais si belle qu'il n'y ait rien à redire: ensuite, fermant le livre, qui ne répond plus à mes idées, je la prends par la main, et nous 25 parcourons ensemble un pays mille fois plus délicieux que celui d'Éden. Quel peintre pourrait représenter le paysage enchanté où j'ai placé la divinité de mon cœur! et quel poëte pourra jamais décrire les sensations vives et variées que j'éprouve dans ces régions enchantées! 30

Combien de fois n'ai-je pas maudit ce Cléveland, qui s'em-barque à tout instant dans de nouveaux malheurs qu'il pour-rait éviter! Je ne puis souffrir ce livre et cet enchaînement de calamités; mais, si je l'ouvre par distraction, il faut que je le dévore jusqu'à la fin. 35

Comment laisser ce pauvre homme chez les Abaquis ? que deviendrait-il avec ces sauvages ? J'ose encore moins l'abandonner dans l'excursion qu'il fait pour sortir de sa captivité.

5 Enfin, j'entre tellement dans ses peines, je m'intéresse si fort à lui et à sa famille infortunée, que l'apparition inattendue des féroces Ruintons me fait dresser les cheveux : une sueur froide me couvre lorsque je lis ce passage, et ma frayeur est aussi vive, aussi réelle, que si je devais être rôti moi-même 10 et mangé par cette canaille.

Lorsque j'ai assez pleuré et fait l'amour, je cherche quelque poëte, et je pars de nouveau pour un autre monde.

XXXVII. *Une Réhabilitation.*

Depuis l'expédition des Argonautes jusqu'à l'Assemblée des 15 Notables : depuis le fin fond des enfers jusqu'à la dernière étoile fixe au delà de la voie lactée, jusqu'aux confins de l'univers, jusqu'aux portes du chaos, voilà le vaste champ où je me promène en long et en large, et tout à loisir ; car le temps ne me manque pas plus que l'espace. C'est là où je transporte 20 mon existence à la suite d'Homère, de Milton, de Virgile, d'Ossian, etc.

Tous les événements qui ont eu lieu entre ces deux époques ; tous les pays, tous les mondes et tous les êtres qui ont existé entre ces deux termes, tout cela est à moi, tout cela m'ap-25 partient aussi bien, aussi légitimement que les vaisseaux qui entraient dans le Pirée appartenaient à un certain Athénien.

J'aime surtout les poëtes qui me transportent dans la plus haute antiquité : la mort de l'ambitieux Agamemnon, les 30 fureurs d'Oreste, et toute l'histoire tragique de la famille des Atrées persécutée par le ciel, m'inspirent une terreur que les événements modernes ne sauraient faire naître en moi.

Voilà l'urne fatale qui contient les cendres d'Oreste. Qui 35 ne frémirait à cet aspect ? Électre ! malheureuse sœur, apaise-toi, c'est Oreste lui-même qui apporte l'urne, et ces cendres sont celles de ses ennemis.

On ne retrouve plus maintenant de rivages semblables à ceux du Xante ou du Scamandre ; on ne voit plus de plaines comme celles de l'Hespérie ou de l'Arcadie. Où sont aujour- 5 d'hui les îles de Lemnos et de Crète ? Où est le fameux laby- rinthe ? où est le rocher qu'Ariane délaissée arrosait de ses larmes ? On ne voit plus de Thésée, encore moins d'Her- cule : les hommes et même les héros d'aujourd'hui sont des pygmées. 10

Lorsque je veux ensuite me donner une scène d'enthou- siasme et jouir de toutes les forces de mon imagination, je m'attache hardiment aux plis de la robe flottante du sublime aveugle d'Albion, au moment où il s'élance dans le ciel et qu'il ose approcher du trône de l'Éternel. Quelle muse a pu le 15 soutenir à cette hauteur où nul homme, avant lui, n'avait osé porter ses regards ? · De l'éblouissant parvis céleste que l'avare Mammon regardait avec des yeux d'envie je passe avec hor- reur dans les vastes cavernes du séjour de Satan ; j'assiste au conseil infernal ; je me mêle à la foule des esprits rebelles, 20 et j'écoute leurs discours.

Mais il faut que j'avoue ici une faiblesse que je me suis souvent reprochée.

Je ne puis m'empêcher de prendre un certain intérêt à ce pauvre Satan depuis qu'il est ainsi précipité du ciel (je parle 25 du Satan de Milton). En blâmant l'opiniâtreté de l'esprit rebelle, la fermeté qu'il montre dans l'excès du malheur et la grandeur de son courage me forcent à l'admiration, malgré moi ; quoique je n'ignore pas les malheurs dérivés de la funeste entreprise qui le conduisit à forcer les portes des enfers, pour 30 venir troubler le ménage de nos premiers parents, je ne puis, quoi que je fasse, souhaiter un moment de le voir périr en chemin dans la confusion du chaos. Je crois même que je l'aiderais volontiers, sans la honte qui me retient. Je suis tous ses mouvements, et je trouve autant de plaisir à voyager avec 35 lui que si j'étais en bonne compagnie. J'ai beau réfléchir qu'après tout c'est un diable, qu'il est en chemin pour perdre le genre humain ; que c'est un vrai démocrate, non de ceux d'Athènes, mais de ceux de Paris, tout cela ne peut me guérir de ma prévention.

Quel vaste projet ! et quelle hardiesse dans l'exécution !

Lorsque les spacieuses et triples portes des enfers s'ouvri-
5 rent tout à coup devant lui à deux battants, et que la profonde fosse du néant et de la nuit parut à ses pieds dans toute son horreur,—il parcourut d'un œil intrépide le sombre em-pire du chaos, et, sans hésiter, ouvrant ses vastes ailes, qui auraient pu couvrir une armée entière, il se précipita dans
10 l'abîme.

Je le donne en quatre au plus hardi. Et c'est, selon moi, un des beaux efforts de l'imagination, comme un des plus beaux voyages qui aient jamais été faits, — après le voyage autour de ma chambre.

15   XXXVIII. *Le Buste.*

Je ne finirais pas, si je voulais décrire la millième partie des événements singuliers qui m'arrivent lorsque je voyage près de ma bibliothèque. Les voyages de Cook et les ob-servations de ses compagnons de voyage, les docteurs Banks
20 et Solander, ne sont rien en comparaison de mes aventures dans ce seul district : aussi je crois que j'y passerais ma vie dans une espèce de ravissement, sans le buste dont j'ai parlé, sur lequel mes yeux et mes pensées finissent toujours par se fixer, quelle que soit la situation de mon âme ; et lors-
25 qu'elle est trop violemment agitée, ou qu'elle s'abandonne au découragement, je n'ai qu'à regarder ce buste pour la remettre dans son assiette naturelle ; c'est le diapason avec lequel j'accorde l'assemblage véritable et discord de sensations et de perceptions qui forment mon existence.

30   Comme il est ressemblant ! Voilà bien les traits que la nature avait donnés au plus vertueux des hommes. Ah ! si le sculpteur avait pu rendre visible son âme excellente, son génie et son caractère ! Mais qu'ai-je entrepris ? Est-ce donc ici le lieu de faire son éloge ? est-ce aux hommes qui
35 m'entourent que je l'adresse ? Eh ! que leur importe ?

Je me contente de me prosterner devant ton image chérie,
O le meilleur des pères! Hélas! cette image est tout ce
qui me reste de toi et de ma patrie; tu as quitté la terre
au moment où le crime allait l'envahir; et tels sont les maux
dont il nous accable que ta famille elle-même est contrainte 5
de regarder aujourd'hui ta perte comme un bienfait. Que de
maux t'eût fait éprouver une plus longue vie! O mon père!
le sort de ta nombreuse famille est-il connu de toi dans le
séjour du bonheur? Sais-tu que tes enfants sont exilés de
cette patrie que tu as servie pendant soixante ans avec tant 10
de zèle et d'intégrité? Sais-tu qu'il leur est défendu de
visiter ta tombe? Mais la tyrannie n'a pu leur enlever la
partie la plus précieuse de ton héritage, le souvenir de tes
vertus et la force de tes exemples: au milieu du torrent
criminel qui entraînait leur patrie et leur fortune dans le 15
gouffre, ils sont demeurés inaltérablement unis sur la ligne
que tu leur avais tracée; et lorsqu'ils pourront encore se
prosterner sur ta cendre vénérée, elle les reconnaîtra toujours.

XXXIX. *Dialogue.* 20

J'ai promis un dialogue, je tiens parole. C'était le matin
à l'aube du jour, les rayons du soleil doraient à la fois le
sommet du mont Viso et celui des montagnes les plus élevées
de l'île qui est à nos antipodes; et déjà elle était éveillée,
soit que son réveil prématuré fût l'effet des visions nocturnes 25
qui la mettent souvent dans une agitation aussi fatigante
qu'inutile, soit que le carnaval, qui tirait alors vers sa fin,
fût la cause occulte de son réveil, ce temps de plaisirs et de
folie ayant une influence sur la machine humaine, comme
les phases de la lune et la conjonction de certaines planètes. 30
Enfin, elle était éveillée, et très-éveillée, lorsque mon âme se
débarrassa elle-même des liens du sommeil.

Depuis longtemps celle-ci partageait confusément les sensations de l'*autre*; mais elle était encore embarrassée dans les
crêpes de la nuit et du sommeil; et ces crêpes lui semblaient 35

transformés en gazes, en linons, en toile des Indes. Ma pauvre âme était donc comme empaquetée dans tout cet attirail, et le dieu du sommeil, pour la retenir plus fortement dans son empire, ajoutait à ses liens des tresses de cheveux 5 blonds en désordre, des nœuds de ruban, des colliers de perles : c'était une pitié pour qui l'aurait vue se débattre dans ces filets.

L'agitation de la plus noble partie de moi-même se communiquait à l'autre ; et celle-ci, à son tour, agissait puis-10samment sur mon âme. J'étais parvenu tout entier à un état difficile à décrire, lorsqu'enfin mon âme, soit par sagacité, soit par hasard, trouva la manière de se délivrer des gazes qui la suffoquaient. Je ne sais si elle rencontra une ouverture, ou si elle s'avisa tout simplement de les relever, 15 ce qui est plus naturel ; le fait est qu'elle trouva l'issue du labyrinthe. Les tresses de cheveux en désordre étaient toujours là ; mais ce n'était plus un obstacle, c'était plutôt un moyen ; mon âme les saisit, comme un homme qui se noie s'accroche aux herbes du rivage ; mais le collier de perles 20 se rompit dans l'action, et les perles, se défilant, roulèrent sur le sopha, et de là sur le parquet de madame de Hautcastel : car mon âme, par une bizarrerie dont il serait difficile de rendre raison, s'imaginait être chez cette dame : un gros bouquet de violettes tomba par terre ; et mon âme, s'éveillant 25 alors, rentra chez elle, amenant à sa suite la raison et la réalité. Comme on l'imagine, elle désapprouva fortement tout ce qui s'était passé en son absence ; et c'est ici que commence le dialogue qui fait le sujet de ce chapitre.

Jamais mon âme n'avait été si mal reçue. Les reproches 30 qu'elle s'avisa de faire dans ce moment critique achevèrent de brouiller le ménage : ce fut une révolte, une insurrection formelle.

'Quoi donc !' dit mon âme, 'c'est ainsi que, pendant mon absence, au lieu de réparer vos forces par un sommeil 35 paisible, et vous rendre par là plus propre à exécuter mes ordres, vous vous avisez insolemment (le terme était un peu fort) de vous livrer à des transports que ma volonté n'a pas sanctionnés !'

Peu accoutumée à ce ton de hauteur, l'*autre* lui répartit
en colère :

'Il vous sied bien, Madame (pour éloigner de la discussion
toute idée de familiarité), il vous sied bien de vous donner
des airs de décence et de vertu. Eh ! n'est-ce pas aux écarts 5
de votre imagination et à vos extravagantes idées que je dois
tout ce qui vous déplaît en moi ? Pourquoi n'étiez-vous pas
là ? Pourquoi aurez-vous le droit de jouir sans moi dans
les fréquents voyages que vous faites toute seule ? Ai-je
jamais désapprouvé vos séances dans l'empyrée ou dans les 10
Champs-Élysées ; vos conversations avec les intelligences, vos
spéculations profondes (un peu de raillerie, comme on voit),
vos châteaux en Espagne, vos systèmes sublimes ?—et je
n'aurais pas le droit, lorsque vous m'abandonnez ainsi, de
jouir des bienfaits que m'accorde la nature et des plaisirs 15
qu'elle me présente ? '

Mon âme, surprise de tant de vivacité et d'éloquence, ne
savait que répondre. Pour arranger l'affaire, elle entreprit
de couvrir du voile de la bienveillance les reproches qu'elle
venait de se permettre, et afin de ne pas avoir l'air de faire 20
les premiers pas vers la réconciliation, elle imagina de prendre
aussi le ton de la cérémonie. 'Madame,' dit-elle à son tour
avec une cordialité affectée. . . . . Si le lecteur a trouvé ce mot
déplacé lorsqu'il s'adressait à mon âme, que dira-t-il maintenant pour peu qu'il se rappelle le sujet de la dispute ? Mon 25
âme ne sentit point l'extrême ridicule de cette façon de parler, tant la passion obscurcit l'intelligence ! 'Madame,' dit-
elle donc, 'je vous assure que rien ne me ferait autant de
plaisir que de vous voir jouir de tous les plaisirs dont votre
nature est susceptible, quand même je ne les partagerais pas, 30
si ces plaisirs ne vous étaient pas nuisibles, et s'ils n'altéraient pas l'harmonie qui. . . . .' Ici mon âme fut inter-
rompue vivement :—'Non, non, je ne suis point la dupe de
votre bienveillance supposée ; le séjour forcé que nous faisons
ensemble dans cette chambre où nous voyageons ; la blessure 35
que j'ai reçue, qui a failli me détruire, et qui saigne encore,—
tout cela n'est-il pas le fruit de votre orgueil extravagant
et de vos préjugés barbares ? Mon bien-être, et mon existence

E 2

même, sont comptés pour rien lorsque vos passions vous en-
traînent,—et vous prétendez vous intéresser à moi? et vos
reproches viennent de votre amitié?'

Mon âme vit bien qu'elle ne jouait pas le meilleur rôle
5 dans cette occasion;—elle commençait d'ailleurs à s'apercevoir que la chaleur de la dispute en avait supprimé la cause,
et profitant de la circonstance pour faire une diversion:
'Faites du café,' dit-elle à Joannetti, qui entrait dans la
chambre. Le bruit des tasses attirant toute l'attention de
10 l'insurgente, dans l'instant elle oublia tout le reste. C'est
ainsi qu'en montrant un hochet aux enfants, on leur fait
oublier les fruits malsains qu'ils demandent en trépignant.

Je m'assoupis insensiblement pendant que l'eau se chauffait.
Je jouissais de ce plaisir charmant dont j'ai entretenu mes
15 lecteurs, et qu'on éprouve lorsqu'on se sent dormir. Le
bruit agréable que faisait Joannetti, en frappant de la cafetière sur le chenet, retentissait sur mon cerveau, et faisait
vibrer toutes mes fibres sensitives, comme l'ébranlement d'une
corde de harpe fait résonner les octaves. Enfin je vis comme
20 une ombre devant moi; j'ouvris les yeux, c'était Joannetti.
Ah! quel parfum! quelle agréable surprise! du café! de la
crème! une pyramide de pain grillé! Bon lecteur, déjeûne
avec moi.

XL. *L'Imagination.*

25   Quel riche trésor de jouissances la bonne nature a livré
aux hommes dont le cœur sait jouir! et quelle variété dans
ces jouissances! Qui pourra compter leurs nuances innom-
brables dans les divers individus et dans les différents âges
de la vie! Le souvenir confus de celles de mon enfance
30 me fait encore tressaillir. Essayerai-je de peindre celles
qu'éprouve le jeune homme dont le cœur commence à brûler
de tous les feux du sentiment? dans cet âge heureux où
l'on ignore encore jusqu'au nom de l'intérêt, de l'ambition,
de la haine, et de toutes les passions honteuses qui dégradent
35 et tourmentent l'humanité? Durant cet âge, hélas! trop

court, le soleil brille d'un éclat qu'on ne lui retrouve plus dans le reste de la vie. L'air est plus pur,—les fontaines sont plus limpides et plus fraîches,—la nature a des aspects, les bocages ont des sentiers qu'on ne retrouve plus dans l'âge mûr. Dieux! quels parfums envoient ces fleurs! que ces 5 fruits sont délicieux! de quelles couleurs se pare l'aurore! Toutes les femmes sont aimables et fidèles; tous les hommes sont bons, généreux et sensibles: partout on rencontre la cordialité, la franchise et le désintéressement: il n'existe dans la nature que des fleurs, des vertus et des plaisirs. 10

Le trouble de l'amour, l'espoir du bonheur n'inondent-ils pas notre cœur de sensations aussi vives que variées?

Le spectacle de la nature et sa contemplation dans l'ensemble et les détails ouvrent devant la raison une immense carrière de jouissances. Bientôt l'imagination, planant sur 15 cet océan de plaisirs, en augmente le nombre et l'intensité; les sensations diverses s'unissent et se combinent pour en former de nouvelles: les rêves de la gloire se mêlent aux palpitations de l'amour: la bienfaisance marche à côté de l'amour-propre qui lui tend la main: la mélancolie vient de 20 temps en temps jeter sur nous son crêpe solennel, et changer nos larmes en plaisirs. Enfin, les perceptions de l'esprit, les sensations du cœur, les souvenirs même des sens, sont pour l'homme des sources inépuisables de plaisir et de bonheur. Qu'on ne s'étonne donc point que le bruit que faisait Joan- 25 netti, en frappant de la cafetière sur le chenet, et l'aspect imprévu d'une tasse de crème, aient fait sur moi une impression si vive et si agréable.

XLI. *L'Habit de Voyage.*

Je mis aussitôt mon habit de voyage, après l'avoir examiné 30 avec un œil de complaisance, et ce fut alors que je résolus de faire un chapitre *ad hoc*, pour le faire connaître au lecteur. La forme et l'utilité de ces habits étant assez généralement connues, je traiterai plus particulièrement de leur influence sur l'esprit des voyageurs. Mon habit de voyage pour l'hiver 35

est fait de l'étoffe la plus chaude et la plus moelleuse qu'il
m'ait été possible de rencontrer; il m'enveloppe entièrement
de la tête aux pieds; et lorsque je suis dans mon fauteuil,
les mains dans mes poches, et la tête enfoncée dans le collet
5 de mon habit, je ressemble à la statue de Wishnou, sans pieds
et sans mains, qu'on voit dans les pagodes des Indes.

On taxera, si l'on veut, de préjugé l'influence que j'attribue
aux habits de voyage sur les voyageurs; ce que je puis dire
de certain à cet égard, c'est qu'il me paraîtrait aussi ridicule
10 d'avancer d'un seul pas mon voyage autour de ma chambre,
revêtu de mon uniforme, et l'épée au côté, que de sortir
et d'aller dans le monde en robe de chambre. Lorsque je
me vois ainsi habillé, suivant toutes les rigueurs de la pragmatique, non-seulement je ne serais pas à même de continuer
15 mon voyage, mais je crois que je ne serais pas même en état
de lire ce que j'en ai écrit jusqu'à présent, et moins encore
de le comprendre.

Mais cela vous étonne-t-il? ne voit-on pas tous les jours
des personnes qui se croient malades parce qu'elles ont la
20 barbe longue, ou parce que quelqu'un s'avise de leur trouver
l'air malade et de le dire ? Les vêtements ont tant d'influence
sur l'esprit des hommes, qu'il est des valétudinaires qui se
trouvent beaucoup mieux lorsqu'ils se voient en habit neuf
et en perruque bien poudrée: on en voit qui trompent ainsi
25 le public et eux-mêmes par une parure soutenue;—ils
meurent un beau matin tout coiffés, et leur mort frappe
tout le monde.

Enfin, dans la classe d'hommes parmi lesquels je vis, combien n'en est-il pas qui, se voyant parés d'un uniforme, se
30 croient fermement des officiers,—jusqu'au moment où l'apparition inattendue de l'ennemi les détrompe! Il y a plus:
s'il plaît au roi de permettre à l'un d'eux d'ajouter à son
habit certaine broderie, voilà qu'il se croit un général, et
toute l'armée lui donne ce titre sans rire,—tant l'influence
35 d'un habit est forte sur l'imagination humaine !

L'exemple suivant prouvera mieux encore ce que j'avance.

On oubliait quelquefois de faire avertir plusieurs jours
d'avance le comte de . . . qu'il devait monter la garde;—

un caporal allait l'éveiller de grand matin le jour même où il devait la monter, lui annoncer cette triste nouvelle; mais l'idée de se lever tout de suite, de mettre ses guêtres, et de sortir ainsi sans y avoir pensé la veille, le troublait telle- ment, qu'il aimait mieux faire dire qu'il était malade, et 5 ne pas sortir de chez lui. Il mettait donc sa robe de chambre et renvoyait le perruquier; cela lui donnait un air pâle, malade, qui alarmait sa femme et toute la famille. Il se trouvait réellement lui-même un peu défait ce jour-là.

Il le disait à tout le monde, un peu pour soutenir gageure, 10 un peu aussi parce qu'il croyait l'être tout de bon. Insen- siblement l'influence de la robe de chambre opérait; les bouillons qu'il avait pris, bon gré mal gré, lui causaient des nausées: bientôt les parents et les amis envoyaient demander des nouvelles: il n'en fallait pas tant pour le mettre décidé- 15 ment au lit.

Le soir, le docteur Ranson lui trouvait le pouls concentré, et ordonnait la saignée pour le lendemain. Si le service avait duré un mois de plus, c'était fait du malade.

Qui pourra douter de l'influence des habits de voyage 20 sur les voyageurs, lorsqu'on réfléchira que le pauvre comte de ... pensa plus d'une fois faire le voyage de l'autre monde pour avoir mis mal à propos sa robe de chambre dans celui-ci?

XLII. *Le Brodequin d'Aspasie.*

J'étais assis près de mon feu, après dîner, plié dans mon 25 habit de voyage, et livré volontairement à toute son influence, en attendant l'heure du départ, lorsque les vapeurs de la digestion, se portant à mon cerveau, obstruèrent tellement les passages par lesquels les idées s'y rendent en venant des sens que toute communication se trouva interceptée; et de 30 même que mes sens ne transmettaient plus aucune idée à mon cerveau, celui-ci, à son tour, ne pouvait plus envoyer ce fluide électrique qui les anime, et avec lequel l'ingénieux docteur Valli ressuscite des grenouilles mortes.

On concevra facilement, après avoir lu ce préambule, 35

pourquoi ma tête tomba sur ma poitrine, et comment les muscles du pouce et de l'index de ma main droite, n'étant plus irrités par ce fluide, se relâchèrent au point qu'un volume des œuvres du marquis Caraccioli que je tenais serré entre 5 ces deux doigts m'échappa, sans que je m'en aperçusse, et tomba sur le foyer.

Je venais de recevoir des visites, et ma conversation avec les personnes qui étaient sorties avait roulé sur la mort du fameux médecin Cigna, qui venait de mourir, et qui était 10 universellement regretté : il était savant, laborieux, bon physicien et fameux botaniste. Le mérite de cet homme habile occupait ma pensée ; et cependant, me disais-je, s'il m'était permis d'évoquer les âmes de tous ceux qu'il peut avoir fait passer dans l'autre monde, qui sait si sa réputation 15 ne souffrirait pas quelque échec ?

Je m'acheminai insensiblement à une dissertation sur la médecine et sur les progrès qu'elle a faits depuis Hippocrate. Je me demandais si les personnages fameux de l'antiquité qui sont morts dans leur lit, comme Périclès, Platon, la 20 célèbre Aspasie, et Hippocrate lui-même, étaient morts comme des gens ordinaires, d'une fièvre putride, inflammatoire ou vermineuse ; si on les avait saignés ou bourrés de remèdes ?

Dire pourquoi je songeai à ces quatre personnages plutôt 25 qu'à d'autres, c'est ce qui ne me serait pas possible. Qui peut rendre raison d'un songe ? Tout ce que je puis dire, c'est que ce fut mon âme qui évoqua le docteur de Cos, celui de Turin, et le fameux homme d'État qui fit de si belles choses et de si grandes fautes.

30 Mais pour son élégante amie, j'avoue humblement que ce fut l'autre qui lui fit signe. Cependant, quand j'y pense, je serais tenté d'éprouver un petit mouvement d'orgueil ; car il est clair que, dans ce songe, la balance en faveur de la raison était de quatre contre un. C'est beaucoup pour un 35 lieutenant.

Quoi qu'il en soit, pendant que je me livrais à ces réflexions, mes yeux achevèrent de se fermer, et je m'endormis profondément ; mais en fermant les yeux, l'image des personnages

auxquels j'avais pensé demeura peinte sur cette toile fine
qu'on appelle *mémoire*, et ces images se mêlant dans mon
cerveau avec l'idée de l'évocation des morts, je vis bientôt
arriver à la file Hippocrate, Platon, Périclès, Aspasie, et le
docteur Cigna avec sa perruque.   5

Je les vis tous s'asseoir sur les siéges encore rangés
autour du feu; Périclès seul resta debout pour lire les
gazettes.

'Si les découvertes dont vous me parlez étaient vraies,'
disait Hippocrate au docteur, 'et si elles avaient été aussi 10
utiles à la médecine que vous le prétendez, j'aurais vu dimi-
nuer le nombre des hommes qui descendent chaque jour
dans le royaume sombre, et dont la commune, d'après les
registres de Minos que j'ai vérifiés moi-même, est constamment la même qu'autrefois.'   15

Le docteur Cigna se tourna vers moi: 'Vous avez sans
doute ouï parler de ces découvertes,' me dit-il: 'vous connaissez celle d'Harvey sur la circulation du sang; celle de
l'immortel Spallanzani sur la digestion, dont nous connais-
sons maintenant tout le mécanisme;'—et il fit un long détail 20
de toutes les découvertes qui ont trait à la médecine, et
de la foule de remèdes qu'on doit à la chimie; il fit enfin
un discours académique en faveur de la médecine moderne.

'Croirai-je,' lui répondis-je alors, 'que ces grands hommes
ignorent tout ce que vous venez de leur dire, et que leur âme, 25
dégagée des entraves de la matière, trouve quelque chose
d'obscur dans la nature?'

'Ah! quelle est votre erreur!' s'écria le proto-médecin du
Péloponèse; 'les mystères de la nature sont cachés aux morts
comme aux vivants. Celui qui a créé et qui dirige tout sait 30
lui seul le grand secret auquel les hommes s'efforcent en vain
d'atteindre; voilà ce que nous apprenons de certain sur les
bords du Styx; et, croyez-moi,' ajouta-t-il en adressant la
parole au docteur, 'dépouillez-vous de ce reste d'esprit de
corps que vous avez apporté du séjour des mortels: et 35
puisque les travaux de mille générations, et toutes les découvertes des hommes, n'ont pu allonger d'un seul instant
leur existence; puisque Caron passe chaque jour dans sa

barque une égale quantité d'ombres,—ne nous fatiguons plus
inutilement à défendre un art qui, chez les morts où nous
sommes, ne serait pas même utile aux médecins.' Ainsi parla
le fameux Hippocrate, à mon grand étonnement.

5   Le docteur Cigna sourit. Et comme les esprits ne sauraient
se refuser à l'évidence, ni taire la vérité, non-seulement il
fut de l'avis d'Hippocrate, mais il avoua même, en rougissant à la manière des intelligences, qu'il s'en était toujours
douté.

10   Périclès, qui s'était approché de la fenêtre, fit un grand
soupir, dont je devinai la cause. Il lisait un numéro du
Moniteur, qui annonçait la décadence des arts et des sciences :
il voyait des savants illustres quitter leurs sublimes spéculations pour inventer de nouveaux crimes, et il frémissait d'en-
15 tendre une horde de cannibales se comparer aux héros de la
généreuse Grèce, en faisant périr sur l'échafaud, sans honte
et sans remords, des vieillards vénérables, des femmes, des
enfants, et en commettant, de sang-froid, les crimes les plus
atroces et les plus inutiles.

20   Platon, qui avait écouté, sans rien dire, notre conversation,
la voyant tout à coup terminée d'une manière inattendue,
prit la parole à son tour. ' Je conçois,' nous dit-il, ' comment
les découvertes qu'ont faites vos grands hommes dans toutes
les branches de la physique sont inutiles à la médecine, qui
25 ne pourra jamais changer le cours de la nature qu'aux dépens
de la vie des hommes ; mais il n'en sera pas de même, sans
doute, des recherches qu'on a faites sur la politique. Les
découvertes de Locke sur la nature de l'esprit humain, l'invention de l'imprimerie, les observations accumulées tirées
30 de l'histoire, tant de livres profonds qui ont répandu la
science jusque parmi le peuple,—tant de merveilles enfin
auront sans doute contribué à rendre les hommes meilleurs ;
et cette république heureuse et sage que j'avais imaginée, et
que le siècle dans lequel je vivais m'avait fait regarder comme
35 un songe impraticable, existe sans doute aujourd'hui dans
le monde ? ' À cette demande, l'honnête docteur baissa les
yeux et ne répondit que par ses larmes : et comme il les
essuyait avec son mouchoir, il fit involontairement tourner

sa perruque, de manière qu'une partie de son visage en fut
cachée. ' Dieux immortels!' dit Aspasie en poussant un cri
perçant, ' quelle étrange figure ! est-ce donc une découverte
de vos grands hommes qui vous a fait imaginer de vous coiffer
ainsi avec le crâne d'un autre ?' 5

Aspasie, que les dissertations des philosophes faisaient
bâiller, s'était emparée d'un journal de modes qui était sur
la cheminée, et qu'elle feuilletait depuis quelque temps, lorsque la perruque du médecin lui fit faire cette exclamation ; et
comme le siége étroit et chancelant sur lequel elle était assise 10
était fort incommode pour elle, elle avait placé, sans façon,
ses deux jambes nues, ornées de bandelettes, sur la chaise
de paille qui se trouvait entre elle et moi, et s'appuyait du
coude sur une des larges épaules de Platon.

' Ce n'est point un crâne,' lui répondit le docteur en prenant 15
sa perruque et la jetant au feu : ' c'est une perruque, Mademoiselle, et je ne sais pourquoi je n'ai pas jeté cet ornement
ridicule dans les flammes du Tartare lorsque j'arrivai parmi
vous ; mais les ridicules et les préjugés sont si fort inhérents
à notre misérable nature, qu'ils nous suivent encore quelque 20
temps au delà du tombeau.' Je prenais un plaisir singulier
à voir le docteur abjurer ainsi tout à la fois sa médecine et
sa perruque.

' Je vous assure,' lui dit Aspasie, ' que la plupart des coiffures
qui sont représentées dans le cahier que je feuillette méri- 25
teraient le même sort que la vôtre, tant elles sont extravagantes.' La belle Athénienne s'amusait extrêmement à parcourir ces estampes, et s'étonnait avec raison de la variété et
de la bizarrerie des ajustements modernes ; une figure entre
autres la frappa : c'était celle d'une jeune dame, représentée 30
avec une coiffure des plus élégantes, et qu'Aspasie trouva
seulement un peu trop haute.

' Mais apprenez-nous,' dit-elle, ' pourquoi les femmes d'aujourd'hui semblent plutôt avoir des habillements pour se
cacher que pour se vêtir ; à peine laissent-elles apercevoir 35
leur visage auquel seul on peut reconnaître leur sexe, tant
les formes de leur corps sont défigurées par les plis bizarres
des étoffes. Comment vos jeunes guerriers n'ont-ils pas tenté

de détruire une semblable coutume ? Apparemment,' ajouta-
t-elle, ' la vertu des femmes d'aujourd'hui, qui se montre dans
tous leurs habillements, surpasse de beaucoup celle de mes
contemporaines.' En finissant ces mots, Aspasie me regardait
5 et semblait me demander une réponse. Je feignis de ne pas
m'en apercevoir;—et pour me donner un air de distraction,
je poussai sur la braise avec les pincettes les restes de la
perruque du docteur qui avaient échappé à l'incendie.

Je suis persuadé que, dans ce moment, je touchais au
10 véritable somnambulisme ; car le mouvement dont je parle
fut très-réel ; mais Rosine, qui reposait en effet sur la chaise,
prit ce mouvement pour elle, et, sautant légèrement dans
mes bras, elle replongea dans les enfers les ombres fameuses
évoquées par mon habit de voyage.

15   XLIII. *De la Liberté.*

Charmant pays de l'imagination ! toi que l'Être bienfaisant
par excellence a livré aux hommes pour les consoler de la
réalité, il faut que je te quitte. C'est aujourd'hui que certaines personnes, dont je dépends, prétendent me rendre ma
20 liberté ;—comme s'ils me l'avaient enlevée ! comme s'il était
en leur pouvoir de me la ravir un seul instant, et de m'empêcher de parcourir, à mon gré, le vaste espace toujours ouvert devant moi ! Ils m'ont défendu de parcourir une ville,
un point, mais ils m'ont laissé l'univers entier ; l'immensité
25 et l'éternité sont à mes ordres.

C'est aujourd'hui donc que je suis libre, ou plutôt que je
vais rentrer dans les fers. Le joug des affaires va de nouveau
peser sur moi ; je ne ferai plus un pas qui ne soit mesuré par
la bienséance et le devoir. Heureux encore si quelque déesse
30 capricieuse ne me fait pas oublier l'un et l'autre, et si j'échappe
à cette nouvelle et dangereuse captivité !

Eh ! que ne me laissait-on achever mon voyage ! Était-ce
donc pour me punir qu'on m'avait relégué dans ma chambre ?
—dans cette contrée délicieuse qui renferme tous les biens et
35 toutes les richesses du monde ? Autant vaudrait exiler une
souris dans un grenier.

Cependant, jamais je ne me suis aperçu plus clairement que je suis double. Pendant que je regrette mes jouissances imaginaires, je me sens consolé par force : une puissance secrète m'entraîne ;—elle me dit que j'ai besoin de l'air et du ciel, et que la solitude ressemble à la mort. Me voilà paré ;—ma 5 porte s'ouvre ;—j'erre sous les spacieux portiques de la rue du Pô ;—mille fantômes agréables voltigent devant mes yeux. Oui, voilà bien cet hôtel,—cette porte,—cet escalier ;—je tressaille d'avance.

C'est ainsi qu'on éprouve un avant-goût acide lorsqu'on 10 coupe un citron pour le manger.

Pauvre animal ! prends garde à toi.

ÉPITAPHE.

CI-GÎT SOUS CETTE PIERRE GRISE
XAVIER QUI DE TOUT S'ÉTONNAIT,
DEMANDAIT D'OÙ VENAIT LA BISE,
ET POURQUOI JUPITER TONNAIT.

(X. DE MAISTRE.)

MADAME DE DURAS.

OURIKA.

N O T I C E

M A D A M E   D E   D U R A S.

Claire Lechat de Kersaint, née à Brest en 1778, était fille
d'un officier de marine. 'Son père,' dit M. de Barante, 5
'embrassa avec chaleur les opinions libérales du commencement de la Révolution; il était député à la Convention et
compté parmi ces Girondins qui payèrent si cher leurs illusions
et leur imprévoyance; mais M. de Kersaint ne les suivit pas
jusqu'au bout : il ne vota point la mort de Louis XVI. Quand 10
il eut, ainsi que ses amis, péri sur l'échafaud, sa veuve quitta
la France et passa d'abord aux États Unis, puis à la Martinique,
avec sa fille unique, alors agée de quinze ans ; la douleur et la
maladie avaient affaibli ses facultés. Mademoiselle de Kersaint
reçut ainsi la rude et forte éducation du malheur ; elle eut, si 15
jeune encore, la responsabilité d'elle même. Au lieu de recevoir les soins d'une mère, de vivre sous sa tendre tutelle, c'était
elle qui était condamnée à avoir jugement, prévoyance, décision; elle gouvernait ce ménage pauvre et exilé; passant
ainsi d'une façon triste et sévère les riantes années qui suivent 20
l'enfance. Un parent établi aux colonies lui laissa une suc-
cession assez considérable ; elle venait de perdre sa mère :
orpheline, et riche pour une émigrée, elle vint en Angleterre,
où en 1797, elle épousa le duc de Duras.'—(*Études Littéraires
et Historiques*, vol. ii. p. 406, edit. 1858.)   25
Madame de Duras rentra en France en 1801. Elle se tint
à l'écart pendant la durée du régime impérial, mais elle salua
avec enthousiasme la Restauration qui lui semblait réaliser

VOL. V.   F

pour sa patrie toutes les conditions d'un gouvernement à la fois ferme et éclairé.   Son salon était un des plus célèbres de Paris.

Elle mourut à Nice, au mois de Janvier 1829.

5   Deux petites nouvelles, Ourika et Edouard sont les titres qui assurent à Madame de Duras une place distinguée parmi les écrivains de notre temps.   Ces charmants ouvrages vivront à jamais à côté des romans de Madame de La Fayette et de Madame Cottin.

G. M.

OURIKA,

PAR MADAME LA DUCHESSE DE DURAS.

Introduction.

J'étais arrivé depuis peu de mois de Montpellier, et je suivais à Paris la profession de la médecine, lorsque je fus appelé un 5 matin au faubourg Saint-Jacques, pour voir dans un couvent une jeune religieuse malade. L'empereur Napoléon avait permis depuis peu le rétablissement de quelques-uns de ces couvents : celui où je me rendais était destiné à l'éducation de la jeunesse, et appartenait à l'ordre des Ursulines. La 10 Révolution avait ruiné une partie de l'édifice ; le cloître était à découvert d'un côté par la démolition de l'antique église, dont on ne voyait plus que quelques arceaux. Une religieuse m'introduisit dans ce cloître, que nous traversâmes en marchant sur de longues pierres plates, qui formaient le pavé de ces 15 galeries : je m'aperçus que c'étaient des tombes, car elles portaient toutes des inscriptions pour la plupart effacées par le temps. Quelques-unes de ces pierres avaient été brisées pendant la Révolution : la sœur me le fit remarquer, en me disant qu'on n'avait pas encore eu le temps de les réparer. Je n'avais 20 jamais vu l'intérieur d'un couvent ; ce spectacle était nouveau pour moi. Du cloître nous passâmes dans le jardin, où la religieuse me dit qu'on avait porté la sœur malade : en effet, je l'aperçus à l'extrémité d'une longue allée de charmille ; elle était assise, et son grand voile noir l'enveloppait presque tout 25 entière. 'Voici le médecin,' dit la sœur, et elle s'éloigna au même moment. Je m'approchai timidement, car mon cœur s'était serré en voyant ces tombes, et je me figurais que j'allais

contempler une nouvelle victime des cloîtres ; les préjugés de
ma jeunesse venaient de se réveiller, et mon intérêt s'exaltait
pour celle que j'allais visiter, en proportion du genre de malheur que je lui supposais. Elle se tourna vers moi, et je fus
5 étrangement surpris en apercevant une négresse ! Mon étonnement s'accrut encore par la politesse de son accueil et le
choix des expressions dont elle se servait. ‘ Vous venez voir
une personne bien malade, me dit-elle : à présent je désire
guérir, mais je ne l'ai pas toujours souhaité, et c'est peut-être
10 ce qui m'a fait tant de mal.’ Je la questionnai sur sa maladie.
‘ J'éprouve,’ me dit-elle, ‘ une oppression continuelle, je n'ai
plus de sommeil, et la fièvre ne me quitte pas.’ Son aspect ne
confirmait que trop cette triste description de son état : sa
maigreur était excessive ; ses yeux brillants et fort grands, ses
15 dents, d'une blancheur éblouissante, éclairaient seuls sa physionomie ; l'âme vivait encore, mais le corps était détruit, et
elle portait toutes les marques d'un long et violent chagrin.
Touché au delà de l'expression, je résolus de tout tenter pour
la sauver ; je commençai à lui parler de la nécessité de calmer
20 son imagination, de se distraire, d'éloigner des sentiments
pénibles. ‘ Je suis heureuse,’ me dit-elle : ‘ jamais je n'ai
éprouvé tant de calme et de bonheur.’ L'accent de sa voix
était sincère, cette douce voix ne pouvait tromper ; mais mon
étonnement s'accroissait à chaque instant. ‘ Vous n'avez pas
25 toujours pensé ainsi,’ lui dis-je, ‘ et vous portez la trace de bien
longues souffrances.’ ‘ Il est vrai,’ dit-elle, ‘ j'ai trouvé bien tard
le repos de mon cœur, mais à présent je suis heureuse.’ ‘ Eh
bien ! s'il en est ainsi,’ repris-je, ‘ c'est le passé qu'il faut guérir ;
espérons que nous en viendrons à bout : mais ce passé, je ne
30 puis le guérir sans le connaître.’ ‘ Hélas !’ répondit-elle, ‘ ce sont
des folies !’ En prononçant ces mots, une larme vint mouiller
le bord de sa paupière. ‘ Et vous dites que vous êtes heureuse !’
m'écriai-je. ‘ Oui, je le suis,’ reprit-elle avec fermeté, ‘ et je ne
changerais pas mon bonheur contre le sort qui m'a fait autre-
35 fois tant d'envie. Je n'ai point de secret : mon malheur c'est
l'histoire de toute ma vie. J'ai tant souffert jusqu'au jour où
je suis entrée dans cette maison, que peu à peu ma santé s'est
ruinée. Je me sentais dépérir avec joie ; car je ne voyais

dans l'avenir aucune espérance. Cette pensée était bien coupable ! vous le voyez, j'en suis punie ; et lorsque enfin je souhaite de vivre, peut-être que je ne le pourrai plus.' Je la rassurai, je lui donnai des espérances de guérison prochaine ; mais en prononçant ces paroles consolantes, en lui promettant 5 la vie, je ne sais quel triste pressentiment m'avertissait qu'il était trop tard, et que la mort avait marqué sa victime.

Je revis plusieurs fois cette jeune religieuse ; l'intérêt que je lui montrais parut la toucher. Un jour, elle revint d'elle-même au sujet où je désirais le conduire. 'Les chagrins que 10 j'ai éprouvés,' dit-elle, 'doivent paraître si étranges, que j'ai toujours senti une grande répugnance à les confier : il n'y a point de juge des peines des autres, et les confidents sont presque toujours des accusateurs.' 'Ne craignez pas cela de moi,' lui dis-je ; 'je vois assez le ravage que le chagrin a fait 15 en vous pour croire le vôtre sincère.' 'Vous le trouverez sincère,' dit-elle, 'mais il vous paraîtra déraisonnable.' 'Et en admettant ce que vous dites,' repris-je, 'cela exclut-il la sympathie ? ' 'Presque toujours,' répondit-elle : 'cependant, si, pour me guérir, vous avez besoin de connaître les peines 20 qui ont détruit ma santé, je vous les confierai quand nous nous connaîtrons un peu davantage.'

Je rendis mes visites au couvent de plus en plus fréquentes ; le traitement que j'indiquais parut produire quelque effet. Enfin, un jour de l'été dernier, la retrouvant seule dans le 25 même berceau, sur le même banc où je l'avais vue la première fois, nous reprîmes la même conversation, et elle me conta ce qui suit.

OURIKA.

Je fus rapportée du Sénégal, à l'âge de deux ans, par M. le
chevalier de B. . . ., qui en était gouverneur. Il eut pitié de
moi, un jour qu'il voyait embarquer des esclaves sur un bâti-
5 ment négrier qui allait bientôt quitter le port : ma mère était
morte, et on m'emportait dans le vaisseau, malgré mes cris.
M. de B. . . . m'acheta, et, à son arrivée en France, il me
donna à Mme. la maréchale de B. . . ., sa tante, la personne
la plus aimable de son temps, et celle qui sut réunir aux
10 qualités les plus élevées la bonté la plus touchante.

Me sauver de l'esclavage, me choisir pour bienfaitrice Mme.
de B. . . ., c'était me donner deux fois la vie : je fus ingrate
envers la Providence en n'étant point heureuse ; et cependant
le bonheur résulte-t-il toujours de ces dons de l'intelligence ?
15 Je croirais plutôt le contraire : il faut payer le bienfait de
savoir par le désir d'ignorer, et la fable ne nous dit pas si
Galatée trouva le bonheur après avoir reçu la vie.

Je ne sus que longtemps après l'histoire des premiers jours
de mon enfance. Mes plus anciens souvenirs ne me retracent
20 que le salon de Mme. de B. . . . ; j'y passais ma vie, aimée
d'elle, caressée, gâtée par tous ses amis, accablée de présents,
vantée, exaltée comme l'enfant le plus spirituel et le plus
aimable.

Le ton de cette société était l'engouement, mais un engoue-
25 ment dont le bon goût savait exclure tout ce qui ressemblait à
l'exagération : on louait tout ce qui prêtait à la louange, on
excusait tout ce qui prêtait au blâme, et souvent, par une
adresse encore plus aimable, on transformait en qualités les
défauts mêmes. Le succès donne du courage ; on valait près

de Mme. de B. . . . tout ce qu'on pouvait valoir, et peut-être un peu plus, car elle prêtait quelque chose d'elle à ses amis sans s'en douter elle-même: en la voyant, en l'écoutant, on croyait lui ressembler.

Vêtue à l'orientale, assise aux pieds de Mme. de B. . . ., 5 j'écoutais, sans la comprendre encore, la conversation des hommes les plus distingués de ce temps-là. Je n'avais rien de la turbulence des enfants, j'étais pensive avant de penser, j'étais heureuse à côté de Mme. de B. . . .: aimer, pour moi, c'était être là, c'était l'entendre, lui obéir, la regarder surtout; 10 je ne désirais rien de plus. Je ne pouvais m'étonner de vivre au milieu du luxe, de n'être entourée que des personnes les plus spirituelles et les plus aimables; je ne connaissais pas autre chose: mais, sans le savoir, je prenais un grand dédain pour tout ce qui n'était pas ce monde où je passais ma vie. 15 Le bon goût est à l'esprit ce qu'une oreille juste est aux sons. Encore toute enfant, le manque de goût me blessait; je le sentais avant de pouvoir le définir, et l'habitude me l'avait rendu comme nécessaire. Cette disposition eût été dangereuse si j'avais eu un avenir; mais je n'avais pas d'avenir, et je ne 20 m'en doutais pas.

J'arrivai jusqu'à l'âge de douze ans sans avoir eu l'idée qu'on pouvait être heureuse autrement que je ne l'étais. Je n'étais pas fâchée d'être une négresse: on me disait que j'étais charmante; d'ailleurs, rien ne m'avertissait que ce fût un dés- 25 avantage; je ne voyais presque pas d'autres enfants; un seul était mon ami, et ma couleur noire ne l'empêchait pas de m'aimer.

Ma bienfaitrice avait deux petits-fils, enfants d'une fille qui était morte jeune. Charles, le cadet, était à peu près de mon 30 âge. Élevé avec moi, il était mon protecteur, mon conseil et mon soutien dans toutes mes petites fautes. À sept ans, il alla au collége: je pleurai en le quittant; ce fut ma première peine. Je pensais souvent à lui, mais je ne le voyais presque plus. Il étudiait, et moi, de mon côté, j'apprenais, pour plaire 35 à Mme. de B. . . ., tout ce qui devait former une éducation parfaite. Elle voulut que j'eusse tous les talents: j'avais de la voix, les maîtres les plus habiles l'exercèrent; j'avais le goût de

la peinture, et un peintre célèbre, ami de Mme. de B. . . ., se
chargea de diriger mes efforts; j'appris l'anglais, l'italien, et
Mme. de B. . . . elle-même s'occupait de mes lectures. Elle
guidait mon esprit, formait mon jugement: en causant avec
5 elle, en découvrant tous les trésors de son âme, je sentais la
mienne s'élever, et c'était l'admiration qui m'ouvrait les voies
de l'intelligence. Hélas! je ne prévoyais pas que ces douces
études seraient suivies de jours si amers; je ne pensais qu'à
plaire à Mme. de B. . . .; un sourire d'approbation sur ses
10 lèvres était tout mon avenir.   .

Cependant des lectures multipliées, celles des poëtes surtout,
commençaient à occuper ma jeune imagination; mais, sans
but, sans projet, je promenais au hasard mes pensées errantes,
et, avec la confiance de mon jeune âge, je me disais que Mme.
15 de B. . . . saurait bien me rendre heureuse: sa tendresse pour
moi, la vie que je menais, tout prolongeait mon erreur et au-
torisait mon aveuglement. Je vais vous donner un exemple
des soins et des préférences dont j'étais l'objet.

Vous aurez peut-être de la peine à croire, en me voyant
20 aujourd'hui, que j'aie été citée pour l'élégance et la beauté de
ma taille. Mme. de B. . . . vantait souvent ce qu'elle appelait ma grâce et elle avait voulu que je susse parfaitement
danser. Pour faire briller ce talent, ma bienfaitrice donna un
bal dont ses petits-fils furent le prétexte, mais dont le véritable
25 motif était de me montrer fort à mon avantage dans un quadrille des quatre parties du monde où je devais représenter
l'Afrique. On consulta les voyageurs, on feuilleta les livres
de costumes, on lut des ouvrages savants sur la musique afri-
caine, enfin on choisit une *Comba*, danse nationale de mon
30 pays. Mon danseur mit un crêpe sur son visage: hélas! je
n'eus pas besoin d'en mettre sur le mien; mais je ne fis pas
alors cette réflexion. Tout entière au plaisir du bal, je dansai
la *Comba*, et j'eus tout le succès qu'on pouvait attendre de la
nouveauté du spectacle et du choix des spectateurs, dont la
35 plupart, amis de Mme. de B. . . ., s'enthousiasmaient pour
moi, et croyaient lui faire plaisir en se laissant aller à toute la
vivacité de ce sentiment. La danse d'ailleurs était piquante;
elle se composait d'un mélange d'attitudes et de pas mesurés;

on y peignait l'amour, la douleur, le triomphe et le désespoir.
Je ne connaissais encore aucun de ces mouvements violents de
l'âme ; mais je ne sais quel instinct me les faisait deviner ;
enfin je réussis.   On m'applaudit, on m'entoura, on m'accabla
d'éloges : ce plaisir fut sans mélange ; rien ne troublait alors 5
ma sécurité.   Ce fut peu de jours après ce bal qu'une conversation, que j'entendis par hasard, ouvrit mes yeux et finit
ma jeunesse.

Il y avait dans le salon de Mme. de B . . . . un grand
paravent de laque.   Ce paravent cachait une porte ; mais il 10
s'étendait aussi près d'une des fenêtres, et, entre le paravent
et la fenêtre, se trouvait une table où je dessinais quelquefois.
Un jour, je finissais avec application une miniature ; absorbée
par mon travail, j'étais restée longtemps immobile, et sans
doute Mme. de B . . . . me croyait sortie, lorsqu'on an- 15
nonça une de ses amies, la marquise de . . . . C'était une
personne d'une raison froide, d'un esprit tranchant ; positive
jusqu'à la sécheresse, elle portait ce caractère dans l'amitié :
les sacrifices ne lui coûtaient rien pour le bien et pour l'avantage de ses amis ; mais elle leur faisait payer cher ce grand 20
attachement.   Inquisitive et difficile, son exigeance égalait
son dévouement, et elle était la moins aimable des amies
de Mme. de B. . . .   Je la craignais, quoiqu'elle fût bonne
pour moi ; mais elle l'était à sa manière : examiner, et même
assez sévèrement, était pour elle un signe d'intérêt.   Hélas ! 25
j'étais si accoutumée à la bienveillance, que la justice me
semblait toujours redoutable.   'Pendant que nous sommes
seules,' dit Mme. de . . . . à Mme. de B . . . ., 'je veux vous
parler d'Ourika : elle devient charmante, son esprit est tout
à fait formé, elle causera comme vous, elle est pleine de 30
talents, elle est piquante, naturelle ; mais que deviendra-
t-elle ? et enfin qu'en ferez-vous ?' 'Hélas !' dit Mme. de
B. . . ., 'cette pensée m'occupe souvent, et, je vous l'avoue,
toujours avec tristesse : je l'aime comme si elle était ma fille ;
je ferais tout pour la rendre heureuse ; et cependant, lorsque 35
je réfléchis à sa position, je la trouve sans remède.   Pauvre
Ourika ! je la vois seule, pour toujours seule dans la vie !'

Il me serait impossible de vous peindre l'effet que produisit

en moi ce peu de paroles; l'éclair n'est pas plus prompt:
je vis tout; je me vis négresse, dépendante, méprisée, sans
fortune, sans appui, sans un être de mon espèce à qui unir
mon sort, jusqu'ici un jouet, un amusement pour ma bien-
5 faitrice, bientôt rejetée d'un monde où je n'étais pas faite
pour être admise. Une affreuse palpitation me saisit, mes
yeux s'obscurcirent, le battement de mon cœur m'ôta un
instant la faculté d'écouter encore; enfin je me remis assez
pour entendre la suite de cette conversation.
10   'Je crains,' disait Mme. de . . . ., 'que vous ne la rendiez
malheureuse. Que voulez-vous qui la satisfasse, maintenant
qu'elle a passé sa vie dans l'intimité de votre société?' 'Mais
elle y restera,' dit Mme. de B. 'Oui,' reprit Mme. de . . . .,
'tant qu'elle est une enfant, mais elle a quinze ans; à qui
15 la marierez-vous, avec l'esprit qu'elle a et l'éducation que
vous lui avez donnée? Qui voudra jamais épouser une négresse? Et si, à force d'argent, vous trouvez quelqu'un
qui consente à avoir des enfants nègres, ce sera un homme
d'une condition inférieure, et avec qui elle se trouvera mal-
20 heureuse. Elle ne peut vouloir que de ceux qui ne voudront
pas d'elle.' 'Tout cela est vrai,' dit Mme. de B. . . .; 'mais
heureusement elle ne s'en doute point encore, et elle a pour
moi un attachement, qui, j'espère, la préservera longtemps
de juger sa position. Pour la rendre heureuse, il eût fallu
25 en faire une personne commune: je crois sincèrement que
cela était impossible. Eh bien! peut-être sera-t-elle assez
distinguée pour se placer au-dessus de son sort, n'ayant pu
rester au-dessous.' 'Vous vous faites des chimères,' dit Mme.
de . . . .: 'la philosophie nous place au-dessus des maux de
30 la fortune, mais elle ne peut rien contre les maux qui viennent d'avoir brisé l'ordre de la nature. Ourika n'a pas
rempli sa destinée; elle s'est placée dans la société sans sa
permission; la société se vengera.' 'Assurément,' dit Mme.
de B. . . ., 'elle est bien innocente de ce crime; mais vous
35 êtes sévère pour cette pauvre enfant.' 'Je lui veux plus de
bien que vous, reprit Mme. de . . . .; je désire son bonheur,
et vous la perdez.' Mme. de B. . . . répondit avec impatience, et j'allais être la cause d'une querelle entre les deux

amies, quand on annonça une visite: je me glissai derrière
le paravent; je m'échappai; je courus dans ma chambre,
où un déluge de larmes soulagea un instant mon pauvre
cœur.

C'était un grand changement dans ma vie, que la perte 5
de ce prestige qui m'avait environnée jusqu'alors! Il y a
des illusions qui sont comme la lumière du jour; quand on
les perd, tout disparaît avec elles. Dans la confusion des
nouvelles idées qui m'assaillaient, je ne retrouvais plus rien
de ce qui m'avait occupée jusqu'alors: c'était un abîme avec 10
toutes ses terreurs. Ce mépris dont je me voyais poursuivie;
cette société où j'étais déplacée; cet homme qui, à prix
d'argent, consentirait peut-être que ces enfants fussent nègres!
toutes ces pensées s'élevaient sur moi comme des furies:
l'isolement surtout; cette conviction que j'étais seule, pour 15
toujours seule, dans la vie, Mme. de B. . . . l'avait dit, et
à chaque instant je me répétais: seule! pour toujours seule!
La veille encore, que m'importait d'être seule? je n'en savais
rien; je ne le sentais pas; j'avais besoin de ce que j'aimais,
je ne songeais pas que ce que j'aimais n'avait pas besoin de 20
moi. Mais à présent, mes yeux étaient ouverts, et le malheur
avait déjà fait entrer la défiance dans mon âme.

Quand je revins chez Mme. de B. . . ., tout le monde fut
frappé de mon changement; on me questionna: je dis que
j'étais malade; on le crut. Mme. de B. . . . envoya chercher 25
Barthez, qui m'examina avec soin, me tâta le pouls, et dit
brusquement que je n'avais rien. Mme. de B. . . . se ras-
sura, et essaya de me distraire et de m'amuser. Je n'ose
pas dire combien j'étais ingrate pour ces soins de ma bienfaitrice, mon âme s'était comme resserrée en elle-même. Les 30
bienfaits qui sont doux à recevoir, sont ceux dont le cœur
s'acquitte: le mien était rempli d'un sentiment trop amer
pour se répandre au dehors. Des combinaisons infinies des
mêmes pensées occupaient tout mon temps; elles se repro-
duisaient sous mille formes différentes: mon imagination leur 35
prêtait les couleurs les plus sombres; souvent mes nuits entières se passaient à pleurer. J'épuisais ma pitié sur moi-
même; ma figure me faisait horreur, je n'osais plus me

regarder dans une glace; lorsque mes yeux se portaient sur mes mains noires, je croyais voir celles d'un singe; je m'exagérais ma laideur, et cette couleur me paraissait comme le signe de ma réprobation: c'est elle qui me séparait de
5 tous les êtres de mon espèce, qui me condamnait à être seule, toujours seule! jamais aimée! Un homme, à prix d'argent, consentirait peut-être que ses enfants fussent nègres! Tout mon sang se soulevait d'indignation à cette pensée. J'eus un moment l'idée de demander à Mme. de B. . . . de me
10 renvoyer dans mon pays; mais là encore j'aurais été isolée: qui m'aurait entendue, qui m'aurait comprise? Hélas! je n'appartenais plus à personne: j'étais étrangère à la race humaine tout entière!

Ce n'est que bien longtemps après que je compris la pos-
15 sibilité de me résigner à un tel sort. Mme. de B. . . . n'était point dévote; je devais à un prêtre respectable, qui m'avait instruite pour ma première communion, ce que j'avais de sentiments religieux. Ils étaient sincères comme tout mon caractère; mais je ne savais pas que, pour être profitable,
20 la piété a besoin d'être mêlée à toutes les actions de la vie: la mienne avait occupé quelques instants de mes journées, mais elle était demeurée étrangère à tout le reste. Mon confesseur était un saint vieillard, peu soupçonneux; je le voyais deux ou trois fois par an, et, comme je n'imaginais
25 pas que des chagrins fussent des fautes, je ne lui parlais pas de mes peines. Elles altéraient sensiblement ma santé; mais, chose étrange! elles perfectionnaient mon esprit. Un sage d'Orient a dit: 'Celui qui n'a pas souffert, que sait-il?' Je vis que je ne savais rien avant mon malheur; mes impressions
30 étaient toutes des sentiments; je ne jugeais pas; j'aimais: les discours, les actions, les personnes plaisaient ou déplaisaient à mon cœur. À présent, mon esprit s'était séparé de ces mouvements involontaires: le chagrin est comme l'éloignement, il fait juger l'ensemble des objets. Depuis que
35 je me sentais étrangère à tout, j'étais devenue plus difficile, et j'examinais, en le critiquant, presque tout ce qui m'avait plu jusqu'alors.

Cette disposition ne pouvait échapper à Mme. de B. . . . ;

je n'ai jamais su si elle en devina la cause. Elle craignait
peut-être d'exalter ma peine en me permettant de la confier;
mais elle me montrait encore plus de bonté que de coutume;
elle me parlait avec un entier abandon, et, pour me distraire
de mes chagrins, elle m'occupait de ceux qu'elle avait elle-5
même. Elle jugeait bien mon cœur; je ne pouvais en effet
me rattacher à la vie que par l'idée d'être nécessaire ou, du
moins, utile à ma bienfaitrice. La pensée qui me poursuivait
le plus, c'est que j'étais isolée sur la terre, et que je pouvais
mourir sans laisser de regrets dans le cœur de personne. 10
J'étais injuste pour Mme. de B. . . .; elle m'aimait, elle
me l'avait assez prouvé; mais elle avait des intérêts qui passaient bien avant moi. Je n'enviais pas sa tendresse à ses
petits-fils, surtout à Charles; mais j'aurais voulu pouvoir
dire comme eux: Ma mère! 15

Les liens de famille sourtout me faisaient faire des retours
bien douloureux sur moi-même, moi qui jamais ne devais
être la sœur, la femme, la mère de personne! je me figurais
dans ces liens plus de douceur qu'ils n'en ont peut-être, et je
négligeais ceux qui m'étaient permis, parce que je ne pouvais 20
atteindre à ceux-là. Je n'avais point d'amie; personne n'avait
ma confiance: ce que j'avais pour Mme. de B. . . . était
plutôt un culte qu'une affection; mais je crois que je sentais
pour Charles tout ce qu'on éprouve pour un frère.

Il était toujours au collège, qu'il allait bientôt quitter pour 25
commencer ses voyages. Il partait avec son frère aîné et son
gouverneur, et ils devaient visiter l'Allemagne, l'Angleterre et
l'Italie; leur absence devait durer deux ans. Charles était
charmé de partir: et moi, je ne fus affligée qu'au dernier
moment; car j'étais toujours bien aise de ce qui lui faisait 30
plaisir. Je ne lui avais rien dit de toutes les idées qui m'occupaient; je ne le voyais jamais seul, et il m'aurait fallu bien du
temps pour lui expliquer ma peine: je suis sûre qu'alors il
m'aurait comprise. Mais il avait, avec son air doux et grave,
une disposition à la moquerie, qui me rendait timide; il est 35
vrai qu'il ne l'exerçait guère que sur les ridicules de l'affectation; tout ce qui était sincère le désarmait. Enfin je ne lui
dis rien. Son départ, d'ailleurs, était une distraction, et je

crois que cela me faisait du bien de m'affliger d'autre chose
que de ma douleur habituelle.

Ce fut peu de temps après le départ de Charles, que la
Révolution prit un caractère plus sérieux : je n'entendais
5 parler tout le jour, dans le salon de Mme. de B. . . ., que des
grands intérêts moraux et politiques que cette Révolution
remua jusque dans leur source ; ils se rattachaient à ce qui
avait occupé les esprits supérieurs de tous les temps. Rien
n'était plus capable d'étendre et de former mes idées, que
10 le spectacle de cette arène où des hommes distingués remet-
taient chaque jour en question tout ce qu'on avait pu croire
jugé jusqu'alors. Ils approfondissaient tous les sujets, re-
montaient à l'origine de toutes les institutions, mais trop
souvent pour tout ébranler et pour tout détruire.

15 Croiriez-vous que, jeune comme j'étais, étrangère à tous
les intérêts de la société, nourrissant à part ma plaie secrète,
la Révolution apporta un changement dans mes idées, fit naître
dans mon cœur quelques espérances, et suspendit un moment
mes maux ? tant on cherche vite ce qui peut consoler ! J'en-
20 trevis donc que, dans ce grand désordre, je pourrais trouver
ma place ; que toutes les fortunes renversées, tous les rangs
confondus, tous les préjugés évanouis, amèneraient peut-être
un état de choses où je serais moins étrangère ; et que si
j'avais quelque supériorité d'âme, quelque qualité cachée, on
25 l'apprécierait lorsque ma couleur ne m'isolerait plus au milieu
du monde, comme elle avait fait jusqu'alors. Mais il arriva
que ces qualités mêmes que je pouvais me trouver s'opposèrent
vite à mon illusion : je ne pus désirer longtemps beaucoup de
mal pour un peu de bien personnel. D'un autre côté, j'aper-
30 cevais les ridicules de ces personnages qui voulaient maîtriser
les événements ; je jugeais les petitesses de leur caractère,
je devinais leurs vues secrètes ; bientôt leur fausse philan-
thropie cessa de m'abuser, et je renonçai à l'espérance, en
voyant qu'il resterait encore assez de mépris pour moi au
35 milieu de tant d'adversités. Cependant je m'intéressais toujours à ces discussions animées ; mais elles ne tardèrent pas à
perdre ce qui faisait leur plus grand charme. Déjà le temps
n'était plus où l'on ne songeait qu'à plaire, et où la première

condition pour y réussir était l'oubli des succès de son amour-propre : lorsque la Révolution cessa d'être une belle théorie, et qu'elle toucha aux intérêts intimes de chacun, les conversations dégénérèrent en disputes, et l'aigreur, l'amertume et les personnalités prirent la place de la raison. Quelquefois, malgré 5 ma tristesse, je m'amusais de toutes ces violentes opinions qui n'étaient, au fond, presque jamais que des prétentions, des affectations ou des peurs ; mais la gaieté qui vient de l'observation des ridicules ne fait pas de bien ; il y a trop de malignité dans cette gaieté, pour qu'elle puisse réjouir le cœur qui 10 ne se plaît que dans les joies innocentes. On peut avoir cette gaieté moqueuse, sans cesser d'être malheureux ; peut-être même le malheur rend-il plus susceptible de l'éprouver, car l'amertume dont l'âme se nourrit, fait l'aliment habituel de ce triste plaisir. 15

L'espoir sitôt détruit que m'avait inspiré la Révolution n'avait point changé la situation de mon âme ; toujours mécontente de mon sort, mes chagrins n'étaient adoucis que par la confiance et les bontés de Mme. de B. . . . Quelquefois, au milieu de ces conversations politiques dont elle ne pouvait réussir à 20 calmer l'aigreur, elle me regardait tristement : ce regard était un baume pour mon cœur ; il semblait me dire : ' Ourika, vous seule m'entendez ! '

On commençait à parler de la liberté des nègres : il était impossible que cette question ne me touchât pas vivement ; 25 c'était une illusion que j'aimais encore à me faire, qu'ailleurs, du moins, j'avais des semblables : comme ils étaient malheureux, je les croyais ·bons, et je m'intéressais à leur sort. Hélas ! je fus promptement détrompée ! Les massacres de Saint-Domingue me causèrent une douleur nouvelle et dé- 30 chirante : jusqu'ici je m'étais affligée d'appartenir à une race proscrite ; maintenant j'avais honte d'appartenir à une race de barbares et d'assassins.

Cependant la Révolution faisait des progrès rapides ; on s'effrayait en voyant les hommes les plus violents s'emparer de 35 toutes les places. Bientôt il parut que ces hommes étaient décidés à ne rien respecter : les affreuses journées du 20 Juin et du 10 Août durent préparer à tout. Ce qui restait de la

société de Mme. de B. . . . se dispersa à cette époque : les uns fuyaient les persécutions dans les pays étrangers ; les autres se cachaient ou se retiraient en province. Mme. de B. . . . ne fit ni l'un ni l'autre ; elle était fixée chez elle
5 par l'occupation constante de son cœur : elle resta avec un souvenir et près d'un tombeau.

Nous vivions depuis quelques mois dans la solitude, lorsque, à la fin de l'année 1792, parut le décret de confiscation des biens des émigrés. Au milieu de ce désastre général, Mme.
10 de B. . . . n'aurait pas compté la perte de sa fortune, si elle n'eût appartenu à ses petits-fils ; mais, par des arrangements de famille, elle n'én avait que la jouissance. Elle se décida donc à faire revenir Charles, le plus jeune des deux frères, et à envoyer l'aîné, âgé de près de vingt ans, à l'armée de Condé.
15 Ils étaient alors en Italie, et achevaient ce grand voyage, entrepris, deux ans auparavant, dans des circonstances bien différentes. Charles arriva à Paris au commencement de Février 1793, peu de temps après la mort du roi.

Ce grand crime avait causé à Mme. de B. . . . la plus vio-
20 lente douleur ; elle s'y livra tout entière, et son âme était assez forte pour proportionner l'horreur du forfait à l'immensité du forfait même. Les grandes douleurs, dans la vieillesse, ont quelque chose de frappant ; elles ont pour elles l'autorité de la raison. Mme. de B. . . . souffrait avec toute l'énergie de
25 son caractère ; sa santé en était altérée, mais je n'imaginais pas qu'on pût essayer de la consoler, ou même de la distraire. Je pleurais, je m'unissais à ses sentiments, j'essayais d'élever mon âme pour la rapprocher de la sienne, pour souffrir du moins autant qu'elle et avec elle.

30 Je ne pensai presque pas à mes peines, tant que dura la Terreur ; j'aurais eu honte de me trouver malheureuse en présence de ces grandes infortunes : d'ailleurs, je ne me sentais plus isolée depuis que tout le monde était malheureux. L'opinion est comme une patrie ; c'est un bien dont on jouit
35 ensemble ; on est frère pour la soutenir et pour la défendre. Je me disais quelquefois que moi, pauvre négresse, je tenais pourtant à toutes les âmes élevées par le besoin de la justice que j'éprouvais en commun avec elles : le jour du triomphe de

la vertu et de la vérité serait un jour de triomphe pour moi comme pour elles ; mais, hélas ! ce jour était bien loin.

Aussitôt que Charles fut arrivé, Mme. de B. . . . partit pour la campagne. Tous ses amis étaient cachés ou en fuite ; sa société se trouvait presque réduite à un vieil abbé que, depuis dix ans, j'entendais tous les jours se moquer de la religion, et qui à présent s'irritait qu'on eût vendu les biens du clergé, parce qu'il y perdait vingt mille livres de rente. Cet abbé vint avec nous à Saint-Germain. Sa société était douce, ou plutôt elle était tranquille ; car son calme n'avait rien de doux : il venait de la tournure de son esprit, plutôt que de la paix de son cœur.

Mme. de B. . . . avait été toute sa vie dans la position de rendre beaucoup de services : liée avec M. de Choiseul, elle avait pu, pendant ce long ministère, être utile à bien des gens. Deux des hommes les plus influents pendant la Terreur avaient des obligations à Mme. de B. . . .; ils s'en souvinrent et se montrèrent reconnaissants. Veillant sans cesse sur elle, ils ne permirent pas qu'elle fût atteinte ; ils risquèrent plusieurs fois leur vie pour dérober la sienne aux fureurs révolutionnaires ; car on doit remarquer qu'à cette époque funeste, les chefs mêmes des partis les plus violents ne pouvaient faire un peu de bien sans danger : il semblait, que sur cette terre désolée, on ne pût régner que par le mal, tant lui seul donnait et ôtait la puissance. Mme. de B. . . . n'alla point en prison ; elle fut gardée chez elle, sous prétexte de sa mauvaise santé. Charles, l'abbé et moi, nous restâmes auprès d'elle et nous lui donnions tous nos soins.

Rien ne peut peindre l'état d'anxiété et de terreur des journées que nous passâmes alors, lisant chaque soir, dans les journaux, la condamnation et la mort des amis de Mme. de B. . . ., et tremblant à tout instant que ses protecteurs n'eussent plus le pouvoir de la garantir du même sort. Nous sûmes qu'en effet elle était au moment de périr, lorsque la mort de Robespierre mit un terme à tant d'horreurs. On respira ; les gardes quittèrent la maison de Mme. de B. . . ., et nous restâmes tous quatre dans la même solitude, comme on se retrouve, j'imagine, après une grande calamité à laquelle on a échappé ensemble. On aurait cru que tous les liens s'étaient resserrés par le malheur : j'avais senti que là, du moins, je n'étais pas étrangère.

Si j'ai connu quelques instants doux dans ma vie, depuis la 5 perte des illusions de mon enfance, c'est à l'époque qui suivit ces temps désastreux. Mme. de B. . . . possédait au suprême degré ce qui fait le charme de la vie intérieure : indulgente et facile, on pouvait tout dire devant elle ; elle savait deviner ce que voulait dire ce qu'on avait dit. Jamais une interprétation 10 sévère ou infidèle ne venait glacer la confiance ; les pensées passaient pour ce qu'elles valaient ; on n'était responsable de rien. Cette qualité eût fait le bonheur des amis de Mme. de B. . . ., quand bien même elle n'eût possédé que celle-là. Mais combien d'autres grâces n'avait-elle pas encore ! Jamais 15 on ne sentait de vide ni d'ennui dans sa conversation ; tout lui servait d'aliment : l'intérêt qu'on prend aux petites choses, qui est de la futilité dans les personnes communes, est la source de mille plaisirs avec une personne distinguée ; car c'est le propre des esprits supérieurs de faire quelque chose 20 de rien. L'idée la plus ordinaire devenait féconde, si elle passait par la bouche de Mme. de B. . . . ; son esprit et sa raison savaient la revêtir de mille nouvelles couleurs.

Charles avait des rapports de caractère avec Mme. de B. . . ., et son esprit aussi ressemblait au sien, c'est-à-dire 25 qu'il était ce que celui de Mme de B. . . . avait dû être, juste, ferme, étendu, mais sans modifications ; la jeunesse ne les connaît pas : pour elle, tout est bien, ou tout est mal, tandis que l'écueil de la vieillesse est souvent de trouver que rien n'est tout à fait bien, et rien tout à fait mal. Charles avait les deux 30 belles passions de son âge, la justice et la vérité. J'ai dit qu'il haïssait jusqu'à l'ombre de l'affectation ; il avait le défaut d'en voir quelquefois où il n'y en avait pas. Habituellement contenu, sa confiance était flatteuse ; on voyait qu'il la donnait, qu'elle était le fruit de l'estime, et non le penchant de son 35 caractère : tout ce qu'il accordait avait du prix, car presque rien en lui n'était involontaire, et tout cependant était naturel. Il comptait tellement sur moi, qu'il n'avait pas une pensée qu'il ne me dît aussitôt. Le soir, assis autour d'une table, les conversations étaient infinies : notre vieil abbé y tenait sa place ; il s'était fait un enchaînement si complet d'idées fausses, et il les soutenait avec tant de bonne foi, qu'il était une source inépuisable d'amusement pour Mme. de B. . . ., dont l'esprit juste et lumineux faisait admirablement ressortir les absurdités 5 du pauvre abbé, qui ne se fâchait jamais ; elle jetait, tout au travers de son *ordre d'idées*, de grands traits de bon sens, que nous comparions aux grands coups d'épée de Roland ou de Charlemagne.

Mme. de B. . . . aimait à marcher ; elle se promenait tous 10 les matins dans la forêt de Saint-Germain, donnant le bras à l'abbé ; Charles et moi, nous la suivions de loin. C'est alors qu'il me parlait de tout ce qui l'occupait, de ses projets, de ses espérances, de ses idées surtout, sur les choses, sur les hommes, sur les événements. Il ne me cachait rien, et il ne se doutait 15 pas qu'il me confiât quelque chose. Depuis si longtemps, il comptait sur moi, que mon amitié était pour lui comme sa vie ; il en jouissait sans la sentir ; il ne me demandait ni intérêt ni attention ; il savait bien qu'en me parlant de lui, il me parlait de moi, et que j'étais plus *lui* que lui-même : 20 charme d'une telle confiance, vous pouvez tout remplacer, remplacer le bonheur même !

Je ne pensais jamais à parler à Charles de ce qui m'avait tant fait souffrir ; je l'écoutais, et ces conversations avaient sur moi je ne sais quel effet magique, qui amenait l'oubli 25 de mes peines. S'il m'eût questionnée, il m'en eût fait souvenir ; alors je lui aurais tout dit : mais il n'imaginait pas que j'avais aussi un secret. On était accoutumé à me voir souffrante, et Mme. de B. . . . faisait tant pour mon bonheur, qu'elle devait me croire heureuse. J'aurais dû l'être ; 30 je me le disais souvent ; je m'accusais d'ingratitude ou de folie ; je ne sais si j'aurais osé avouer jusqu'à quel point ce mal sans remède de ma couleur me rendait malheureuse. Il y a quelque chose d'humiliant à ne pas savoir se soumettre à la nécessité : aussi ces douleurs, quand elles maîtrisent 35 l'âme, ont tous les caractères du désespoir. Ce qui m'intimidait aussi avec Charles, c'est cette tournure un peu sévère de ses idées. Un soir, la conversation s'était établie sur la

pitié, et on se demandait si les chagrins inspirent plus d'intérêt par leurs résultats ou par leurs causes. Charles s'était prononcé pour la cause; il pensait donc qu'il fallait que toutes les douleurs fussent raisonnables. Mais qui peut dire ce que
5 c'est que la raison? Est-elle la même pour tout le monde? tous les cœurs ont-ils tous les mêmes besoins? et le malheur n'est-il pas la privation des besoins du cœur?

Il était rare cependant que nos conversations du soir me ramenassent ainsi à moi-même; je tâchais d'y penser le moins
10 que je pouvais; j'avais ôté de ma chambre tous les miroirs; je portais toujours des gants; mes vêtements cachaient mon cou et mes bras, et j'avais adopté pour sortir un grand chapeau avec un voile, que souvent même je gardais dans la maison. Hélas! je me trompais ainsi moi-même: comme
15 les enfants, je fermais les yeux, et je croyais qu'on ne me voyait pas.

Vers la fin de l'année 1795, la Terreur était finie, et l'on commençait à se retrouver; les débris de la société de Mme. de B. . . . se réunirent autour d'elle, et je vis avec peine
20 le cercle de ses amis s'augmenter. Ma position était si fausse dans le monde, que plus la société rentrait dans son ordre naturel, plus je m'en sentais dehors. Toutes les fois que je voyais arriver chez Mme. de B. . . . des personnes qui n'y étaient pas encore venues, j'éprouvais un nouveau tour-
25 ment. L'expression de surprise mêlée de dédain que j'observais sur leur physionomie, commençait à me troubler; j'étais sûre d'être bientôt l'objet d'un aparté dans l'embrasure de la fenêtre, ou d'une conversation à voix basse; car il fallait bien se faire expliquer comment une négresse était
30 admise dans la société intime de Mme. de B. . . . Je souffrais le martyre pendant ces éclaircissements; j'aurais voulu être transportée dans ma patrie barbare, au milieu des sauvages qui l'habitent, moins à craindre pour moi que cette société cruelle qui me rendait responsable du mal qu'elle
35 seule avait fait. J'étais poursuivie plusieurs jours de suite par le souvenir de cette physionomie dédaigneuse; je la voyais en rêve, je la voyais à chaque instant; elle se plaçait devant moi comme ma propre image! Hélas! elle était

celle des chimères dont je me laissais obséder! Vous ne
m'aviez pas encore appris, ô mon Dieu! à conjurer ces fantômes; je ne savais pas qu'il n'y a de repos qu'en vous.

À présent, c'était dans le cœur de Charles que je cherchais
un abri; j'étais fière de son amitié, je l'étais encore plus de 5
ses vertus; je l'admirais comme ce que je connaissais de plus
parfait sur la terre. J'avais cru autrefois aimer Charles comme
un frère; mais depuis que j'étais toujours souffrante, il me
semblait que j'étais vieillie, et que ma tendresse pour lui
ressemblait plutôt à celle d'une mère. Une mère, en effet, 10
pouvait seule éprouver ce désir passionné de son bonheur,
de ses succès; j'aurais volontiers donné ma vie pour lui
épargner un moment de peine. Je voyais bien avant lui
l'impression qu'il produisait sur les autres; il était assez
heureux pour ne s'en pas soucier : c'est tout simple; il 15
n'avait rien à en redouter, rien ne lui avait donné cette inquiétude habituelle que j'éprouvais sur les pensées des autres; tout était harmonie dans son sort, tout était désaccord
dans le mien.

Un matin, un ancien ami de Mme. de B. vint chez elle; 20
il était chargé d'une proposition de mariage pour Charles:
Mlle. de Thémines était devenue, d'une manière bien cruelle, une riche héritière; elle avait perdu le même jour, sur
l'échafaud, sa famille entière; il ne lui restait plus qu'une
grand'tante, autrefois religieuse, et qui, devenue tutrice de 25
Mlle. de Thémines, regardait comme un devoir de la marier;
et voulait se presser, parce qu'ayant plus de quatre-vingts
ans, elle craignait de mourir et de laisser ainsi sa nièce
seule et sans appui dans le monde. Mlle. de Thémines
réunissait tous les avantages de la naissance, de la fortune 30
et de l'éducation; elle avait seize ans; elle était belle comme
le jour : on ne pouvait hésiter. Mme. de B. . . . en parla à
Charles, qui d'abord fut un peu effrayé de se marier si jeune :
bientôt il désira voir Mlle. de Thémines; l'entrevue eut lieu,
et alors il n'hésita plus. Anaïs de Thémines possédait en 35
effet tout ce qui pouvait plaire à Charles; jolie sans s'en
douter, et d'une modestie si tranquille, qu'on voyait qu'elle
ne devait qu'à la nature cette charmante vertu. Mme. de

Thémines permit à Charles d'aller chez elle, et bientôt il devint passionnément amoureux. Il me racontait les progrès de ses sentiments : j'étais impatiente de voir cette belle Anaïs, destinée à faire le bonheur de Charles. Elle vint enfin à
5 Saint-Germain ; Charles lui avait parlé de moi ; je n'eus point à supporter d'elle ce coup d'œil dédaigneux et scrutateur qui me faisait toujours tant de mal : elle avait l'air d'un ange de bonté. Je lui promis qu'elle serait heureuse avec Charles ; je la rassurai sur sa jeunesse, je lui dis qu'à vingt et un ans
10 il avait la raison solide d'un âge bien plus avancé. Je répondis à toutes ses questions : elle m'en fit beaucoup, parce qu'elle savait que je connaissais Charles depuis son enfance ; et il m'était si doux d'en dire du bien, que je ne me lassais pas d'en parler.

15   Les arrangements d'affaires retardèrent de quelques semaines la conclusion du mariage. Charles continuait à aller chez Mme. de Thémines, et souvent il restait à Paris deux ou trois jours de suite : ces absences m'affligeaient, et j'étais mécon-tente de moi-même, en voyant que je préférais mon bon-
20 heur à celui de Charles, ce n'est pas ainsi que j'étais ac-coutumée à aimer. Les jours où il revenait étaient des jours de fête ; il me racontait ce qui l'avait occupé ; et s'il avait fait quelques progrès dans le cœur d'Anaïs, je m'en réjouis-sais avec lui. Un jour pourtant il me parla de la manière
25 dont il voulait vivre avec elle : ' Je veux obtenir toute sa confiance, me dit-il, et lui donner toute la mienne ; je ne lui cacherai rien, elle saura toutes mes pensées, elle connaîtra tous les mouvements secrets de mon cœur ; je veux qu'il y ait entre elle et moi une confiance comme la nôtre, Ourika.'
30 Comme la nôtre ! Ce mot me fit mal ; il me rappela que Charles ne savait pas le seul secret de ma vie, et il m'ôta le désir de le lui confier. Peu à peu les absences de Charles devinrent plus longues ; il n'était presque plus à Saint-Ger-main que des instants ; il venait à cheval pour mettre moins
35 de temps en chemin, il retournait l'après dînée à Paris ; de sorte que tous les soirs se passaient sans lui. Mme. de B. . . . plaisantait souvent de ces longues absences ; j'aurais bien voulu faire comme elle !

Un jour, nous nous promenions dans la forêt. Charles avait été absent presque toute la semaine : je l'aperçus tout à coup à l'extrémité de l'allée où nous marchions ; il venait à cheval, et très-vite. Quand il fut près de l'endroit où nous étions, il sauta à terre et se mit à se promener avec nous : 5 après quelques minutes de conversation générale, il resta en arrière avec moi, et nous recommençâmes à causer comme autrefois ; j'en fis la remarque. 'Comme autrefois !' s'écriat-il ; 'ah ! quelle différence ! avais-je donc quelque chose à dire dans ce temps-là ? Il me semble que je n'ai commencé 10 à vivre que depuis deux mois. Ourika, je ne vous dirai jamais ce que j'éprouve pour elle ! Quelquefois je crois sentir que mon âme tout entière va passer dans la sienne. Quand elle me regarde, je ne respire plus ; quand elle rougit, je voudrais me prosterner à ses pieds pour l'adorer. Quand je pense 15 que je vais être le protecteur de cet ange, qu'elle me confie sa vie, sa destinée ; ah ! que je suis glorieux de la mienne ! Que je la rendrai heureuse ! Je serai pour elle le père, la mère qu'elle a perdus : mais je serai aussi son mari, son amant ! Elle me donnera son premier amour ; tout son cœur 20 s'épanchera dans le mien ; nous vivrons de la même vie, et je ne veux pas que, dans le cours de nos longues années, elle puisse dire qu'elle ait passé une heure sans être heureuse. Qu'ai-je fait, ô Dieu ! pour mériter tant de bonheur ?'

Hélas ! j'adressais en ce moment au ciel une question 25 toute contraire ! Depuis quelques instants, j'écoutais ces paroles passionnées avec un sentiment indéfinissable. 'Grand Dieu ! vous êtes témoin que j'étais heureuse du bonheur de Charles ; mais pourquoi avez-vous donné la vie à la pauvre Ourika ? pourquoi n'est-elle pas morte sur ce bâtiment négrier 30 d'où elle fut arrachée, ou sur le sein de sa mère ? Un peu de sable d'Afrique eût recouvert son corps, et ce fardeau eût été bien léger ! Qu'importait au monde qu'Ourika vécût ? Pourquoi était-elle condamnée à la vie ? C'était donc pour vivre seule, toujours seule, jamais aimée ! Ô mon Dieu, ne 35 le permettez pas ! Retirez de la terre la pauvre Ourika ! Personne n'a besoin d'elle : n'est-elle pas seule dans la vie ?' Cette affreuse pensée me saisit avec plus de violence qu'elle

n'avait encore fait. Je me sentis fléchir, je tombai sur
les genoux, mes yeux se fermèrent, et je crus que j'allais
mourir.

En achevant ces paroles, l'oppression de la pauvre reli-
5 gieuse parut s'augmenter ; sa voix s'altéra, et quelques larmes
coulèrent le long de ses joues flétries.   Je voulus l'engager
à suspendre son récit ; elle s'y refusa.   Ce n'est rien, me dit-
elle ; maintenant le chagrin ne dure pas dans mon cœur : la
racine en est coupée.   Dieu a eu pitié de moi ; il m'a retirée
10 lui-même de cet abîme où je n'étais tombée que faute de
le connaître et de l'aimer. N'oubliez donc pas que je suis
heureuse ; mais, hélas ! ajouta-t-elle, je ne l'étais point alors.

Jusqu'à l'époque dont je viens de vous parler, j'avais sup-
porté mes peines ; elles avaient altéré ma santé, mais j'avais
15 conservé ma raison et une sorte d'empire sur moi-même :
mon chagrin, comme le ver qui dévore le fruit, avait commencé par le cœur ; je portais dans mon sein le germe de
la destruction, lorsque tout était encore plein de vie au dehors
de moi. La conversation me plaisait, la discussion m'animait ;
20 j'avais même conservé une sorte de gaieté d'esprit ; mais
j'avais perdu les joies du cœur. Enfin jusqu'à l'époque dont
je viens de vous parler, j'étais plus forte que mes peines ;
je sentais qu'à présent mes peines seraient plus fortes que
moi.   .
25   Charles me rapporta dans ses bras jusqu'à la maison : là,
tous les secours me furent donnés, et je repris connaissance.
En ouvrant les yeux, je vis Mme. de B. . . . à côté de mon
lit ; Charles me tenait une main ; ils m'avaient soignée eux-
mêmes, et je vis sur leurs visages un mélange d'anxiété et
30 de douleur qui pénétra jusqu'au fond de mon âme : je sentis
la vie revenir en moi, mes pleurs coulèrent. Mme. de B. . . .
les essuyait doucement ; elle ne me disait rien, elle ne me
faisait point de questions : Charles m'en accabla. Je ne sais
ce que je lui répondis ; je donnai pour cause à mon accident
35 le chaud, la longueur de la promenade : il me crut, et l'amertume rentra dans mon âme en voyant qu'il me croyait ; mes
larmes se séchèrent, je me dis qu'il était donc bien facile
de tromper ceux dont l'intérêt était ailleurs ; je retirai ma

main qu'il tenait encore, et je cherchai à paraître tranquille.
Charles partit, comme de coutume, à cinq heures ; j'en fus
blessée, j'aurais voulu qu'il fût inquiet de moi, je souffrais
tant ! Il serait parti de même, je l'y aurais forcé ; mais je
me serais dit qu'il me devait le bonheur de sa soirée, et cette 5
pensée m'eût consolée. Je me gardai bien de montrer à
Charles ce mouvement de mon cœur ; les sentiments délicats
ont une sorte de pudeur ; s'ils ne sont devinés, ils sont incomplets : on dirait qu'on ne peut les éprouver qu'à deux.

À peine Charles fut-il parti, que la fièvre me prit avec une 10
grande violence ; elle augmenta les deux jours suivants.
Mme. de B. . . . me soignait avec sa bonté accoutumée ; elle
était désespérée de mon état, et de l'impossibilité de me faire
transporter à Paris, où le mariage de Charles l'obligeait à se
rendre le lendemain. Les médecins dirent à Mme. de B. . . . 15
qu'ils répondaient de ma vie si elle me laissait à Saint-Germain ; elle s'y résolut, et elle me montra en partant une
affection si tendre, qu'elle calma un moment mon cœur. Mais
après son départ, l'isolement complet, réel, où je me trouvais
pour la première fois de ma vie, me jeta dans un profond 20
désespoir. Je voyais se réaliser cette situation que mon
imagination s'était peinte tant de fois ; je mourais loin de ce
que j'aimais, et mes tristes gémissements ne parvenaient pas
même à leurs oreilles : hélas ! ils eussent troublé leur joie.
Je les voyais, s'abandonnant à toute l'ivresse du bonheur, 25
loin d'Ourika mourante. Ourika n'avait qu'eux dans la vie,
mais eux n'avaient pas besoin d'Ourika : personne n'avait
besoin d'elle ! Cet affreux sentiment de l'inutilité de l'existence est celui qui déchire le plus profondément le cœur ; il
me donna un tel dégoût de la vie, que je souhaitai sincère- 30
ment de mourir de la maladie dont j'étais attaquée. Je ne
parlais pas, je ne donnais presque aucun signe de connaissance, et cette seule pensée était bien distincte en moi : *je
voudrais mourir.* Dans d'autres moments, j'étais plus agitée ;
je me rappelais tous les mots de cette dernière conversation 35
que j'avais eue avec Charles dans la forêt ; je le voyais
nageant dans cette mer de délices qu'il m'avait dépeinte,
tandis que je mourais abandonnée, seule dans la mort comme

dans la vie. Cette idée me donnait une irritation plus
pénible encore que la douleur. Je me créais des chimères
pour satisfaire à ce nouveau sentiment; je me représentais
Charles arrivant à Saint-Germain; on lui disait : 'Elle est
5 morte.' Eh bien! le croiriez-vous? je jouissais de sa douleur;
elle me vengeait; et de quoi? grand Dieu! de ce qu'il avait
été l'ange protecteur de ma vie? Cet affreux sentiment me
fit bientôt horreur; j'entrevis que si la douleur n'était pas
une faute, s'y livrer comme je le faisais pouvait être criminel.
10 Mes idées prirent alors un autre cours; j'essayai de me
vaincre, de trouver en moi-même une force pour combattre
les sentiments qui m'agitaient; mais je ne la cherchais point,
cette force, où elle était. Je me fis honte de mon ingratitude.
Je mourrai, me disais-je, je veux mourir; mais je ne veux
15 pas laisser les passions haineuses approcher de mon cœur.
Ourika est un enfant déshérité; mais l'innocence lui reste :
je ne la laisserai pas se flétrir en moi par l'ingratitude. Je
passerai sur la terre comme une ombre; mais, dans le tombeau, j'aurai la paix. Ô mon Dieu! ils sont déjà bien
20 heureux; eh bien! donnez-leur encore la part d'Ourika, et
laissez-la mourir comme la feuille tombe en automne. N'ai-je
donc pas assez souffert?

Je ne sortis de la maladie qui avait mis ma vie en danger,
que pour tomber dans un état de langueur où le chagrin
25 avait beaucoup de part. Mme. de B. . . . s'établit à Saint-
Germain après le mariage de Charles; il y venait souvent
accompagné d'Anaïs, jamais sans elle. Je souffrais toujours
davantage quand ils étaient là. Je ne sais si l'image du bonheur me rendait plus sensible ma propre infortune, ou si
30 la présence de Charles réveillait le souvenir de notre ancienne
amitié; je cherchais quelquefois à le retrouver et je ne le
reconnaissais plus. Il me disait pourtant à peu près tout
ce qu'il me disait autrefois; mais son amitié présente ressemblait à son amitié passée, comme la fleur artificielle
35 ressemble à la fleur véritable : c'est la même chose, hors la
vie et le parfum.

Charles attribuait au dépérissement de ma santé le changement de mon caractère; je crois que Mme. de B. . . .

jugeait mieux le triste était de mon âme, qu'elle devinait mes tourments secrets, et qu'elle en était vivement affligée; mais le temps n'était plus où je consolais les autres; je n'avais plus pitié que de moi-même.

Nous retournâmes à Paris: ma tristesse augmentait chaque 5 jour. Ce bonheur intérieur si paisible, ces liens de famille si doux; cet amour dans l'innocence, toujours aussi tendre, aussi passionné; quel spectacle pour une malheureuse destinée à passer sa triste vie dans l'isolement! à mourir sans avoir été aimée, sans avoir connu d'autres liens que ceux 10 de la dépendance et de la pitié! Les jours, les mois se passaient ainsi; je ne prenais part à aucune conversation, j'avais abandonné tous mes talents; si je supportais quelques lectures, c'étaient celles où je croyais retrouver la peinture imparfaite des chagrins qui me dévoraient. Je m'en faisais un 15 nouveau poison, je m'enivrais de mes larmes, et, seule dans ma chambre pendant des heures entières, je m'abandonnais à ma douleur.

La naissance d'un fils mit le comble au bonheur de Charles; il accourut pour me le dire, et, dans les transports de sa joie, 20 je reconnus quelques accents de son ancienne confiance. Qu'ils me firent mal! Hélas! c'était la voix de l'ami que je n'avais plus! et tous les souvenirs du passé venaient, à cette voix, déchirer de nouveau ma plaie.

L'enfant de Charles était beau comme Anaïs; le tableau 25 de cette jeune mère avec son fils touchait tout le monde: moi seule, par un sort bizarre, j'étais condamnée à le voir avec amertume; mon cœur dévorait cette image d'un bonheur que je ne devais jamais connaître, et l'envie, comme le vautour, se nourrissait dans mon sein. Qu'avais-je fait à 30 ceux qui crurent me sauver en m'amenant sur cette terre d'exil? Pourquoi ne me laissait-on pas suivre mon sort? Eh bien! je serais la négresse esclave de quelque riche colon; brûlée par le soleil, je cultiverais la terre d'un autre; mais j'aurais mon humble cabane pour me retirer le soir; j'aurais 35 un compagnon de ma vie, et des enfants de ma couleur qui m'appelleraient: 'ma mère!' ils appuieraient sans dégoût leur petite bouche sur mon front; ils reposeraient leur tête

sur mon cou, et s'endormiraient dans mes bras! Qu'ai-je
fait pour être condamnée à n'éprouver jamais des affections pour lesquelles seules mon cœur est créé! Ô mon
Dieu! ôtez-moi de ce monde; je sens que je ne puis plus
5 supporter la vie.

À genoux dans ma chambre, j'adressais au Créateur cette
prière impie, quand j'entendis ouvrir ma porte : c'était l'amie
de Mme. de B. . . . ., la marquise de . . . ., qui était revenue
depuis peu d'Angleterre, où elle avait passé plusieurs années.
10 Je la vis avec effroi arriver près de moi ; sa vue me rappelait
toujours que, la première, elle m'avait révélé mon sort ;
qu'elle m'avait ouvert cette mine de douleurs où j'avais tant
puisé.   Depuis qu'elle était à Paris, je ne la voyais qu'avec un
sentiment pénible.

15   'Je viens vous voir et causer avec vous, ma chère Ourika,'
me dit-elle.   'Vous savez combien je vous aime depuis votre
enfance, et je ne puis voir, sans une véritable peine, la mélancolie dans laquelle vous vous plongez.   Est-il possible, avec
l'esprit que vous avez, que vous ne sachiez pas tirer un
20 meilleur parti de votre situation?'   'L'esprit, madame,' lui
répondis-je, 'ne sert guère qu'à augmenter les maux véritables ; il les fait voir sous tant de formes diverses !'   'Mais,'
reprit-elle, 'lorsque les maux sont sans remède, n'est-ce pas
une folie de refuser de s'y soumettre, et de lutter ainsi contre
25 la nécessité? car enfin, nous ne sommes pas les plus forts.'
'Cela est vrai,' dis-je ; 'mais il me semble que, dans ce cas,
la nécessité est un mal de plus.'   'Vous conviendrez pourtant,
Ourika, que la raison conseille alors de se résigner et de se
distraire.'   'Oui, madame ; mais, pour se distraire, il faut en-
30 trevoir ailleurs l'espérance.'   'Vous pourriez du moins vous
faire des goûts et des occupations pour remplir votre temps.'
'Ah! madame, les goûts qu'on se fait sont un effort, et ne
sont pas un plaisir.'   'Mais,' dit-elle encore, 'vous êtes remplie de
talents.'   'Pour que les talents soient une ressource, madame,'
35 lui répondis-je, 'il faut se proposer un but ; mes talents seraient
comme la fleur du poëte Anglais, qui perdait son parfum dans
le désert.'   'Vous oubliez vos amis qui en jouiraient.'   'Je n'ai
point d'amis, madame ; j'ai des protecteurs, et cela est bien

différent!' 'Ourika,' dit-elle, 'vous vous rendez bien malheureuse, et bien inutilement.' 'Tout est inutile dans ma vie,
madame, même ma douleur.' 'Comment pouvez-vous pro-
noncer un mot si amer! vous, Ourika, qui vous êtes montrée si
dévouée, lorsque vous restiez seule à Mme. de B.... pendant 5
la Terreur?' 'Hélas! madame, je suis comme ces génies mal-
faisants qui n'ont de pouvoir que dans les temps de calamités,
et que le bonheur fait fuir.' 'Confiez-moi votre secret, ma
chère Ourika; ouvrez-moi votre cœur; personne ne prend
à vous plus d'intérêt que moi, et peut-être que je vous ferai 10
du bien.' 'Je n'ai point de secret, madame,' lui répondis-je,
'ma position et ma couleur sont tout mon mal, vous le savez.'
'Allons donc,' reprit-elle, 'pouvez-vous nier que vous renfermez
au fond de votre âme une grande peine? Il ne faut que vous
voir un instant pour en être sûr.' Je persistai à lui dire 15
ce que je lui avais déjà dit; elle s'impatienta, éleva la voix;
je vis que l'orage allait éclater. 'Est-ce là votre bonne foi?'
dit-elle, 'cette sincérité pour laquelle on vous vante? Ourika,
prenez-y garde; la réserve quelquefois conduit à la fausseté.'
'Eh! que pourrais-je vous confier, madame,' lui dis-je, 'à vous 20
surtout qui, depuis longtemps, avez prévu quel serait le malheur de ma situation? À vous moins qu'à personne, je n'ai
rien de nouveau à dire là-dessus.' 'C'est ce que vous ne me
persuaderez jamais,' répliqua-t-elle; 'mais puisque vous me
refusez votre confiance, et que vous n'avez point de secret, 25
eh bien! Ourika, je me chargerai de vous apprendre que
vous en avez un. Oui, Ourika, tous vos regrets, toutes vos
douleurs ne viennent que d'une passion malheureuse, d'une
passion insensée; et si vous n'étiez pas folle d'amour pour
Charles, vous prendriez fort bien votre parti d'être négresse. 30
Adieu, Ourika, je m'en vais, et, je vous le déclare, avec bien
moins d'intérêt pour vous que je n'en avais apporté en venant
ici.' Elle sortit en achevant ces paroles. Je demeurai
anéantie. Que venait-elle de me révéler! Quelle lumière
affreuse avait-elle jetée sur l'abîme de mes douleurs! Grand 35
Dieu! c'était comme la lumière qui pénétra une fois au
fond des enfers, et qui fit regretter les ténèbres à ses malheureux habitants. Quoi! j'avais une passion criminelle!

c'est elle qui jusqu'ici dévorait mon cœur! Ce désir de tenir
ma place dans la chaîne des êtres, ce besoin des affections
de la nature, cette douleur de l'isolement, c'étaient les regrets
d'un amour coupable, et lorsque je croyais envier l'image
5 du bonheur, c'est le bonheur lui-même qui était l'objet de
mes vœux impies! Mais qu'ai-je donc fait pour qu'on puisse
me croire atteinte de cette passion sans espoir? Est-il donc
impossible d'aimer plus que sa vie avec innocence? Cette
mère qui se jeta dans la gueule du lion pour sauver son fils,
10 quel sentiment l'animait? Ces frères, ces sœurs qui voulurent
mourir ensemble sur l'échafaud, et qui priaient Dieu avant
d'y monter, était-ce donc un amour coupable qui les unissait?
L'humanité seule ne produit-elle pas tous les jours des dé-
vouements sublimes? Pourquoi donc ne pourrais-je aimer
15 ainsi Charles, le compagnon de mon enfance, le protecteur
de ma jeunesse? . . . . Et cependant, je ne sais quelle voix
crie au fond de moi-même qu'on a raison, et que je suis
criminelle. Grand Dieu! je vais donc recevoir aussi le
remords dans mon cœur désolé! Il faut qu'Ourika connaisse
20 tous les genres d'amertume, qu'elle épuise toutes les douleurs! Quoi! mes larmes désormais seront coupables! il
me sera défendu de penser à lui! quoi! je n'oserai plus
souffrir!

Ces affreuses pensées me jetèrent dans un accablement qui
25 ressemblait à la mort. La même nuit, la fièvre me prit, et, en
moins de trois jours, on désespéra de ma vie: le médecin dé-
clara que si l'on voulait me faire recevoir les sacrements, il
n'y avait pas un instant à perdre. On envoya chercher mon
confesseur; il était mort depuis peu de jours. Alors Mme.
30 dé B. . . . fit avertir un prêtre de la paroisse; il vint et m'ad-
ministra l'extrême-onction, car j'étais hors d'état de recevoir
le viatique; je n'avais aucune connaissance, et on attendait
ma mort à chaque instant. C'est sans doute alors que Dieu
eut pitié de moi; il commença par me conserver la vie:
35 contre toute attente, mes forces se soutinrent. Je luttai ainsi
environ quinze jours; ensuite la connaissance me revint.
Mme. de B. . . . ne me quittait pas, et Charles paraissait
avoir retrouvé pour moi son ancienne affection. Le prêtre

continuait à venir me voir chaque jour, car il voulait profiter
du premier moment pour me confesser : je le désirais moi-
même ; je ne sais quel mouvement me portait vers Dieu, et
me donnait le besoin de me jeter dans ses bras et d'y chercher
le repos. Le prêtre reçut l'aveu de mes fautes : il ne fut 5
point effrayé de l'état de mon âme ; comme un vieux matelot,
il connaissait toutes ces tempêtes. Il commença par me rassurer sur cette passion dont j'étais accusée :—'Votre cœur est
pur, me dit-il : c'est à vous seule que vous avez fait du mal ;
mais vous n'en êtes pas moins coupable. Dieu vous deman- 10
dera compte de votre propre bonheur qu'il vous avait confié ;
qu'en avez-vous fait ? Ce bonheur était entre vos mains, car
il réside dans l'accomplissement de nos devoirs ; les avez-vous
seulement connus ? Dieu est le but de l'homme : quel a été
le vôtre ? Mais ne perdez pas courage ; priez Dieu, Ourika : 15
il est là, il vous tend les bras ; il n'y a pour lui ni nègres ni
blancs : tous les cœurs sont égaux devant ses yeux, et le vôtre
mérite de devenir digne de lui.' C'est ainsi que cet homme
respectable encourageait la pauvre Ourika. Ces paroles simples portaient dans mon âme je ne sais quelle paix que je 20
n'avais jamais connue ; je les méditais sans cesse, et, comme
d'une mine féconde, j'en tirais toujours quelque nouvelle réflexion. Je vis qu'en effet je n'avais point connu mes devoirs :
Dieu en a prescrit aux personnes isolées comme à celles qui
tiennent au monde ; s'il les a privées des liens du sang, il leur 25
a donné l'humanité tout entière pour famille. La sœur de
charité, me disais-je, n'est point seule dans la vie, quoiqu'elle
ait renoncé à tout ; elle s'est créé une famille de choix ; elle
est la mère de tous les orphelins, la fille de tous les pauvres
vieillards, la sœur de tous les malheureux.' Des hommes 30
du monde n'ont-ils pas souvent cherché un isolement volontaire ? Ils voulaient être seuls avec Dieu ; ils renonçaient
à tous les plaisirs pour adorer, dans la solitude, la source
pure de tout bien et de tout bonheur ; ils travaillaient,
dans le secret de leur pensée, à rendre leur âme digne 35
de se présenter devant le Seigneur. C'est pour vous, ô
mon Dieu ! qu'il est doux d'embellir ainsi son cœur, de
le parer, comme pour un jour de fête, de toutes les vertus

qui vous plaisent. Hélas ! qu'avais-je fait ? Jouet insensé
des mouvements involontaires de mon âme, j'avais couru
après les jouissances de la vie, et j'en avais négligé le bonheur. Mais il n'est pas encore trop tard ; Dieu en me
5 jetant sur cette terre étrangère, voulut peut-être me prédes-
tiner à lui ; il m'arracha à la barbarie, à l'ignorance ; par un
miracle de sa bonté, il me déroba aux vices de l'esclavage,
et me fit connaître sa loi : cette loi me montre tous mes devoirs ; elle m'enseigne ma route ; je la suivrai, ô mon Dieu !
10 je ne me servirai plus de vos bienfaits pour vous offenser, je
ne vous accuserai plus de mes fautes.

Ce nouveau jour sous lequel j'envisageais ma position fit
rentrer le calme dans mon cœur. Je m'étonnais de la paix
qui succédait à tant d'orages : on avait ouvert une issue à ce
15 torrent qui dévastait ses rivages, et maintenant il portait ses
flots apaisés dans une mer tranquille.

Je me décidai à me faire religieuse. J'en parlai à Mme. de
B. . . . ; elle s'en affligea, mais elle me dit : ' Je vous ai fait
tant de mal en voulant vous faire du bien, que je ne me sens
20 pas le droit de m'opposer à votre résolution.' Charles fut plus
vif dans sa résistance ; il me pria, il me conjura de rester ; je
lui dis : ' Laissez-moi aller, Charles, dans le seul lieu où il me
soit permis de penser sans cesse à vous. . . .'

Ici la jeune religieuse finit brusquement son récit. Je con-
25 tinuai à lui donner des soins : malheureusement ils furent
inutiles ; elle mourut à la fin d'Octobre : elle tomba avec les
dernières feuilles de l'automne.

ERCKMANN-CHATRIAN.

LE VIEUX TAILLEUR.

NOTICE

MESS. ERCKMANN-CHATRIAN.

Quelques uns de nos lecteurs seront peut-être surpris quand nous leur dirons qu'il s'agit ici de deux individualités entière- 5 ment distinctes l'une de l'autre. Jamais, en effet, le talent de la collaboration n'avait été poussé au degré de perfection où on le trouve dans 'Waterloo,' 'le Conscrit,' et 'Madame Thérèse,' et ces trois chefs-d'œuvre ont une telle homogénéité qu'il semble impossible de s'y tromper. 10

Le succès littéraire de Mess. Erckmann-Chatrian ne date véritablement que de 1859 lors de la publication de 'l'illustre Docteur Mathéus,' édité par la librairie nouvelle. 'Depuis, dit M. Vapereau (*Dictionnaire des Contemporains*), leur réputa- tion comme romanciers n'a fait que grandir, grâce à toute 15 une série d'ouvrages consacrés à l'étude patiente et pittoresque des mœurs populaires de l'Allemagne, puis à la mise en scène des gloires et des revers militaires de la Révolution ou de l'Empire.'

M. Émile Erckmann est né à Phalsbourg (départ. de La 20 Meurthe) le 20 Mai 1822, et M. Alexandre Chatrian reçut le jour le 18 Décembre 1826 à Abrescheville, dans le même dé- partement ; c'est en 1847 qu'ils furent mis en relation l'un avec l'autre par un ami commun, M. Perrot, professeur au collège de Phalsbourg. 'Les deux amis,' je cite toujours M. Vapereau, 25 'travaillèrent dès lors ensemble à diverses œuvres qu'ils signè- rent de leurs deux noms réunis, et avec une telle unité de com- position et de style, qu'ils comptaient déjà de sérieux succès, lorsque personne ne se doutait que deux auteurs différents se cachaient sous cette sorte do raison sociale littéraire, formée de leurs deux noms.'

Il serait inutile d'énumérer tous les ouvrages dont nous
5 sommes redevables à Mess. Erckmann-Chatrian. 'L'Histoire d'un conscrit de 1813' (1864), 'Waterloo' (1865), et 'Madame Thérèse' (1863), sont sans contredit les meilleurs; ils ont été réimprimés récemment sous le titre commun · de 'romans nationaux.' Le récit intitulé 'Le Vieux Tailleur' que nous
10 donnons dans le présent volume est tiré d'un recueil de 'Contes Vosgiens;' nous profitons de l'occasion pour remercier bien sincèrement l'éditeur, M. Hetzel, de la courtoisie avec laquelle il nous a autorisé à en enrichir le présent volume.

G. M.

LE
VIEUX TAILLEUR,

PAR ERCKMANN-CHATRIAN.

I.

J'ai connu dans ma jeunesse, à Sainte-Suzanne, un vieux 5
tailleur appelé Mauduy.

Cet homme demeurait dans la ruelle des Glaneurs, près du
rempart, et nous autres, jeunes garçons, en allant à l'école
chez le père Berthomé, nous faisions halte à sa fenêtre, le
petit sac au dos, pour le voir travailler de son état. 10

C'était un vieux bonhomme aux tempes chauves, les yeux
gris clair, le teint légèrement vineux, et qui, les jambes croisées
sur son établi, tirant le fil, ressemblait à une grenouille, tant il
avait la bouche largement fendue et l'air rêveur.

De temps en temps il s'interrompait de coudre et nous 15
regardait, le nez et le menton en carnaval; et comme l'établi
touchait à la petite fenêtre basse, étendant la main, il nous la
passait dans les cheveux en souriant.

C'est moi surtout qu'il aimait à caresser, sans doute à cause
de mes cheveux blonds, longs et bouclés. Alors il me disait : 20

'Toi, tu es bon comme un bon mouton. Travaille bien,
Antoine, écoute ce que dit M. Berthomé. Tes parents sont
de braves gens.'

Il semblait attendri en disant ces choses, puis il se remettait
à travailler en silence. 25

La petite chambre où le bonhomme croupissait ainsi depuis
des années était fort sombre; quelques vieux habits râpés, des
pantalons rapiécés, des vestes graisseuses, pendaient autour à

leurs chevilles, et au fond, dans l'ombre, montait un petit
escalier.

Il me semble encore voir ce recoin du monde, avec la
traînée de lumière qui tombait de la croisée sur l'établi, toute
5 fourmillante d'atomes et de poussière d'or.

Quelquefois dans l'obscur réduit apparaissait une vieille,
mais si vieille, qu'on aurait dit une de ces chouettes déplumées
que les paysans clouent sur leurs portes de grange, pour
écarter, par la crainte du même sort, les oiseaux de proie
10 rôdant autour des poulaillers.

C'était la vieille Jacqueline, la mère de Mauduy, qu'il en-
tretenait de son travail.

Elle n'avait qu'un bavolet et une vieille robe à grands
ramages, qui datait pour le moins de la République ou de
15 Louis XVI. Elle s'asseyait sur la dernière marche de l'escalier, la tête branlante et parlant toute seule. Sa figure
blanche brillait au fond de l'alcôve et ses cheveux retombaient
sur ses épaules comme du lin.

Mauduy, lorsqu'elle venait ainsi, la regardait d'un œil pres-
20 que tendre et lui disait:

'Mère, approchez-vous de ce côté, près du soleil, vous
aurez plus chaud; tenez, là, devant moi.'

Et descendant de la table, il poussait un antique fauteuil à
crémaillère au pied de l'établi, aidait la pauvre vieille à se
25 lever et l'installait gravement dans son coin, disant tout bas:

'Êtes-vous bien comme ça? Faut-il que je mette un
coussin, quelque chose derrière, pour vous soutenir?

— Non, Baptiste, je suis bien,' faisait-elle.

Alors tout joyeux, il remontait sur la table, croisait ses
30 jambes et poursuivait son ouvrage, bien heureux de sentir là
sa vieille mère qui se réchauffait.

Il lui arrivait aussi quelquefois de siffler de vieux airs, mais
si bas qu'on l'entendait à peine; et, dès que la vieille se
mettait à prier, il se taisait pour ne pas l'interrompre, deve-
35 nant plus sérieux encore.

Nous autres écoliers, au premier son de cloche, nous cou-
rions à l'école, criant:

'Bonjour, père Mauduy, bonjour!'

Il levait alors ses yeux gris et nous regardait jusqu'à ce que nous eussions disparu dans la petite allée de M. Berthomé; puis il se remettait à coudre.

L'après-midi s'écoulait lentement, tantôt chaude, tantôt pluvieuse; à cinq heures nous repassions, voyant toujours le 5 vieux tailleur à la même place, qui tirait son aiguille et rêvait à je ne sais quoi.

Je me rappelle aussi qu'on appelait le père Mauduy, *le Vendéen*, et que des personnes soi-disant pieuses l'accusaient d'avoir commis des horreurs en Vendée; d'avoir tué des 10 femmes, des enfants, etc.

Mais je n'ai jamais pu le croire, car les personnes qui répandaient ces mauvais bruits étaient de vieilles pécheresses, 'des malheureuses,' comme le répétait souvent mon père, Jean Flamel, quincaillier dans la rue des Minimes; il se rap- 15 pelait les avoir vues, au temps de la République, sur le char de la Liberté, représentant la déesse Raison, et disait que ces honnêtes personnes, revenues à notre sainte religion et pleines de repentance de leurs anciens égarements, croyaient se relever en reprochant à d'autres plus de fautes et d'abomina- 20 tions qu'elles n'en avaient commis elles-mêmes. La seule chose vraie de tout cela, c'était que Mauduy était parti comme volontaire en 92, qu'il avait fait les campagnes de Mayence, de Vendée, d'Italie et d'Égypte, et qu'après le coup de Bru- maire, pouvant entrer dans la garde consulaire, il avait mieux 25 aimé reprendre son état de tailleur que de servir Bonaparte.

Voilà ce que disait mon père, auquel j'accorde pour la vérité, le bon sens et la justice, plus de confiance qu'à toute cette race ensemble.

Ainsi se passèrent les années 1816 à 1820, époque où mes 30 parents, voyant que je savais tout ce que M. Berthomé pou- vait m'apprendre: un peu d'orthographe, un peu d'arithmé- tique et le catéchisme, pensèrent qu'il était temps de me faire voir le monde.

Mon père, se rappelant qu'il avait un vieux camarade, 35 Joseph Lebigre, établi comme quincaillier depuis vingt-cinq ans, rue Saint-Martin, à Paris, m'envoya chez lui compléter mon instruction.

M. Lebigre me reçut très-bien et m'employa d'abord dans son magasin ; puis il me chargea du placement de ses marchandises ; et en 1824, l'année même du couronnement de Charles X, mon père, déjà vieux, me céda son commerce.

5 J'épousai Mlle Joséphine, la fille cadette de M. Lebigre, et je vins m'établir pour mon propre compte à Sainte-Suzanne.

C'est en ce temps que mourut Jacqueline Mauduy, la mère du vieux tailleur de la ruelle des Glaneurs. Alors me rappelant combien de fois dans mon enfance je m'étais accoudé 10 sur la fenêtre de sa baraque, je crus devoir assister à son enterrement.

Il pleuvait ce jour-là, il tombait de la neige fondante, la ruelle était déserte, pleine de boue ; et, m'étant habillé, je me trouvai dans la petite allée de la masure avec cinq ou six 15 voisins : Thomas Odry, le couvreur, et sa femme, Jean Recco, le ferblantier, le père Martin, enfin de pauvres gens qui furent tout étonnés de me voir aussi venir.

M. le vicaire Suzard, le chantre et les deux enfants de chœur, en robes blanches assez crottées, arrivèrent en courant, 20 et l'on se rendit d'abord à l'église, puis au cimetière.

Mauduy marchait près de moi, son mouchoir sur ses yeux rouges et sa moustache pleine de larmes ; il se balançait sur les hanches, comme un vieux tailleur qu'il était, et ne disait rien.

25 Et quand nous arrivâmes au cimetière, en face de la fosse jaune, les bords couverts de neige fondante, après la récitation rapide du *De profundis*, il se baissa, prit la pelle et jeta un peu de glèbe sur le cercueil ; puis il me passa la pelle, en disant :

'Tenez, monsieur Antoine, vous la connaissiez depuis long-30 temps et vous êtes venu ; merci !'

Ce fut tout ; nous revînmes en silence.

Depuis ce jour le vieux tailleur n'ayant plus personne à la maison pour lui tenir compagnie, allait tous les dimanches au cabaret de Nicolas Bibi, dans la rue des Minimes, prendre sa 35 chopine de vin, et quelquefois, voyant ma porte ouverte, il entrait au magasin et me serrait la main.

J'étais le seul bourgeois de Sainte-Suzanne auquel il donnât cette marque d'affection.

'Vos affaires vont bien? me demandait-il.

— Oui, père Mauduy.

— Tant mieux ... cela me fait plaisir.'

Puis il jetait un coup d'œil autour des rayons, examinant les paquets de ciseaux, de couteaux, de serpes et autres articles 5 de coutellerie.

'Tout est luisant et bien entretenu,' faisait-il.

Et un jour, apercevant des fleurets, il voulut les voir. Ses yeux brillaient; il en prit un, deux, trois, les faisant ployer sur le bout de son soulier avec une satisfaction singulière. 10

'Celui-ci, fit-il, est bon, il est souple; la poignée est un peu trop courbée, mais on la redresserait facilement; la garde est aussi un peu trop petite; c'est égal, il m'irait, oui, il m'irait bien!'

Je voyais à l'expression de ses yeux, de ses traits ridés, qu'il 15 était content.

'Si vous voulez une paire de fleurets, monsieur Mauduy? ... lui dis-je.

— Non. Je ne m'occupe plus de ces choses-là, il y a bel âge ... Qu'est-ce que ferait d'une paire de fleurets un pauvre 20 vieux tailleur? Parlez-moi de l'aiguille, à la bonne heure! Hé! hé! hé! je n'ai plus de jarrets!'

En même temps il se mettait en garde, pliait les jarrets, se fendait.

Il venait de prendre sa chopine chez Bibi et se sentait de 25 bonne humeur.

Ces détails m'ont frappé plus tard; alors c'est à peine si j'y fis attention.

Enfin, pour revenir à la suite de mon histoire, depuis quatre mois la mère du vieux tailleur dormait sous terre, et les haies 30 se couvraient de verdure, lorsque parut à Sainte-Suzanne un régiment de ligne, dont la musique avait reçu l'autorisation de porter l'épée, pour s'être distinguée au sacre du roi. Ce régiment, ultra-royaliste, vint donc prendre garnison chez nous; il s'y trouvait un grand nombre de jeunes gens distingués, 35 sortant de la garde royale et qui devaient y rentrer, après avoir reçu de l'avancement.

C'étaient en majeure partie des Bretons, des Vendéens,

presque tous maîtres d'armes, et dont les parents avaient
fait la guerre en Vendée, contre la République.

Et je ne sais comment on apprit tout à coup que le vieux
tailleur Mauduy s'était appelé dans le temps du nom de
5 Lapointe, et que ce Lapointe était une des premières lames
de l'armée républicaine, enfin un être dangereux, chose dont
personne ne s'était douté jusqu'alors à Sainte-Suzanne, puisque Mauduy ne sortait pour ainsi dire pas de sa rue, travaillant de son état et ne demandant que la paix.

10 La seule chose qu'on pût lui reprocher, c'était de ne
célébrer ni les fêtes ni les dimanches en allant à l'église, et
de manger de la viande les vendredis et les samedis, quand
il en avait.

Quelques-uns pensèrent que les antécédents du vieux tail-
15 leur avaient été divulgués par le nouveau commandant de
place, Clovis de Beaujaret, car ils étaient consignés depuis
vingt ans sur le registre de la place, où Mauduy, dit Lapointe,
de l'ex-32e demi-brigade, se trouvait porté d'une façon toute
spéciale, comme républicain et redoutable sous tous les rap-
20 ports.

Les anciens commandants avaient tenu ces notes secrètes,
tout en prévenant Mauduy que s'il touchait encore un fleuret,
on l'enlèverait tout de suite.

Mauduy avait répondu qu'il était revenu pour soutenir sa
25 vieille mère, qu'il ne parlerait à personne de son ancienne
réputation, dans la crainte d'exciter la jalousie des nouveaux
maîtres d'armes et de s'attirer d'injustes provocations, et qu'il
ne demandait qu'à rester en paix avec tout le monde, pour
gagner sa vie.

30 Il avait tenu parole.

Il était vieux, décrépit ; sa mère Jacqueline était morte
l'hiver précédent, comme je vous l'ai dit, et lui-même sans
doute n'attachait plus un grand prix à sa triste existence.

Tous les jours le nouveau régiment allait à l'exercice, mu-
35 sique en tête, et le soir les cabarets se remplissaient de militaires fredonnant : 'Vive Henri IV !' ou 'le Troubadour
partant pour la terre sainte.'

Aucun soldat pourtant ne fréquentait le cabaret de Nicolas

Bibi, car là se trouvait le rendez-vous des gens de métier : cordonniers, tailleurs, tisserands, etc. ; et c'est aussi là que se rendait Mauduy le dimanche, revêtu de sa vieille capote à longues basques, soigneusement brossée, la taille entre les épaules, et l'antique chapeau à claque sur l'oreille. 5

La porte et les fenêtres de l'établissement restaient habituellement ouvertes, et du seuil de mon magasin j'entendais tinter les verres et rire les bonnes gens, lorsqu'une farce égayait la société.

Or, un de ces dimanches, vers deux heures de l'après-midi, 10 allant et venant sur mon trottoir pour tuer le temps, je vis s'approcher, suivant la rue des Minimes, cinq ou six grenadiers, des maîtres d'armes et des prévôts, en grande tenue, épaulettes rouges et pantalons blancs, la taille serrée dans l'uniforme et les moustaches retroussées, causant entre eux 15 avec animation.

Ils firent halte au coin de la maison, et j'entendis le chef de cette troupe, un grand brun, solide, large des épaules et l'air décidé, dire aux autres :

'Allons, c'est entendu !... Le vieux bandit est là ... Vous 20 l'avez tous vu entrer ... Il n'emportera pas ses bottes en paradis, ce terrible jacobin ... Je veux les avoir !...'

Il riait en se dandinant, montrant ses dents blanches ; les camarades riaient aussi.

'Hé ! fit l'un des autres, sans tant parler, allons voir ! 25 — Oui, allons voir !'

Et ils partirent ensemble vers le cabaret ; ils montèrent les trois marches, en rejetant d'un mouvement d'épaules le baudrier de l'épée sur les reins, comme des gens qui prennent un parti. 30

Je ne savais à qui ces braves en voulaient, mais je me doutais qu'il s'agissait d'un duel, chose commune en ce temps. Ma femme étant au magasin, l'idée me prit d'aller voir ce qui se passait là-bas ; et sans entrer, me tenant au pied du mur, je vis la petite salle encombrée de monde ; on fumait, on buvait, 35 ou jouait aux cartes.

Bibi servait ; sa femme, assise au comptoir, marquait les consommations sur l'ardoise.

L'arrivée des grenadiers fit sensation, quelques buveurs regardèrent.

Le père Mauduy, assis au bout de la table, près de la fenêtre, me tournait le dos, son chapeau à claque au bâton de sa chaise ; il portait encore la queue, mais la sienne, ficelée d'un cordon noir, ressemblait à une queue de rat, tant elle était mince.

Le brave homme, assis en face de sa chopine, causait avec M. Poirier, ancien portier-consigne, en retraite depuis des années. Ils parlaient sans doute de leurs campagnes, car tous ces vieux soldats ne sortaient pas de là.

'Voyons, faites place ! criaient les grenadiers. Qu'est-ce que tout ce tas de savetiers ? Qu'est-ce que toute cette racaille ?... Allons... dépêchons-nous !'

Plusieurs se serraient sur leur banc, mais les grenadiers n'entendaient pas la chose de cette oreille.

'Il nous faut cette table à nous seuls, s'écria le grand brun, en frappant sur la table où se trouvaient le père Mauduy et son camarade Poirier, avec d'autres. Nous aurons juste de la place pour six... et qu'on se dépêche !'

J'étais indigné.

'Messieurs, dit Bibi, les premiers arrivés conservent leurs places. Allez au *Cheval brun*, allez où vous voudrez !... Vous ne venez jamais ici.

— Quoi ! quoi ! crièrent les maîtres d'armes, qu'est-ce que raconte le pékin ?'

Bibi, à ce ton goguenard, allait s'emporter ; mais le père Mauduy, prenant sa chopine et son verre, lui dit :

'Bibi, voyons... ce sont des jeunes gens... Arrivez, Poirier... et vous autres... faisons place à ces messieurs.'

Et il alla s'asseoir tranquillement à l'autre bout de la salle, dans un coin.

'Hé ! s'écria l'un des prévôts, riant aux éclats, il est prudent le maître de danse, il cède sa place de bonne grâce... Suivez les conseils de la sagesse et vous deviendrez vieux.'

Mauduy comprit alors que c'était à lui que les grenadiers en voulaient.

En ce moment, assis contre le mur du fond, je le voyais de face ; son ami Poirier me tournait le dos.

Ce titre de maître de danse avait rendu le vieux soldat furieux ; mais il ne disait rien encore, et choquant son verre à celui de l'ancien portier-consigne, il dit simplement, au milieu du grand silence qui s'était établi :

' À votre santé, Poirier, et allons-nous-en.' 5

Il vida son verre d'un trait, déposa quelques sous sur la table, et se dépêchait de sortir ; mais cela ne faisait pas l'affaire des provocateurs, qui tous ensemble poussèrent un éclat de rire :

' Ha ! ha ! ha ! la bonne farce !' 10

Et l'un d'eux ajouta :

' Vous ne connaissez pas Lapointe, vous autres ? Vous savez, le fameux Lapointe de la 32e, le brave des braves, qui donnait le frisson à toute l'armée des sans-culottes ? Vous ne le connaissez pas ... il n'est pas ici ?' 15

Et prenant par le bras un petit chaudronnier tout contrefait, nommé Simon :

' Est-ce que ce ne serait pas toi, par hasard ? ... Tu lui ressembles.'

Personne ne comprenait où ces gens voulaient en venir. 20

' Laissez-moi tranquille, répondait Simon en se dégageant ; je suis chaudronnier de mon état, je ne vous demande rien.

— Laissez ce pauvre homme tranquille, dit Mauduy en se rasseyant ; puisque c'est à moi que vous en voulez, ne vexez 25 pas les autres ... Qu'avez-vous à me demander ? me voilà !— Bibi, apportez une chopine ; Poirier, vous accepterez encore un verre.

— Ah ! c'est donc toi, Lapointe ? dit alors le grand brun. Tu t'étais si bien caché depuis vingt ans, qu'on ne te retrouvait 30 plus ... Il paraît qu'avec l'âge la prudence arrive, et ...

— Que me voulez-vous ? interrompit brusquement le vieux tailleur, dont la figure était devenue couleur lie de vin.— Voyons, ne faites pas les malins ... parlez clairement.

— Eh bien, nous voulons te tâter le pouls, dit un des prévôts 35 en ricanant.

— Ah ! vous voulez me tâter le pouls ! ... Vous l'entendez, fit-il en s'adressant à toute la salle :—ils veulent me tâter le pouls... c'est pour cela qu'ils sont venus.—Vous vous en souviendrez!... La provocation ne vient pas de moi, mais je l'accepte.

— Contre lequel d'entre nous? demanda le grand maître 5 d'armes.

— Contre tous, fit-il.   Oui, vous m'avez tous insulté, je vous défie tous.... Et puisque vous avez parlé de la trente-deuxième, c'est la trente-deuxième.... Mais cela suffit, dit-il en retenant sa langue.   Allons, Poirier, en route, on ne se dispute pas 10 dans un cabaret, comme des polissons.   Je vous laisse avec ces messieurs, vous êtes un de mes témoins, vous en chercherez un autre, les anciens ne manquent pas.   Vous vous entendrez sur le terrain.... Nous nous retrouverons à la porte de Bâle.

— C'est bon,' fit Poirier.

15   Tout cela fut dit au milieu du silence ; les maîtres d'armes et les prévôts avaient obtenu ce qu'ils voulaient.

Mauduy, se coiffant de son vieux chapeau, sortit sans même jeter un regard à ses provocateurs, les moustaches ébouriffées, l'air indigné.   Il descendit les trois marches du cabaret, et se 20 dirigea vers sa rue en poussant de petits hoquets bizarres.   Ce n'était plus le vieux tailleur mélancolique, c'était la bête fauve qui se réveille après avoir longtemps dormi et dont les mâchoires claquent de faim et de soif.

Je ne sais ce que pensaient les grenadiers en se voyant si 25 bien servis, mais ils descendirent sur la petite place des Acacias gravement, et moi je me dépêchai de regagner mon magasin.

Du seuil, je les vis s'entretenir devant le cabaret avec l'ancien portier-consigne ; puis chacun s'en alla de son côté ; ils avaient 30 pris rendez-vous quelque part.

II.

Or, ce jour-là, voyant tout le monde à la campagne et dans les cabarets et pensant que personne ne viendrait plus acheter après quatre heures, je dis à ma femme de s'habiller et que nous 35 irions faire un tour dans notre jardin.

Je fermai le magasin ; elle se dépêcha d'aller mettre son

chapeau, de se jeter un châle sur les épaules, et dix minutes après nous gagnions bras dessus bras dessous la porte de Bâle, heureux d'aller respirer le bon air des champs et de voir les progrès de la végétation depuis toute une longue semaine.

Le temps était très-beau. Notre jardin n'était pas éloigné 5 de la ville, sur la route de Bâle ; nous avions là une jolie gloriette treillissée, couverte de volubilis, de clématites et de vigne vierge, des allées bordées de fleurs et quelques beaux arbres : mirabelliers et pruniers, alors blancs comme neige, et que nous devions revoir bientôt courbés sous les fruits. 10

Je ne dis rien à Joséphine de la provocation dont j'avais été témoin ; ces sortes d'affaires étaient alors assez fréquentes entre les anciens soldats de la République et de l'Empire et la jeune armée des Bourbons. De telles choses ne sont pas faites pour réjouir les femmes ; et la mienne, fort délicate, 15 aurait été tout émue d'entendre parler d'un duel semblable, entre un vieux bonhomme tout décrépit et six grand gaillards dans la force de l'âge et de l'agilité acquise par une pratique journalière de la salle d'armes.

Je formais des vœux pour le père Mauduy, c'est tout ce que 20 je pouvais faire, et je m'en remettais pour le surplus à la sagesse de l'Éternel, sans espérer pourtant beaucoup que le vieux tailleur pourrait sortir sain et sauf d'une si terrible rencontre.

Vers quatre heures et demie du soir, nous étions tranquille- 25 ment à regarder nos œillets et nos tulipes ; le soleil dorait quelques légers nuages au haut des collines, tout respirait le calme, la fraîcheur du printemps. Je venais de découvrir un nid d'oiseau dans la haie de notre jardinet ; Joséphine, ravie, le regardait en extase ; nous n'avions pas encore d'enfant, mais 30 nous comprenions pourtant bien les cris de détresse de la pauvre mère voltigeant de branche en branche autour de nous. ' Éloignons-nous, disait ma femme, ne prolongeons pas son épouvante.' Et dans ce moment, comme nous nous redressions, j'entendis au loin un bruit de ferraille, un vague murmure, 35 qui tout d'abord fixa mon attention : là-bas, derrière la petite allée des houx et le verger qui séparait notre jardin des propriétés voisines, on se battait.

Ma femme, elle, n'entendait rien. Elle rentra dans la gloriette ; je lui dis de m'attendre quelques instants, que j'avais des replants et des boutures à demander au jardinier Laforêt, dont le potager se trouvait plus loin, sur la route ; et,
5 poussé par une curiosité diabolique, j'enfilai l'allée formée par de grandes haies aboutissant sur les prés de l'ancienne tuilerie, d'où partait le cliquetis que j'avais entendu d'abord.

À chaque pas il devenait plus distinct ; et quelle ne fut pas mon horreur, au moment où je me penchais dans la haie, de
10 voir là un grand corps étendu sur le gazon, celui du maître d'armes brun, la bouche pleine de sang, les yeux tout grands ouverts, son habit de grenadier dans l'herbe.

Il était tombé le premier, et les combattants s'étaient retirés à quelques pas plus loin pour continuer ; personne ne veillait
15 auprès du mort.

Comme je m'approchais derrière la haie, une exclamation se fit entendre :

'Ah !'

— Et de deux !' fit la voix du père Mauduy, avec une sorte
20 de ricanement.

En effet, à travers le feuillage, j'aperçus autour d'un corps étendu, plusieurs assistants inclinés, ils regardaient ; un des grenadiers dit en se relevant :

'Il est touché comme l'autre... au-dessous de l'aisselle.'

25 Mauduy, en bras de chemise, restait seul debout ; il attendait, sa figure vineuse avait une expression de férocité joyeuse, et tout à coup il se prit à dire :

'Allons... allons... nous compterons tout à l'heure.... Il est mort... ça suffit.... Passons à un autre... le meilleur
30 d'entre vous... le plus fringant, le plus huppé !... Tenez, celui-là,' fit-il en montrant le grenadier qui l'avait appelé maître de danse.

Mais celui-là n'avait pas l'air de vouloir y mordre.

'Nous tirerons au sort, fit-il d'un accent bien autre qu'au
35 cabaret de Bibi, c'est le plus simple.

— Hé ! dit le vieux tailleur, pourquoi tant d'embarras ? Vous m'avez bien choisi tout seul, à six que vous étiez.... Eh bien, je vous choisis, moi.

— Non ! nous tirerons au sort, dit le maître d'armes, c'est
piùs régulier.

— Eh bien, dépêchons-nous....Je suis un peu échauffé....
Je ne tiens pas à m'enrhumer.'

Il y avait dans toutes ses paroles un accent de mépris et 5
d'ironie terribles.

Ses deux témoins, le portier-consigne Poirier et l'ancien
sergent Perrot, deux vieux de la vieille, comme on disait alors,
restaient impassibles.

Les autres se réunirent et tirèrent au sort, et le hasard 10
voulut que celui-là même que le tailleur avait désigné perdît.

Il se déboutonna lentement, déjà pâle comme un mort.

'Dutref, lui dit un des ses camarades, attention !... Tu as
vu le coup....

— Oh ! fit le vieux Mauduy en ricanant, nous n'avons pas 15
que ces deux-là ; nous en avons d'autres à la douzaine.... Tous
les matins, à la 32ᵉ, on en inventait deux ou trois avant d'aller
à la messe.'

Et, tombant en garde :

'Y sommes-nous ?' s'écria-t-il. 20

L'autre, sans répondre, se mit en garde, les fleurets s'en-
gagèrent.

Le tailleur me faisait face à trente pas, j'étais penché dans
la haie. Comme les fleurets se touchaient, il m'aperçut, un
sourire effleura ses lèvres ; il était heureux de m'avoir pour 25
témoin de ses exploits ; mais, entraîné par un sentiment d'horreur et de pitié invincible, je lui criai :

'Père Mauduy, ne le tuez pas !... Il a une mère aussi, lui !
...Une mère qui l'aime, comme la vôtre vous aimait.... Père
Mauduy, au nom de la bonne mère Jacqueline....' 30

Les fleurets papillotaient avec un cliquetis bizarre.

La figure du vieux tailleur s'était renfrognée ; ses yeux brillaient comme deux étincelles derrière ses larges sourcils blancs,
ses mâchoires se serraient...j'avais peur !... et pourtant deux
fois déjà, ayant paré le coup de son adversaire, il avait pu lui 35
percer la poitrine et ne l'avait pas voulu....

À la fin, blessant son homme au bras, il dit d'un ton
brusque :

'Voilà ton affaire, à toi.... Ça suffit... n'y reviens plus!
Que ça te serve de leçon!'

Sa figure s'était un peu adoucie.

L'homme blessé s'en allait bien content, un de ses témoins
5 lui liait le bras avec un mouchoir; le pauvre diable était pâle
comme un mort, et pourtant il paraissait heureux d'en être
quitte à si bon marché.

Quant au père Mauduy, il était toujours là, attendant.

'Eh bien, fit-il, est-ce que l'un de vous en veut encore? Il
10 en reste!...

— Cela suffit, l'honneur est satisfait, dit l'un des maîtres
d'armes.

— Vous croyez? répondit le tailleur avec un sourire ironique. Je pourrais bien, moi, vous répondre que ça ne me
15 suffit pas, que je ne sors pas de mes habitudes pour si peu de
chose. Je pourrais vous répondre que lorsqu'on se met cinq
ou six pour insulter un vieillard, car je suis un vieillard, on
devrait au moins soutenir son insolence jusqu'au bout....
Mais allez... je vous tiens quittes! Souvenez-vous seulement
20 de la 32e, et dites-vous bien que ses vieux chicots valent encore toutes vos dents blanches... ça mord dur!'

Les maîtres d'armes s'en allaient suivis de leurs témoins,
sans répondre.

Leur indignation était grande; elle n'allait pourtant pas
25 jusqu'à réclamer, jusqu'à protester et se remettre en garde
contre le vieux tailleur dont ils s'étaient tant moqués.

Les deux corps restaient là dans l'herbe, à l'ombre de la
haie, et le blessé, appuyé sur l'épaule d'un de ses camarades,
s'éloignait, faisant bonne contenance. Ils prirent la petite
30 allée et traversèrent les glacis, allant sans doute à l'hôpital
militaire prévenir d'envoyer une civière pour enlever les
morts.

Mauduy avait ramassé sa redingote, dont il passait les
manches d'un air d'indifférence; il remit aussi sa cravate de
35 crin, qui se bouclait derrière, à la mode des vieux soldats;
puis se coiffant de son chapeau à claque, il dit aux deux autres,
qui l'attendaient:

'En route... voilà une affaire réglée.'

Comme il passait près de moi, je dis:

' Merci, père Mauduy.'

Et lui, se retournant à ma voix, me tendit la main par-dessus la haie, en s'écriant :

'Vous êtes encore là, monsieur Antoine!...Ma foi, le troisième vous doit une fameuse chandelle...Sans vous je l'embrochais comme un *kaiserlic*.'

Puis traversant la haie :

'Vous allez me rendre un petit service, dit-il. Vous avez été témoin de la provocation, je vous ai vu dehors, à la fenêtre de Bibi...

— Oui, père Mauduy.

— Eh bien, il faut que vous m'accompagniez chez le commandant de place, et que vous témoigniez de la chose ; un bon bourgeois comme vous aura plus de crédit que nous autres, vous comprenez ?

— C'est bon, cela suffit, lui répondis-je ; le temps de reconduire ma femme à la maison et je suis à vos ordres. Vous me trouverez sur la petite place.'

Il fit un signe de tête affirmatif et rejoignit ses témoins, déjà au bout de l'allée, sur les glacis.

Moi, j'allai prendre ma femme au jardin.

Une demi-heure après, le père Mauduy, ses témoins et moi, nous étions en route pour l'hôtel du gouverneur.

Le sapeur de planton à la porte alla prévenir M. le commandant Clovis de Beaujaret, que des bourgeois demandaient à lui parler, et deux minutes après il vint nous dire de monter.

M. le commandant Clovis, en veston gris et calotte noire, des besicles comme des verres de montre à cheval sur son gros nez rouge, était assis dans son salon, sur un tabouret, en train de faire de la tapisserie ; il avait auprès de lui dans un panier des quantités de bobines, et brodait des fleurs de lis avec une adresse merveilleuse.

' Qu'est-ce que vous voulez ? ' fit-il en nous jetant un coup d'œil, sans cesser de poursuivre son travail.

Le père Mauduy, en quelques mots, lui conta l'affaire ; et Poirier ayant voulu confirmer le dire de son camarade, il l'interrompit en disant :

I 2

'C'est bon ! c'est bon !... On vous connaît, vous !... Vous êtes de la même bande.... Autant vaut l'un que l'autre. ... Laissez parler M. Flamel.'

Alors je lui racontai le passage des maîtres d'armes sur le trottoir, devant mon magasin ; la manière dont ils avaient combiné leur provocation, leur entrée au cabaret de Bibi, enfin tout ce que j'avais vu, entendu jusqu'à la fin ; lui, tout en continuant de broder, m'écoutait fort attentif.

'Vous pourriez attester tout cela devant la justice ? dit-il.

— Oui, monsieur le commandant.

— Alors, c'est bien.'

Et s'adressant à Mauduy :

'Vous avez de la chance que cet honnête bourgeois ait été témoin de l'affaire, car tous vos savetiers, vos gagne-petit, toute votre racaille de sans-culottes et de bonapartistes n'aurait servi de rien. Allez !... Puisque les deux maîtres d'armes se sont fait tuer comme des imbéciles, qu'on les enterre... c'est le plus court.... Et quant au blessé, je pense qu'il est à l'hôpital ... qu'il y reste .... Et qu'on ne me parle plus de tout ça .... Ces disputes m'ennuient.... On n'a plus une minute à soi pour travailler tranquillement.... Ça m'embête, fit-il en ouvrant sa grande bouche jusqu'aux oreilles, oui, ça m'embête !... Je vous lâche pour cette fois, mais si j'apprends encore quelque chose, monsieur Mauduy, dit Lapointe, à la moindre mouche qui piquera, vous aurez de mes nouvelles.'

Là-dessus, saluant M. le commandant, qui s'était remis à broder, nous sortîmes à la file.

Et, dans la rue des Cordiers, déjà loin de la sentinelle qui se promenait de long en large devant l'hôtel du gouverneur, Poirier, furieux du dédain que M. Clovis de Beaujaret avait témoigné pour sa déposition, s'écria :

'Mauvais émigré !... Ça s'est battu vingt ans contre le pays, et ça insulte les patriotes !'

Personne ne lui répondit, chacun en avait assez ; on se dépêcha de regagner sa maison, bien heureux de voir l'affaire se terminer ainsi, sans poursuite du conseil de guerre ou d'ailleurs.

Ces choses me sont revenues en détail, et pourtant que d'événements nous en séparent : Charles X et les missions ; Louis-Philippe et les guerres d'Afrique ; la révolution de 1848 et les événements de juin ; les chemins de fer, les lignes télégraphiques, Napoléon III et l'invasion, le déchirement du 5 pays, la perte de l'Alsace et de la Lorraine !...Et que les figures sont changées !... Quel rapport les bonapartistes d'aujourd'hui ont-ils avec ceux que nous avons vus ? Ils leur ressemblent comme le neveu ressemblait à l'oncle ; ils vont à confesse ! et les autres se seraient alignés tout de suite, si on 10 les avait appelés ' calotins.' Tout est changé, les noms seuls restent.

Enfin, je continue mon histoire.

À la fin de l'année 1826, un soir, j'étais à vendre quelques objets de quincaillerie, lorsqu'une petite fille toute déguenillée 15 entra me dire que le père Mauduy demandait à me voir.

C'était la fille de Voirin, le fossoyeur, demeurant dans la même rue que Mauduy.

Aussitôt, laissant ma femme au magasin, je me rendis à la baraque du vieux tailleur, pour savoir ce qu'il me voulait.   20

La fenêtre de son réduit était ouverte comme autrefois, on chantait l'A B C cinq ou six maisons plus loin, comme du temps de M. Berthomé, mort l'année précédente, et remplacé par le nouvel instituteur, M. Trichard.

En entrant dans la petite chambre basse, parmi les vieilles 25 guenilles pendues au mur, je regardais sans découvrir le pauvre homme, lorsque d'une voix sourde, brisée, il me dit :

' Ici, monsieur Flamel, ici ! '

Alors je l'aperçus étendu sur son lit, dans l'ombre de l'escalier, tout jaune, tout défait, les yeux brillants de fièvre, 30 la face baignée de sueur.

J'allai lui donner la main.

' Vous êtes malade, lui dis-je, et vous avez envoyé la petite fille de Voirin m'en prévenir....

— Oui, dit-il, j'en ai juste pour aller jusqu'au soir ... ou 35 jusque demain au plus. ... Je vais sans doute défiler cette nuit, et j'ai voulu vous voir. ⌐

— Est-ce que vous avez besoin d'un médecin ?

— Je n'ai pas besoin d'un médecin pour signer ma feuille de route ; c'est une formalité inutile, je m'en irai bien sans cela.

— Voulez-vous un prêtre ?

— Non.

5   — Alors pourquoi m'avez-vous fait venir ? Vous avez besoin d'argent pour des remèdes, des soulagements, une femme de garde, quoi ?

— Je n'ai besoin de rien.   Je vous ai fait venir pour vous serrer la main et vous dire merci.

10   — Merci . . . pourquoi ?

— Pour m'avoir crié d'épargner le polisson qui m'avait insulté, en me rappelant ma mère ; c'est pour cela que je vous ai fait appeler.'

Il me tendait la main.

15   'Vous êtes un brave homme . . . je vous aime bien ! '

Il était ému et moi aussi.

'Allons, fit-il au bout d'un instant, c'est assez, portez-vous bien ! '

Et, se retournant, il me donna congé.

20   Je rentrai chez moi.

Trois ou quatre heures après, une femme de la ruelle des Glaneurs nous dit que le père Mauduy était mort.   Et le lendemain soir, apprenant qu'on allait l'enterrer, je mis mon chapeau et ma redingote pour assister à l'inhumation.

25   Les cloches ne sonnaient pas ; dans la maisonnette je ne trouvai que les quatre porteurs et quelques vieux de la vieille.

Le cercueil était sur deux chaises boiteuses, ils le mirent sur le brancard et partirent.   Je marchais derrière ; les voisins regardaient aux fenêtres.

30   On se rendit directement au cimetière ; là nous attendait le fossoyeur Voirin, près de la fosse, sous les saules pleureurs, dont les feuilles commençaient à tomber ; il nous attendait en fumant son bout de pipe.

'Ah ! vous voilà, dit-il, c'est bon ! Il n'y a pas de *De pro-*

35 *fundis*, pas de gens qui crient ; ça va tout seul cette fois. . . .

Et qu'est-ce qui a payé le cercueil ?

— Moi, père Voirin.

— Alors vous payerez bien aussi ma fosse ?

— Oui, soyez tranquille.

— Après ça, fit-il en crachant dans ses mains pour saisir les cordes, il y a bien de quoi couvrir les frais : six vieux pantalons, un uniforme du temps de la République, le lit, la table et les chaises ; j'ai vu ça ! Allons, aidez-moi, vous autres. . . . 5 Vous y êtes ?

— Oui.

— Tenez ferme . . . nous y voilà.'

Le cercueil était dans la fosse ; je pris la pelle et j'y jetai un peu de terre. Les autres regardaient, comme on regarde au 10 fond de ce trou noir ; et Voirin, rallumant sa pipe, le nez en l'air, s'écria :

'Ne vous donnez pas la peine, monsieur Flamel, je me charge de fermer le trou ; une pelletée de plus ou de moins, ça n'y fait pas grand'chose !' 15

Il aspira deux ou trois bonnes bouffées, pour bien allumer sa pipe, mit le couvercle dessus, et saisissant sa pelle :

'Ça marche bien cette année, s'écria-t-il, on gagne sa vie ! . . . Tous les vieux descendent la garde l'un après l'autre. . . . La semaine dernière, c'était le capitaine Hochedé et le capo- 20 ral Bouquet ; aujourd'hui c'est le terrible Lapointe de la 32ᵉ ; si cela continue jusqu'à la fin de l'année, le nouveau cimetière sera plein comme l'ancien ; il faudra bientôt acheter le champ de M. Gûize pour continuer. . . . Ce pauvre M. Gûize a bien attendu assez longtemps ; au moins qu'il jouisse de la vente 25 avant de mourir.'

Et la terre roulait, la fosse se comblait.

'Il y en a, dit l'un des porteurs, dans un arpent, il en entre !

— S'il en entre ! Je crois bien . . . des centaines et des centaines ! Après ça, dit Voirin, c'est tout naturel, dans cent 30 ans d'ici, nous tous qui vivons sur la terre, nous serons ce que nous étions cent ans avant de venir au monde.'

Je partis, laissant le vieux fossoyeur continuer ses réflexions et ses histoires aux porteurs, qui se reposaient un peu, assis sur le brancard, avant de retourner en ville. 35

Depuis j'ai passé souvent par là, dans la petite allée des Houx qui longe le cimetière et qui mène au village de Timery. Chaque fois je me suis arrêté quelques secondes en face de la tombe sans croix et sans pierre du vieux tailleur ; la fosse est dans la haie, c'est maintenant une des plus vieilles, couverte de gazon, et les fleurs qu'on sème à droite et à gauche sur d'autres tombes s'étendent de son côté ; le pauvre vieux en a sa part.

5 Mais personne en ville ne sait plus qu'il est là, excepté moi, Voirin étant allé rejoindre ceux qu'il avait enterrés.

Ainsi vont les choses en ce monde !

Mon Dieu, pourquoi tant s'inquiéter ? À la fin du compte chacun trouve sa place ; et je me rappelle maintenant que le
10 vieux tailleur disait qu'il n'y a pas de parade, ni en tierce ni en quarte, quand le moment est venu.

Il avait bien raison.

ALFRED DE VIGNY.

LA VEILLÉE DE VINCENNES.

NOTICE

SUR

ALFRED DE VIGNY.

Parmi les nombreux écrivains de l'école romantique, il y en a peu dont la réputation soit aussi grande et aussi pure que M. Alfred de Vigny. Né en 1799, d'une famille militaire, il suivit lui même d'abord la carrière des armes, mais ne tarda pas à l'abandonner pour se livrer entièrement à la littérature. C'est comme poète qu'il débuta (*Poèmes*, 1822 ; *Poèmes Antiques et Modernes*, 1826) : ' l'inspiration Biblique,' dit M. Vapereau, ' qui animait ces poèmes, et que l'auteur avait puisée directement dans la lecture assidue de l'Écriture, marquait son rang dans la nouvelle école de poésie, et le sentiment intime et personnel lui faisait une originalité.' Le roman de *Cinq-Mars*, écrit sous l'influence de Sir Walter Scott (1826), eut un très grand succès ; tout le monde, cependant, s'accorde à reconnaître que le caractère de Richelieu y est trop sévèrement traité. *Stello* parut en 1832 ; c'est un recueil de nouvelles d'où M. de Vigny tira plus tard un épisode qu'il remania et produisit sur la scène (*Chatterton*, 1835). Parmi les autres œuvres dramatiques de notre auteur, n'oublions pas une traduction d'*Othello* (1829) et *la Maréchale d'Ancre* (1830). M. Alfred de Vigny fut reçu à l'Académie Française en 1842, et occupa le fauteuil auquel avait été élu M. Étienne. Il est mort le 17 Septembre 1863, laissant derrière lui un poème philosophique intitulé *les Destinées* qui fut publié en 1864 par son ami M. L. Ratisbonne.

Nous avons à dessein différé de mentionner jusqu'ici le volume qui parut en 1835 sous le titre de *Servitude et grandeur*

militaire, et auquel nous empruntons le charmant récit inséré
dans le présent volume. Voici le jugement qu'en a porté M.
Sainte-Beuve, le plus autorisé de tous les critiques contemporains :—

5   'M. de Vigny a laissé le poète pour s'occuper du soldat,
cet autre paria des sociétés modernes. Trois histoires
successives, *Laurette, la Veillée de Vincennes* et *le Capitaine Renaud*,
nous amènent, à travers un savant labyrinthe concentrique et
par de délicieux méandres, à un but philosophique et social
10 élevé. L'auteur énonce, sur l'état arriéré des armées, sur leur
transformation nécessaire, des idées miséricordieuses et
charitables, les vues d'un philosophe militaire qui a profité de
toutes les lumières de son temps, et qui s'est souvenu de Catinat.
Ce qu'il dit de la responsabilité, de l'abnégation, est d'une belle
15 et sombre profondeur ; il a touché en sceptique respectueux, en
artiste pathétique, à des mystères de morale qui ont troublé
par moments sans doute bien des cœurs guerriers. Ses conclu-
sions sur l'honneur, seule vertu militaire encore debout, seule
religion, dit-il, sans symbole et sans image au milieu de tant
20 de croyances tombées ; les espérances qu'il fonde sur le seul
appui fixe de l'homme intérieur, sur cette *île escarpée* (disait
Boileau), solide encore, selon M. de Vigny, dans la mer de
scepticisme où nous nageons ; cet acte de foi en désespoir de
cause sied à notre poëte. Il s'est peint en personne plus
25 qu'il n'imagine dans cette invocation à un culte qu'on garde
inviolable, même sans savoir d'où il vient ni où il va, même
sans l'idée d'un regard céleste et d'une palme future.' (*Portraits
contemporains*, vol. ii., édition de 1869.)

Il est, croyons nous, impossible de trouver dans le cercle
30 entier des œuvres d'imagination publiées depuis un demi-
siècle un récit plus gracieux que celui de *la Veillée de Vincennes*.

G. M.

LA
VEILLÉE DE VINCENNES,

PAR ALFRED DE VIGNY.

I. *Les scrupules d'Honneur d'un Soldat.*

Un soir de l'été de 1819, je me promenais à Vincennes dans 5
l'intérieur de la forteresse, où j'étais en garnison avec Timoléon
d'Arc * * *, lieutenant de la Garde comme moi ; nous avions
fait, selon l'habitude, la promenade au polygone, assisté à
l'étude du tir à ricochet, écouté et raconté paisiblement les
histoires de guerre, discuté sur l'école Polytechnique, sur sa 10
formation, son utilité, ses défauts, et sur les hommes au teint
jaune qu'avait fait pousser ce terroir géométrique. La couleur
pâle de l'école, Timoléon l'avait aussi sur le front. Ceux qui
l'ont connu se rappelleront comme moi sa figure régulière
et un peu amaigrie, ses grands yeux noirs et les sourcils 15
arqués qui les couvraient, et le sérieux si doux et rarement
troublé de son visage spartiate ; il était fort préoccupé ce
soir-là de notre conversation très-longue sur le système des
probabilités de Laplace. Je me souviens qu'il tenait sous
le bras ce livre, que nous avions en grande estime, et dont il 20
était souvent tourmenté.

La nuit tombait, ou plutôt s'épanouissait ; une belle nuit
d'août. Je regardais avec plaisir la chapelle construite par
saint-Louis, et cette couronne de tours moussues et à demi
ruinées qui servait alors de parure à Vincennes ; le donjon 25
s'élevait au-dessus d'elle comme un roi au milieu de ses
gardes. Les petits croissants de la chapelle brillaient parmi
les premières étoiles, au bout de leurs longues flèches.
L'odeur fraîche et suave du bois nous parvenait par-dessus les

remparts, et il n'y avait pas jusqu'au gazon des batteries qui
n'exhalât une haleine de soir d'été. Nous nous assîmes sur
un grand canon de Louis XIV, et nous regardâmes en silence
quelques jeunes soldats qui essayaient leur force en soulevant
5 tour à tour une bombe au bout du bras, tandis que les autres
rentraient lentement et passaient le pont-levis deux par deux ou
quatre par quatre, avec toute la paresse du désœuvrement militaire. Les cours étaient remplies de caissons de l'artillerie,
ouverts et chargés de poudre, préparés pour la revue du lende-
10 main. À notre côté, près de la porte du bois, un vieil Adjudant d'artillerie ouvrait et refermait, souvent avec inquiétude,
la porte très-légère d'une petite tour, poudrière et arsenal,
appartenant à l'artillerie à pied, et remplie de barils de poudre,
d'armes et de munitions de guerre. Il nous salua en passant.
15 C'était un homme d'une taille élevée, mais un peu voûtée.
Ses cheveux étaient rares et blancs, sa moustache blanche
et épaisse, son air ouvert, robuste et frais encore, heureux,
doux et sage. Il tenait trois grands registres à la main, et
y verifiait de longues colonnes de chiffres. Nous lui demand-
20 âmes pourquoi il travaillait si tard, contre sa coutume. Il
nous répondit, avec le ton de respect et de calme des vieux
soldats, que c'était le lendemain un jour d'inspection générale
à cinq heures du matin ; qu'il était responsable des poudres,
et qu'il ne cessait de les examiner et de recommencer vingt
25 fois ses comptes, pour être à l'abri du plus léger reproche de
négligence ; qu'il avait voulu aussi profiter des dernières lueurs
du jour, parce que la consigne était sévère et défendait
d'entrer la nuit dans la poudrière avec un flambeau ou même
une lanterne sourde ; qu'il était désolé de n'avoir pas eu le
30 temps de tout voir, et qu'il lui restait encore quelques obus
à examiner ; qu'il voudrait bien pouvoir revenir dans la nuit ;
et il regardait avec un peu d'impatience le grenadier que l'on
posait en faction à la porte, et qui devait l'empêcher d'y
rentrer.
35 Après nous avoir donné ces détails, il se mit à genoux et
regarda sous la porte s'il n'y restait pas une traînée de poudre.
Il craignait que les éperons ou les fers des bottes des officiers
ne vinssent à y mettre le feu le lendemain.

— Ce n'est pas cela qui m'occupe le plus, dit-il en se relevant, mais ce sont mes registres ; et il les regardait avec regret.

— Vous êtes trop scrupuleux, dit Timoléon.

— Ah ! mon lieutenant, quand on est dans la Garde on ne 5 peut pas trop l'être sur son honneur. Un de nos maréchaux-des-logis s'est brûlé la cervelle lundi dernier, pour avoir été mis à la salle de police. Moi, je dois donner l'exemple aux sous-officiers. Depuis que je sers dans la Garde je n'ai pas eu un reproche de mes chefs, et une punition me rendrait 10 bien malheureux.

Il est vrai que ces braves soldats, pris dans l'armée parmi l'élite de l'élite, se croyaient déshonorés pour la plus légère faute.

— Allez, vous êtes tous les puritains de l'honneur, lui dis-je en lui frappant sur l'épaule. 15

Il salua et se retira vers la caserne où était son logement ; puis, avec une innocence de mœurs particulière à l'honnête race des soldats, il revint apportant du chenevis dans le creux de ses mains à une poule qui élevait ses douze poussins sous le vieux canon de bronze où nous étions assis. 20

C'était bien la plus charmante poule que j'aie connue de ma vie ; elle était toute blanche, sans une seule tache ; et ce brave homme, avec ses gros doigts mutilés à Marengo et à Austerlitz, lui avait collé sur la tête une petite aigrette rouge, et sur la poitrine un petit collier d'argent avec une plaque à 25 son chiffre. La bonne poule en était fière et reconnaissante à la fois. Elle savait que les sentinelles la faisaient toujours respecter, et elle n'avait peur de personne, pas même d'un petit cochon de lait et d'une chouette qu'on avait logés auprès d'elle sous le canon voisin. La belle poule faisait le bonheur 30 des canonniers ; elle recevait de nous tous des miettes de pain et de sucre tant que nous étions en uniforme ; mais elle avait horreur de l'habit bourgeois, et, ne nous reconnaissant plus sous ce déguisement, elle s'enfuyait avec sa famille sous le canon de Louis XIV. Magnifique canon sur lequel était 35 gravé l'éternel soleil avec son *Nec pluribus impar*, et l'*Ultima ratio Regum*. Et il logeait une poule là-dessous !

Le bon Adjudant nous parla d'elle en fort bons termes.

Elle fournissait des œufs à lui et à sa fille avec une générosité sans pareille ; et il l'aimait tant, qu'il n'avait pas eu le courage de tuer un seul de ses poulets, de peur de l'affliger. Comme il racontait ses bonnes mœurs, les tambours et les trompettes 5 battirent et sonnèrent à la fois l'appel du soir. On allait lever les ponts, et les concierges en faisaient résonner les chaînes. Nous n'étions pas de service, et nous sortîmes par la porte du bois. Timoléon, qui n'avait cessé de faire des angles sur le sable avec le bout de son épée, s'était levé du canon en 10 regrettant ses triangles comme moi je regrettais ma poule blanche et mon Adjudant.

Nous tournâmes à gauche, en suivant les remparts ; et, passant ainsi devant le tertre de gazon élevé au duc d'Enghien sur son corps fusillé et sa tête écrasée par un pavé, nous 15 côtoyâmes les fossés en y regardant le petit chemin blanc qu'il avait pris pour arriver à cette fosse.

II. *Sur l'amour du Danger.*

L'isolement ne saurait être trop complet pour les hommes que je ne sais quel démon poursuit par les illusions de poésie. 20 Le silence était profond, et l'ombre épaisse sur les tours du vieux Vincennes. La garnison dormait depuis neuf heures du soir. Tous les feux s'étaient éteints à six heures par ordre des tambours. On n'entendait que la voix des sentinelles placées sur le rempart et s'envoyant et répétant, l'une 25 après l'autre, leur cri long et mélancolique : *Sentinelle, prenez garde à vous !* Les corbeaux des tours répondaient plus tristement encore, et, ne s'y croyant plus en sûreté, s'envolaient plus haut jusqu'au donjon. Rien ne pouvait plus me troubler, et pourtant quelque chose me troublait, qui n'était 30 ni bruit, ni lumière. Je voulais et ne pouvais pas écrire. Je sentais quelque chose dans ma pensée, comme une tache dans une émeraude ; c'était l'idée que quelqu'un auprès de moi veillait aussi, et veillait sans consolation, profondément tourmenté. Cela me gênait. J'étais sûr qu'il avait besoin de 35 se confier, et j'avais fui brusquement sa confidence par désir de me livrer à mes idées favorites. J'en étais puni maintenant par le trouble de ces idées mêmes. Elles ne volaient pas librement et largement, et il me semblait que leurs ailes étaient appesanties, mouillées peut-être par une larme secrète d'un ami délaissé. 5

Je me levai de mon fauteuil. J'ouvris la fenêtre, et je me mis à respirer l'air embaumé de la nuit. Une odeur de forêt venait à moi, par-dessus les murs, un peu mélangée d'une faible odeur de poudre ; cela me rappela ce volcan sur lequel vivaient et dormaient trois mille hommes dans une sécurité 10 parfaite. J'aperçus sur la grande baraque du fort, séparé du village par un chemin de quarante pas tout au plus, une lueur projetée par la lampe de mon jeune voisin ; son ombre passait et repassait sur la muraille, et je vis à ses épaulettes qu'il n'avait pas même songé à se coucher. Il était minuit. 15 Je sortis brusquement de ma chambre et j'entrai chez lui. Il ne fut nullement étonné de me voir, et dit tout de suite que s'il était encore debout, c'était pour finir une lecture de Xénophon qui l'intéressait fort.

— Je travaillais aussi de mon côté, lui dis-je, et je cherchais à 20 me rendre compte de cette sorte d'aimant qu'il y a pour nous dans l'acier d'une épée. C'est une attraction irrésistible qui nous retient au service malgré nous, et fait que nous attendons toujours un événement ou une guerre. Je ne sais pas (et je venais vous en parler) s'il ne serait pas vrai de dire et d'écrire 25 qu'il y a dans les armées une passion qui leur est particulière et qui leur donne la vie ; une passion qui ne tient ni de l'amour de la gloire, ni de l'ambition ; c'est une sorte de combat corps à corps contre la destinée, une lutte qui est la source de mille voluptés inconnues au reste des hommes, et 30 dont les triomphes intérieurs sont remplis de magnificence ; enfin c'est l'AMOUR DU DANGER !

— C'est vrai, me dit Timoléon.

Je poursuivis :

— Que serait-ce donc qui soutiendrait le marin sur la mer ? 35 qui le consolerait dans cet ennui d'un homme qui ne voit que des hommes ? Il part, et dit adieu à la terre ; adieu au sourire des femmes, adieu à leur amour ; adieu aux amitiés choisies

et aux tendres habitudes de la vie ; adieu aux bons vieux
parents ; adieu à la belle nature des campagnes, aux arbres, aux
gazons, aux fleurs qui sentent bon, aux rochers sombres, aux
bois mélancoliques pleins d'animaux silencieux et sauvages ;
5 adieu aux grandes villes, au travail perpétuel des arts, à l'agitation sublime de toutes les pensées dans l'oisiveté de la vie, aux
relations élégantes, mystérieuses et passionnées du monde ; il
dit adieu à tout, et part. Il va trouver trois ennemis : l'eau,
l'air et l'homme ; et toutes les minutes de sa vie vont en avoir
10 un à combattre. Cette magnifique inquiétude le délivre de
l'ennui. Il vit dans une perpétuelle victoire ; c'en est une que
de passer seulement sur l'Océan et de ne pas s'engloutir en
sombrant ; c'en est une que d'aller où il veut et de s'enfoncer
dans les bras du vent contraire ; c'en est une que de courir de-
15 vant l'orage et de s'en faire suivre comme d'un valet ; c'en est
une que d'y dormir et d'y établir son cabinet d'étude. Il se
couche avec le sentiment de sa royauté, sur le dos de l'Océan,
comme saint Jérôme sur son lion, et jouit de la solitude qui est
aussi son épouse. C'est l'AMOUR DU DANGER qui le nourrit,
20 qui fait que jamais il n'est un moment désœuvré, qu'il se sent
en lutte, et qu'il a un but. C'est la lutte qu'il nous faut toujours ; si nous étions en campagne, vous ne souffririez pas tant.

— Qui sait ? dit-il.

— Vous êtes aussi heureux que vous pouvez l'être ; vous ne
25 pouvez pas avancer dans votre bonheur. Ce bonheur-là est
une impasse véritable.

— Trop vrai ! trop vrai ! l'entendis-je murmurer.

Il me serra la main : Croyez-vous, dit-il, que nous ayons la
guerre ?
30 — Je n'en crois pas un mot, répondis-je ; vous n'avez pas
besoin d'Austerlitz, mon ami, vous êtes assez occupé ; Bonsoir.

III. *Le Concert de Famille.*

Comme j'allais me retirer, je m'arrêtai, la main sur la clef
de sa porte, écoutant avec étonnement une musique assez rap-
35 prochée et venue du château même. Entendue de la fenêtre,
elle nous sembla formée de deux voix d'hommes, d'une voix de

femme et d'un piano. C'était pour moi une douce surprise, à cette heure de la nuit. Je proposai à mon camarade de l'aller écouter de plus près. Le petit pont-levis, parallèle au grand, et destiné à laisser passer le gouverneur et les officiers pendant une partie de la nuit, était ouvert encore. Nous rentrâmes 5 dans le fort, et, en rôdant par les cours, nous fûmes guidés par le son jusque sous les fenêtres ouvertes ; que je reconnus pour celles du bon vieux Adjudant d'artillerie.

Ces grandes fenêtres étaient au rez-de-chaussée, et, nous arrêtant en face, nous découvrîmes, jusqu'au fond de l'apparte- 10 ment, la simple famille de cet honnête soldat.

Il y avait, au fond de la chambre, un petit piano de bois d'acajou, garni de vieux ornements de cuivre. L'Adjudant (tout âgé et tout modeste qu'il nous avait paru d'abord) était assis devant le clavier, et jouait une suite d'accords, d'accom- 15 pagnements et de modulations simples, mais harmonieusement unies entre elles. Il tenait les yeux élevés au ciel, et n'avait point de musique devant lui ; sa bouche était entr'ouverte avec délices sous l'épaisseur de ses longues moustaches blanches. Sa fille, debout à sa droite, allait chanter ou venait de s'inter- 20 rompre ; car elle regardait avec inquiétude, la bouche entr'ou- verte encore, comme lui. À sa gauche, un jeune sous-officier d'artillerie légère de la Garde, vêtu de l'uniforme sévère de ce beau corps, regardait cette jeune personne comme s'il n'eût pas cessé de l'écouter. 25

Rien de si calme que leurs poses, rien de si décent que leur maintien, rien de si heureux que leurs visages. Le rayon qui tombait d'en haut sur ces trois fronts n'y éclairait pas une ex- pression soucieuse : et le doigt de Dieu n'y avait écrit que bonté, amour et pudeur. 30

Le froissement de nos épées sur le mur les avertit que nous étions là. Le brave homme nous vit, et son front chauve en rougit de surprise et, je pense aussi, de satisfaction. Il se leva avec empressement, et, prenant un des trois chandeliers qui l'éclairaient, vint nous ouvrir et nous fit asseoir. Nous le 35 priâmes de continuer son concert de famille ; et, avec une simplicité noble, sans s'excuser et sans demander indulgence, il dit à ses enfants :

— Où en étions-nous ?

Et les trois voix s'élevèrent en chœur avec une indicible harmonie.

Timoléon écoutait et restait sans mouvement ; pour moi, 5 cachant ma tête et mes yeux, je me mis à rêver avec un attendrissement qui, je ne sais pourquoi, était douloureux. Ce qu'ils chantaient emportait mon âme dans des régions de larmes et de mélancoliques félicités, et, poursuivi peut-être par l'importune idée de mes travaux du soir, je changeais en mobiles images 10 les mobiles modulations des voix. Ce qu'ils chantaient était un de ces chœurs écossais, une des anciennes mélodies des Bardes que chante encore l'écho sonore des Orcades. Pour moi, ce chœur mélancolique s'élevait lentement et s'évaporait tout à coup comme les brouillards des montagnes d'Ossian ; 15 ces brouillards qui se forment sur l'écume mousseuse des torrents de l'Arven, s'épaississent lentement et semblent se gonfler et se grossir, en montant, d'une foule innombrable de fantômes tourmentés et tordus par les vents. Ce sont des guerriers qui rêvent toujours, le casque appuyé sur la main, et dont les 20 larmes et le sang tombent goutte à goutte dans les eaux noires des rochers ; ce sont des beautés pâles dont les cheveux s'allongent en arrière, comme les rayons d'une lointaine comète, et se fondent dans le sein humide de la lune : elles passent vite, et leurs pieds s'évanouissent enveloppés dans les plis 25 vaporeux de leurs robes blanches ; elles n'ont pas d'ailes, et volent. Elles volent en tenant des harpes, elles volent les yeux baissés et la bouche entr'ouverte avec innocence ; elles jettent un cri en passant et se perdent, en montant, dans la douce lumière qui les appelle. Ce sont des navires aériens qui sem30 blent se heurter contre des rives sombres, et se plonger dans des flots épais ; les montagnes se penchent pour les pleurer, et les dogues noirs élèvent leurs têtes difformes et hurlent longuement, en regardant le disque qui tremble au ciel, tandis que la mer secoue les colonnes blanches des Orcades qui sont rangées 35 comme les tuyaux d'un orgue immense, et répandent, sur l'Océan, une harmonie déchirante et mille fois prolongée dans la caverne où les vagues sont enfermées.

La musique se traduisait ainsi en sombres images dans mon

âme, bien jeune encore, ouverte à toutes les sympathies et comme amoureuse de ses douleurs fictives.

C'était, d'ailleurs, revenir à la pensée de celui qui avait inventé ces chants tristes et puissants, que de les sentir de la sorte. La famille heureuse éprouvait elle-même la forte 5 émotion qu'elle donnait, et une vibration profonde faisait quelquefois trembler les trois voix.

Le chant cessa, et un long silence lui succéda. La jeune personne, comme fatiguée, s'était appuyée sur l'épaule de son père ; sa taille était élevée et un peu ployée, comme par faib- 10 lesse ; elle était mince, et paraissait avoir grandi trop vite, et sa poitrine, un peu amaigrie, en paraissait affectée. Elle baisait le front chauve, large et ridé de son père, et abandonnait sa main au jeune sous-officier qui la pressait sur ses lèvres.

Je tendais la main avec effusion à ce bon adjudant, et il la 15 serra avec l'expression d'une reconnaissance grave. Ce n'était qu'un vieux soldat ; mais il y avait dans son langage et ses manières je ne sais quoi de l'ancien bon ton du monde. La suite me l'expliqua.

— Voici, mon lieutenant, me dit-il, la vie que nous menons 20 ici. Nous nous reposons en chantant, ma fille, moi et mon gendre futur.

Il regardait en même temps ces beaux jeunes gens avec une tendresse toute rayonnante de bonheur.

— Voici, ajouta-t-il d'un air plus grave, en nous montrant un 25 petit portrait, la mère de ma fille.

Nous regardâmes la muraille blanchie de plâtre de la modeste chambre, et nous y vîmes, en effet, une miniature qui représentait la plus gracieuse, la plus fraîche petite paysanne que jamais Greuze ait douée de grands yeux bleus et de bouche en 30 forme de cerise.

— Ce fut une bien grande dame qui eut autrefois la bonté de faire ce portrait-là, me dit l'Adjudant, et c'est une histoire curieuse que celle de la dot de ma pauvre petite femme.

Et à nos premières prières de raconter son mariage, il nous 35 parla ainsi, autour de trois verres d'absinthe verte qu'il eut soin de nous offrir préalablement et cérémonieusement.

IV. *Histoire de l'Adjudant, les Enfants de Montreuil et le Tailleur de Pierres.*

Vous saurez, mon lieutenant, que j'ai été élevé au village de Montreuil par monsieur le curé de Montreuil lui-même. Il
5 m'avait fait apprendre quelques notes du plain-chant dans le plus heureux temps de ma vie : le temps où j'étais enfant de chœur, où j'avais de grosses joues fraîches et rebondies, que tout le monde tapait en passant ; une voix claire, des cheveux blonds poudrés, une blouse et des sabots. Je ne me regarde
10 pas souvent, mais je m'imagine que je ne ressemble plus guère à cela. J'étais fait ainsi pourtant, et je ne pouvais me résoudre à quitter une sorte de clavecin aigre et discord que le vieux curé avait chez lui. Je l'accordais avec assez de justesse d'oreille, et le bon père qui, autrefois, avait été renommé à
15 Notre-Dame pour chanter et enseigner le faux-bourdon, me faisait apprendre un vieux solfége. Quand il était content, il me pinçait les joues à me les rendre bleues, et me disait :—Tiens, Mathurin, tu n'es que le fils d'un paysan et d'une paysanne ; mais si tu sais bien ton catéchisme et ton solfége, et
20 que tu renonces à jouer avec le fusil rouillé de la maison, on pourra faire de toi un maître de musique. Va toujours.—Cela me donnait bon courage, et je frappais de tous mes poings sur les deux pauvres claviers, dont les dièses étaient presque tous muets.
25 Il y avait des heures où j'avais la permission de me promener et de courir ; mais la récréation la plus douce était d'aller m'asseoir au bout du parc de Montreuil, et de manger mon pain avec les maçons et les ouvriers qui construisaient sur l'avenue de Versailles, à cent pas de la barrière, un petit
30 pavillon de musique, par ordre de la Reine.

C'était un lieu charmant, que vous pourrez voir à droite de la route de Versailles, en arrivant. Tout à l'extrémité du parc de Montreuil, au milieu d'une pelouse de gazon, entourée de grands arbres, si vous distinguez un pavillon qui
35 ressemble à une mosquée et à une bonbonnière, c'est cela que j'allais regarder bâtir.

Je prenais par la main une petite fille de mon âge, qui s'appelait Pierrette, que monsieur le curé faisait chanter aussi parce qu'elle avait une jolie voix. Elle emportait une grande tartine que lui donnait la bonne du curé, qui était sa mère, et nous allions regarder bâtir la petite maison que faisait faire la 5 Reine pour la donner à Madame.

Pierrette et moi, nous avions environ treize ans. Elle était déjà si belle, qu'on l'arrêtait sur son chemin pour lui faire compliment, et que j'ai vu de belles dames descendre de carrosse pour lui parler et l'embrasser! Quand elle avait un 10 fourreau rouge relevé dans ses poches et bien serré de la ceinture, on voyait bien ce que sa beauté serait un jour. Elle n'y pensait pas, et elle m'aimait comme son frère.

Nous sortions toujours en nous tenant par la main depuis notre petite enfance, et cette habitude était si bien prise, que 15 de ma vie je ne lui donnai le bras. Notre coutume d'aller visiter les ouvriers nous fit faire la connaissance d'un jeune tailleur de pierres, plus âgé que nous de huit ou dix ans. Il nous faisait asseoir sur un moellon ou par terre à côté de lui, et quand il avait une grande pierre à scier, Pierrette jetait de 20 l'eau sur la scie, et j'en prenais l'extrémité pour l'aider ; aussi ce fut mon meilleur ami dans ce monde. Il était d'un caractère très-paisible, très-doux, et quelquefois un peu gai, mais pas souvent. Il avait fait une petite chanson sur les pierres qu'il taillait, et sur ce qu'elles étaient plus dures que le cœur 25 de Pierrette, et il jouait en cent façons sur ces mots de Pierre, de Pierrette, de Pierrerie, de Pierrier, de Pierrot, et cela nous faisait beaucoup rire tous trois. C'était un grand garçon grandissant encore, tout pâle et dégingandé, avec de longs bras et de grandes jambes, et qui quelquefois avait l'air 30 de ne pas penser à ce qu'il faisait. Il aimait son métier, disait-il, parce qu'il pouvait gagner sa journée en conscience, n'ayant songé à autre chose jusqu'au coucher du soleil. Son père, architecte, s'était si bien ruiné, je ne sais comment, qu'il fallait que le fils reprît son état par le commencement, et il 35 s'y était fort paisiblement résigné. Lorsqu'il taillait un gros bloc, ou le sciait en long, il commençait toujours une petite chanson dans laquelle il y avait toute une historiette qu'il bâtissait à mesure qu'il allait, en vingt ou trente couplets, plus ou moins.

Quelquefois il me disait de me promener devant lui avec Pierrette, et il nous faisait chanter ensemble, nous apprenant 5 à chanter en partie ; ensuite il s'amusait à me faire mettre à genoux devant Pierrette, la main sur son cœur, et il faisait les paroles d'une petite scène qu'il nous fallait redire après lui. Cela ne l'empêchait pas de bien connaître son état, car il ne fut pas un an sans devenir maître maçon. Il avait à nourrir, 10 avec son équerre et son marteau, sa pauvre mère et deux petits frères qui venaient le regarder travailler avec nous. Quand il voyait autour de lui tout son petit monde, cela lui donnait du courage et de la gaîté. Nous l'appelions Michel ; mais pour vous dire tout de suite la vérité, il s'appelait Michel-15 Jean Sedaine.

V. *Un Soupir.*

—Hélas ! dis-je, voilà un poëte bien à sa place.

La jeune personne et le sous-officier se regardèrent, comme affligés de voir interrompre leur bon père ; mais le digne Ad-20 judant reprit la suite de son histoire, après avoir relevé de chaque côté la cravate noire qu'il portait, doublée d'une cravate blanche, attachée militairement.

VI. *La Dame Rose.*

C'est une chose qui me paraît bien certaine, mes chers en-25 fants, dit-il en se tournant du côté de sa fille, que le soin que la Providence a daigné prendre de composer ma vie comme elle l'a été. Dans les orages sans nombre qui l'ont agitée, je puis dire, en face de toute la terre, que je n'ai jamais manqué de me fier à Dieu et d'en attendre du secours, après m'être 30 aidé de toutes mes forces. Aussi, vous dis-je, en marchant sur les flots agités, je n'ai pas mérité d'être appelé *homme de peu de foi,* comme le fut l'apôtre ; et quand mon pied s'enfonçait, je levais les yeux, et j'étais relevé.

(Ici je regardai Timoléon.—Il vaut mieux que nous, dis-je 35 tout bas.)—Il poursuivit :

— Monsieur le curé de Montreuil m'aimait beaucoup, j'étais traité par lui avec une amitié si paternelle, que j'avais oublié entièrement que j'étais né, comme il ne cessait de me le rappeler, d'un pauvre paysan et d'une pauvre paysanne, enlevés presque en même temps de la petite vérole, que je n'avais 5 même pas vus. À seize ans, j'étais sauvage et sot; mais je savais un peu de latin, beaucoup de musique, et, dans toute sorte de travaux de jardinage, on me trouvait assez adroit. Ma vie était fort douce et fort heureuse, parce que Pierrette était toujours là, et que je la regardais toujours en travaillant, 10 sans lui parler beaucoup cependant.

Un jour que je taillais les branches d'un des hêtres du parc et que je liais un petit fagot, Pierrette me dit :

—Oh ! Mathurin, j'ai peur. Voilà deux jolies dames qui viennent devers nous par le bout de l'allée. Comment allons- 15 nous faire ?

Je regardai, et, en effet, je vis deux jeunes femmes qui marchaient vite sur les feuilles sèches, et ne se donnaient pas le bras. Il y en avait une un peu plus grande que l'autre, vêtue d'une petite robe de soie rose. Elle courait presque en 20 marchant, et l'autre, tout en l'accompagnant, marchait presque en arrière. Par instinct, je fus saisi d'effroi comme un pauvre petit paysan que j'étais, et je dis à Pierrette :

— Sauvons-nous !

Mais bah ! nous n'eûmes pas le temps, et ce qui redoubla 25 ma peur, ce fut de voir la dame rose faire signe à Pierrette, qui devint toute rouge et n'osa pas bouger, et me prit bien vite par la main pour se raffermir. Moi, j'ôtai mon bonnet et je m'adossai contre l'arbre, tout saisi.

Quand la dame rose fut tout à fait arrivée sur nous, elle alla 30 tout droit à Pierrette, et, sans façon, elle lui prit le menton pour la montrer à l'autre dame, en disant :

— Eh ! je vous le disais bien : c'est tout mon costume de laitière pour jeudi.—La jolie petite fille que voilà ! Mon enfant, tu donneras tous tes habits, comme les voici, aux gens 35 qui viendront te les demander de ma part, n'est-ce pas ? je t'enverrai les miens en échange.

— Oh ! madame, dit Pierrette en reculant.

L'autre jeune dame se mit à sourire d'un air fin, tendre et mélancolique, dont l'expression touchante est ineffaçable pour moi. Elle s'avança, la tête penchée, et, prenant doucement le bras nu de Pierrette, elle lui dit de s'approcher, et qu'il fallait 5 que tout le monde fît la volonté de cette dame-là.

— Ne va pas t'aviser de rien changer à ton costume, ma belle petite, reprit la dame rose, en la menaçant d'une petite canne de jonc à pomme d'or qu'elle tenait à la main. Voilà un grand garçon qui sera soldat, et je vous marierai.

10   Elle était si belle, que je me souviens de la tentation incroyable que j'eus de me mettre à genoux ; vous en rirez et j'en ai ri souvent depuis en moi-même ; mais, si vous l'aviez vue, vous auriez compris ce que je dis. Elle avait l'air d'une petite fée bien bonne.

15   Elle parlait vite et gaiement, et, en donnant une petite tape sur la joue de Pierrette, elle nous laissa là tous les deux tout interdits et tout imbéciles, ne sachant que faire ; et nous vîmes les deux dames suivre l'allée du côté de Montreuil et s'enfoncer dans le parc derrière le petit bois.

20   Alors nous nous regardâmes, et, en nous tenant toujours par la main, nous rentrâmes chez monsieur le curé ; nous ne disions rien, mais nous étions bien contents.

Pierrette était toute rouge, et moi je baissais la tête. Il nous demanda ce que nous avions ; je lui dis d'un grand 25 sérieux :

— Monsieur le curé, je veux être soldat.

Il pensa en tomber à la renverse, lui qui m'avait appris le solfége !

— Comment, mon cher enfant, me dit-il, tu veux me 30 quitter ! Ah ! mon Dieu ! Pierrette, qu'est-ce qu'on lui a donc fait, qu'il veut être soldat ? Est-ce que tu ne m'aimes plus, Mathurin ? Est-ce que tu n'aimes plus Pierrette, non plus ? Qu'est-ce que nous t'avons donc fait, dis ? et que vas-tu faire de la belle éducation que je t'ai donnée ? C'était bien du 35 temps perdu assurément. Mais réponds donc, méchant sujet ! ajoutait-il en me secouant le bras.

Je me grattais la tête, et je disais toujours en regardant mes sabots :

— Je veux être soldat.

La mère de Pierrette apporta un grand verre d'eau froide à monsieur le curé, parce qu'il était devenu tout rouge, et elle se mit à pleurer.

Pierrette pleurait aussi et n'osait rien dire ; mais elle n'était pas fâchée contre moi, parce qu'elle savait bien que c'était pour 5 l'épouser que je voulais partir.

Dans ce moment-là, deux grands laquais poudrés entrèrent avec une femme de chambre qui avait l'air d'une dame, et ils demandèrent si la petite avait préparé les hardes que la reine et madame la princesse de Lamballe lui avaient demandées. 10

Le pauvre curé se leva si troublé qu'il ne put se tenir une minute debout, et Pierrette et sa mère tremblèrent si fort qu'elles n'osèrent pas ouvrir une cassette qu'on leur envoyait en échange du fourreau et du bavolet, et elles allèrent à la toilette à peu près comme on va se faire fusiller. 15

Seul avec moi, le curé me demanda ce qui s'était passé, et je le lui dis comme je vous l'ai conté, mais un peu plus brièvement.

— Et c'est pour cela que tu veux partir, mon fils ? me dit-il en me prenant les deux mains ; mais songe donc que la plus 20 grande dame de l'Europe n'a parlé ainsi à un petit paysan comme toi que par distraction, et ne sait seulement pas ce qu'elle t'a dit. Si on lui racontait que tu as pris cela pour un ordre ou pour un horoscope, elle dirait que tu es un grand benêt, et que tu peux être jardinier toute la vie, que cela lui 25 est égal. Ce que tu gagnes en jardinant, et ce que tu gagnerais en enseignant la musique vocale, t'appartiendrait, mon ami ; au lieu que ce que tu gagneras dans un régiment ne t'appartiendra pas, et tu auras mille occasions de le dépenser en plaisirs défendus par la religion et la morale ; tu perdras tous les bons 30 principes que je t'ai donnés, et tu me forceras à rougir de toi. Tu reviendras (si tu reviens) avec un autre caractère que celui que tu as reçu en naissant. Tu étais doux, modeste, docile ; tu seras rude, impudent et tapageur. La petite Pierrette ne se soumettra certainement pas à être la femme d'un mauvais 35 garnement, et sa mère l'en empêcherait quand elle le voudrait ; et moi, que pourrai-je faire pour toi, si tu oublies tout à fait la

Providence ? Tu l'oublieras, vois-tu, la Providence, je t'assure
que tu finiras par là.

Je demeurai les yeux fixés sur mes sabots et les sourcils froncés
en faisant la moue, et je dis, en me grattant la tête :

5 — C'est égal, je veux être soldat.

Le bon curé n'y tint pas, et ouvrant la porte toute grande,
il me montra le grand chemin avec tristesse.

Je compris sa pantomime, et je sortis. J'en aurais fait
autant à sa place, assurément. Mais je le pense à présent, et
10 ce jour-là je ne le pensais pas. Je mis mon bonnet de coton
sur l'oreille droite, je relevai le collet de ma blouse, pris mon
bâton et je m'en allai tout droit à un petit cabaret sur l'avenue
de Versailles, sans dire adieu à personne.

VII. *La position du premier rang.*

15 Dans ce petit cabaret, je trouvai trois braves dont les
chapeaux étaient galonnés d'or, l'uniforme blanc, les revers
roses, les moustaches cirées de noir, les cheveux tout poudrés à
frimas et qui parlaient aussi vite que des vendeurs d'orviétan.
Ces trois braves étaient d'honnêtes racoleurs. Ils me dirent
20 que je n'avais qu'à m'asseoir à table avec eux pour avoir une
idée juste du bonheur parfait que l'on goûtait éternellement
dans le Royal-Auvergne. Ils me firent manger du poulet, du
chevreuil et des perdreaux, boire du vin de Bordeaux et de
Champagne, et du café excellent ; ils me jurèrent sur leur
25 honneur que, dans le Royal-Auvergne, je n'en aurais jamais
d'autres.

Je vis bien depuis qu'ils avaient dit vrai.

Ils me jurèrent aussi, car ils juraient infiniment, que l'on
jouissait de la plus douce liberté dans le Royal-Auvergne ; que
30 les soldats y étaient incomparablement plus heureux que les
capitaines des autres corps ; qu'on y jouissait d'une société
fort agréable en hommes et en belles dames, et qu'on y faisait
beaucoup de musique, et surtout qu'on y appréciait fort ceux
qui jouaient du *piano*. Cette dernière circonstance me décida.

35 Le lendemain j'avais donc l'honneur d'être soldat au Royal-

Auvergne. C'était un assez beau corps, il est vrai ; mais je ne voyais plus ni Pierrette, ni monsieur le curé. Je demandai du poulet à dîner, et l'on me donna à manger cet agréable mélange de pommes de terre, de mouton et de pain qui se nommait, se nomme et sans doute se nommera toujours *la* 5 *Ratatouille*. On me fit apprendre la position du soldat sans armes avec une perfection si grande, que je servis de modèle, depuis, au dessinateur qui fit les planches de l'ordonnance de 1791, ordonnance qui, vous le savez, mon lieutenant, est un chef-d'œuvre de précision. On m'apprit l'école du soldat et l'école 10 de peloton de manière à exécuter les charges en douze temps, les charges précipitées et les charges à volonté, en comptant ou sans compter les mouvements, aussi parfaitement que le plus roide des caporaux du roi de Prusse, Frédéric-le-Grand, dont les vieux se souvenaient encore avec l'attendrissement de 15 gens qui aiment ceux qui les battent. On me fit l'honneur de me promettre que, si je me comportais bien, je finirais par être admis dans la première compagnie de grenadiers. — J'eus bientôt une queue poudrée qui tombait sur ma veste blanche assez noblement ; mais je ne voyais plus jamais ni Pierrette, ni 20 sa mère, ni monsieur le curé de Montreuil, et je ne faisais point de musique.

Un beau jour, comme j'étais consigné à la caserne même où nous voici, pour avoir fait trois fautes dans le maniement d'armes, on me plaça dans la position des feux du premier 25 rang, un genou sur le pavé, ayant en face de moi un soleil éblouissant et superbe que j'étais forcé de coucher en joue, dans une immobilité parfaite, jusqu'à ce que la fatigue me fît ployer les bras à la saignée ; et j'étais encouragé à soutenir mon arme par la présence d'un honnête caporal, qui de temps en 30 temps soulevait ma baïonnette avec sa crosse quand elle s'abaissait ; c'était une petite punition de l'invention de M. de Saint-Germain.

Il y avait vingt minutes que je m'appliquais à atteindre le plus haut degré de pétrification possible dans cette attitude, 35 lorsque je vis au bout de mon fusil la figure douce et paisible de mon bon ami Michel, le tailleur de pierres.

— Tu viens bien à propos, mon ami, lui dis-je, et tu me

rendrais un grand service si tu voulais bien, sans qu'on s'en
aperçût, mettre un moment ta canne sous ma baïonnette. Mes
bras s'en trouveraient mieux, et ta canne ne s'en trouverait
pas plus mal.

5 — Ah ! Mathurin, mon ami, me dit-il, te voilà bien puni
d'avoir quitté Montreuil ; tu n'as plus les conseils et les lectures
du bon curé, et tu vas oublier tout à fait cette musique que tu
aimais tant, et celle de la parade ne la vaudra certainement pas.

— C'est égal, dis-je, en élevant le bout du canon de mon
10 fusil, et le dégageant de sa canne, par orgueil ; c'est égal, on a
son idée.

—Tu ne cultiveras plus les espaliers et les belles pêches de
Montreuil avec ta Pierrette, qui est bien aussi fraîche qu'elles,
et dont la lèvre porte aussi comme elles un petit duvet.

15 — C'est égal, dis-je encore, j'ai mon idée.

— Tu passeras bien longtemps à genoux, à tirer sur rien,
avec une pierre de bois, avant d'être seulement caporal.

— C'est égal, dis-je encore, si j'avance lentement, toujours
est-il vrai que j'avancerai ; tout vient à point à qui sait
20 attendre, comme on dit, et quand je serai sergent je serai
quelque chose, et j'épouserai Pierrette.   Un sergent c'est un
seigneur, et à tout seigneur tout honneur.

Michel soupira.

— Ah! Mathurin ! Mathurin ! me dit-il, tu n'es pas sage, et
25 tu as trop d'orgueil et d'ambition, mon ami ; n'aimerais-tu pas
mieux être remplacé, si quelqu'un payait pour toi, et venir
épouser ta petite Pierrette ?

— Michel! Michel ! lui dis-je, tu t'es beaucoup gâté dans le
monde ; je ne sais pas ce que tu y fais, et tu ne m'as plus l'air
30 d'y être maçon, puisqu'au lieu d'une veste tu as un habit noir
de taffetas ; mais tu ne m'aurais pas dit ça dans le temps où tu
répétais toujours : ' Il faut faire son sort soi-même.'—Moi je ne
veux pas l'épouser avec l'argent des autres, et je fais moi-même
mon sort, comme tu vois.—D'ailleurs, c'est la Reine qui m'a
35 mis ça dans la tête, et la Reine ne peut pas se tromper en
jugeant ce qui est bien à faire.   Elle a dit elle-même : Il sera
soldat, et je les marierai ; elle n'a pas dit : Il reviendra après
avoir été soldat.

— Mais, me dit Michel, si par hasard la Reine te voulait donner de quoi l'épouser, le prendrais-tu ?

— Non, Michel, je ne prendrais pas son argent, si par impossible elle le voulait.

— Et si Pierrette gagnait elle-même sa dot ? reprit-il. 5

— Oui, Michel, je l'épouserais tout de suite, dis-je.

Ce bon garçon avait l'air tout attendri.

— Eh bien ! reprit-il, je dirai cela à la Reine.

— Est-ce que tu es fou, lui dis-je, ou domestique dans sa maison ? 10

— Ni l'un ni l'autre, Mathurin, quoique je ne taille plus la pierre.

— Que tailles-tu donc ? disais-je.

— Hé ! je taille des pièces, du papier et des plumes.

— Bah ! dis-je, est-il possible ? 15

— Oui, mon enfant, je fais de petites pièces toutes simples, et bien aisées à comprendre. Je te ferai voir tout ça.

———

En effet, dit Timoléon en interrompant l'Adjudant, les ouvrages de ce bon Sedaine ne sont pas construits sur des questions bien difficiles ; on n'y trouve aucune synthèse sur le 20 fini et l'infini, sur les causes finales, l'association des idées et l'identité personnelle ; on n'y tue pas des rois et des reines par le poison ou l'échafaud ; ça ne s'appelle pas de noms sonores environnés de leur traduction philosophique ; mais ça se nomme *Blaise, l'Agneau perdu, le Déserteur ;* ou bien *le Jardi-* 25 *nier et son Seigneur, la Gageure imprévue ;* ce sont des gens tout simples, qui parlent vrai, qui sont *philosophes sans le savoir,* comme Sedaine lui-même, que je trouve plus grand qu'on ne l'a fait.

Je ne répondis pas.

———

L'Adjudant reprit : 30

— Eh bien, tant mieux ! dis-je, j'aime autant te voir travailler ça que tes pierres de taille.

— Ah ! ce que je bâtissais valait mieux que ce que je construis à présent. Ça ne passait pas de mode et ça restait plus longtemps debout. Mais en tombant, ça pouvait 35 écraser quelqu'un ; au lieu qu'à présent, quand ça tombe, ça n'écrase personne.

— C'est égal, je suis toujours bien aise, dis-je. . . .

— C'est-à-dire, aurais-je dit ; car le caporal vint donner un
5 si terrible coup de crosse dans la canne de mon vieil ami Michel, qu'il l'envoya là-bas, tenez, là-bas, près de la poudrière.

En même temps il ordonna six jours de salle de police pour le factionnaire qui avait laissé entrer un bourgeois.

10 Sedaine comprit bien qu'il fallait s'en aller ; il ramassa paisiblement sa canne, et, en sortant du côté du bois, il me dit :

— Je t'assure, Mathurin, que je conterai tout ceci à la Reine.

15   VIII. *Une Séance.*

Ma petite Pierrette était une belle petite fille, d'un caractère décidé, calme et honnête. Elle ne se déconcertait pas trop facilement, et depuis qu'elle avait parlé à la Reine, elle ne se laissait plus aisément faire la leçon ; elle savait bien
20 dire à monsieur le curé et à sa bonne qu'elle voulait épouser Mathurin, et elle se levait la nuit pour travailler à son trousseau, tout comme si je n'avais pas été mis à la porte pour longtemps, sinon pour toute ma vie.

Un jour (c'était le lundi de Pâques, elle s'en était toujours
25 souvenue, la pauvre Pierrette, et me l'a raconté souvent), un jour donc qu'elle était assise devant la porte de monsieur le curé, travaillant et chantant comme si de rien n'était, elle vit arriver vite, vite, un beau carrosse dont les six chevaux trottaient dans l'avenue, d'un train merveilleux, montés par deux
30 petits postillons poudrés et roses, très-jolis et si petits qu'on ne voyait, de loin, que leurs grosses bottes à l'écuyère. Ils portaient de gros bouquets à leur jabot, et les chevaux portaient aussi de gros bouquets sur l'oreille.

Ne voilà-t-il pas que l'écuyer qui courait en avant des chev-
35 aux s'arrêta précisément devant la porte de monsieur le curé, où la voiture eut la bonté de s'arrêter aussi et daigna s'ouvrir

toute grande. Il n'y avait personne dedans. Comme Pierrette regardait avec de grands yeux, l'écuyer ôta son chapeau très-poliment et la pria de vouloir bien monter en carrosse.

Vous croyez peut-être que Pierrette fit des façons ? Point du tout ; elle avait trop de bon sens pour cela. Elle ôta 5 simplement ses deux sabots, qu'elle laissa sur le pas de la porte, mit ses souliers à boucles d'argent, ploya proprement son ouvrage, et monta dans le carrosse en s'appuyant sur le bras du valet de pied, comme si elle n'eût fait autre chose de sa vie, parce que, depuis qu'elle avait changé de robe avec la Reine, 10 elle ne doutait plus de rien.

Elle m'a dit souvent qu'elle avait eu deux grandes frayeurs dans la voiture : la première, parce qu'on allait si vite que les arbres de l'avenue de Montreuil lui paraissaient courir comme des fous l'un après l'autre ; la seconde, parce qu'il lui semblait 15 qu'en s'asseyant sur les coussins blancs du carrosse, elle y laisserait une tache bleue et jaune de la couleur de son jupon. Elle le releva dans ses poches, et se tint toute droite au bord du coussin, nullement tourmentée de son aventure et devinant bien qu'en pareille circonstance, il est bon de faire ce que tout 20 le monde veut, franchement et sans hésiter.

D'après ce sentiment juste de sa position que lui donnait une nature heureuse, douce et disposée au bien et au vrai en toute chose, elle se laissa parfaitement donner le bras par l'écuyer et conduire à Trianon, dans les appartements dorés, où seulement 25 elle eut soin de marcher sur la pointe du pied, par égard pour les parquets de bois de citron et de bois des Indes qu'elle craignait de rayer avec ses clous.

Quand elle entra dans la dernière chambre, elle entendit un petit rire joyeux de deux voix très-douces, et qui l'intimida 30 bien un peu et lui fit battre le cœur assez vivement ; mais, en entrant, elle se trouva assurée tout de suite, ce n'était que son amie la Reine.

Madame de Lamballe était avec elle, mais assise dans une embrasure de fenêtre et établie devant un pupitre de peintre 35 en miniature. Sur le tapis vert du pupitre, un ivoire tout préparé ; près de l'ivoire, des pinceaux ; près des pinceaux, un verre d'eau.

— Ah ! la voilà, dit la Reine d'un air de fête, et elle courut lui prendre les deux mains.

— Comme elle est fraîche, comme elle est jolie ! Le joli petit modèle que cela fait pour vous ! Allons, ne la manquez 5 pas, madame de Lamballe ! Mets-toi là, mon enfant.

Et la belle Marie-Antoinette la fit asséoir de force sur une chaise. Pierrette était tout à fait interdite, et sa chaise si haute que ses petits pieds pendaient et se balançaient.

— Mais voyez donc comme elle se tient bien, continuait la 10 Reine, elle ne se fait pas dire deux fois ce que l'on veut ; je gage qu'elle a de l'esprit. Tiens-toi droite, mon enfant, et écoute-moi. Il va venir deux messieurs ici. Que tu les connaisses ou non, cela ne fait rien, et cela ne te regarde pas. Tu feras tout ce qu'ils te diront de faire. Je sais que tu chantes, 15 tu chanteras. Quand ils te diront d'entrer et de sortir, d'aller et de venir, tu entreras, tu sortiras, tu iras, tu viendras, bien exactement, entends-tu ? Tout cela c'est pour ton bien. Madame et moi nous les aiderons à t'enseigner quelque chose que je sais bien, et nous ne te demandons pour nos peines que 20 de poser tous les jours une heure devant madame ; cela ne t'afflige pas trop fort, n'est-ce pas ?

Pierrette ne répondait qu'en rougissant et en pâlissant à chaque parole ; mais elle était si contente qu'elle aurait voulu embrasser la petite Reine comme sa camarade.

25 Comme elle posait, les yeux tournés vers la porte, elle vit entrer deux hommes, l'un gros et l'autre grand. Comme elle vit le grand, elle ne put s'empêcher de crier :

— Tiens ! c'est....

Mais elle se mordit le doigt pour se faire taire.

30 — Eh bien, comment la trouvez-vous, messieurs ? dit la Reine ; me suis-je trompée ?

— N'est-ce pas que c'est *Rose* même ? dit Sedaine.

— Une seule note, madame, dit le plus gros des deux, et je saurai si c'est la Rose de Monsigny, comme elle est celle de 35 Sedaine.

Voyons, ma petite, répétez cette gamme, dit Grétry en chantant, *ut, ré, mi, fa, sol.*

Pierrette la répéta.

— Elle a une voix divine, madame, dit-il.

La Reine frappa des mains et sauta.

— Elle gagnera sa dot, dit-elle.

IX. *Une Belle Soirée.*

Ici l'honnête Adjudant goûta un peu de son petit verre 5
d'absinthe, en nous engageant à l'imiter, et, après avoir essuyé
sa moustache blanche avec un mouchoir rouge et l'avoir
tournée un instant dans ses gros doigts, il poursuivit ainsi :

— Si je savais faire des surprises, mon lieutenant, comme
on en fait dans les livres, et faire attendre la fin d'une histoire 10
en tenant la dragée haute aux auditeurs, et puis la faire goûter
du bout des lèvres, et puis la relever, et puis la donner tout
entière à manger, je trouverais une manière nouvelle de vous
dire la suite de ceci ; mais je vais de fil en aiguille, tout
simplement comme a été ma vie de jour en jour, et je vous 15
dirai que depuis le jour où mon pauvre Michel était venu
me voir ici à Vincennes, et m'avait trouvé dans la position du
premier rang, je maigris d'une manière ridicule, parce que je
n'entendis plus parler de notre petite famille de Montreuil,
et que je vins à penser que Pierrette m'avait oublié tout 20
à fait. Le régiment d'Auvergne était à Orléans depuis trois
mois, et le mal du pays commençait à m'y prendre. Je
jaunissais à vue d'œil et je ne pouvais plus soutenir mon fusil.
Mes camarades commençaient à me prendre en grand mépris,
comme on prend ici toute maladie, vous le savez.   •   25

Il y en avait qui me dédaignaient parce qu'ils me croyaient
très-malade, d'autres parce qu'ils soutenaient que je faisais
semblant de l'être, et, dans ce dernier cas, il ne me restait
d'autre parti que de mourir pour prouver que je disais vrai,
ne pouvant pas me rétablir tout à coup ni être assez mal pour 30
me coucher ; fâcheuse position.

Un jour un officier de ma compagnie vint me trouver, et
me dit :

— Mathurin, toi qui sais lire, lis un peu cela.

Et il me conduisit sur la place de Jeanne d'Arc, place qui 35 m'est chère, où je lus une grande affiche de spectacle sur laquelle on avait imprimé ceci :

PAR ORDRE :

'Lundi prochain, représentation extraordinaire d'IRÈNE,
5 pièce nouvelle de M. DE VOLTAIRE, et de ROSE ET COLAS, par M. SEDAINE, musique de M. DE MONSIGNY, au bénéfice de mademoiselle Colombe, célèbre cantatrice de la Comédie-Italienne, laquelle paraîtra dans la seconde pièce. SA MAJESTÉ LA REINE a daigné promettre qu'elle honorerait le spectacle
10 de sa présence.'

— Eh bien, dis-je, mon capitaine, qu'est-ce que cela peut me faire, ça ?

— Tu es un bon sujet, me dit-il, tu es beau garçon ; je te ferai poudrer et friser pour te donner un peu meilleur air,
15 et tu seras placé en faction à la porte de la loge de la Reine.

Ce qui fut dit fut fait. L'heure du spectacle venue, me voilà dans le corridor, en grande tenue du régiment d'Auvergne, sur un tapis bleu, au milieu des guirlandes de fleurs en festons qu'on avait disposées partout, et des lis épanouis, sur chaque
20 marche des escaliers du théâtre. Le directeur courait de tous côtés avec un air tout joyeux et agité. C'était un petit homme gros et rouge, vêtu d'un habit de soie bleu de ciel, avec un jabot florissant et faisant la roue. Il s'agitait en tous sens, et ne cessait de se mettre à la fenêtre en disant :
25 — Ceci est de la livrée de madame la duchesse de Mont-morency ; ceci, le coureur de M. le duc de Lauzun ; M. le prince de Guéménée vient d'arriver ; M. de Lambesc vient après. Vous avez vu ? vous savez ? Qu'elle est bonne, la Reine ! Que la Reine est bonne !
30 Il passait et repassait effaré, cherchant Grétry, et le ren-contra nez à nez dans le corridor, précisément en face de moi.

— Dites-moi, monsieur Grétry, mon cher monsieur Grétry, dites-moi, je vous en supplie, s'il ne m'est pas possible de
35 parler à cette célèbre cantatrice que vous m'amenez. Cer-tainement il n'est pas permis à un ignare et non lettré comme

moi d'élever le plus léger doute sur son talent, mais encore
voudrais-je bien apprendre de vous qu'il n'y a pas à craindre
que la Reine ne soit mécontente. On n'a pas répété.

— Hé! hé! répondit Grétry d'un air de persiflage, il
m'est impossible de vous répondre là-dessus, mon cher mon- 5
sieur; ce que je puis vous assurer, c'est que vous ne la verrez
pas. Une actrice comme celle-là, monsieur, c'est une enfant
gâtée. Mais vous la verrez quand elle entrera en scène.
D'ailleurs, quand ce serait une autre que mademoiselle
Colombe, qu'est-ce que cela vous fait? 10

— Comment, monsieur, moi, directeur du théâtre d'Orléans, je n'aurais pas le droit?... reprit-il en se gonflant les
joues. .

— Aucun droit, mon brave directeur, dit Grétry. Eh!
comment se fait-il que vous doutiez un moment d'un talent 15
dont Sedaine et moi avons répondu, poursuivit-il avec plus
de sérieux.

Je fus bien aise d'entendre ce nom cité avec autorité, et je
prêtai plus d'attention.

Le directeur, en homme qui savait son métier, voulait 20
profiter de la circonstance.

— Mais on me compte donc pour rien? disait-il; mais de
quoi ai-je l'air? J'ai prêté mon théâtre avec un plaisir infini,
trop heureux de voir l'auguste princesse qui.....

— À propos, dit Grétry, vous savez que je suis chargé de 25
vous annoncer que ce soir la Reine vous fera remettre
une somme égale à la moitié de la recette générale.

Le directeur saluait avec une inclination profonde en
reculant toujours, ce qui prouvait le plaisir que lui faisait cette
nouvelle. 30

— Fi donc! monsieur, fi donc! je ne parle pas de cela,
malgré le respect avec lequel je recevrai cette faveur; mais
vous ne m'avez rien fait espérer qui vînt de votre génie,
et...

— Vous savez aussi qu'il est question de vous pour diriger
la Comédie-Italienne à Paris? 35

— Ah! monsieur Grétry...

— On ne parle que de votre mérite à la cour; tout le

monde vous y aime beaucoup, et c'est pour cela que la Reine
a voulu voir votre théâtre.   Un directeur est l'âme de tout;
de lui vient le génie des auteurs, celui des compositeurs, des
acteurs, des décorateurs, des dessinateurs, des allumeurs et
5 des balayeurs; c'est le principe et la fin de tout; la Reine
le sait bien.   Vous avez triplé vos places, j'espère?

— Mieux que cela, monsieur Grétry, elles sont à un louis;
je ne pouvais pas manquer de respect à la cour au point de
les mettre à moins.

10 En ce moment même tout retentit d'un grand bruit de
chevaux et de grands cris de joie, et la Reine entra si vite,
que j'eus à peine le temps de présenter les armes, ainsi que la
sentinelle placée devant moi.   De beaux seigneurs parfumés
la suivaient, et une jeune femme, que je reconnus pour celle
15 qui l'accompagnait à Montreuil.

Le spectacle commença tout de suite.   Le Kain et cinq
autres acteurs de la Comédie-Française étaient venus jouer la
tragédie d'*Irène*, et je m'aperçus que cette tragédie allait
toujours son train, parce que la Reine parlait et riait tout le
20 temps qu'elle dura.   On n'applaudissait pas, par respect pour
elle, comme c'est l'usage encore, je crois, à la cour.   Mais
quand vint l'opéra-comique, elle ne dit plus rien, et personne
ne souffla dans sa loge.

Tout d'un coup j'entendis une grande voix de femme qui
25 s'élevait de la scène, et qui me remua les entrailles; je
tremblai, et je fus forcé de m'appuyer sur mon fusil.   Il n'y
avait qu'une voix comme celle-là dans le monde, une voix
venant du cœur, et résonnant dans la poitrine comme une
harpe, une voix de passion.

30 J'écoutai, en appliquant mon oreille contre la porte, et à
travers le rideau de gaze de la petite lucarne de la loge, j'entrevis les comédiens et la pièce qu'ils jouaient; il y avait une
petite personne qui chantait:

Il était un oiseau gris
35   Comme un' souris,
Qui, pour loger ses petits,
Fit un p'tit
Nid.

Et disait à son amant :

> Aimez-moi, aimez-moi, mon p'tit roi.

Et, comme il était assis sur la fenêtre, elle avait peur que son père endormi ne se réveillât et ne vît Colas ; et elle changeait le refrain de sa chanson, et elle disait : 5

> Ah! r'montez vos jambes, car on les voit.

J'eus un frisson extraordinaire par tout le corps quand je vis à quel point cette Rose ressemblait à Pierrette ; c'était sa taille, c'était son même habit, son fourreau rouge et bleu, son jupon blanc, son petit air délibéré et naïf, et ses petits souliers 10 à boucles d'argent avec ses bas rouge et bleu.

— Mon Dieu, me disais-je, comme il faut que ces actrices soient habiles pour prendre ainsi tout de suite l'air des autres ! Voilà cette fameuse mademoiselle Colombe, qui loge dans un bel hôtel, qui est venue ici en poste, qui a plusieurs laquais, et 15 qui va dans Paris vêtue comme une duchesse, et elle ressemble autant que cela à Pierrette ! mais on voit bien tout . de même que ce n'est pas elle. Ma pauvre Pierrette ne chantait pas si bien, quoique sa voix soit au moins aussi jolie.

Je ne pouvais pas cependant cesser de regarder à travers 20 la glace, et j'y restai jusqu'au moment où l'on me poussa brusquement la porte sur le visage. La Reine avait trop chaud, et voulait que sa loge fût ouverte. J'entendis sa voix ; elle parlait vite et haut :

— Je suis bien contente, le Roi s'amusera bien de notre 25 aventure. Monsieur le premier gentilhomme de la chambre peut dire à mademoiselle Colombe qu'elle ne se repentira pas de m'avoir laissée faire les honneurs de son nom.—Oh! que cela m'amuse !

— Ma chère princesse, disait-elle à madame de Lamballe, 30 nous avons attrapé tout le monde ici ... Tout ce qui est là fait une bonne action sans s'en douter. Voilà ceux de la bonne ville d'Orléans enchantés de la grande cantatrice, et toute la cour qui voudrait l'applaudir. Oui, oui, applaudissons. 35

En même temps elle donna le signal des applaudissements, et toute la salle, ayant les mains déchaînées, ne laissa plus

passer un mot de *Rose* sans l'applaudir à tout rompre. La
charmante Reine était ravie.

— C'est ici, dit-elle à M. de Biron, qu'il y a trois mille
amoureux ; mais ils le sont de Rose et non de moi cette fois.

5   La pièce finissait et les femmes en étaient à jeter leurs
bouquets sur Rose.

— Et le véritable amoureux, où est-il donc? dit la Reine
à M. le duc de Lauzun.   Il sortit de la loge et fit signe à mon
capitaine, qui rôdait dans le corridor.

10   Le tremblement me reprit ; je sentais qu'il allait m'arriver
quelque chose, sans oser le prévoir ou le comprendre, ou
seulement y penser.

Mon capitaine salua profondément et parla bas à M. de
Lauzun.   La Reine me regarda ; je m'appuyai sur le mur
15 pour ne pas tomber.   On montait l'escalier et je vis Michel
Sedaine suivi de Grétry et du directeur important et sot ; ils
conduisaient Pierrette, la vraie Pierrette, ma Pierrette à moi,
ma sœur, ma femme, ma Pierrette de Montreuil.

Le directeur cria de loin :— Voici une belle soirée de dix-
20 huit mille francs !

La Reine se retourna, et, parlant hors de sa loge d'un air
tout à la fois plein de franche gaîté et d'une bienfaisante
finesse, elle prit la main de Pierrette :

— Viens, mon enfant, dit-elle, il n'y a pas d'autre état qui
25 fasse gagner sa dot en une heure de temps sans péché.   Je
reconduirai demain mon élève à M. le curé de Montreuil, qui
nous absoudra toutes les deux, j'espère.   Il te pardonnera
bien d'avoir joué la comédie une fois dans ta vie, c'est le
moins que puisse faire une femme honnête.

30   Ensuite elle me salua.

Me saluer ! moi, qui étais plus d' à moitié mort, quelle
cruauté !

— J'espère, dit-elle, que M. Mathurin voudra bien accepter
à présent la fortune de Pierrette ; je n'y ajoute rien, elle l'a
35 gagnée elle-même.

X. *Fin de l'Histoire de l'Adjudant.*

Ici le bon Adjudant se leva pour prendre le portrait, qu'il nous fit passer encore une fois de main en main.

— La voilà, disait-il, dans le même costume, ce bavolet et ce mouchoir au cou ; la voilà telle que voulut bien la peindre 5 madame la princesse de Lamballe. C'est ta mère, mon enfant, disait-il à la belle personne qu'il avait près de lui sur son genou ; elle ne joua plus la comédie, car elle ne put jamais savoir que ce rôle de *Rose et Colas*, enseigné par la Reine.

Il était ému. Sa vieille moustache blanche tremblait un 10 peu, et il y avait une larme dessus.

— Voilà une enfant qui a tué sa pauvre mère en naissant, ajouta-t-il ; il faut bien l'aimer pour lui pardonner cela ; mais enfin tout ne nous est pas donné à la fois. Ç'aurait été trop, apparemment, pour moi, puisque la Providence ne l'a pas 15 voulu. J'ai roulé depuis avec les canons de la République et de l'Empire, et je peux dire que, de Marengo à la Moscowa, j'ai vu de bien belles affaires ; mais je n'ai pas eu de plus beau jour dans ma vie que celui que je vous ai raconté là. Celui où je suis entré dans la Garde Royale a été aussi un des meil- 20 leurs. J'ai repris avec tant de joie la cocarde blanche que j'avais dans le Royal-Auvergne ! Et aussi, mon lieutenant, je tiens à faire mon devoir, comme vous l'avez vu. Je crois que je mourrais de honte, si, demain à l'inspection, il me manquait une gargousse seulement ; et je crois qu'on a pris un baril au 25 dernier exercice à feu, pour les cartouches de l'infanterie. J'aurais presque envie d'y aller voir si ce n'était la défense d'y entrer avec des lumières.

Nous le priâmes de se reposer et de rester avec ses enfants, qui le détournèrent de son projet ; et, en achevant son petit 30 verre, il nous dit encore quelques traits indifférents de sa vie : il n'avait pas eu d'avancement parce qu'il avait toujours trop aimé les corps d'élite et s'était trop attaché à son régiment. Canonnier dans la Garde des consuls, sergent dans la Garde Impériale, lui avaient toujours paru de plus hauts grades 35 qu'officier de la ligne. J'ai vu beaucoup de *grognards* pareils.

Au reste, tout ce qu'un soldat peut avoir de dignités, il l'avait : fusil *d'honneur* à capucines d'argent, croix d'honneur pen- sionnée, et surtout beaux et nobles états de service, où la colonne des actions d'éclat était pleine. C'était ce qu'il ne 5 racontait pas.

Il était deux heures du matin. Nous fîmes cesser la veillée en nous levant et en serrant cordialement la main de ce brave homme, et nous le laissâmes heureux des émotions de sa vie, qu'il avait renouvelées dans son âme honnête et bonne.

10 — Combien de fois, dis-je, ce vieux soldat vaut-il mieux avec sa résignation, que nous autres, jeunes officiers, avec nos ambitions folles ! Cela nous donna à penser.

— Oui, je crois bien, continuai-je, en passant le petit pont qui fut levé après nous ; je crois que ce qu'il y a de plus pur 15 dans nos temps, c'est l'âme d'un soldat pareil, scrupuleux sur son honneur et le croyant souillé par la moindre tache d'in- discipline ou de négligence ; sans ambition, sans vanité, sans luxe, toujours esclave et toujours fier et content de sa Ser- vitude, n'ayant de cher dans sa vie qu'un souvenir de recon- 20 naissance.

— Et croyant que la Providence a les yeux sur lui ! me dit Timoléon, d'un air profondément frappé et me quittant pour se retirer chez lui.

EDMOND ABOUT.

LES JUMEAUX DE L'HÔTEL CORNEILLE.

NOTICE SUR EDMOND ABOUT.

Le roman Français du XIXᵉ siècle compte peu de repré-
sentants aussi remarquables que M. Edmond About; et
parmi les ouvrages de cet auteur, la série de nouvelles in-
titulée : ' Les Mariages de Paris ' occupe sans contredit le 5
premier rang.
Là brillent toutes les qualités d'un style à la fois preste
et châtié, là M. About est spirituel sans tomber dans l'abus
de l'esprit, et les tableaux de chevalet qu'il met sous nos
yeux sont de véritables chefs d'œuvre qui ne laissent abso- 10
lument rien à désirer.
' C'est dans le roman,' dit M. Vapereau, ' que M. About
a trouvé ses premiers et jusqu'ici ses plus légitimes succès.
La critique légère dans la presse militante peut mettre en
relief ce qu'il a de malice ; ses revues de salon montrent 15
que le goût dans les arts peut s'éclairer des étincelles de
l'esprit ; les questions politiques contemporaines peuvent être
popularisées, sinon mûries par ses saillies vives et légères ; un
jour ou l'autre sans doute, il réussira au théâtre. . . . Mais
le genre narratif, le roman, la nouvelle, sera toujours son 20
triomphe, et jusqu'ici ses ' Mariages de Paris ' sont restés son
principal titre littéraire.'—*L'année Littéraire et Dramatique*
vol. ii. p. 114, 115.
M. Edmond About, né à Dieuze en 1828, est un ancien
élève de l'École Normale, où il entra après avoir fait les plus 25
brillantes études ; et il est assez singulier qu'un écrivain dont
les principaux titres de gloire sont des œuvres d'imagination
ait débuté dans la carrière des lettres par l'archéologie. Peu
de personnes se souviennent du mémoire sur l'ile d'Égine
(Paris, 1854, in-8º) ; tout le monde a lu et voudra relire ' Les 30
Jumeaux de l'Hôtel Corneille.'
M. Edmond About est mort le 16 Janvier 1885.

G. M.

LES JUMEAUX

DE

L'HOTEL CORNEILLE,

PAR EDMOND ABOUT.

I.

Lorsque j'étais candidat à l'École Normale (c'était au mois d'Octobre de l'an de grâce 1848), je me liai d'amitié avec deux de mes concurrents, les frères Debay. Ils étaient Bretons, nés à Auray, et élevés au collége de Vannes. Quoiqu'ils fussent du même âge, à quelques minutes près, ils ne se ressemblaient en rien, et je n'ai jamais vu deux jumeaux si mal assortis. Matthieu Debay était un petit homme de vingt-trois ans, passablement laid et rabougri. Il avait les bras trop longs, les épaules trop hautes et les jambes trop courtes : vous auriez dit un bossu qui a égaré sa bosse. Son frère, Léonce, était un type de beauté aristocratique : grand, bien pris, la taille fine, le profil grec, l'œil fier, la moustache superbe. Ses cheveux, presque bleus, frissonnaient sur sa tête comme la crinière d'un lion. Le pauvre Matthieu n'était pas roux, mais il l'avait échappé belle : sa barbe et ses cheveux offraient un échantillon de toutes les couleurs. Ce qui plaisait en lui, c'était une paire de petits yeux gris, pleins de finesse, de naïveté, de douceur, et de tout ce qu'il. y a de meilleur au monde. La beauté, bannie de toute sa personne, s'était réfugiée dans ce coin-là. Lorsque les deux frères venaient aux examens, Léonce faisait siffler une petite canne à pomme d'argent qui excita bien des jalousies ; Matthieu traînait philosophiquement sous son bras un gros vieux parapluie rouge qui lui concilia la bienveillance des examinateurs. Cependant il fut refusé, comme son frère :

le collége de Vannes ne leur avait point appris assez de grec. On regretta Matthieu à l'école : il avait la vocation, le désir de s'instruire, la rage d'enseigner ; il était né professeur. Quant à Léonce, nous pensions unanimement que ce serait

5 grand dommage si un garçon si bien bâti se renfermait comme nous dans le cloître universitaire. Sa prise de robe nous aurait contristés comme une prise d'habit.

Les deux frères n'étaient pas sans ressource. Nous trouvions même qu'ils étaient riches, lorsque nous comparions leur

10 fortune à la nôtre : ils avaient l'oncle Yvon. L'oncle Yvon, ancien capitaine au cabotage, puis armateur pour la pêche aux sardines, possédait plusieurs bateaux, une multitude de filets, quelques biens au soleil et une jolie maison sur le port d'Auray, devant le Pavillon d'en bas. Comme il n'avait jamais trouvé

15 le temps de se marier, il était resté garçon. C'était un homme de grand cœur, excellent pour le pauvre monde et surtout pour sa famille, qui en avait bon besoin. Les gens d'Auray le tenaient en haute estime ; il était du conseil municipal, et les petits garçons lui disaient en ôtant leur casquette : 'Bon-

20 jour, Capitaine Yvon !' Ce digne homme avait recueilli dans sa maison M. et Mme. Debay, et il économisait deux cents francs par mois pour les enfants.

Grâce à cette munificence, Léonce et Matthieu purent se loger à l'hôtel Corneille, qui est l'hôtel des Princes du quartier

25 Latin. Leur chambre coûtait cinquante francs par mois ; c'était une belle chambre. On y voyait deux lits d'acajou avec des rideaux rouges, et deux fauteuils, et plusieurs chaises, et une armoire vitrée pour serrer les livres, et même (Dieu me pardonne !) un tapis. Ces messieurs mangeaient à l'hôtel ; la

30 pension n'y est pas mauvaise à 75 fr. par mois. Le vivre et le couvert absorbaient les deux cents francs de l'oncle Yvon ; Matthieu pourvut aux autres dépenses. Son âge ne lui permettait pas de se présenter une seconde fois à l'École normale. Il dit à son frère : 'Je vais me préparer aux examens de la

35 licence ès lettres. Une fois licencié, j'écrirai mes thèses pour le doctorat, et le docteur Debay obtiendra un jour ou l'autre une suppléance dans quelque faculté. Pour toi, tu feras ta médecine ou ton droit, tu es libre.'

' Et de l'argent ?' demanda Léonce.

' Je battrai monnaie. Je me suis présenté à Sainte-Barbe, et j'ai demandé des leçons. On m'a accepté pour répétiteur des élèves de troisième et de seconde : deux heures de travail tous les matins, et deux cents francs tous les mois. 5 Il faudra me lever à cinq heures ; mais nous serons riches.'

' Et puis,' ajouta Léonce, 'tu appartiens à la famille des matineux, et c'est un plaisir pour toi que de réveiller le soleil.'

Léonce choisit le droit. Il parlait comme un oracle, et personne ne doutait qu'il ne fît un excellent avocat. Il 10 suivait les cours, prenait des notes et les rédigeait avec soin ; après quoi il faisait toilette, courait Paris, se montrait aux quatre points cardinaux, et passait la soirée au théâtre. Matthieu, vêtu d'un paletot noisette que je vois encore, écoutait tous les professeurs de la Sorbonne, et travaillait 15 le soir à la bibliothèque Sainte-Geneviève. Tout le quartier Latin connaissait Léonce ; personne au monde ne soupçonnait l'existence de Matthieu.

J'allais les voir à presque toutes mes sorties ; c'est-à-dire le jeudi et le dimanche. Ils me prêtaient des livres. 20 Matthieu avait un culte pour Mme. Sand ; Léonce était fanatique de Balzac. Le jeune professeur se délassait dans la compagnie de François le Champi, du Bonhomme Patience ou des Bessons de La Bessonnière. Son âme simple et sérieuse cheminait en rêvant dans le sillon rougeâtre des 25 charrues, dans les sentiers bordés de bruyères ou sous les grands châtaigniers qui ombragent la Mare au Diable. L'esprit remuant de Léonce suivait des chemins tout différents. Curieux de sonder les mystères de la vie parisienne, avide de plaisir, de lumière et de bruit, il aspirait dans les 30 romans de Balzac un air enivrant comme le parfum des serres chaudes. Il suivait d'un œil ébloui les fortunes étranges des Rubempré, des Rastignac, des Henry de Marsay. Il entrait dans leurs habits, il se glissait dans leur monde, il assistait à leurs duels, à leurs amours, à leurs entreprises, 35 à leurs victoires ; il triomphait avec eux. Puis il venait se regarder dans la glace. ' Étaient-ils mieux que moi ? Est-ce que je ne les vaux pas ! Qu'est-ce qui m'empêcherait de

réussir comme eux! J'ai leur beauté, leur esprit, une instruction qu'ils n'ont jamais eue, et, ce qui vaut mieux encore,
le sentiment du devoir. J'ai appris dès le collége la distinction du bien et du mal. Je serai un de Marsay moins les
5 vices, un Rubempré sans Vautrin, un Rastignac scrupuleux :
quel avenir ! toutes les jouissances du plaisir et tout l'orgueil
de la vertu !' Quand les deux frères, l'œil fermé à demi,
interrompaient leur lecture pour écouter quelques voix in-
térieures, on pouvait dire à coup sûr que Léonce entendait le
10 tintement des millions de Nucingen ou de Gobseck, et Matthieu
le bruit frétillant de ces clochettes rustiques qui annoncent le
retour des troupeaux.

Nous sortions quelquefois ensemble. Léonce nous promenait sur le boulevard des Italiens et dans les beaux quartiers
15 de Paris. Il choisissait des hôtels, il achetait des chevaux, il
enrôlait des laquais. Lorsqu'il voyait une tête désagréable
dans un joli coupé, il nous prenait à partie : 'Tout marche
de travers, disait-il, et l'univers est un sot pays. Est-ce que
cette voiture ne nous irait pas cent fois mieux ?' Il disait
20 *nous* par politesse. Sa passion pour les chevaux était si
violente, que Matthieu lui prit un abonnement de vingt
cachets au manége Leblanc. Matthieu, lorsque nous lui
laissions le soin de nous conduire, s'acheminait vers les bois
de Meudon et de Clamart. Il prétendait que la campagne est
25 plus belle que la ville, même en hiver, et les corbeaux sur la
neige flattaient plus agréablement sa vue que le bourgeois
dans la crotte. Opinion paradoxale et contre laquelle j'ai
toujours protesté. Léonce nous suivait en murmurant et
en traînant le pied. Au plus profond des bois, il rêvait des
30 associations mystérieuses comme celle des Treize, et il nous
proposait de nous liguer ensemble pour la conquête de Paris.

De mon côté, je fis faire à mes amis quelques promenades
curieuses. Il s'est fondé à l'École Normale un petit bureau
de bienfaisance. Une cotisation de quelques sous par se-
35 maine, le produit d'une loterie annuelle et les vieux habits
de l'École composent un modeste fonds où l'on prend tous
les jours sans jamais l'épuiser. On distribue dans le quartier
quelques cartons imprimés qui représentent du bois, du pain

ou du bouillon, quelques vêtements, un peu de linge et beaucoup de bonnes paroles. La grande utilité de cette petite institution est de rappeler aux jeunes gens que la misère existe.
Matthieu m'accompagnait plus souvent que Léonce dans les
escaliers tortueux du 12ᵉ arrondissement. Léonce disait : ' La 5
misère est un problème dont je veux trouver la solution. Je
prendrai mon courage à deux mains, je surmonterai tous mes
dégoûts, je pénétrerai jusqu'au fond de ces maisons maudites
où le soleil et le pain n'entrent pas tous les jours ; je touche-
rai du doigt cet ulcère qui ronge notre société, et qui l'a 10
mise, tout dernièrement encore, à deux doigts du tombeau ;
je saurai dans quelle proportion le vice et la fatalité travaillent
à la dégradation de notre espèce.' Il disait d'excellentes
choses, mais c'était Matthieu qui venait avec moi.

Il me suivit un jour rue Traversine, chez un pauvre diable 15
dont le nom ne me revient pas. Je me rappelle seulement
qu'on l'avait surnommé le Petit-Gris, parce qu'il était petit et
que ses cheveux étaient gris. Il avait une femme et point
d'enfants, et il rempaillait des chaises. Nous lui fîmes notre
première visite au mois de juillet 1849. Matthieu se sentit 20
glacé jusqu'au fond des os en entrant dans la rue Traversine.

C'est une rue dont je ne veux pas dire de mal, car elle
sera démolie avant six mois. Mais, en attendant, elle ressemble un peu trop aux rues de Constantinople. Elle est
située dans un quartier de Paris que les Parisiens ne connais- 25
sent guère ; elle touche à la rue de Versailles, à la rue du
Paon, à la rue de la Montagne-Sainte-Geneviève ; elle est
parallèle à la rue Saint-Victor. Peut-être est-elle pavée ou
macadamisée, mais je ne réponds de rien : le sol est
couvert de paille hachée, de débris de toute espèce, et 30
de marmots bien vivants qui se roulent dans la boue.
À droite et à gauche s'élèvent deux rangs de maisons
hautes, nues, sales et percées de petites fenêtres sans rideaux.
Des haillons assez pittoresques émaillent chaque façade, en
attendant que le vent prenne la peine de les sécher. La rue 35
de Rivoli est beaucoup mieux, mais le Petit-Gris n'avait pas
trouvé à louer rue de Rivoli. Il nous raconta sa misère : il
gagnait un franc par jour. Sa femme tressait des paillassons

et gagnait de cinquante à soixante centimes. Leur logement
était une chambre au cinquième; leur parquet, une couche de
terre battue; leur fenêtre, une collection de papiers huilés.
Je tirai de ma poche quelques bons de pain et de bouillon.
5 Le Petit-Gris los reçut avec un sourire légèrement ironique.

'Monsieur,' me dit-il, 'vous me pardonnerez si je me mêle
de ce qui ne me regarde point, mais j'ai dans l'idée que ce
n'est pas avec ces petits cartons-là qu'on guérira la misère.
Autant mettre de la charpie sur une jambe de bois. Vous
10 avez pris la peine de monter mes quatre étages avec monsieur
votre ami, pour m'apporter six livres de pain et deux litres de
bouillon. Nous en voilà pour deux jours. Mais reviendrez-
vous après-demain? C'est impossible: vous avez autre chose
à faire. Dans deux jours je serai donc au même cran que si
15 vous n'étiez pas venu. J'aurai même plus faim, car l'estomac
est féroce le lendemain d'un bon dîner. Si j'étais riche comme
vous autres,—ici Matthieu m'enfonça son coude dans le flanc,
—je m'arrangerais de façon à tirer les gens d'affaire pour le
reste de leurs jours.'

20 'Et comment? si la recette est bonne, nous en profiterons.'

'Il y a deux manières; on leur achète un fonds de commerce, ou on leur procure une place du gouvernement.'

'Tais-toi donc,' lui dit sa femme, 'je t'ai toujours dit que
tu te ferais du tort avec ton ambition.'

25 'Où est le mal, si je suis capable? J'avoue que j'ai toujours
eu l'idée de demander une place. On m'offrirait dix francs
pour m'établir marchand des quatre saisons ou pour m'acheter
un fonds d'allumettes, je ne refuserais certainement pas, mais
je regretterais toujours un peu la place que j'ai en vue.'

30 'Et quelle place, s'il vous plaît?' demanda Matthieu.

'Balayeur de la ville de Paris. On gagne ses vingt sous par
jour, et l'on est libre à dix heures du matin, au plus tard. Si
vous pouviez m'obtenir cette place-là, mes bons messieurs, je
doublerais mon gain, j'aurais de quoi vivre, vous seriez dis-
35 pensés de monter ici avec des petits cartons dans vos poches,
et c'est moi qui irais vous remercier chez vous.'

Nous ne connaissions personne à la préfecture, mais Léonce
était lié avec le fils d'un commissaire de police: il usa de son

influence pour obtenir la nomination du Petit-Gris. Lorsque nous lui fîmes une visite pour le féliciter, le premier meuble qui frappa nos yeux fut un balai gigantesque dont le manche était enrichi d'un cercle de fer. Le titulaire de ce balai nous remercia chaudement. 5

'Grâce à vous,' nous dit-il, 'je suis au-dessus du besoin; mes chefs m'apprécient déjà, et je ne désespère pas de faire enrôler ma femme dans ma brigade; ce serait la richesse. Mais il y a sur notre palier deux dames qui auraient bien besoin de votre assistance; malheureusement elles n'ont pas 10 les mains faites pour balayer.'

'Allons les voir,' dit Matthieu.

'Laissez-moi d'abord vous parler. Ce ne sont pas des personnes comme ma femme et moi: elles ont eu des malheurs. La dame est veuve. Son mari était bijoutier en gros, rue 15 d'Orléans, au Marais. Il est parti l'année dernière pour la Californie avec une machine qu'il avait inventée, une machine à trouver l'or; mais le bateau a fait naufrage en chemin, avec l'homme, la machine et le reste. Ces dames ont lu dans les journaux qu'on n'avait pas sauvé une allumette. Alors 20 elles ont vendu le peu qui leur restait, et elles sont allées demeurer rue d'Enfer; et puis la dame a fait une maladie qui leur a mangé tout. Elles sont donc venues ici. Elles brodent du matin au soir jusqu'à la mort de leurs yeux, mais elles ne gagnent pas lourd. Ma femme les aide à faire leur 25 ménage quand elle a le temps: on n'est pas riche, mais on fait l'aumône d'un coup de main à ceux qui sont trop malheureux. Je vous dis cela pour vous faire comprendre que ces dames ne demandent rien à personne, et qu'il faudra y mettre des formes pour leur faire accepter quelque chose. 30 D'ailleurs, la demoiselle est jolie comme un cœur, et cela rend sauvage, comme vous comprenez.'

Matthieu devint tout rouge à l'idée qu'il aurait pu être indiscret.

'Nous chercherons un moyen,' dit-il. 'Comment s'appelle 35 cette dame?'

'Madame Bourgade.'

'Merci.'

Deux jours après, Matthieu, qui n'avait jamais voulu de
leçons particulières, entreprit de préparer un jeune homme
au baccalauréat.   Il s'y donna de si bon cœur, que son élève,
qui avait été refusé quatre où cinq fois, fut reçu le 18 août,
5 au commencement des vacances.   C'est alors seulement que
les deux frères se mirent en route pour la Bretagne.   Avant
de partir, Matthieu me remit cinquante francs.   'Je serai
absent cinq semaines, me dit-il; il faut que je revienne en
Octobre, pour la rentrée des classes et pour les examens de
10 la licence.   Tu iras à la poste tous les lundis, et tu prendras
un mandat de dix francs, au nom de Mme. Bourgade : tu
connais l'adresse.   Elle croit que c'est un débiteur de son
mari qui s'acquitte en détail.   Ne te montre pas dans la
maison : il ne faut pas éveiller les soupçons de ces dames.
15 Si l'une d'elles tombait malade, le Petit-Gris viendrait t'avertir,
et tu m'écrirais.'

Je vous l'avais bien dit, qu'on ne lisait que de bons sentiments dans les petits yeux gris de Matthieu.   Pourquoi n'ai-je
pas conservé la lettre qu'il m'écrivit pendant les vacances?
20 Elle vous ferait plaisir.   Il me dépeignait avec un enthousiasme naïf la campagne dorée par les ajoncs, les pierres
druidiques de Carnac, les dunes de Quiberon, la pêche aux
sardines dans le golfe, et la flottille de voiles rouges qui récol-
tent les huîtres dans la rivière d'Auray.   Tout cela lui sem-
25 blait nouveau, après une longue année d'absence.   Son frère
s'ennuyait un peu en songeant à Paris.   Pour lui, il n'avait
trouvé que des plaisirs.   Ses parents se portaient si bien !
L'oncle Yvon était si gros et si gras !   La maison était si
belle, les lits si moelleux, la table si plantureuse !   J'ai peut-
30 être oublié de vous dire que Matthieu mangeait pour deux.
'Sais-tu la seule chose qui m'ait attristé? m'écrivait-il en
post-scriptum.   Je te l'avouerai quand tu devrais te moquer
de moi.   Il y a dans la maison de mon oncle deux grandes
paresseuses de chambres, bien parquetées, bien aérées, bien
35 meublées, et qui ne servent à personne.   Je suis sûr que mon
oncle les louerait pour rien à une honnête famille qui voudrait
les prendre.   Et l'on paye cent francs par an pour habiter la
rue Traversine.'

Matthieu revint au mois d'Octobre, et enleva, haut la main, son diplôme de licencié ès lettres. Les notes des examinateurs lui furent si favorables, qu'on lui offrit la chaire de quatrième au lycée de Chaumont ; mais il ne put se décider à quitter son frère et Paris. Il me donnait de temps en temps des 5 nouvelles de la rue Traversine : Mme. Bourgade était souffrante. Vous ne vous rendrez bien compte de l'intérêt qu'il portait à ses protégées invisibles que si je vous initie au grand secret de sa jeunesse : il n'avait encore aimé personne. Comme ses camarades ne lui avaient pas ménagé les plaisanteries sur 10 sa laideur, il était modeste au point de se regarder comme un monstre. Si l'on avait essayé de lui dire qu'une femme pouvait l'aimer tel qu'il était, il aurait cru qu'on se moquait de lui. Il rêvait quelquefois qu'une fée le frappait de sa baguette, et qu'il devenait un autre homme. Cette transformation était 15 la préface indispensable de tous ses romans d'amour. Dans la vie réelle, il passait auprès des femmes sans lever les yeux : il craignait que sa vue ne leur fût désagréable. Le jour où il devint le bienfaiteur inconnu d'une belle jeune fille, il sentit au fond du cœur un contentement humble et tendre. Il se 20 comparait au héros de la Belle et la Bête, qui cache son visage et ne laisse voir que son âme ; ou à ce Paria de la Chaumière indienne, qui dit : ' Vous pouvez manger de ces fruits, je n'y ai pas touché.'

C'est un accident imprévu qui le mit en présence de Mlle. 25 Bourgade. Il était chez le Petit-Gris à demander des nouvelles, lorsque Aimée entra en criant au secours. Sa mère était évanouie. Il courut avec les autres. Il amena le lendemain un interne de la Pitié. Mme. Bourgade n'était malade que d'épuisement ; on la guérit. La femme du Petit-Gris fut 30 installée chez elle en qualité d'infirmière. Elle allait chercher les médicaments et les aliments ; et elle savait si bien marchander, qu'elle les avait pour rien. Mme. Bourgade but un excellent vin de Médoc qui lui coûtait soixante centimes la bouteille ; elle mangea du chocolat ferrugineux à deux francs 35 le kilogramme. C'est Matthieu qui faisait ces miracles et qui ne s'en vantait pas. On ne voyait en lui qu'un voisin obligeant ; on le croyait logé rue Saint-Victor. La malade

s'accoutuma doucement à la présence de ce jeune professeur,
qui montrait les attentions délicates d'une jeune fille. Sa
prudence maternelle ne se mit jamais en garde contre lui ;
tout au plus si elle le regardait comme un homme. À la
5 simplicité de sa mise, elle jugea qu'il était pauvre ; elle
s'intéressait à lui comme il s'intéressait à elle. Un certain
lundi du mois de Décembre, elle le vit venir en paletot
noisette, sans son manteau, par un froid très-vif. Elle lui
dit, après de longues circonlocutions, qu'elle venait de toucher
10 une somme de dix francs, et elle offrit de lui en prêter la
moitié. Matthieu ne sut s'il voulait rire ou pleurer : il avait
engagé son manteau, le matin même, pour ces malheureux
dix francs. Voilà où ils en étaient au bout d'un mois de
connaissance. Aimée s'abandonnait moins aux douceurs de
15 l'intimité. Pour elle, Matthieu était un homme. En le
comparant au Petit-Gris et aux habitants de la rue Traversine, elle le trouvait distingué. D'ailleurs, à l'âge de seize
ans, elle n'avait guère eu le temps d'observer le genre humain.
Elle ignorait non-seulement la laideur de Matthieu, mais
20 encore sa propre beauté : il n'y avait pas de miroir dans la
maison.

Mme. Bourgade raconta à Matthieu ce qu'il savait en partie,
grâce aux indiscrétions du Petit-Gris. Son mari faisait médio-
crement ses affaires et gagnait à peine de quoi vivre, lorsqu'il
25 apprit la découverte des mines de la Californie. En homme
de sens, il devina que les premiers explorateurs de cette terre
fortunée poursuivraient les lingots d'or et les pépites enfouies
dans le roc, sans prendre le temps d'exploiter les sables au-
rifères. Il se dit que la spéculation la plus sûre et la plus
30 lucrative consisterait à laver la poussière des mines et le sable
des ravins. Dans cette idée, il construisit une machine fort
ingénieuse, qu'il appela, de son nom, le séparateur Bourgade.
Pour en faire l'épreuve, il mélangea 30 grammes de poudre
d'or avec 100 kilogrammes de terre et de sable. Le sépara-
35 teur reproduisit tout l'or, à 2 décigrammes près. Fort de
cette expérience, M. Bourgade rassembla le peu qu'il possédait, laissa à sa famille de quoi vivre pendant six mois, et
s'embarqua sur la Belle-Antoinette, de Bordeaux, à la grâce

de Dieu. Deux mois plus tard, la Belle-Antoinette se perdit corps et biens, en sortant de la passe de Rio de Janeiro.

Matthieu s'avisa que, sans faire un voyage en Californie, on pourrait exploiter l'invention de feu Bourgade au profit de la veuve et de sa fille. Il pria Mme. Bourgade de lui confier les 5 plans qu'elle avait conservés, et je fus chargé de les montrer à un élève de l'École centrale. La consultation ne fut pas longue. Le jeune ingénieur me dit, après un examen d'une seconde : 'Connu! c'est le séparateur Bourgade. Il est dans le domaine public, et les Brésiliens en fabriquent dix mille par 10 an à Rio de Janeiro. Tu connais l'inventeur ?'

' Il est mort dans un naufrage.'

' La machine aura surnagé ; cela se voit tous les jours.'

Je m'en revins piteusement à l'hôtel Corneille, pour rendre compte de mon ambassade. Je trouvai les deux frères en 15 larmes. L'oncle Yvon était mort d'apoplexie en leur léguant tous ses biens.

II.

J'ai conservé une copie du testament de l'oncle Yvon. La voici. 20

' Le 15 Août 1849, jour de l'Assomption, j'ai, Matthieu-Jean-Léonce Yvon, sain de corps et d'esprit et muni des sacrements de l'Église, rédigé le présent testament et acte de mes dernières volontés.

' Prévoyant les accidents auxquels la vie humaine est ex- 25 posée, et désirant que, s'il m'arrive malheur, mes biens soient partagés sans contestation entre mes héritiers, j'ai divisé ma fortune en deux parts aussi égales que j'ai pu les faire, savoir :

' 1º Une somme de cinquante mille francs rapportant cinq 30 pour cent, et placée par les soins de Mᵉ. Aubryet, notaire à Paris ;

' 2º Ma maison sise à Auray, mes landes, terres arables et im-meubles de toute sorte ; mes bateaux, filets, engins de pêche, armes, meubles, hardes, linge et autres objets mobiliers, le 35 tout évalué, en conscience et justice, à cinquante mille francs.

' Je donne et lègue la totalité de ces biens à mes neveux et

filleuls, Matthieu et Léonce Debay, enjoignant à chacun d'eux
de choisir, soit à l'amiable, soit par la voie du sort, une des
deux parts ci dessus désignées, sans recourir, sous aucun prétexte, à l'intervention des hommes de loi.

5 'Dans le cas où je viendrais à mourir avant ma sœur
Yvonne Yvon, femme Debay, et son mari mon excellent
beau-frère, je confie à mes héritiers le soin de leur vieillesse ;
et je compte qu'ils ne les laisseront manquer de rien, suivant
l'exemple que je leur ai toujours donné.'

10 Le partage ne fut pas long à faire, et l'on n'eut pas besoin
de consulter le sort. Léonce choisit l'argent, et Matthieu
prit le reste. Léonce disait : 'Que voulez-vous que je fasse
des bateaux du pauvre oncle ? J'aurais bonne grâce à draguer
des huîtres ou à pêcher des sardines ! Il me faudrait vivre
15 à Auray, et, rien que d'y penser, je bâille. Vous appren-
driez bientôt que je suis mort, et que la nostalgie du boulevard m'a tué. Si, par bonheur ou par malheur, j'échappais
à la destruction, toute cette petite fortune périrait bientôt
entre mes mains. Est-ce que je sais louer une terre, affer-
20 mer une pêcherie ou régler des comptes d'association avec
une demi-douzaine de marins ? Je me laisserais voler jusqu'aux cendres de mon feu. Que Matthieu m'abandonne
les cinquante mille francs, je les placerai sur une maison solide
qui me rapportera vingt pour un. Voilà comme j'entends
25 les affaires.'

'À ton aise,' répondit Matthieu. ' Je crois que tu n'aurais
pas été forcé de vivre à Auray. Nos parents se portent bien,
Dieu merci ! et ils suffisent peut-être à la besogne. Mais dis-
moi donc quelle est la valeur miraculeuse sur laquelle tu
30 comptes placer ton argent ?'

'Je le placerai sur ma tête. Écoute-moi posément. De
tous les chemins qui mènent un jeune homme à la fortune,
le plus court n'est ni le commerce, ni l'industrie, ni l'art,
ni la médecine, ni la plaidoirie, ni même la spéculation ;
35 c'est .... devine.'

'Dame ! je ne vois plus que le vol sur les grands chemins,
et il devient de jour en jour plus difficile ; car on n'arrête pas
les locomotives.'

'Tu oublies le mariage ! C'est le mariage qui a fait les meilleures maisons de l'Europe. Veux-tu que je te. raconte l'histoire des comtes de Habsbourg ? Il y a sept cents ans, ils étaient un peu plus riches que moi, pas beaucoup. À force de se marier et d'épouser des héritières, ils ont fondé une 5 des plus grandes monarchies du monde, l'empire d'Autriche. J'épouse une héritière.'

' Laquelle ? '

' Je n'en sais rien, mais je la trouverai.'

' Avec tes cinquante mille francs ? '   10

' Halte-là ! Tu comprends que si je me mettais en quête d'une femme avec mon petit portefeuille contenant cinquante billets de banque, tous les millions me riraient au nez ; tout au plus si je trouverais la fille d'un mercier ou l'héritière présomptive d'un fonds de quincaillerie. Dans le monde où l'on 15 tiendrait compte d'une si pauvre somme, on ne me saurait gré ni de ma tournure, ni de mon esprit, ni de mon éducation. Car enfin nous ne sommes pas ici pour faire de la modestie.'

' À la bonne heure ! '   20

' Dans le monde où je veux me marier, on m'épousera pour moi, sans s'informer de ce que j'ai. Quand un habit est bien fait et bien porté, mon cher, aucune fille de condition ne s'informe de ce qu'il y a dans les poches.'

Là-dessus, Léonce expliqua à son frère qu'il emploierait les 25 écus de l'oncle Yvon à s'ouvrir les portes du grand monde. Une longue expérience, acquise dans les romans, lui avait appris qu'avec rien on ne fait rien, mais qu'avec de la toilette, un joli cheval et de belles manières, on trouve toujours à faire un mariage d'amour.   30

' Voici mon plan,' dit-il : ' Je vais manger mon capital. Pendant un an, j'aurai cinquante mille francs de rente en effigie, et le diable sera bien malin si je ne me fais pas aimer d'une fille qui les possède en réalité.'

' Mais, malheureux, tu te ruines ! '   35

' Non, je place mon argent à cent pour cent.'

Matthieu ne prit pas la peine de discuter contre son frère. Au demeurant, les fonds placés ne devaient être disponibles qu'au mois de Juin ; il n'y avait pas péril en la demeure.

Les héritiers de l'oncle Yvon ne changèrent rien à leur genre de vie ; ils n'étaient pas plus riches qu'autrefois. Les
5 bateaux et les filets faisaient marcher la maison d'Auray. Mᵐᵉ Aubryet donnait deux cents francs par mois, ainsi que par le passé ; les répétitions de Sainte-Barbe et les visites à la rue Traversine allaient leur train. La vérité m'oblige à dire que Léonce était moins assidu aux cours de
10 l'École de droit qu'aux leçons de Cellarius, et qu'on le voyait plus souvent chez Lozès que chez M. Ducauroy. Le Petit-Gris, toujours ambitieux, et, je le crains, un peu intrigant, obtint la nomination de sa femme, et intronisa un deuxième balai dans son appartement. Ce fut le seul événement de
15 l'hiver.

Au mois de mai, Mme. Debay écrivit à ses fils qu'elle était fort en peine. Son mari avait beaucoup à faire et ne pouvait suffire à tout. Un homme de plus dans la maison n'eût pas été de trop. Matthieu craignit que son père ne se fatiguât
20 outre mesure ; il le savait dur à la peine et courageux malgré son âge ; mais on n'est plus jeune à soixante ans, même en Bretagne.

'Si je m'écoutais,' me dit-il un jour, 'j'irais passer six mois là-bas. Mon père se tue.'
25 'Qu'est-ce qui te retient ?'

'D'abord, mes répétitions.'

'Passe-les à un de nos camarades. Je t'en indiquerai six qui en ont plus besoin que toi.'

'Et Léonce qui fera des folies !'
30 'Sois tranquille, s'il doit en faire, ce n'est pas ta présence qui le retiendra.'

'Et puis . . . .'

'Et puis quoi ?'

'Ces dames !'
35 'Tu les as bien quittées aux vacances. Donne-les-moi encore à garder, j'aurai soin qu'elles ne manquent de rien.'

'Mais elles me manqueront, à moi,' reprit-il en rougissant jusqu'aux yeux.

'Eh! parle donc! Tu ne m'avais pas dit qu'il y avait de l'amour sous roche.'

Le pauvre garçon resta atterré. Il devina pour la première fois qu'il aimait Mlle. Bourgade. Je l'aidai à faire son examen de conscience; je lui arrachai un à un tous les petits 5 secrets de son cœur, et il demeura atteint et convaincu d'amour passionné. De ma vie je n'ai vu un homme plus confus. On lui eût appris que son père avait fait banqueroute, je crois qu'il aurait montré moins de honte. Il fallut bien le rassurer un peu et le réconcilier avec lui-même. 10 Mais quand je lui demandai s'il croyait être payé de retour, il eut un redoublement de confusion qui me fit peine. J'eus beau lui dire que l'amour était un mal contagieux, et que dix-neuf fois sur vingt les passions sincères étaient partagées, il croyait faire exception à toutes les règles. Il se plaçait 15 modestement au dernier rang de l'échelle des êtres, et il voyait dans Mlle. Bourgade des perfections au-dessus de l'humanité. Aucun chevalier du bon temps ne s'est fait plus humble et plus petit devant les beaux yeux de sa dame. J'essayai de le relever dans sa propre estime en lui révélant les 20 trésors de bonté et de tendresse qui étaient en lui: à toutes mes raisons il répondait en me montrant sa figure, avec une petite grimace résignée qui m'attirait des larmes dans les yeux. En ce moment, si j'avais été femme, je l'aurais aimé. 25

'Voyons,' lui dis-je, 'comment est-elle avec toi?'

'Elle n'est jamais avec moi. Je suis dans la chambre, elle aussi; et cependant nous ne sommes pas ensemble. Je lui parle, elle me répond, mais je ne puis pas dire que j'aie jamais causé avec elle. Elle ne m'évite pas, elle ne me 30 cherche pas. . . . Je crois cependant qu'elle m'évite, ou du moins que je lui suis désagréable. Quand on est bâti comme cela!'

Il s'emportait contre sa pauvre personne avec une naïveté charmante. La froideur de Mlle. Bourgade pour un être 35 si excellent n'était pas naturelle. Elle ne s'expliquait que par un commencement d'amour ou par un calcul de coquetterie.

'Mlle. Bourgade sait-elle que tu as hérité ?'

'Non.'

'Elle te croit pauvre comme elle ?'

'Sans cela, il y a longtemps qu'on m'aurait mis à la porte.'

5 'Si cependant. ... Ne rougis pas. Si, par impossible, elle t'aimait comme tu l'aimes, que ferais-tu ?'

'Je .... lui dirais ....'

'Allons, pas de fausse honte ! Elle n'est pas là : tu l'épouserais ?'

10 'Oh ! si je pouvais ! Mais je n'oserai jamais me marier.'

Ceci se passait un dimanche. Le jeudi suivant, quoique j'eusse bien promis d'éviter la rue Traversine, je fis une visite au Petit-Gris. J'avais mis mon plus bel habit d'uniforme, avec des palmes toutes neuves à la boutonnière. Un ami

15 à toute épreuve m'avait prêté une paire de gants. Le Petit-Gris alla prévenir Mme. Bourgade qu'un monsieur lui demandait la faveur de causer quelques instants avec elle seule. Elle vint comme elle était, et notre hôte sortit sous prétexte d'acheter du charbon.

20 Mme. Bourgade était une grande et belle femme, maigre jusqu'aux os ; elle avait de longs yeux tristes, de beaux sourcils et des cheveux magnifiques, mais presque plus de dents, ce qui la vieillissait. Elle s'arrêta devant moi un peu interdite : la misère est timide.

25 'Madame,' lui dis-je, 'je suis un ami de Matthieu Debay ; il aime Mlle. votre fille, et il a l'honneur de vous demander sa main.'

Voilà comme nous étions diplomates à l'École normale.

'Asseyez-vous, monsieur,' me dit-elle doucement. Elle n'é-

30 tait pas surprise de ma démarche, elle s'y attendait ; elle savait que Matthieu aimait sa fille, et elle m'avoua avec une sorte de pudeur maternelle que depuis longtemps sa fille aimait Matthieu. J'en étais bien sûr ! Elle avait mûrement réfléchi sur la possibilité de ce mariage. D'un côté elle était heureuse de

35 confier l'avenir de sa fille à un honnête homme, avant de mourir. Elle se croyait dangereusement malade, et attribuait à des causes organiques un affaiblissement produit par les privations. Ce qui l'effrayait, c'était l'idée que Matthieu

lui-même n'était pas très-robuste, qu'il pouvait un jour prendre le lit, perdre ses leçons et rester sans ressource avec sa femme, peut-être avec ses enfants, car il fallait tout prévoir. J'aurais pu la rassurer d'un seul mot, mais je n'eus garde. J'étais trop heureux de voir un mariage se conclure avec 5 cette sublime imprudence des pauvres qui disent : ' Aimons-nous d'abord, chaque jour amène son pain !' Mme. Bourgade ne discuta contre moi que pour la forme. Elle portait Matthieu dans son cœur. Elle avait pour lui l'amour de la belle-mère pour son gendre, cet amour à deux degrés, qui est la 10 dernière passion de la femme. Mme. de Sévigné n'a jamais aimé son mari comme M. de Grignan.

Mme. Bourgade me conduisit chez elle et me présenta à sa fille. La belle Aimée était vêtue de cotonnade mauvais teint dont la couleur avait passé. Elle n'avait ni bonnet, ni col, ni 15 manchettes ; le blanchissage est si cher ! Je pus admirer une grosse natte de magnifiques cheveux blonds, un cou un peu maigre, mais d'une rare élégance, et des poignets qu'une grande dame eût payés cher. Sa figure était celle de sa mère, avec vingt années de moins. En les voyant l'une à côté 20 de l'autre, je songeai involontairement à ces dessins d'architecture, où l'on voit dans le même cadre un temple en ruine et sa restauration. La taille d'Aimée, avec une brassière au lieu de corset, et un simple jupon sans crinoline, montrait une élégance de bon aloi. Le prix élevé des engins de la coquet- 25 terie fait que les pauvres sont moins souvent dupés que les riches. Ce qui m'étonna le plus dans la future Mme. Debay, c'est la blancheur limpide de son teint. On aurait dit du lait, mais du lait transparent : je ne puis mieux comparer son visage qu'à une perle fine. 30

Elle fut bien franchement heureuse, la petite perle de la rue Traversine, lorsqu'elle apprit les nouvelles que j'apportais. Au beau milieu de sa joie tomba Matthieu, qui ne s'atten-dait pas à me trouver là. Il ne voulut croire qu'il était aimé que lorsqu'on le lui eut répété trois fois. Nous parlions 35 tous ensemble, et les quatuor de Beethoven sont une pauvre musique au prix de celle que nous chantions. Puis, comme la porte était restée entr'ouverte, je me dérobai sans rien dire. Matthieu me savait un peu moqueur, et il n'aurait pas osé pleurer devant moi.

Il se maria le premier Jeudi de Juin, et j'eus soin de ne pas me faire consigner à l'École, car je tenais à lui servir de 5 témoin. Je partageai cet honneur avec un jeune écrivain de nos amis qui débutait alors dans une revue jeune et hospitalière, l'*Artiste*. Les témoins d'Aimée furent deux amis de Matthieu, un peintre et un professeur : Mme. Bourgade avait perdu de vue ses anciennes connaissances. La mairie du 11⁰ 10 arrondissement est en face de l'église Saint-Sulpice : on n'eut que la place à traverser. Toute la noce, y compris Léonce, était contenue dans deux grands fiacres qui nous menèrent dîner auprès de Meudon, chez le garde de Fleury. Notre salle à manger était un chalet entouré de lilas, et nous décou-15 vrîmes un petit oiseau qui avait fait son nid dans la mousse au-dessus de nos têtes. On but à la prospérité de cette famille ailée : nous sommes tous égaux devant le bonheur. Me croira qui voudra, mais Matthieu n'était plus laid. J'avais déjà remarqué que l'air des forêts avait le privilége de l'em-20 bellir. Il y a des figures qui ne se plaisent que dans un salon ; vous en trouverez d'autres qui ne charment que dans les champs. Les poupées enfarinées qu'on admire à Paris seraient horribles à rencontrer au coin d'un bois : je frémis quand j'y pense. Matthieu était, au contraire, un sylvain 25 très-présentable. Il nous annonça, au dessert, qu'il allait partir pour Auray, avec sa femme et sa belle-mère. L'excellente maman Debay ouvrait déjà les bras pour recevoir sa bru. Matthieu écrirait ses thèses à loisir ; il serait docteur et professeur quand les sardines le permettraient.

30 'Sans parler des enfants,' ajouta une voix qui n'était pas la mienne.

'Ma foi !' reprit le marié, 's'il nous vient des enfants, je leur apprendrai à lire au coin du feu, et puissé-je avoir dix élèves dans ma classe !'

35 'Pour moi,' dit Léonce, 'je vous ajourne tous à l'année prochaine. Vous assisterez au mariage de Léonce Debay avec Mlle. X., une des plus riches héritières de Paris.'

'*Vive Mlle. X.*, la glorieuse inconnue !'

'En attendant que je la connaisse,' reprit l'orateur, 'on vous contera que j'ai gaspillé ma fortune, éparpillé mes trésors et dispersé mon héritage à tous les vents de l'horizon. ·Souvenez-vous de ce que je vous·promets : je jetterai l'or, mais comme un semeur jette la graine. Laissez dire et attendez la 5 récolte !'

Pourquoi n'avouerais-je pas qu'on buvait du vin de Champagne ? Matthieu dit à son frère : 'Tu feras ce que tu voudras. Je ne doute plus de rien, je crois tout possible, depuis qu'elle a pu m'épouser·par amour!' 10

Mais le dimanche suivant, à la gare du chemin de fer, Matthieu semblait moins rassuré sur l'avenir de son frère. 'Tu vas jouer gros jeu,' lui dit-il en lui serrant la main. 'Si Boileau n'était point passé de mode, comme les coiffures de son temps, je te dirais : 15

"Cette mer où tu cours est féconde en naufrages!"'

'Bah! il ne s'agit pas de Boileau, mais de Balzac. Cette mer où je cours est féconde en héritières. Compte sur moi, frère : s'il en reste une au monde, elle sera pour nous.' 20

'Enfin, souviens-toi, quoi qu'il arrive, que ton lit est fait dans la maison d'Auray.'

'Fais-y ajouter un oreiller. Nous irons vous voir dans notre carrosse!' Le Petit-Gris toisa Léonce d'un coup d'œil approbateur qui voulait dire : 'Jeune homme, votre ambition 25 me plaît.' Mais Léonce n'abaissa point ses regards sur le Petit-Gris. Il me prit par le bras, après le départ du train, et il me mena dîner chez Janodet; il était gai et plein de belles espérances.

'Le sort en est jeté,' me dit-il; 'je brûle·mes vaisseaux. 30 J'ai retenu hier un délicieux entre-sol rue de Provence. Les peintres y sont; dans huit jours, j'y mettrai·les tapissiers. C'est là, mon pauvre bon, que tu viendras, le dimanche, manger la côtelette de l'amitié.'

'Quelle idée as-tu de commencer la campagne au milieu 35 de l'été? Il n'y a pas un chat à Paris.'

'Laisse-moi faire! Dès que mon nid sera installé, je partirai pour les eaux de Vichy. Les connaissances se

font vite aux eaux : on se lie, on s'invite pour l'hiver prochain. J'ai pensé à tout, et mon siége est fait. Dire
que dans quinze jours, j'en aurai fini avec cet affreux Quartier Latin !'

5   'Où nous avons passé de si bons moments !'

'Nous croyions nous amuser, parce que nous ne nous y
connaissions pas. Est-ce que tu trouves ce poulet mangeable, toi ?'

'Excellent, mon cher.'

10   'Atroce ! À propos, j'ai une cuisinière : un garçon à marier
dîne en ville, mais il déjeune chez lui. Reste à trouver un
domestique. Tu n'as personne à m'indiquer ?'

'Parbleu ! je suis fâché d'être à l'École pour dix-huit mois.
Je me serais proposé moi-même, tant je trouve que tu feras
15 un maître magnifique.'

'Mon cher, tu n'es ni assez petit ni assez grand : il me
faut un colosse ou un gnome. Reste où tu es. As-tu jamais
réfléchi sur les livrées ? C'est une grave question.'

'Dame ! j'ai lu Aristote, chapitre des chapeaux.'

20   'Que penserais-tu d'une capote bleu de ciel avec des parements rouges ?'

'Nous avons aussi l'uniforme des Suisses du Pape, jaune,
rouge et noir, avec une hallebarde. Qu'en dis-tu ?'

'Tu m'ennuies. J'ai passé en revue toutes les couleurs : le
25 noir est comme il faut, avec une cocarde ; mais c'est trop
sévère. Le marron n'est pas assez jeune, le gros bleu est
discrédité par le commerce : tous les garçons de peine ont
l'habit bleu et les boutons blancs. Je réfléchirai. Regarde-
moi un peu mes nouvelles cartes de visite.'

30   'Léonce de Baÿ et une couronne de marquis ! Je te
passe le marquisat, cela ne fait de tort à personne ; mais je
crois que tu aurais mieux fait de respecter le nom de ton
vieux père. Je ne suis pas rigoriste, mais il me fâche toujours un peu de voir un galant homme se déguiser en marquis,
35 en dehors du carnaval. C'est une façon délicate de renier sa
famille. Pour que tu sois marquis, il faut que ton père soit
duc, ou mort : choisis.'

'Pourquoi prendre les choses au tragique ? Mon excellent

homme de père rirait de tout son cœur à voir son nom ainsi
fagoté. Ne trouves-tu pas que ce tréma sur l'Ÿ est une
invention admirable ? Voilà qui donne aux noms une couleur
aristocratique ! Il ne me manque plus que des armoiries.
Connais-tu le blason ?'   5

'Mal.'

'Tu en sais toujours assez pour me dessiner un écusson.'

'François, du papier ! Tiens, voici les armes que je te
donne. Tu portes écartelé d'or et de gueules. Ceci représente
des lions de gueules sur champ d'or, et cela des merlettes 10
d'or sur champ de gueules. Es-tu content ?'

'Enchanté. Qu'est-ce qu'une merlette ?'

'Un canard.'

'De mieux en mieux. Maintenant une devise un peu
effrontée.'   15

'BAŸ DE RIEN NE S'ÉBAŸT.'

'Magnifique ! dès ce moment, je te dois hommage comme
à mon suzerain.'

'Hé bien ! féal marquis, allumons un cigare et ramène-
moi à l'École.'   20

III.

Léonce passa l'été à Vichy et revint au mois d'Octobre.
Il ramena un grand domestique blond et un magnifique
cheval noir. C'était l'héritage d'un Anglais mort du spleen
entre deux verres d'eau. Il me fit annoncer son retour par 25
le superbe Jack, dont la livrée gris de souris excita mon
admiration. Jack portait sur ses boutons les armes des Baŷ,
sans me payer de droits d'auteur.

Le plus beau de mes amis me reçut dans un appartement
empreint d'une coquetterie mâle. On n'y voyait aucun de 30
ces brimborions qui trahissent les intentions d'une femme :
pas même une chaise de tapisserie ! le meuble de la salle
à manger était en chêne. Le salon, de satin ponceau, avait
un air décent, riche et confortable. Le cabinet de travail
était plein de dignité : vous auriez dit le sanctuaire d'un au- 35
teur qui écrit l'histoire des croisades. Dans la chambre à

coucher, on voyait une énorme tapisserie représentant la
clémence d'Alexandre, une table de toilette en marbre blanc,
un magnifique nécessaire étalé dans l'ordre le plus parfait,
quatre fauteuils de moquette, et un lit à colonnes, lit mo-
5 nastique, large de trois pieds tout au plus.

La décoration ne donnait aucun démenti aux assurances de
l'ameublement. Dans le salon, des paysages, une esquisse
de Corot, quelques études signées Français, Villevieille, Varennes, Lambinet. Dans la salle à manger, un tableau de
10 chasse par Mélin, quelques volailles par Couturier, une
nature morte d'après Philippe Rousseau. Dans le cabinet,
un trophée d'armes, de cannes et de cravaches, et quatre
grands passe-partout remplis de gravures à l'eau-forte qui
auraient pu figurer chez le farouche Hippolyte : des Paul
15 Huet, des Bracquemond, des Méryon. Dans la chambre
à coucher, cinq ou six portraits de famille achetés d'occasion
chez les brocanteurs de la rue Jacob. Les meubles, les tableaux, les gravures et les livres de la bibliothèque, triés avec
un soin scrupuleux, chantaient à l'unisson les louanges de
20 Léonce. Les belles-mères pouvaient venir !

Mon premier soin en entrant fut de chercher les cigares,
mais Léonce ne fumait plus. Il savait que le cigare, qui unit
les hommes entre eux, n'a pas la vertu d'arranger les mariages,
et que le tabac offense également les femmes et les abeilles,
25 créatures ailées. Il me raconta sa campagne d'été, et me
montra triomphalement vingt-cinq ou trente cartes de visite
qui représentaient autant d'invitations pour l'hiver.

'Lis tous ces noms,' me dit-il, 'et tu verras si j'ai jeté ma
poudre aux moineaux !'

30 Je m'étonnai de ne voir que des noms de la Chaussée
d'Antin. 'Pourquoi cette préférence? Les héros de Balzac
allaient au faubourg Saint-Germain.'

' Ils avaient leurs raisons,' dit Léonce ; 'moi, j'ai les miennes
pour n'y pas aller. À la Chaussée d'Antin, mon nom et mon
35 titre peuvent me servir ; ils me nuiraient peut-être au faubourg
Saint-Germain. Annonce un marquis dans un salon de la
rue Laffitte, cinquante personnes regarderont la porte. Rue
de l'Université, personne ne lèvera les yeux. Les valets eux-

mêmes y sont blasés sur les marquis. Et puis, tous ces nobles de vieille date se connaissent et s'entendent : ils sauraient bientôt que je ne suis pas des leurs. On ne demanderait pas à voir mes parchemins, mais on se dirait à l'oreille qu'on ne les a jamais vus. Mon marquisat serait éventé, et l'on m'en- 5 verrait chercher fortune ailleurs. Du reste, les grandes fortunes sont rares dans ce noble faubourg. Je me suis informé : il y en a cent ou cent cinquante, si vieilles, que tout le monde en a entendu parler ; si claires, si évidentes, si bien établies au soleil, que tout le monde en a envie : de là, vingt prétendants 10 autour d'une héritière. J'aurais beau jeu à faire le vingt et unième ! on ne m'y prendra pas. ˙ Regarde la Chaussée d'Antin : quelle différence ! Dans le salon du moindre banquier ou du plus modeste agent de change, tu vois danser dans le même quadrille une douzaine de fortunes colossales ignorées du 15 public, et qui ne se connaissent pas entre elles. Celle-ci date de vingt ans, celle-là d'hier. L'une sort d'une raffinerie d'Auteuil, l'autre d'une usine de Saint-Étienne, l'autre d'une manufacture de Mulhouse ; l'une arrive directement de Manchester, l'autre débarque à peine de Chandernagor. Les étran- 20 gers sont tous à la Chaussée d'Antin ! Dans˙ cette cohue toute retentissante du bruit de l'or, toute scintillante de diamants, on se rencontre, on se connaît, on s'aime, on s'épouse, en moins de temps qu'il n'en faut à une duchesse pour ouvrir sa tabatière. C'est là qu'on sait le prix du temps ; 25 c'est là que les hommes sont vivants, remuants et pressés d'agir comme moi ; c'est là que je jetterai mon filet dans l'eau bruyante et tumultueuse ! '

Il me récita un passage du ' Lis dans la Vallée,' qui contenait les règles de sa conduite ; c'est la dernière lettre de Mme. 30 de Mortsauf au jeune Vandenesse. Nous relûmes ensuite les conseils d'Henri de Marsay à Paul de Manerville ; puis il demanda le déjeuner, puis il perdit deux heures à sa toilette, deux heures justes, à l'exemple de M. de Marsay.

Je le vis assez souvent, dans le cours de l'hiver, pour re- 35 marquer comme il pratiquait les leçons de son maître. S'il est vrai que le travail mérite récompense et que toute peine soit digne de loyer, il lui était dû d'épouser Modeste Mignon,

Eugénie Grandet ou Mlle. Taillefer. Il se montrait partout
aux heures où l'on se montre. Il galopait au bois tous les
soirs, aussi exactement que si sa course eût été payée. Il ne
manqua aucune première représentation des théâtres de bonne
5 compagnie; il fut assidu aux Italiens comme s'il eût aimé la
musique. Il ne refusa pas une invitation, ne perdit pas un
bal, et n'oublia jamais une visite de digestion. En quoi je
l'admirais. Sa toilette était exquise, sa chaussure parfaite,
son linge miraculeux. J'avais honte de sortir avec lui même
10 le dimanche, où nous portions des chemises empesées. Quant
à lui, il sortait volontiers avec moi. Il avait loué pour six
mois un coupé tout neuf où le carrossier avait peint provisoire-
ment ses armoiries.

Dans le monde, il se recommanda dès l'abord par deux
15 talents qui vont rarement ensemble : il était danseur et causeur.
Il dansait le mieux du monde, au point de faire dire qu'il
avait de l'esprit jusqu'au bout des pieds. Il avait des jarrets
solides, ce qui ne gâte rien, et un bras à porter une valseuse
de plomb. Toutes les filles qui dansaient avec lui étaient
20 enchantées d'elles-mêmes, et de lui par conséquent. Les
mères, de leur côté, veulent toujours du bien à l'homme
qui fait briller leurs filles. Mais lorsque après une valse ou
un quadrille il allait s'asseoir au milieu des femmes d'un
certain âge, le penchant qu'on avait pour lui se changeait en
25 enthousiasme. Il avait trop de bon goût pour lancer des
compliments à la tête des gens, mais il faisait trouver des
idées à ses voisines, et les plus sottes devenaient spirituelles au
frottement de son esprit. Il se refusait sévèrement les douceurs de la médisance, ne remarquait aucun ridicule, ne rele-
30 vait aucune sottise, et plaisantait sur toutes choses sans jamais
blesser personne ; ce qui n'est pas chose facile. Il n'avait
aucune opinion sur les matières politiques, ne sachant pas dans
quelle famille l'amour pouvait le faire entrer. Il s'observait
se surveillait et s'épiait perpétuellement sans en avoir l'air.
35 Il se disait à lui-même cent fois par soirée: 'Ma fille, tenez-
vous droite !'

Autant il était gracieux devant les femmes, autant il était
froid dans ses rapports avec les hommes. Sa roideur frisait

l'impertinence. C'était encore un moyen de faire sa cour à celles dont il attendait tout ; une façon détournée de leur dire : 'Je ne vis que pour vous seules.' Le sexe faible est sensible aux hommages des forts, et c'est double plaisir de faire courber une tête orgueilleuse. Sa superbe était trop 5 affectée pour passer inaperçue : elle lui attira des querelles. Il se battit trois fois et corrigea ses adversaires galamment, du bout de l'épée : le plus malade des trois fut quinze jours au lit. Le monde sut gré à Léonce de sa modération comme de sa bravoure, et l'on reconnut en lui 10 un beau joueur qui prodiguait sa vie en ménageant celle des autres.

C'était, au reste, le seul jeu qu'il se permît. Quand la lettre de Mme. de Mortsauf ne l'aurait pas prémuni contre les cartes, il s'en serait défendu de lui-même, dans l'intérêt de 15 sa réputation et de ses finances. Il jetait l'argent à pleines mains, mais à bon escient. Il ne refusait ni un billet de concert, ni un billet de loterie ; nul citoyen des salons de Paris ne payait plus largement ses contributions. Il savait, à l'occasion, vider son porte-monnaie dans la bourse d'une 20 quêteuse, ou s'inscrire pour vingt louis sur le carnet d'une dame de charité. Il dépensait beaucoup pour la montre et fort peu pour le plaisir, comptant pour inutile tout déboursé fait sans témoins. C'est en cela surtout qu'il se distinguait de ses modèles, les Rubempré et les de Marsay, hommes de 25 joie et grands viveurs. Il ne faisait pas de dettes, il n'avait pas de maîtresses ; il évitait tout ce qui pouvait l'arrêter dans sa course. Il voulait arriver sans retard et sans reproche : c'est la grâce que je vous souhaite.

Malgré de si louables efforts, il dépensa trois mois d'hiver 30 et 35,000 francs d'argent, sans trouver ce qu'il cherchait. Peut-être manquait-il un peu de souplesse. Je l'aurais voulu plus moelleux. À l'étudier de près, on découvrait un bout d'oreille Bretonne qui pouvait effaroucher le mariage. Il était trop agité, trop nerveux, trop tendu. C'était une ma- 35 chine supérieurement montée ; mais on entendait le bruit des roues. Une femme de trente ans aurait pu lui donner le supplément de manières qui lui manquait ; et, si j'en crois la renommée, il avait des professeurs à choisir, mais son plan était tracé, et il n'accepta les leçons de personne.

Quand je lui fis ma visite de nouvel an, il passa en revue les trois mois qui venaient de s'écouler. Il n'avait encore 5 trouvé que des partis inaccessibles : une veuve légère et légèrement ruinée ; une princesse Russe plus riche, mais suivie de trois enfants d'un premier lit ; et la fille d'un spéculateur taré.

'Je n'y puis rien comprendre,' me dit-il avec une certaine 10 amertume. 'J'ai des amis et point d'ennemis ; je connais tout Paris et je suis connu ; je vais partout, je plais partout ; je suis lancé, je suis même posé, et je n'arrive à rien ! Je marche droit à mon but, sans m'arrêter en route : on dirait que le but recule devant moi. Si je cherchais l'impossible, on 15 s'expliquerait cela ; mais qu'est-ce que je demande ? Une femme de mon milieu, qui m'aime pour moi. Ce n'est pas chose surnaturelle ! Matthieu a trouvé dans son monde ce que je poursuis vainement dans le mien. Cependant je vaux bien Matthieu.'

20 'Au physique, du moins. As-tu de leurs nouvelles ?'

'Pas souvent : les heureux sont égoïstes. Le licencié améliore ses terres ; il met de la marne, il sème du sarrasin, il plante des arbres : des niaiseries ! Sa femme va aussi bien que le comporte son état. On espère l'avénement de Mat-25 thieu II pour le mois d'avril il n'y a pas de temps perdu.'

'Je ne te demande pas si l'on s'aime toujours.'

'Comme dans l'arche de Noé. Papa et maman sont à genoux devant leur belle-fille. Mme. Bourgade a bien pris : il paraît que c'est décidément une femme distinguée : 30 tout ce monde s'occupe, s'amuse et s'adore : ils ont du bonheur.'

'Tu n'as jamais eu la velléité d'aller les rejoindre avec le restant de tes écus ?'

'Ma foi, non ! J'aime mieux mes ennuis que leurs plaisirs. 35 Et puis, il n'est pas encore temps d'aller me cacher.'

En effet, huit jours après, il arriva tout radieux au parloir de l'École.

'Brr !' fit-il, 'on n'a pas chaud ici.'

'Quinze degrés, mon cher, c'est le règlement.'

'Le règlement n'est pas si frileux que moi, et j'ai bien fait de me laisser refuser, d'autant plus que je touche à mon but.'

'Tu es sur la voie?'   5

'J'ai trouvé!'

Léonce avait remarqué la gentillesse et l'élégance d'une toute petite femme, si frêle et si mignonne, que ses perfections devaient être admirées au microscope. Il avait valsé 10 avec elle, et il avait failli la perdre plusieurs fois, tant elle était légère et tant on la sentait peu dans la main; il avait causé, et il était resté sous le charme : elle babillait d'une petite voix de fauvette assez mélodieuse pour faire croire à quelqu'une de ces métamorphoses qu'Ovide a racontées dans ses vers. Cet esprit féminin courait d'un sujet à l'autre avec 15 une volubilité charmante. Ses idées semblaient onduler au caprice de l'air, comme les marabouts qui garnissaient le devant de sa robe. Léonce demanda le nom de cette jeune dame qui ressemblait si bien à un oiseau-mouche : il apprit qu'elle n'était ni femme ni veuve, malgré les apparences, et 20 qu'elle s'appelait Mlle. de Stock. Le monde lui donnait vingt-cinq ans et une grande fortune. Sur ces renseignements, Léonce se mit à l'aimer.

Chez les peuples civilisés, les naturalistes reconnaissent deux variétés d'amour honnête : l'une est une plante sauvage 25 qui se sème spontanément dans les cœurs, qui se développe sans culture, qui jette ses racines jusqu'au plus profond de notre être, qui résiste au vent et à la pluie, à la grêle et à la gelée, qui repousse si on l'arrache, et qui emprunte à la nature une vigueur et une ténacité invincibles; l'autre est 30 une plante de jardin que nous cultivons nous-mêmes, soit pour ses fleurs, soit pour ses fruits : tantôt c'est une mère qui la sème dans l'âme de sa fille pour la préparer insensiblement à un brillant mariage; tantôt on voit deux familles, désireuses de s'unir par un lien étroit, sarcler et arroser dans le cœur 35 de leurs enfants une petite passion potagère; quelquefois un jeune ambitieux, comme Léonce, s'applique à développer en lui les germes d'un amour qui promet des fruits d'or.

Cette variété, plus commune que la première, se cultive en plates-bandes dans les salons de Paris; mais, comme toutes les plantes de jardin, elle est délicate, elle exige des soins, elle résiste rarement au froid, et jamais à la misère.

5 Léonce se fit montrer le Baron de Stock, qui jouait à l'écarté et perdait des sommes avec l'indifférence d'un millionnaire. En ce moment, Mlle. de Stock lui parut encore plus jolie. Le baron portait une assez belle brochette de décorations étrangères. 'Sa fille est adorable!' pensa Léonce.
10 Il se fit présenter à la baronne, une noble poupée d'Allemagne, couverte de vieux diamants enfumés. Cette digne femme lui plut au premier coup d'œil. Peut-être l'eût-il trouvée un peu ridicule si elle n'avait pas eu une fille aussi spirituelle. Peut-être aussi aurait-il jugé que Mlle. de Stock
15 manquait un peu de distinction, s'il ne lui eût pas connu une mère aussi majestueuse.

Il dansa tout un soir avec la jolie Dorothée, et murmura à son oreille des paroles de galanterie qui ressemblaient fort à des paroles d'amour. Elle répondit avec une coquetterie
20 qui ne ressemblait pas à de la haine. La baronne, après s'être renseignée, invita Léonce à ses mercredis: il y fut assidu. M. de Stock habitait, rue de La Rochefoucauld, un petit hôtel entre cour et jardin, dont il était propriétaire. Léonce se connaissait en mobilier, depuis qu'il avait acheté des meubles.
25 Sans être expert, il avait le sentiment de l'élégance. Il pouvait se tromper, comme tout le monde, car il faut être commissaire-priseur pour distinguer un bronze artistique d'un surmoulage à bon marché, pour deviner si un meuble est bourré de crin ou nourri économiquement d'étoupes, et pour reconnaître à
30 première vue si un rideau est en lampas ou en damas laine et soie. Cependant il n'était pas du bois dont on fait les dupes, et l'intérieur du baron le ravit. Les domestiques, en livrée amarante, avaient de bonnes têtes carrées, et un accent allemand qui écorchait délicieusement l'oreille. On recon-
35 naissait en eux de vieux serviteurs de la famille, peut-être des vassaux nés à l'ombre du château de Stock. Le train de maison représentait une dépense de soixante mille francs par an. Le jour où Léonce fut accueilli par le baron, fêté par la

baronne et regardé tendrement par leur fille, il put dire sans présomption : ' J'ai trouvé ! '

Vers le milieu de janvier, il sut que Dorothée devait quêter pour les pauvres à Notre-Dame de Lorette. Lui qui manquait souvent la messe, il fut d'une ponctualité exemplaire. 5 Il me fit déjeuner au galop et m'entraîna avec lui sur le coup d'une heure. J'ai oublié les détails de sa toilette, mais je me rappelle bien qu'elle éblouissait. Je reconnus Mlle. de Stock au portrait qu'il m'en avait fait, quoiqu'il eût oublié de me dire qu'elle était brune comme une Maltaise. Une Allemande 10 brune est un phénomène assez rare pour qu'on en fasse mention. À la fin de la messe, les fidèles défilèrent un à un devant les quêteuses, qui se tenaient à genoux à chaque porte de l'église. Dorothée sollicitait la charité des passants par un coup d'œil interrogatif, d'une grâce toute mondaine. Je mis deux sous 15 dans sa bourse de velours rouge, l'obole du pauvre écolier. Léonce salua la quêteuse comme dans un salon, en donnant un billet de mille francs plié en quatre.

' Combien te reste-t-il ? ' lui demandai-je sous le vestibule.

' Treize mille francs et quelques centimes.' 20

' C'est peu.'

' C'est assez. L'aumône que je viens de faire me sera rendue au centuple. " Centuplum accipies." '

Je ne répondis rien : je songeais aux pauvres dix francs de Matthieu. 25

En retournant à la rue de Provence, mon charitable ami me donna quelques notions sur la vie de château dans les seigneuries d'Allemagne. Il me dépeignit ces grands repas arrosés des vins de Tokai et de Johannisberg, ces réunions chamarrées d'uniformes et de rubans, ces salons où l'habit de 30 cour du duc de Richelieu est encore à la mode ; et ces chasses miraculeuses, ces grandes battues après lesquelles les lièvres se comptent par milliers, et la venaison se vend dans les boucheries à trente lieues à la ronde.

Il trouva en rentrant une lettre de son frère, fort courte : 35 ' Que pourrais-je te dire ! ' écrivait Matthieu. ' Notre vie est unie comme un miroir ; tous nos jours se ressemblent comme des gouttes de lait dans la même coupe. Les travaux

sont arrêtés par l'hiver, et nous passons la journée au coin
du feu, entre nous. Tu sais si la cheminée est large ; il y a
place pour tous : on mettrait même un fauteuil de plus en se
serrant un peu, si tu voulais. Papa tisonne avec acharne-
5 ment. Tu connais sa passion, la seule passion de sa vie. Si
on lui prenait ses pincettes, on le rendrait bien malheureux.
Maman Debay et Maman Bourgade passent la journée à
coudre des brassières, à ourler des couches et à broder de
petits bonnets. Aimée tricote des bas de cachemire, de vrais
10 bas de poupée. Quand je vois tous ces préparatifs, il me
prend des envies de rire et de pleurer. La chère petite créa-
ture aura une layette royale. Le conseil de famille a décidé
que si c'était un fils, on l'appellerait Léonce : ton nom lui
portera bonheur. Quant à moi, je suis toujours le même, à
15 cela près que je ne travaille plus guère. Tu te rappelles
le mot de ce paysan à qui l'on demandait quelle était sa
profession, et qui répondit : 'Ma femme est nourrice.' Je
suis logé à la même enseigne, ou peu s'en faut : j'attends
mon garçon. Les célèbres thèses n'ont pas fait grand progrès :
20 la guerre du Péloponèse (Bello Peloponesiaco) en est à la
mort de Périclès, et 'Corneille, auteur comique,' en est à
Clitandre. Tant pis pour la faculté de Rennes ! elle attendra.
Je veux être père avant d'être docteur. Ah ! frère, si tu
savais comme tes plaisirs sont fades au prix des nôtres !
25 tu viendrais par la diligence, et tu nous ferais grâce du
carrosse dont tu nous as menacés. Toi seul nous manques ;
tu es notre unique souci. Papa fait sa grande ride lorsqu'on
parle de la rue de Provence. Enfin ! je le rassure en lui
disant que si homme au monde doit réussir, c'est toi.'

30   'Ce sont de bonnes gens,' dit Léonce en jetant la lettre sur
son bureau. 'Ils auront bientôt de mes nouvelles.'

    Quelques jours après le baron lui tomba du ciel à dix
heures du matin. Une telle démarche était de bon augure.
M. de Stock visita l'appartement en amateur, et fit à part soi
35 l'inventaire du mobilier. Tout homme de bon sens se serait
cru chez un fils de famille : le baron fut enchanté. C'était un
aimable homme que cet Allemand. Tout le monde savait
qu'il avait été banquier à Francfort-sur-le-Mein, et cependant

il ne parlait jamais de sa fortune.   Personne ne contestait sa noblesse, et cependant il ne parlait jamais de ses titres.   Ses châteaux, ses terres, ses forêts étaient les choses dont il sem-blait le moins se soucier.   Jamais il n'en dit un mot à Léonce, et Léonce reconnut à cette marque qu'il était un vrai riche et 5 un vrai gentilhomme.

De son côté, Léonce était trop délicat pour s'attribuer une fortune mensongère.   Il laissait courir l'imagination des gens, et ne disputait pas contre ceux qui lui disaient: 'Vous qui êtes riche.'   Mais il ne se vantait de rien.   Lorsqu'il parlait 10 de sa famille, il disait sans emphase: 'Mes parents habitent leurs terres de Bretagne.'   En quoi il ne mentait nullement. Je lui fis observer que tout se découvrirait à la fin, et qu'il serait forcé de confesser l'origine de sa noblesse et la modicité de sa fortune.   'Laisse-moi faire,' répondit-il; 'le baron est 15 assez riche pour permettre à sa fille un mariage d'amour. Dorothée m'aime, j'en suis sûr; elle me l'a dit.   Quand les parents sauront que je suis nécessaire au bonheur de leur fille, ils passeront sur bien des choses.   Du reste, je ne tromperai personne, et ils sauront tout avant le mariage.'   · 20

Il ne courtisait pas publiquement Mlle. de Stock, mais il la voyait tous les soirs dans le monde.   Leur liaison, pour être un peu contrainte, n'avait que plus de charmes.   Les petits obstacles, la surveillance que tous exercent sur tous, le respect des convenances, la nécessité de feindre, ajoutaient je ne sais 25 quoi de tendre et de mystérieux à ces amours qui cheminent, de salon en salon, jusqu'à la porte de l'église.   La contrainte est une puissance merveilleuse qui double les jouissances du cœur comme les forces de l'esprit.   Ce qui fait qu'une pensée est plus belle en vers qu'en prose, c'est la contrainte.   Léonce 30 et Dorothée s'écrivaient tous les jours, en vers et en prose, et c'était plaisir de les voir échanger leurs billets à l'abri d'un mouchoir ou à l'ombre d'un éventail.   La baronne s'amusait de ces petits manéges; elle avait lâché la bride au cœur de sa fille ; elle lui permettait d'aimer M. de Baÿ.   35

Dans les derniers jours de février, Léonce prit son courage à deux mains : il fit sa demande.   M. et Mme. de Stock, avertis par Dorothée, le reçurent en audience solennelle.

'Monsieur le baron, madame la baronne,' dit-il, 'j'ai l'honneur de vous demander la main de mademoiselle votre fille. Pour ne vous rien laisser ignorer sur ma fortune. . . .'

Le baron l'interrompit par un geste seigneurial : 'Arrêtez-vous ici, monsieur le marquis, je vous en supplie. Tout Paris vous connaît, et ma fille vous aime : je ne veux rien savoir de plus. Votre nom fût-il obscur, votre père eût-il mangé sa fortune, je vous dirais encore : " Dorothée est à vous." '

Il embrassa Léonce, et la baronne lui donna sa main à baiser : 'Vous ne connaissez pas, dit la baronne, notre romanesque Allemagne. Voilà comme nous sommes tous . . . . du moins dans la haute classe.'

Au milieu de la joie la plus folle, Léonce sentit au fond de lui comme une révolte d'honnêteté. 'Je ne peux pas tromper ces braves gens,' se dit-il, 'et je serais un fripon si j'abusais de leur bonne foi.' Il reprit tout haut : 'Monsieur le baron, la noble confiance que vous me témoignez m'oblige à vous donner quelques détails sur . . . .'

'Monsieur le marquis, vous m'affligeriez sérieusement en insistant davantage. Je croirais que vous ne vous obstinez à me donner ces renseignements que pour m'obliger à fournir les preuves de mon rang et de ma fortune.'

La baronne appuya ces mots d'un geste amical qui voulait dire : 'N'insistez pas, il est susceptible.'

'Allons,' pensa Léon, 'c'est partie remise. Nous nous expliquerons, bon gré, mal gré, le jour du contrat.'

Mais le baron ne voulut pas entendre parler de contrat.

'Entre gentilshommes,' dit-il, 'ces engagements, ces signatures, ces garanties sont des précautions humiliantes. Aimez-vous Dorothée ? Oui. Vous aime-t-elle ? J'en suis certain. Alors à quoi bon mettre un notaire entre vous ? Je m'imagine que votre amour se passera bien de papier timbré.'

'Cependant, monsieur, si l'on vous avait trompé sur ma situation ?'

'Mais, terrible enfant, on ne m'a pas trompé : on ne m'a rien dit. Je ne sais rien de vous, sinon que vous plaisez à ma fille, à ma femme, à moi et à tout l'univers. Je ne veux rien savoir de plus. Est-ce que j'ai besoin de votre argent ?

Si vous êtes riche, tant mieux. Si vous êtes pauvre, tant pis. Dites-en autant de moi, nous serons quittes. Tenez, voici qui va mettre votre conscience en repos : vous n'avez rien, ma fille n'a rien : vous vous appelez Léonce, elle s'appelle Dorothée, et je vous donne ma bénédiction paternelle. Êtes- 5 vous content ? '

Léonce pleurait de joie. On fit entrer Dorothée.

'Venez, ma fille,' dit la baronne, 'venez dire au marquis que vous n'épousez ni son nom ni sa fortune, mais sa personne.'   10

'Cher Léonce,' dit Dorothée, 'je vous aime follement !'

Elle ne mentait pas d'une syllabe.

Léonce se maria au mois de mars. Il était temps, la corbeille dévora le dernier billet de mille francs. Je ne servis pas de témoin pour cette fois ; les témoins étaient des 15 personnages. Matthieu ne put venir à Paris : il attendait les couches de sa femme. Il m'avait chargé de lui rendre compte de la fête, et je remplis avec bonheur ma tâche d'historio-graphe. Dorothée, dans sa robe blanche de velours épinglé, eut un succès d'adoration. On l'appelait le petit ange brun. 20 Après la cérémonie, un dîner de quarante couverts fut servi chez le baron, et Léonce me fit l'amitié de m'y inviter. Il me présenta à sa femme au sortir de table : 'Ma chère Dorothée,' lui dit-il, 'c'est un de mes vieux camarades, qui sera un jour ou l'autre le professeur de nos enfants. J'es- 25 père que vous lui ferez toujours bon accueil ; les meilleurs amis ne sont pas les plus brillants, mais les plus solides.'

'Monsieur le professeur,' dit la belle Dorothée, 'vous serez toujours le bienvenu chez nous. Je souhaite que Léonce m'apporte en mariage tous ses amis. Savez-vous 30 l'allemand ? '

'Non, madame, à ma grande honte. Je regretterai toujours de ne pouvoir lire dans le texte Hermann et Dorothée.

'La perte n'est pas grande, croyez-moi. Une pastorale emphatique ; un air de flageolet joué sur l'ophicléide. Vous 35 avez mieux que cela en France. Aimez-vous Balzac ? C'est mon homme.'

IV.

La conversation de la jolie marquise et le plaisir de danser
avec mes gros souliers me firent oublier le règlement de
l'école. Je rentrai une heure trop tard, et je fus consigné
5 pour quinze jours. Aussitôt libre, ma première visite fut
pour Léonce. Je le trouvai tout seul, occupé à s'arracher les
cheveux, qu'il avait fort beaux, comme vous savez.

'Mon ami,' me dit-il d'une voix pitoyable, 'on m'a cruellement trompé!

10   'Déjà!'

'Mon beau-père est riche comme moi, noble comme moi :
il s'appelle Stock en une syllabe, et il possède pour tout bien
une vingtaine de mille francs de dettes.'

'Impossible!'

15   'La chose est hors de doute; ma femme m'a tout avoué le
soir du mariage. Il n'y avait pas cinq cents francs dans la
maison.'

'Mais la maison seule en vaut cent mille!'

'Elle n'est pas payée. · M. Stock était riche il y a cinq ou
20 six ans : il a tenu un certain rang à Francfort, et sa liquidation
lui avait laissé plus de trente mille livres de rente. Mais il
est joueur comme le valet de carreau en personne. Il a tout
perdu à la roulette, au trente et quarante, et à ces jeux innocents dont l'Allemagne se sert si bien pour nous dépouiller.
25 Au commencement de l'hiver, il lui restait de sa splendeur une
brochette achetée à bon marché dans les petites cours du
Nord, quelques relations honorables, l'habitude de la dépense,
la fureur du jeu, et une cinquantaine de mille francs. Il a
trouvé ingénieux de placer ce capital sur Dorothée et de
30 venir à Paris jouer son va-tout. Il comptait pêcher en eau
trouble, dans ce monde infernal de la Chaussée-d'Antin, un
gendre assez riche pour le débarrasser de sa fille, pour le
nourrir lui-même et sa femme, et lui donner chaque été
quelques rouleaux de louis à perdre au bord du Rhin. N'est-
35 ce pas infâme?'

'Prends garde,' lui dis-je. 'Sais-tu comment il parle de toi en ce moment ?'

'Quelle différence ! Je ne l'ai pas trompé, moi. Je voulais lui exposer franchement l'état de mes affaires. C'est lui qui m'a arrêté, qui m'a fermé la bouche. Je sais pourquoi main-tenant, et sa confiance ne m'étonne plus ! C'est lui qui m'a entraîné dans le gouffre où nous roulons ensemble.'

'Vous êtes-vous expliqués ?'

'J'ai couru chez lui pour le confondre, et je te prie de croire que je n'ai pas ménagé mon éloquence. Sais-tu ce qu'il m'a répondu ? Au lieu de récriminer, comme je m'y attendais, il m'a pris la main et m'a dit d'une voix émue : "Nous avons du malheur. Nous pouvions chacun de notre côté trouver une fortune : il est bien fâcheux que nous nous soyons rencontrés."'

'C'est bien parlé.'

'Que vais-je devenir ?'

'Est-ce un conseil que tu me demandes ?'

'Sans doute ; puisque tu ne peux me donner autre chose !'

'Mon cher Léonce, je ne connais qu'un moyen honorable de te tirer d'affaire. Liquide héroïquement ; va te cacher dans un quartier laborieux, rue des Ursulines ou boulevard Montparnasse ; achève ton droit, passe ta licence, sois avocat. Tu as du talent ; tu ne peux pas avoir entièrement perdu l'habitude du travail ; les relations que tu t'es créée dans ces six mois te serviront plus tard ; tu regagneras le temps perdu, et l'argent aussi.'

'Oui, si j'étais garçon ! Mon pauvre ami, on voit bien que tu vis dans une boîte : tu ne sais rien de la vie. Balzac a prouvé depuis longtemps qu'un garçon peut arriver à tout, mais qu'une fois marié on use ses forces à lutter obscuré-ment contre les additions de la cuisinière et le livre du ménage. Tu veux que je travaille entre une femme, un beau-père, une belle-mère, et les enfants qui pourront sur-venir, obsédé de famille, et parqué avec tout ce monde dans un appartement de quatre cents francs ! J'y succomberais.'

'Alors fais autre chose. Emmène ta nouvelle famille en Bretagne. La maison de l'oncle Yvon est assez grande pour vous loger tous; on mettra une rallonge à la table et l'on ajoutera un plat au dîner.'

'Nous les ruinerons!'

'Point du tout. Aimée s'achètera une robe de moins tous 5 les ans, et Matthieu prolongera l'existence du fameux paletot noisette.' ·

'Oh! je connais leur cœur. Mais tu ne connais pas mon beau-père et ma belle-mère. Si ma femme a l'amour du monde, ses parents en ont la rage. Mme. Stock passe des 10 heures devant sa glace à faire des révérences! M. Stock ne sera jamais un Breton supportable. Il bouderait contre l'hospitalité, il humilierait notre chère maison : il nous reprocherait le pain que nous lui donnerions!'

'Eh bien! laisse les parents se débrouiller à Paris. Enlève 15 ta femme, elle est jeune, et tu la formeras.'

'Mais songe donc que ce vieillard est criblé de dettes! C'est mon beau-père, après tout; je ne peux pas l'abandonner sur la route royale de Clichy.'

'Qu'il vende ses meubles! il en a pour plus de vingt mille 20 francs.'

'Et de quoi vivront-ils, les malheureux?'

'Je vois avec plaisir que tu les plains. Mais je te dirai à mon tour : "Que vas-tu faire?" Je ne sais plus quel parti te conseiller, et je suis au bout de mon chapelet.'

25 'Je vais demander une place. On croit que je n'en ai pas besoin, on me la donnera.'

Il sollicita longtemps, et perdit plus d'un mois en démarches inutiles. Au plus fort de ses ennuis, il apprend qu'Aimée était mère d'un gros garçon. 'Tu seras son parrain, écrivait 30 Matthieu, et la jolie tante Dorothée ne refusera pas d'être marraine. Nous vous attendons; votre lit est fait; hâte-toi de faire atteler le carrosse.'

Léonce n'avait pas encore raconté sa mésaventure à ses parents. À quoi bon jeter une mauvaise nouvelle au travers 35 de leur bonheur? Le pauvre garçon fut plus courageux que je ne l'aurais espéré. Tandis qu'il vendait ses tableaux pour vivre, il était tendre et empressé auprès de sa femme. La gêne présente, l'incertitude de l'avenir, et le regret d'avoir mal spéculé n'altérèrent pas longtemps sa bonne humeur naturelle : au moins eut-il le bon goût de cacher son chagrin. Il est juste de dire que Dorothée le consolait de son mieux. Si elle pleurait quelquefois, c'était à la dérobée. Elle rendit aux marchands une partie de sa corbeille de 5 mariage. Je crois bien que la lune de miel eût été plus brillante si le jeune ménage n'avait manqué de rien, et si M. Stock n'avait pas eu de dettes ; mais, en dépit des embarras de toute sorte et de l'importunité des créanciers, on s'aimait. Léonce et Dorothée se serraient l'un contre l'autre 10 comme des enfants surpris par l'orage. Ils étaient aussi heureux qu'on peut l'être sur une barque qui fait eau de toutes parts. Je les voyais régulièrement à toutes mes sorties, et chaque visite me les montrait meilleurs et me les rendait plus chers. 15

Un jeudi, vers une heure et demie, je partais de l'école pour aller chez eux, lorsque je rencontrai au milieu de la rue d'Ulm un petit homme en veste de velours. C'était une vieille connaissance que j'avais bien négligée depuis le mariage de Matthieu. 20

'Bonjour, Petit-Gris,' lui dis-je. 'Remettez votre casquette. Est-ce que vous veniez me voir ?'

'Oui, monsieur, et je suis bien aise de vous avoir rencontré pour vous demander conseil.'

'Il n'est rien arrivé chez vous ? Votre femme va bien ? 25 Vous travaillez toujours pour la ville de Paris ?'

'Toujours, monsieur, et j'ose dire que ma femme et moi nous avons un coup de balai qui vous fait honneur. On ne vous reprochera pas de nous avoir placés.'

'Ce n'est pas moi, Petit-Gris : c'est un jeune homme de 30 mes amis, à qui je voudrais bien pouvoir rendre le même service.'

'M. Matthieu est toujours content ? Ces dames ne sont pas malades ?'

'Merci. Matthieu a un garçon, et toute la famille se porte 35 le mieux du monde.'

'Pour lors, monsieur, voici ce qui est arrivé : Ce matin, comme nous revenions de l'ouvrage, et que ma femme allait

prendre la soupe qu'elle avait mise au chaud dans notre lit, il est entré un monsieur pas très-grand, plutôt petit, un homme de ma taille, enfin, et à peu près de mon âge. Il m'a demandé si j'étais dans la maison du temps de Mme. Bourgade. Je lui
5 ai dit ce qui en était, attendu que je n'ai rien à cacher, que je ne fais rien de mal, et que je ne dois rien à personne. Mais quand il a su que je connaissais ces dames, il s'est mis à me questionner sur ceci et sur cela, et avec qui mademoiselle était mariée, et ce que faisait son mari, et ce qu'elle mangeait
10 à dîner, et combien de temps elle était restée dans le quartier, et, finalement, où elle demeurait. Quand j'ai vu qu'il avait l'idée de me confesser, je n'ai rien voulu répondre. Il ne me revenait pas, cet homme-là ! Il regardait la maison avec des yeux de riche ; on aurait dit que notre chambre lui faisait mal
15 au cœur. J'ai bien compris qu'il était curieux d'avoir l'adresse de M. Matthieu; mais je ne savais pas ce qu'il en voulait faire. J'ai dit que je ne le connaissais point, cependant qu'on pourrait peut-être se la procurer. Là-dessus, il m'a promis de me bien payer si je la lui apportais. "Monsieur, ai-je répondu, je
20 n'ai pas besoin qu'on me paye, j'ai deux places du gouvernement." Il m'a laissé son adresse, que je n'ai pas lue, vous comprenez bien pourquoi, et je suis venu vous la montrer, pour savoir ce qu'il faut faire.'

Le Petit-Gris tira de sa poche une belle carte glacée, où
25 je lus :

LOUIS BOURGADE,

Hôtel des Princes.

'Louis Bourgade !' dit le Petit-Gris, 'c'est un parent.'

'Hôtel des Princes ! c'est un parent riche.'

30 'Il aurait bien pu venir plus tôt, quand ces pauvres dames mouraient de faim ! Maintenant on n'a plus besoin de lui.'

'C'est probablement pour cela qu'il se montre, mon cher Petit-Gris. Il aura appris le mariage de Mlle. Aimée. Mais à tout péché miséricorde ; il faudra lui donner l'adresse.'

35 'Allons, j'y vais. Est-ce loin, l'hôtel des Princes ?'

'Ne vous dérangez pas : c'est sur mon chemin, j'y entrerai en passant, et je causerai avec ce monsieur. À bientôt ; s'il y avait quelque chose, j'irais vous le dire.'

Chemin faisant, je pensais : 'Un parent riche ! Ce n'est pas à Léonce qu'il arrivera pareille aubaine !'

Je demandai M. Bourgade, et aussitôt un valet de l'hôtel partit devant moi pour me conduire. M. Bourgade occupait un magnifique appartement au premier, sur la rue. Je com- 5 pris son dédain pour les taudis de la rue Traversine. ·Ce seigneur me fit attendre pendant dix minutes, que j'employai consciencieusement à pester contre lui. Je sentais bouillonner en moi une vigoureuse indignation, dans le style de Jean-Jacques Rousseau. 'Ah ! faquin,' disais-je à demi-voix, 10 'tu es leur parent, et tu loges à l'hôtel des Princes ! Tu t'appelles Bourgade, et tu fais faire antichambre !'

Quand la porte s'ouvrit, je lâchai les écluses à ma rhéto-rique. J'étais jeune. C'est tout au plus si je pris la peine de regarder mon interlocuteur : mes yeux ne me servaient qu'à 15 lancer des foudres. Je me présentai fièrement comme un vieil ami de Mme. et de Mlle. Bourgade. Je racontai comment je m'étais introduit dans leur intimité, sans avoir l'honneur d'être de la famille ; je fis un tableau pathétique de leur misère, de leur courage, de leur travail, de leur vertu. 20 Croyez que je ne ménageais pas les couleurs, et que je ne procédais point par demi-teintes ! J'affectais de répéter souvent le nom de Bourgade, et à chaque fois je le soulignais.

Mon réquisitoire produisit son effet. M. Bourgade ne me regardait pas en face : il cachait sa tête dans ses mains, il 25 semblait accablé. Pour l'achever, je lui appris la conduite de Matthieu ; je lui contai l'histoire du manteau engagé pour dix francs, et toutes les privations que ce digne jeune homme s'était imposées, quoiqu'il ne fût pas de la famille, et qu'il ne s'appelât pas Bourgade. Excellent Matthieu ! il prenait sur 30 son nécessaire, lorsque tant d'autres sont chiches de leur superflu ! Enfin, il avait épousé cette orpheline abandonnée ; il l'avait conduite à Auray, dans la maison de ses ancêtres ; il lui avait donné un nom, une fortune, une famille ! Aujourd'hui, Aimée Bourgade, heureuse femme, heureuse mère, 35 n'avait plus besoin de personne, et pouvait dédaigner, à son tour, le monde égoïste qui l'avait dédaignée.

M. Bourgade écarta les mains et je vis sa figure inondée de

larmes: 'C'est ma fille,' dit-il; 'je vous remercie bien de l'aimer ainsi. Mon cher enfant! laissez-moi vous embrasser.' Je ne me le fis pas dire deux fois. Je ne lui demandai ni comment ni pourquoi il était vivant; je ne lui adressai ni
5 questions ni objections, je le pris par le cou et je l'embrassai quatre ou cinq fois sur les deux joues. J'étais bien sûr de ne pas me tromper: des larmes de père, cela se reconnaît toujours!

Cependant lorsque la première émotion fut passée, je le
10 regardai d'un air de profond étonnement, et il s'en aperçut. 'Je vous expliquerai tout,' me dit-il, 'lorsque j'aurai vu ma femme et ma fille. Je cours à Auray. Merci; adieu; à bientôt!'

'Halte-là! s'il vous plaît. Je ne vous lâche pas encore.
15 D'abord, on ne peut partir que ce soir par le train de sept heures; ensuite il y a des précautions à prendre, et vous n'irez pas de but en blanc débarquer sur la place d'Auray. Vous tueriez votre femme et votre fille, et les paysans Bretons vous tueraient vous-même à coups de fourche: un revenant!
20 Asseyez-vous ici, et contez-moi votre histoire. Je vous dirai ensuite les précautions que vous avez à prendre. Mais comment se fait-il que vous ayez échappé à ce naufrage? Sur quel tronçon de mât? Sur quelle cage à poulets?'

'Mon Dieu! rien n'est plus simple. Quand le bâtiment
25 s'est perdu, je n'étais plus à bord. Vous savez ce que j'allais faire en Amérique. Nous nous sommes arrêtés huit jours à Rio de Janeiro pour prendre des passagers et des marchandises. Je descends à terre comme tout le monde. J'avais des lettres pour quelques Français établis là-bas, et entre
30 autres pour un marchand de bois de teinture, appelé Charlier. Nous causons; je lui explique mon système; il en est frappé: tous les esprits étaient tournés vers la Californie. Charlier m'assure que mon invention est excellente, mais que je ne suis pas assez fort pour manœuvrer à moi seul, et que je ne
35 trouverai pas d'ouvriers. "Faites mieux," me dit-il, "débarquez avec armes et bagages; établissez-vous constructeur de machines, et exploitez ici le *séparateur Bourgade.* L'appareil complet vous reviendra à cinq cents francs, vous le vendrez

mille ; tous les mineurs qui vont à San-Francisco se fourniront chez vous en passant. Croyez-moi, c'est la vraie Californie. Vous n'avez pas d'argent pour commencer l'entreprise, on vous en procurera ; une bonne affaire trouve toujours des capitaux, surtout en Amérique. S'il vous faut un associé, me 5 voici. C'est ainsi que nous avons fondé la maison Charlier, Bourgade et Cie, dont les actions sont cotées à la Bourse de Paris. Nous les avons émises au capital de cinq cents francs, et j'en ai mille pour ma part. Elles ont décuplé de valeur, et elles ne s'arrêteront pas là. On parle de nouvelles mines en 10 Australie.

'Comment ?' lui dis-je, 'vous avez gagné cinq millions !'

'Mieux que cela, mais qu'importe ! Dites-moi donc par quel miracle du malheur toutes mes lettres sont restées sans réponse ?' 15

'Vous les retrouverez à la poste. On a su rapidement à Paris le naufrage de *la Belle-Antoinette.* Votre première lettre sera arrivée quelques jours plus tard, quand ces dames avaient quitté la rue d'Orléans. Je crois me rappeler qu'elles ont déménagé sans donner leur adresse : elles voulaient cacher 20 leur misère, et d'ailleurs elles n'attendaient plus de nouvelles de personne. Comment la poste aurait-elle pu les découvrir ? Le facteur n'entre pas une fois en huit jours dans la rue Traversine.'

'Vous n'avez pas une idée de ce que j'ai souffert : écrire 25 pendant plus de deux ans sans recevoir un mot de réponse !'

'Allez ! allez ! j'ai vu deux femmes qui souffraient autant que vous.'

'Non ; elles pleuraient sur un malheur positif ; moi, j'en voyais mille imaginaires. Je les savais sans ressource, expo- 30 sées à toutes les privations et à tous les conseils de la misère ; j'étais riche, et je ne pouvais rien pour elles ! Ce maudit choléra de 1849 m'a fait passer bien des nuits blanches. J'aurais voulu venir à Paris, interroger la police, fouiller la ville entière ; mais j'étais cloué à la maison ! J'ai fait insérer 35 une note à la *Presse* et au *Constitutionnel,* personne n'a répondu. Vous ne lisez donc pas les journaux ?'

'Pas souvent ; et ces dames, jamais.'

'Je les lisais tous, et bien m'en a pris. C'est le *Siècle* qui m'a annoncé le mariage d'Aimée.'

'Il s'agit maintenant de lui annoncer votre retour. Mais bellement, s'il vous plaît; elle est nourrice. Si vous m'en 5 croyez, vous vous ferez précéder d'un ambassadeur. Je connais justement un jeune homme qui cherche une place : c'est le frère de Matthieu, le beau-frère d'Aimée; du reste homme d'esprit et digne de représenter une grande puissance. Si vous êtes content de ses services, je vous indiquerai le moyen 10 de vous acquitter. Voulez-vous que nous passions chez lui?'

Quelques heures après, M. Bourgade, Léonce et Dorothée montèrent dans une belle chaise de poste, que le chemin de fer conduisit à Angers. À Vannes, M. Bourgade descendit 15 à l'hôtel. Les nouveaux mariés poursuivirent leur route et arrivèrent en carrosse, comme Léonce l'avait prédit. Lorsque Dorothée énonça, en termes vagues, l'idée que M. Bourgade n'était peut-être pas mort, la bonne veuve répondit : 'Peut-être!' Elle s'était si bien accoutumée au bonheur, 20 que rien ne lui semblait impossible. Léonce rappela ce que l'élève de l'école centrale m'avait dit autrefois à propos du *séparateur*. Si l'invention avait survécu, l'inventeur pouvait avoir échappé au naufrage. L'espoir rentra par douces ondées dans ces braves cœurs, et le jour où M. Bourgade 25 apparut à Auray, sa femme et sa fille s'écrièrent naïvement : 'Nous le savions bien que tu n'étais pas mort!'

M. Bourgade n'a pas la tournure d'un grand seigneur, tant s'en faut! mais il n'a pas non plus les manières d'un parvenu. Si vous le rencontriez à pied, vous croiriez voir un bon 30 bijoutier de la rue d'Orléans. Cet excellent petit homme méritait d'avoir un gendre comme Matthieu. Il a donné à sa fille une dot de deux millions, à la grande confusion de Matthieu, qui dit : 'Je suis un intrigant; j'ai abusé de mes avantages personnels pour faire un mariage riche.' Les Debay 35 se sont construit une habitation princière; ce qui fait la beauté de leur château, c'est qu'il n'y a pas de pauvres aux environs. Matthieu a terminé ses thèses et obtenu son diplôme de docteur; nous n'avons pas en France deux docteurs aussi

riches que lui, nous n'en avons pas quatre aussi laborieux.
Aimée donne à son mari un enfant tous les ans. Léonce ne
songe plus à imiter M. de Marsay ; il a deux filles et un peu de
ventre. Par ces raisons, il vit en Bretagne, au milieu de la
famille. Il a cent mille francs de rente, puisque Matthieu 5
les a. M. et Mme. Stock ont passé l'Océan ; M. Bourgade
leur a donné une place dans sa fabrique. Le père de Dorothée est toujours intelligent et toujours joueur ; il gagne gros
et il perd tout ce qu'il gagne. Le Petit-Gris et sa femme
n'habitent plus la rue Traversine ; si vous voulez faire leur 10
connaissance, il faudra prendre le chemin d'Auray. Ils n'ont
pas perdu cet admirable coup de balai dont ils étaient si glorieux, ils tiennent le château propre et font une rude chasse
à la poussière. Je reçois cinq ou six fois par an des nouvelles
de mes amis. Hier encore ils m'ont envoyé une bourriche 15
d'huîtres et une caisse de sardines. Les sardines étaient
bonnes, mais les huîtres s'étaient gâtées en chemin. Ce que
c'est que de nous !

RODOLPHE TÖPFFER.

MÉSAVENTURES D'UN ÉCOLIER.

NOTICE

SUR

RODOLPHE TÖPFFER.

Lorsque les amateurs, trop rares, hélas, d'émotions saines et
de distractions honnêtes, demandaient à M. X. de Maistre 5
un-autre conte dans le genre du 'Lépreux de la Cité d'Aoste,'
ou du 'Voyage autour de ma Chambre,' il leur disait, 'Prenez
du Töpffer !' Or qu'est ce que M. Töpffer ?
Écoutez M. Bouillet :
'Töpffer (Rodolphe) écrivain Génevois, né en 1799, mort en 10
1846, fils d'un habile peintre, étudia d'abord la peinture, puis
se consacra aux lettres et à l'éducation, dirigea avec succès
pendant plusieurs années un pensionnat, et fut nommé en
1832 professeur de belles lettres à l'académie de Genève.
On lui doit plusieurs productions charmantes : "Nouvelles 15
Genévoises," "Rosa et Gertrude," "Le Presbytère," romans
où la morale est présentée de la manière la plus agréable ; les
"Voyages en Zig-zag," où, combinant habilement le dessin
avec la narration, il raconte les excursions qu'il faisait dans les
Alpes avec ses écoliers ; "Les Réflexions et Menus Propos 20
d'un Peintre Genévois," où il donne une remarquable théorie
du beau. Il est l'auteur de spirituels albums qui ont eu une
grande vogue : *M. Vieux-Bois, M. Jabot, M. Crépin, M. Crypto-
game, le D. Festus.*'
Il nous a fallu renoncer à publier dans notre volume, 25
comme nous nous le proposions d'abord, le chef d'œuvre de

M. Töpffer, " Le Presbytère," mais le fragment suivant, dé-
taché de " La Bibliothèque de Mon Oncle," donnera un idée
exacte du talent de l'auteur, et pour citer M. Sainte-Beuve :

' Nous espérons qu'il réussira, même auprès de nos lecteurs,
5 blasés des romans du jour, comme une échappée d'une quin-
zaine à Chamouny.'

G. M.

MÉSAVENTURES D'UN ÉCOLIER.

PAR RODOLPHE TÖPFFER.

J'ai connu des gens élevés sur le seuil de la boutique de leur père ; ils avaient retenu de ce genre de vie certaine connaissance pratique des hommes, certain penchant musard, le 5 goût des rues, quelques trivialités d'idées, la morale et les préjugés du quartier. On en a fait des avocats, des ministres, et dans chacune de ces vocations ils ont apporté de ce seuil de boutique bien des éléments bons ou mauvais, toujours ineffaçables. 10

D'autres, en ce temps-là, je veux dire vers quinze ans, avaient leur petite chambre sur une cour silencieuse, sur des toits déserts. Ils y sont devenus méditatifs, peu au fait des affaires de la rue, assez riches d'observations privées sur un petit nombre de voisins. Ils y ont acquis une connaissance 15 de l'homme moins générale, mais plus intime. Combien de fois aussi, privés de tout spectacle, ils ont vécu avec eux seuls, pendant que l'autre, sur son seuil, toujours récréé par la vue de quelque objet nouveau, n'avait ni le temps ni l'envie de faire connaissance avec lui-même. Avocat ou ministre, 20 pensez-vous que celui de la petite chambre n'aura pas une manière autre que celui du seuil ?

Et ce qu'on voit passer de son logis, et les gens qui circulent autour, et les bruits qui s'y entendent, et les objets tristes ou riants qui s'y rencontrent, et le voisinage et les cas 25 fortuits ? Oh ! que l'éducation est une chose difficile ! Tandis qu'à lumineuse intention, sur le conseil d'un ami ou d'un livre, vous dirigez l'esprit et le cœur de votre fils vers le côté qui vous agrée, les choses, les bruits, les voisins, les cas fortuits conspirent contre vous, ou vous secondent sans que 30 vous puissiez détruire ces influences ni vous passer de leur concours.

Plus tard, il est vrai, après vingt, vingt-cinq ans, le logement fait peu. Il est triste ou gai, confortable ou délabré,
mais c'est une école où les enseignements ont cessé. À cet
âge l'homme fournit sa carrière, il a atteint ce nuage d'avenir
5 qui, tout à l'heure encore, lui paraissait si lointain; son âme
n'est plus rêveuse et docile : les objets s'y mirent, mais ils
n'y laissent plus d'empreinte.

Pour moi, j'habitais un quartier solitaire[1]. C'est derrière
le temple de Saint-Pierre, près de la prison de l'évêché. Par-
10 dessus les feuilles d'un acacia, je voyais les ogives du temple,
le bas de la grosse tour, un soupirail de la prison, et au delà,
par une trouée, le lac et ses rives. Quels beaux enseignements, si j'avais su en profiter! Combien la destinée m'avait
favorisé entre les garçons de mon âge! Si j'ai mal profité,
15 je tire gloire néanmoins d'être issu de cette école, plus noble
que celle du seuil de boutique, plus riche que celle de la
chambre solitaire, et d'où devait sortir un poëte, pour peu
que ma nature s'y fût prêtée.

Au fait, tout est pour le mieux; car je me doute qu'à
20 aucune époque les poëtes n'ont été heureux. En savez-
vous un, parmi les plus favorisés, qui ait jamais pu étancher
sa soif de gloire et d'hommages? En connaissez-vous un
parmi les plus grands, et surtout parmi ceux-là, qui ait jamais
pu être satisfait de ses œuvres, y reconnaître les célestes
25 tableaux que lui révélait son génie? Vie de leurres, de
déceptions, de dégoûts! Et encore, ceci n'en est que la
surface; je m'imagine qu'elle recouvre des troubles plus
grands, des dégoûts plus amers. Ces têtes-là se forgent une
félicité surhumaine que chaque jour déçoit ou renverse; ils
30 voient par delà les cieux, et ils sont cloués à la terre; ils
aiment des déesses et ne rencontrent que des mortelles.
Tasse, Pétrarque, Racine, âmes tendres et malades, cœurs
jamais paisibles, toujours saignants ou plaintifs, dites un peu
ce qu'il en coûte pour être immortel !

---

[1] Ce quartier est celui qui avoisine l'église cathédrale de Genève. La
maison dont il est ici question est connue sous le nom de *maison de la
Bourse française*, parce qu'elle appartient à un établissement de bienfaisance destiné à secourir les Genévois protestants d'origine française.

Ceci est l'effet et la cause. C'est parce qu'ils sont poëtes qu'ils éprouvent ces tourments; c'est parce qu'ils éprouvent ces tourments qu'ils sont poëtes. De cette lutte qui se fait en eux jaillit, comme l'éclair de la nue, cette lumière qui nous frappe dans leurs vers; la souffrance leur révèle les joies, les 5 joies leur apprennent la souffrance, leurs désirs vivent à côté de leurs déceptions; de ce riche chaos, de ces fécondes douleurs naissent leurs sublimes pages. Ainsi ce sont les vents orageux qui tirent de si doux sons de cette harpe solitaire.

Je m'étonne donc moins d'avoir ouï dire à un homme de 10 sens qu'il vaut mieux être l'épicier du coin que le poëte du monde; Giraud, que Dante Alighieri.

Cette idée que je me fais du poëte, elle est si vraie, que voyez, je vous prie, à quoi prétendent tout d'abord ceux qui aspirent à cette vocation. N'est-ce point à ce trouble, à ces 15 peines, à ce riche chaos, si possible? Ainsi que l'on singe la vertu par des paroles de sainteté, ils singent, eux, la poésie par des paroles de tristesse, d'angoisse, d'ineffables douleurs; ils souffrent dans leurs vers, ils gémissent dans leurs vers, ils y traînent à vingt ans un reste éteint de vie décolorée, 20 ils y meurent: presque tous commencent par là. Ah! mon ami, il n'est pas si facile que tu penses d'être triste, malheureux, affligé; d'être tourmenté de désirs, fasciné d'extase; de décolorer sa vie, de mourir comme Millevoye! Ôte donc ton masque, que nous voyions ta face réjouie. Pour- 25 quoi, pourquoi, mon gros camarade, ne pas suivre ta nature? Quel avantage si grand trouves-tu donc à passer pour gémissant et plaintif, pour mort et jamais enterré?

Au reste, quand je parle de fécondes douleurs, je n'entends point dire par là que tout grand poëte gémit et pleure néces- 30 sairement dans ses vers, mais, au contraire, que ses plus riantes extases recouvrent d'amers déplaisirs. Alors même qu'il nous entraîne dans un aimable Élysée, alors même qu'il peint la beauté sous ses plus célestes traits, c'est le vide de la terre qui le fait déployer son essor vers ces hauteurs for- 35 tunées: il est peintre de la santé, parce qu'il est malade; de l'été, parce qu'il erre sur les glaces; des eaux fraîches, parce que tout est aride alentour. Le malheureux goûte quelques instants d'ivresse, et nous fait boire à sa coupe. Pour nous le nectar, pour lui la lie.

Mais voici qu'à ce propos je découvre une pensée honteuse qui se cache derrière un repli de mon cerveau : c'est la
5 pensée que je suis bien aise pour mes plaisirs qu'il ait existé de ces âmes souffrantes .... que des infortunés aient vécu de peines durant de longues années, pour laisser quelques pages, quelques strophes qui me charment, qui m'émeuvent un instant ! Profond égoïsme du cœur, cruauté du plaisir
10 qui s'immole tout à lui-même ! Mais aussi .... Racine épicier ! Virgile détaillant ! .... Non je n'ai pas encore assez de sens ; sur mon crâne chenu n'ont pas passé assez d'années encore. Un jour viendra, et trop tôt, où plus sensé, non moins égoïste, je tiendrai ce propos devant les jeunes
15 hommes. Et la pensée que je radote, s'élevant dans le cerveau, s'épandra sur leurs fronts et ne s'arrêtera que sur leurs lèvres.

Il y a dans le cerveau beaucoup de ces pensées honteuses qui se cachent par pudeur, qui se taisent crainte de se faire
20 honnir, qui parfois, venant à surgir hors de leur cachette, font circuler la rougeur sur les fronts honnêtes. Un jour un homme fit une battue dans son propre cerveau ; il en sonda les replis ; il chercha dessus, dessous ; il visita les plus obscurs recoins, et, de ce qu'il trouva, fit un livre, le livre des
25 *Maximes*, miroir fidèle où l'homme se voit bien plus laid qu'il ne croyait l'être.

Le Duc, en cela, avait suivi la maxime de Socrate, qui exhorte l'homme à regarder dans son cerveau. Γνῶθι σεαυτόν (c'est du grec) ne signifie pas autre chose. Pour moi, je
30 doute fort s'il y a beaucoup à gagner dans cette habituelle contemplation. Sur bien des choses, mieux vaut s'ignorer soi-même. Certains, à se connaître mieux, deviendraient pires. Tel voyant son champ ingrat au bon grain, prend l'idée de tirer parti des mauvaises herbes.

35 Aussi je ne regarde plus tant dans mon cerveau, mais ce m'est un passe-temps des plus récréatifs que de lorgner dans celui des autres. J'y applique la loupe, le microscope, et vous ne sauriez croire ce que j'y découvre de petites par-

ticularités curieuses, sans compter les grosses qui se voient à l'œil nu, et les monstruosités qui frappent à distance. Bien fou Gall, qui prétend juger du contenu par le contenant, et du goût d'une orange par ses aspérités, d'un onguent par la boîte. Moi, j'ouvre et je goûte; j'ôte le couvercle et je 5 flaire.

Imaginez-vous que tous les cerveaux sont faits de même; j'entends qu'ils ont tous le même nombre de loges, contenant les mêmes germes, ainsi qu'en toute orange même nombre de pepins habitent même nombre de loges pareillement dis- 10 posées. Mais voici que bientôt, de ces germes, les uns avortant, les autres se développant outre mesure, il résulte des disproportions d'où éclatent ces différences de caractères qui font les hommes si dissemblables.

Ce qui est curieux, c'est qu'il y a un de ces germes qui 15 n'avorte jamais, qui s'alimente de rien comme de beaucoup, qui prend sa croissance l'un des premiers et décroît le dernier de tous; si bien que celui-là mort, on peut être assuré que tout le reste de l'homme a cessé de vivre: c'est celui de la vanité. Je tiens ceci d'un visiteur de morts, lequel m'a 20 confié, que, pour sa part, il s'en tenait à ce signe, le regardant comme plus sûr que tout autre; en sorte qu'appelé auprès d'un défunt, il s'assurait tout d'abord qu'il n'y eût plus envie aucune de paraître, aucun soin de son air, de sa pose, nul souci du regard des autres; auquel cas, sans même tâter 25 le pouls, il donnait son permis; et que, pour avoir toujours pratiqué cette recette, il était convaincu de n'avoir jamais envoyé en terre un vivant, ce que, disait-il, font souvent ses confrères, lesquels s'en tiennent au pouls, au souffle et autres signes incomplets. 30

Il prétendait, ce visiteur, que ce n'est pas tant selon la condition, la richesse ou la profession, que ce bourgeon-là varie; que, si quelque chose influe, ce serait plutôt l'âge. Dans l'enfance, il n'est pas le premier à se montrer; dans la jeunesse, il n'est pas le plus gros; mais, dès vingt ans, c'est 35 un tubercule respectable et vorace, qui s'alimente de tout.

J'oublie que c'est de mon logis que je voulais parler. J'y coulais dans une paix profonde les riants loisirs de ma première adolescence, vivant peu avec mon maître, plus avec moi-même, beaucoup avec Eucharis, avec Galatée, avec Estelle surtout.

5 Il y a un âge, un seul à la vérité, et qui dure peu, où les pastorales de M. de Florian ont un charme tout particulier; j'étais à cet âge. Rien ne me semblait aimable comme ces jeunes bergères; rien de naïf comme leurs phrases précieuses et leurs sentiments à l'eau de rose; rien de champêtre, de rustique, comme leurs élégants corsages, comme leurs gen-10 tilles houlettes à rubans flottants. À peine trouvais-je aux plus jolies demoiselles de la ville la moitié de la grâce, de l'élégance, de l'esprit, du sentiment surtout, de mes chères gardeuses de moutons. Aussi leur avais-je donné mon cœur sans réserve, et ma novice imagination se chargeait de le leur 15 garder fidèle.

Enfantines amours, premières lueurs de ce feu qui plus tard pénètre, étreint, embrase ! . . . Que de charme, que de riant et pur éclat dans ces innocentes prémices d'un senti-ment si fécond en orages !

20 Le malheur de cette passion-là, c'est que je n'osais pas m'y livrer avec sécurité; et ceci, à cause d'un entretien très-grave que j'avais eu tout récemment avec mon maître. C'était à propos de la belle conduite de Télémaque dans l'île de Calypso, alors qu'il quitte Eucharis pour la vertu, laquelle 25 conduite nous traduisions ensemble en fort mauvais latin :

'Et il précipita Télémaque dans la mer . . . .'

'Et Telemachum in mare de rupe praecipitavit,' venais-je de traduire, lorsque M. Ratin, c'était mon maître, s'avisa de me demander ce que je pensais de ce procédé de Mentor.

30 Cette question m'embarrassa fort, tant je savais déjà qu'il ne faut point blâmer Mentor devant son précepteur. Cepen-dant, au fond, je trouvais que Mentor s'était comporté, en cette occasion, d'une façon brutale.

'Je pense,' répondis-je, 'que Télémaque fut bien heureux 35 d'en être quitte pour avoir bu l'onde amère.'

'Vous ne comprenez pas ma question,' reprit M. Ratin. 'Télémaque était amoureux de la nymphe Eucharis; or, l'amour est la passion la plus funeste, la plus méprisable, la plus contraire à la vertu. Un jeune homme qui aime s'adonne au relâchement et à la mollesse ; il n'est plus bon à rien qu'à soupirer auprès d'une femme, comme fit Hercule aux pieds d'Omphale. Le procédé du sage Mentor était donc le plus 5 admirable entre tous pour arrêter Télémaque sur les bords de l'abîme. Voilà,' ajouta M. Ratin, ' ce que vous auriez dû me répondre.'

C'est de cette façon indirecte que j'ai appris que mon cas était grave et que j'avais déjà bien dévié de la vertu ; car 10 j'aimais Estelle tout aussi évidemment, à mes yeux, que l'autre, Eucharis. Je résolus donc, à part moi, de combattre un sentiment si coupable, et qui pourrait tôt ou tard m'attirer quelque catastrophe, à en juger du moins d'après l'admiration que M. Ratin professait pour le procédé de Mentor. 15

Le discours de M. Ratin m'avait fait d'ailleurs une grande impression, bien moins pourtant par ce que j'en pouvais comprendre que par ce que j'y trouvais d'obscur et de mystérieux. En même temps que, pour être sage et ne pas tomber dans l'abîme, je réprimais une bien innocente ardeur, mon imagi- 20 nation s'attachait aux paroles sinistres de M. Ratin pour en pénétrer le sens et pour y chercher des révélations.

Ce fut là mon premier amour. S'il n'eut pas de suite, vu sa nature tout imaginaire, la façon dont il fut refoulé par le discours de M. Ratin a imprimé à mes autres amours cer- 25 tains traits que l'on pourra reconnaître dans les récits qui suivront.

Cette prison dont j'ai parlé n'a qu'une seule fenêtre qui donne de mon côté. En général, les prisons ne sont pas riches en fenêtres. 30

Cette fenêtre est percée dans une muraille d'un aspect noir et triste. Des barreaux de fer empêchent le prisonnier d'avancer la tête en dehors ; et un appareil extérieur, qui lui dérobe la vue de la rue, ne laisse pénétrer dans le fond de sa retraite qu'un peu de la lumière du ciel. Je me souviens 35 que la vue de ce soupirail ne m'inspirait alors que terreur et colère. C'est qu'en effet, dans une société que je me figurais tout entière composée d'honnêtes gens, il me paraissait

infâme que quelqu'un s'y permît d'être assassin ou voleur ;
et la justice, qui protégeait des gens parfaits contre des
monstres, m'apparaissait comme une matrone saintement
sévère, dont les arrêts ne pouvaient être trop terribles.
5 Depuis, j'ai changé : la justice m'est apparue moins sainte ;
ces gens parfaits ont baissé dans mon estime ; et dans ces
monstres, j'ai reconnu trop souvent les victimes de la misère,
de l'exemple, de l'injustice . . . . Alors la compassion est
venue tempérer la colère.

10 L'esprit des enfants est absolu, parce qu'il est borné. Les
questions, n'ayant pour eux qu'une face, sont toutes simples ;
en sorte que la solution en paraît aussi facile qu'évidente à
leur intelligence plus droite qu'éclairée. C'est pour cela que
les plus doux d'entre eux disent parfois des choses dures, que
15 les plus humains tiennent des propos cruels. Sans être de ces
plus humains, cela m'arrivait souvent ; et, quand je voyais
conduire un homme en prison, toute ma sympathie était pour
les gendarmes, toute mon horreur pour cet homme. Ce
n'était ni cruauté ni bassesse ; c'était droiture. Plus vicieux,
20 j'aurais détesté les gendarmes, plaint l'homme.

Un jour j'en vis passer un qui alluma toute mon indignation.
C'était le complice d'un atroce assassin. Entre eux deux, ils
avaient tué un vieillard pour s'emparer de son argent ; puis,
aperçus par un enfant au moment du crime, ils s'étaient défait
25 de cet innocent témoin par un second meurtre. Le camarade
de cet homme avait été condamné à mort ; mais lui, soit ha-
bileté dans la défense, soit quelque circonstance atténuante,
était condamné seulement à une réclusion perpétuelle. Au
moment où, près d'entrer dans la prison, il passa sous ma
30 fenêtre, il regardait les maisons voisines avec curiosité. Ses
yeux ayant rencontré les miens, il sourit comme s'il m'avait
connu !

Ce sourire me fit une impression sinistre et profonde.
Pendant toute la journée, rien ne put le chasser de ma
35 pensée. Je résolus d'en parler à mon maître, qui saisit
cette occasion pour me faire une remontrance sur le temps
considérable que je perdais à regarder dans la rue.

C'était, quand j'y songe, un drôle d'homme que mon

maître : moral et pédant, respectable et risible, grave et ridicule, en telle sorte qu'il me faisait une impression à la fois vénérable et bouffonne. Tel est pourtant l'empire de l'honnêteté, l'ascendant des principes, lorsque la conduite est en accord avec eux, que, malgré l'effet vraiment risible que 5 me faisait M. Ratin, il avait sur moi plus d'influence que tel maître bien plus habile ou bien plus sensé, mais en qui j'aurais surpris le moindre désaccord entre les préceptes qu'il me donnait à suivre et ceux qu'il suivait lui-même.

Il était pudibond à l'excès. Nous sautions des pages en- 10 tières de Télémaque, comme contraires aux bonnes mœurs, et il prenait soin de me prémunir contre toute sympathie pour l'amoureuse Calypso, m'avertissant que je rencontrerais dans le monde une foule de femmes dangereuses qui lui ressemblent. Cette Calypso, il la détestait ; cette Calypso, bien 15 que déesse, c'était sa bête noire. Quant aux auteurs latins, nous n'avions garde de les lire ailleurs que dans les textes expurgés par le Jésuite Jouvency ; encore enjambions-nous bien des passages que ce pudique Jésuite avait crus sans danger. De là l'épouvantable idée que j'étais porté à me 20 faire d'une foule de choses ; de là aussi l'épouvantable frayeur que j'avais de laisser voir à M. Ratin mes plus innocentes pensées, si seulement elles avaient quelque teinte amoureuse, quelque lointain rapport avec Calypso, sa bête noire.

Il y aurait beaucoup à dire sur ce point. Cette méthode 25 enflamme plus qu'elle ne tempère ; elle comprime plus qu'elle ne prévient ; elle donne des préjugés plutôt que des principes ; son premier effet surtout est d'altérer presque infailliblement la candeur, cette fleur délicate qu'un rire flétrit, que rien ne relève. 30

Au surplus, M. Ratin, tout farci de latinité et d'ancienne Rome, mais bon homme au demeurant, était plus harangueur que sévère. À propos d'un pâté d'encre, il citait Sénèque ; à propos d'une espièglerie, il me proposait Caton d'Utique pour exemple ; mais une chose qu'il ne pardonnait pas, c'était le 35 fou rire. Cet homme voyait dans le fou rire les choses les plus singulières, l'esprit du siècle, l'immoralité précoce, le signe certain d'un avenir déplorable. Sur ce point il pérorait avec passion, interminablement. J'attribue ceci à une verrue qu'il avait sur le nez.

Cette verrue était de la grosseur d'un pois chiche et surmontée d'une petite houppe de poils très-délicats, très-hygro-5 métriques aussi : car j'avais remarqué que, selon l'état de l'atmosphère, ils étaient plus roides ou plus bouclés. Il m'arrivait souvent, durant mes leçons, de la considérer le plus naïvement du monde, comme un objet curieux, sans aucune idée de moquerie; j'étais, dans ces cas-là, brusque-10 ment interpellé, et tancé vertement sur ma distraction. D'autres fois, plus rarement, une mouche voulait obstinément s'y poser, malgré l'impatiente colère de mon maître, qui pressait alors l'explication, afin que, attentif au texte, je ne m'aperçusse point de cette lutte singulière. Mais cela 15 même m'avertissait qu'il se passait quelque chose, en sorte qu'une curiosité irrésistible me faisait lever furtivement les yeux sur son visage. Selon ce que j'avais lu, le fou rire commençait à me prendre, et, pour peu que la mouche insistât, il devenait irrésistible aussi. C'est alors que M. Ratin, 20 sans paraître concevoir le moins du monde la cause d'un pareil scandale, tonnait contre le fou rire en général, et m'en démontrait les épouvantables conséquences.

Le fou rire est néanmoins une des douces choses que je connaisse. C'est fruit défendu, partant exquis. Les harangues 25 de mon maitre ne m'en ont pas tant guéri que l'âge. Pour fou rire avec délices, il faut être écolier, et, si possible, avoir un maître qui ait sur le nez une verrue et trois poils follets :

' Cet âge est sans pitié !'

Réfléchissant depuis à cette verrue, je me suis imaginé que 30 tous les gens susceptibles ont ainsi quelque infirmité physique ou morale, quelque verrue occulte ou visible, qui les prédispose à se croire moqués de leur prochain. Ne riez pas devant ces gens-là : c'est rire d'eux ; ne parlez pas de loupe ni de bourgeon : c'est faire des allusions ; jamais de Cicéron, de 35 Scipion Nasica : vous auriez une affaire.

C'était le temps des hannetons. Ils m'avaient bien diverti

autrefois, mais je commençais à n'y prendre plus de plaisir. Comme on vieillit !

Toutefois, pendant que, seul dans ma chambre, je faisais mes devoirs avec un mortel ennui, je ne dédaignais pas la compagnie de quelqu'un de ces animaux. À la vérité il ne 5 s'agissait plus de l'attacher à un fil pour le faire voler, ni de l'attacher à un petit chariot : j'étais déjà trop avancé en âge pour m'abandonner à ces puériles récréations ; mais penseriez-vous que ce soit là tout ce qu'on peut faire d'un hanneton ? Erreur grande ; entre ces jeux enfantins et les 10 études sérieuses du naturaliste, il y a une multitude de degrés à parcourir.

J'en tenais un sous un verre renversé. L'animal grimpait péniblement les parois pour retomber bientôt, et recommencer sans cesse et sans fin. Quelquefois il retombait sur le dos : 15 c'est, vous le savez, pour un hanneton, un très-grand malheur. Avant de lui porter secours, je contemplais sa longanimité à promener lentement ses six bras par l'espace, dans l'espoir toujours déçu de s'accrocher à un corps qui n'y est pas. ' C'est vrai que les hannetons sont bêtes !' me disais-je. 20

Le plus souvent, je le tirais d'affaire en lui présentant le bout de ma plume, et c'est ce qui me conduisit à la plus grande, à la plus heureuse découverte ; de telle sorte qu'on pourrait dire avec Berquin qu'une bonne action ne reste jamais sans récompense. Mon hanneton s'était accroché 25 aux barbes de la plume, et je l'y laissais reprendre ses sens pendant que j'écrivais une ligne, plus attentif à ses faits et gestes qu'à ceux de Jules César, qu'en ce moment je traduisais. S'envolerait-il, ou descendrait-il le long de la plume ? À quoi tiennent pourtant les choses ! S'il avait pris le premier 30 parti, c'était fait de ma découverte ; je ne l'entrevoyais même pas. Bien heureusement il se mit à descendre. Quand je le vis qui approchait de l'encre, j'eus des avant-coureurs, j'eus des pressentiments qu'il allait se passer de grandes choses. Ainsi Colomb, sans voir la côte, pressentait son Amérique. Voici 35 en effet le hanneton qui, parvenu à l'extrémité du bec, trempe sa tarière dans l'encre. Vite un feuillet blanc . . . . . c'est l'instant de la plus grande attente !

La tarière arrive sur le papier, dépose l'encre sur sa trace, et voici d'admirables dessins. Quelquefois le hanneton, soit génie, soit que le vitriol inquiète ses organes, relève sa tarière et l'abaisse tout en cheminant; il en résulte une série de 5 points, un travail d'une délicatesse merveilleuse. D'autres fois, changeant d'idée, il se détourne, puis changeant d'idée encore, il revient: c'est une S!.... À cette vue, un trait de lumière m'éblouit.

Je dépose l'étonnant animal sur la première page de mon 10 cahier, la tarière bien pourvue d'encre; puis armé d'un brin de paille pour diriger les travaux et barrer les passages, je le force à se promener de telle façon qu'il écrive lui-même mon nom! Il fallut deux heures; mais quel chef-d'œuvre!

La plus noble conquête que l'homme ait jamais faite, dit 15 Buffon, c'est .... c'est bien certainement le hanneton!

Pour diriger cette opération, je m'étais approché du jour. Nous achevions la dernière lettre, lorsqu'une voix appela doucement:

'Mon ami!'
20 Je regardai aussitôt dans la rue. Il n'y avait personne.
'Ici!' dit la même voix.
'Où?' répondis-je.
'À la prison.'

Je compris que ces paroles, sorties du soupirail, m'étaient 25 adressées par le scélérat dont l'affreux sourire m'avait tant bouleversé. Je reculai jusque dans le fond de ma chambre.

'N'aie pas peur,' continua la voix, 'c'est un brave homme qui te parle.' ....

'Coquin!' lui criai-je, 'si vous continuez à me parler, je 30 vais avertir le factionnaire là-bas!'

Il se tut un moment.

'En passant l'autre jour dans la rue,' reprit-il, 'je vis votre figure, et je vous attribuai un cœur capable de plaindre une victime infortunée de l'injustice des hommes.' ....
35 'Taisez-vous!' lui criai-je encore, 'scélérat qui avez tué un vieillard, un enfant?' ....

'Mais vous êtes, je le vois, aveuglé comme les autres. Bien jeune, pourtant, pour déjà croire au mal!'

Il se tut à l'ouïe d'une personne qui passait dans la rue. C'était un monsieur vêtu de noir. J'ai su depuis que c'était un employé aux pompes funèbres.

Lorsque cet homme se fut éloigné:

'Voilà,' dit-il, 'le respectable aumônier de la prison. 5 Celui-là sait, Dieu merci, que mon cœur est pur et mon âme sans tache!'

Il se tut encore. Cette fois c'était un gendarme. J'hésitai à l'appeler pour lui redire les paroles du prisonnier: mais ces paroles mêmes avaient déjà assez agi sur ma crédulité pour 10 que je comprimasse ce mouvement. Il me semblait d'ailleurs qu'il y eût eu quelque trahison à le faire, puisque le prisonnier s'était fié à la candeur de mon visage. C'eût été démentir un éloge qui flattait mon amour-propre. J'ai dit plus haut que le bourgeon s'alimente de tout; il n'est main si vile qui ne puisse 15 encore le chatouiller agréablement.

Après cet entretien qui m'avait attiré vers la fenêtre, le prisonnier continuant à se taire, je retournai à mon hanneton.

Je suis certain que je dus pâlir. Le mal était grand, irréparable! Je commençai par saisir celui qui en était l'auteur, 20 et je le jetai par la fenêtre. Après quoi, j'examinai avec terreur l'état des choses.

On voyait une longue trace noire qui, partie du chapitre iv. de Bello Gallico, allait droit vers la marge de gauche; là, l'animal, trouvant la tranche trop roide pour descendre, avait 25 rebroussé vers la marge de droite; puis, étant remonté vers le nord, il s'était décidé à passer du livre sur le rebord de l'encrier, d'où, par une pente douce et polie, il avait glissé dans l'abîme, dans la géhenne, dans l'encre, pour son malheur et pour le mien!   30

Là, le hanneton, ayant malheureusement compris qu'il se fourvoyait, avait résolu de rebrousser chemin, et, en deuil de la tête aux pieds, il était sorti de l'encre pour retourner au chapitre iv. de Bello Gallico, où je le retrouvai qui n'y comprenait rien.   35

C'étaient des pâtés monstrueux, des lacs, des rivières, et toute une suite de catastrophes sans délicatesse, sans génie! . . . . un spectacle noir et affreux!!

Or, ce livre, c'était l'Elzévir de mon maître, Elzévir in-quarto[1], Elzévir rare, coûteux, introuvable, et commis à ma responsabilité avec les plus graves recommandations. Il est évident que j'étais perdu.

5 J'absorbai l'encre avec du papier brouillard, je fis sécher le feuillet; après quoi je me mis à réfléchir sur ma situation.

J'éprouvais plus d'angoisse que de remords. Ce qui m'effrayait le plus, c'était d'avoir à avouer le hanneton. De quel œil terrible mon maître ne considérerait-il pas cette honteuse 10 manière de perdre mon temps, à cet âge de raison où il disait que j'étais maintenant parvenu, et de le perdre en puérilités dangereuses, et très-probablement immorales! Cela me faisait frémir.

Satan, dont je ne me défiais point pour l'heure, se mit à 15 m'offrir des calmants. Satan est toujours là à l'heure de la tentation. Il me présentait un tout petit mensonge. Durant mon absence, cet infâme chat de la voisine serait entré dans la chambre, et aurait renversé l'encrier sur le chapitre iv. de Bello Gallico. Comme je ne devais point sortir entre les 20 leçons, j'aurais motivé mon absence sur la nécessité d'aller acheter une plume. Comme les plumes étaient dans une armoire à ma portée, j'aurais avoué avoir perdu la clef hier au bain. Comme je n'avais pas eu permission hier d'aller au bain, et que je n'y avais réellement pas été, j'aurais supposé y 25 avoir été sans permission, et avoué cette faute, ce qui aurait jeté sur tout l'artifice beaucoup de vraisemblance, et en même temps diminué mes remords, puisque je m'accusais généreusement d'une faute, ce qui à mes yeux m'absolvait presque. . . . .

30 Ce chef-d'œuvre de combinaison était tout prêt, lorsque j'entendis le pas de M. Ratin, qui montait l'escalier!

Dans mon trouble, je fermai le livre, je le rouvris, je le fermai encore pour le rouvrir précipitamment, sur ce motif que le pâté parlerait de lui-même et m'épargnerait l'embarras 35 terrible des premières ouvertures. . . . .

[1] Il eût fallu dire: petit in-12, les Elzévir n'ayant point publié de César format in-4º.—*Note des éditeurs.*

M. Ratin venait pour me donner ma leçon. Sans voir le livre, il posa son chapeau, il plaça sa chaise, il s'assit, il se moucha. Pour avoir une contenance, je me mouchai aussi, sur quoi M. Ratin me regarda fixement, car il s'agissait de nez.

Je ne compris pas d'abord que M. Ratin sondait l'intention 5 que j'avais pu avoir en me mouchant presque au même instant que lui, en sorte que, m'imaginant qu'il avait vu le pâté, je baissai les yeux ; plus décontenancé par son silence scrutateur que je ne l'aurais été par ses questions, auxquelles j'étais prêt à répondre. À la fin, d'un ton solennel: 'Monsieur! je lis 10 sur votre figure.' . . . .

'Non, monsieur.' . . . .

'Je lis, vous dis-je.' . . . .

'Non, monsieur, c'est le chat,' interrompis-je. . . . .

Ici, M. Ratin changea de couleur, tant cette réponse lui 15 sembla dépasser toutes les limites connues de l'irrévérence, et il allait prendre un parti violent, lorsque, ses yeux étant tombés sur le monstrueux pâté, cette vue lui produisit un soubresaut qui, par contre-coup, en produisit un sur moi.

C'était le moment de conjurer l'orage. 'Monsieur, pen- 20 dant que j'étais sorti . . . . le chat . . . . pour acheter une plume . . . . le chat . . . . parce que j'avais perdu la clef . . . . hier au bain . . . . le chat . . . .'

À mesure que je parlais, le regard de M. Ratin devenait si terrible, qu'à la fin, ne pouvant plus le soutenir, je passai sans 25 transition à l'aveu de mes crimes. 'Je mens . . . . Monsieur Ratin . . . . c'est moi qui ai fait ce malheur.'

Il se fit un grand silence.

'Ne vous étonnez point, monsieur,' dit enfin M. Ratin d'une voix solennelle, 'si l'excès de mon indignation en com- 30 prime et en retarde l'expression. Je dirai même que l'expression me manque pour qualifier . . . .' Ici une mouche . . . . un souffle de fou rire parcourut mon visage.

Il se fit de nouveau un grand silence.

Enfin M. Ratin se leva. 'Vous allez, monsieur, garder la 35 chambre pendant deux jours, pour réfléchir sur votre conduite, tandis que je réfléchirai moi-même au parti que je dois prendre dans une conjoncture aussi grave.' . . . .

Là-dessus M. Ratin sortit en fermant l'appartement, dont il emporta la clef.

L'aveu sincère m'avait soulagé, le départ de M. Ratin m'ôtait la honte, de façon que les premiers moments de ma captivité
5 ressemblèrent fort à une heureuse délivrance : et, sans l'obligation où je me voyais de songer deux jours à mes fautes, je me serais fort réjoui, comme on y est disposé au sortir des grandes crises.

Je me mis donc à songer; mais les idées ne venaient pas.
10 Quand je voulais approfondir ma faute, je n'y voyais de grave que le mensonge, réparé pourtant par un aveu que je me plaisais à trouver spontané. Toutefois, pour la bonne règle, je tâchais de me repentir; et, voyant la peine que j'avais à y parvenir, je commençais à craindre que mon cœur ne fût
15 effectivement déjà bien mauvais, immoral, comme disait M. Ratin, en sorte que je formais avec contrition le projet de renoncer désormais au fou rire.

J'en étais là quand vint à passer dans la rue le marchand de petits gâteaux. C'était son heure. L'idée de manger des
20 petits gâteaux se présenta naturellement à mon esprit; mais je me fis un scrupule de céder à cette tentation de la chair, dans un moment où c'était sur l'âme qu'il m'était enjoint de travailler, de façon que, laissant le marchand attendre et crier, je restai assis au fond de ma chambre.

25 Mais ceux qui ont observé les marchands de petits gâteaux savent combien ils sont tenaces envers la pratique. Celui-ci, bien qu'il ne me vît point paraître encore, ne tirait de cette circonstance aucune induction fâcheuse pour son affaire, mais, bien au contraire, continuait à crier avec la plus robuste foi en
30 ma gourmandise. Seulement il ajoutait au mot de gâteaux l'épithète pressante de 'tout chauds,' et il est bien vrai que cette épithète faisait des ravages dans ma moralité. Heureusement je m'en aperçus et j'y mis bon ordre.

Je crus devoir cependant ne pas laisser dans son erreur cet
35 honnête industriel à qui je faisais perdre un temps précieux; je me mis à la fenêtre pour lui dire que je ne prendrais pas de gâteaux pour ce jour-là.

' Dépêchons,' me dit-il, ' je suis pressé.' . . . .

J'ai déjà dit qu'il croyait en moi plus que moi-même.

'Non,' repris-je, 'je n'ai point d'argent.'

'Crédit.'

'Et puis, je n'ai pas faim.'

'Mensonge.'   5

'Et puis, je suis très-occupé.'

'Vite !'

'Et puis, je suis prisonnier.'

'Ah ! vous m'ennuyez,' dit-il en soulevant son panier comme pour s'éloigner.   10

Ce geste me fit une impression prodigieuse. 'Attendez !' lui criai-je.

Quelques instants après, une casquette artistement suspendue à une ficelle hissait deux petits gâteaux . . . . *tout chauds.*   15

'Bête de hanneton,' pensais-je en mangeant mon gâteau, 'qui, avec quatre ailes pour s'envoler, se va jeter dans un puits ! Sans cette stupidité inconcevable, je faisais mes devoirs tranquillement, j'étais sage. M. Ratin content, et moi aussi : point de mensonge, point de prison. . . . Bête de 20 hanneton !

Heureuse idée que j'eus là ! J'avais trouvé le bouc expiatoire, en sorte que, peu à peu, le chargeant de tous mes méfaits, ma conscience reprenait un calme charmant. Ce qui y contribuait, je m'imagine, c'est que l'indignation de 25 M. Ratin avait été si forte, qu'il avait entièrement oublié de me donner des devoirs à faire. Or, deux jours et point de devoirs, c'était peut-être, de toutes les punitions, celle que j'aurais choisie comme la plus délicieuse.

NOTES.

INTRODUCTION.

P. vii, l. 12. *A dull book.* 'Quelle gaieté ! on ne rit pas d'un autre rire chez les démons !' (Vinet, Discours sur la Littérature Française.)

l. 15. *In days of yore.* See Don Quijote, bk. i. chap. vi.

l. 24. *The lives of Charlemagne.* The reader anxious to form some idea of the old French Chansons de Geste cannot do better than consult the elegant series of metrical romances published by order of the Imperial Government, and entitled 'Les Anciens Poètes de la France,' and more especially M. Léon Gautier's admirable work 'Les épopées Françaises,' published by V. Palmé, 4 vols. 8vo.

P. viii, l. 20. The Fabliaux of Rutebeuf (thirteenth century) were published in 1840 by M. A. Jubinal, Paris, 2 vols. 8vo. A new edition has lately appeared in the 'Bibliothèque Elzévirienne,' 3 vols. 12mo. Gautier de Coinsi, Prior of Vic-sur-Aisne, belongs likewise to the thirteenth century.

P. ix, l. 15. The French edition of the Roman de Renart is in five volumes 8vo, including a supplement.

l. 17. Best edition of the Roman de la Rose, by M. Francisque Michel, Didot, 1864, 2 vols. 12mo. Guillaume de Lorris (died in 1260 ?) composed the first 4000 lines. Jean de Meung (1260–1318), surnamed Clopinel on account of his lameness, gave to the Roman de la Rose the character of a violent satire. The old French verb *clopiner* (Gr. χωλόπους = lame) is found as late as Châteaubriand. *Clopin-clopant,* limpingly. Lorris (L. *Lauriacum*) and Meung, or Mehun-sur-Loire, are two small towns in the department of Loiret.

l. 24. . . . . . *by Gerson.* 'Auferatur ergo liber talis, et exterminetur absque ullo usu in futurum, specialiter autem in his partibus, in quibus utitur personis infamibus et prohibitis, sicut vetula damnata, quae judicari debet ad supplicium pillorii.' See Gerson's Treatise, and also his sermons for the third and fourth Sundays in Advent. On Christine de Pisan's critique of the poem, see M. Francisque Michel's edition, vol. i. p. 8.

l. 33. The story of Aucassin et Nicolete forms part of Messrs. Moland and d'Héricault's Nouvelles Françaises du XIII⁰ Siècle, in M. Jannet's Bibliothèque Elzévirienne, 1 vol. 12mo. It was translated into modern French by Lacurne de Sainte-Palaye under the title of *les amours du bon vieux temps*, and it furnished Sedaine with the subject of a comic-opera in three acts, set to music by Grétry. The Dolopathos appears to have been composed during the thirteenth century by a Trouvère named Hébers or Herbers. The Gesta Romanorum, of which the Viollier des Histoires Romaines is a translation, may be considered as the work of Pierre Bercheure, Prior of the Benedictines of Saint-Éloi in Paris. He died in 1362. The clever satire, entitled ' Les Quinze Joies du Mariage,' was written by Antoine de la Sale (1398–1462 ?), who also composed the Cent Nouvelles Nouvelles, sometimes falsely ascribed to King Louis XI. Three authors contributed to the Évangile des Quenouilles, viz. Fouquart de Cambray, Antoine du Val, and Jean d'Arras. Excellent editions of all these works form part of M. Jannet's Biblioth. Elzévirienne. See also Masson's Introduction to the History of French Literature.

P. x, l. 18. *Pantagruel.* See M. Jannet's edition.

P. xi, l. 4. *De Thou's opinion.* Jacques Auguste De Thou (1563–1617). See his history.

l. 8. *Meudon,* a village near Paris.

l. 10. Jean de la Bruyère (1646–1690). See in his Caractères the chapter entitled ' Des Ouvrages de l'Esprit.'

l. 15. *Cymbalum Mundi.* This work, in which reigns, says M. Bouillet (Dictionnaire), 'le scepticisme le plus effréné,' was published for the first time in 1537. The works of Bonaventure Des Périers, in two vols. 12mo., form part of the Biblioth. Elzévirienne.

l. 16. Giovanni Boccaccio (1313–1375) composed his Decamerone at the request of Joan, Queen of Naples.

l. 17. On Margaret de Navarre, see M. Sainte-Beuve's Causeries du Lundi, vol. vii.

l. 18. On D'Urfé, see M. Demogeot's Histoire de la Littérature Française au XVII⁰ Siècle.

l. 32. *Boileau's verdict.* See his ' Héros de Romans, Dialogue à la Manière de Lucien.' He says in the preliminary discourse : ' D'Urfé soutint tout cela (les aventures dans l'Astrée) d'une narration également vive et fleurie, de fictions très ingénieuses, et de caractères aussi finement imaginés qu'agréablement variés et bien suivis.'

P. xii, ll. 3–14. *Instead . . . . hopeless aspirations.* On all the persons and incidents mentioned in this paragraph and the following, see the Notes to the editor's Selection from the Letters of Mme. de Sévigné, &c. (C.P.S.).

P. xiii, l. 4.   On Agrippa d'Aubigné, see M. Haag's La France Pro-
testante, s.v., and M. Sayous' Études Littéraires sur les Écrivains Français de la Réformation.

l. 30.   The Duke of Burgundy (1682–1712), grandson of Louis XIV.

XAVIER DE MAISTRE.

VOYAGE AUTOUR DE MA CHAMBRE.

P. 7, l. 6. *Qu'il est,* for *combien il est.*

Glorieux. This adjective is also taken in the sense of conceited,
proud. It is applied, says M. Littré (Dict. s.v.), to a person 'qui a le
sentiment de quelque gloire personnelle.'

'Voyez vous, dirait-on, cette madame la marquise, qui fait tant la
glorieuse.' (Molière, Bourg. Gentilh. iii. 12.)

The comic writer Destouches (1680–1754) having composed a play
entitled Le Glorieux, Voltaire sent to him the following elegant lines :—

> 'Auteur solide, ingénieux,
> Qui du théâtre êtes le maître,
> Vous qui fites *le glorieux,*
> Il ne tiendrait qu'à vous de l'être.'

Comp. the Miles Gloriosus of Plautus, also : 'Epistolae jactantes et
gloriosæ.' (Plin. Epist. iii. 9.)

Carrière. Here a career, lit. a race-course, the place where the
chariots compete for the prize. From the Latin *carrus. Carrière,* or
as it is spelt in the old French, *quarrière,* is a different word, meaning
a quarry, and may be traced to Latin *quadratarius,* a stone-mason. The
Low Latin *quadraria* stands for quarry. See Ducange's Gloss. s.v.

l. 8. *Étincelle,* a spark. Lat. *scintilla,* Old Fr. *stincele.* 'Volent
esteindre la *stincele* qui remise m'est.' (Trans. of the Book of Kings.)

l. 9. *Espace.* The verb *s'espacer* is used idiomatically in the sense of
'to take a great deal of room,' and also 'to dilate or discourse at great
length.' 'Louis de Bade avait jeté un pont de bateaux sur le Rhin ....
et de là *s'était espacé* en Alsace.' (Saint-Simon.) 'Brissac lui conta (au
Roi) ce qu'il avait fait, non sans *s'espacer* sur la piété des dames de la
cour.' (Ibid.) Eng. to expand, expatiate.

l. 19. *À l'abri,* under shelter ; derived from Lat. *apricus.* 'Parceque
les choses exposées au soleil sont en quelque sorte à couvert du froid et
du mauvais temps.' (Littré.) Verb *abriter.*

l. 21. *Abandonné,* forlorn. Used as a substantive, this word is applied to immoral characters. 'Quelque libertin et quelqu'*abandonné* qu'il puisse être, il y a toujours de certains reproches de la conscience qui le troublent.' (Bourdaloue.) Cp. Prior:—

> 'Nor let her tempt that deep, nor make the shore,
> Where our *abandon'd* youth she sees,
> Shipwreck'd in luxury, and lost in ease.' (Ode. 1692.)

P. 8, l. 9. *Coûté.* As the verb *coûter* is derived from the Latin *constare*, it cannot be regarded as an active verb, and therefore the expression 'ce livre m'a coûté cinq francs,' for instance, is elliptical, instead of ' ce livre m'a coûté (pour) cinq francs.' We should write, ' les pleurs que son départ m'a coûté, les démarches que sa mésaventure nous a coûté.' Phrases like the following are numerous, however, in the most classical authors:

> 'Après tous les ennuis que ce jour m'a *coûtés.*'
> (Racine, Britannicus, v. 3.)

' Mes manuscrits raturés, barbouillés, et même indéchiffrables, attestent la peine qu'ils m'ont *coûtée.*' (J. J. Rousseau, Émile, liv. i.) Comp. the couplet in the vaudeville:—

> ' Quel plaisir d'aller à la noce,
> Surtout quand il n'en *coûte* rien.'

l. 10. *Prône.* The subst. *prône* means a sermon or homily; hence *prôner* means to praise or extol anything in as earnest a manner as if you were preaching a sermon about it.

Fêté, celebrated like a saint's-day or a holy-day.

l. 18. *Fondrière*, a cavity on a road where the rain accumulates. 'L'excès du mauvais temps qui ne cessait point avait rendu tout *fondrière.*' (Saint-Simon.)

l. 27. *Petitesse*, narrowmindedness.

l. 28. *Ennuyés.* The distinction between *ennuyé* (weary with affectation) and *ennuyeux* (wearisome, tiresome) is marked in Delille's couplet:—

> ' Si l'homme *ennuyeux* déplait tant,
> L'homme *ennuyé* prétendrait-il à plaire?'

l. 29. *Paresseux.* A man who by nature is fond of repose may be called a *paresseux*. A man who resolves to do nothing, and to live at the expense of his fellow-creatures, is a *fainéant*. There may be some excuse for the former; there is none whatever for the latter. ' Marivaux,' says D'Alembert, 'fit à un mendiant la question que les *fainéants* aisés font si souvent aux *fainéants* qui mendient: "Pourquoi ne travaillez-vous pas?" "Hélas! monsieur," répondit le jeune homme, " si vous saviez combien je suis *paresseux!* "'

P. 9, l. 15. *Je n'étais pas le maître d'en sortir à ma volonté.* '"Je dois à la vérité d'avouer," répondait-il un jour en souriant à quelques unes de mes questions *d'origines*, "que dans cet espace de temps j'ai fait consciencieusement la vie de garnison sans songer à écrire et assez rarement à lire ; il est probable que vous n'auriez jamais entendu parler de moi sans la circonstance indiquée dans le 'Voyage autour de ma Chambre' (un duel) et qui me fit garder les arrêts pendant quelque temps."' (Sainte-Beuve, Portraits Contemporains.)

l. 26. *Qui vous marche sur le pied*, Gallic. for *qui marche sur votre pied.*

l. 31. *On va dans un pré.* The expression *aller dans*, or *sur le pré* is used figuratively for 'to fight a duel.' It is taken from the Pré-aux-clercs, a wide field situated on the south bank of the Seine in Paris, where the students used to fight their duels in days of yore. Cf. Corneille :

'Nous vidons sur le pré l'affaire sans témoins.' (Le Menteur.)
The faubourg Saint-Germain now comprises the spot occupied by the Pré-aux-clercs.

Comme Nicole. See Molière's Bourgeois Gentilhomme, iii. 3.

P. 10, l. 8. *Avoir ce qu'on appelle une affaire*, a duel. Thus Rousseau : 'J'ai appris qu'il avait eu quelques *affaires* en Italie, et qu'il s'y était battu plusieurs fois.' (Nouv. Héloïse, i. 15.) Cp. Nicole's Essais de Morale : 'Combien de gens s'allaient autrefois battre en duel, en déplorant et en condamnant cette misérable coutume ; et se blâmant eux-mêmes de la suivre ! mais ils n'avaient pas pour cela la force de mépriser le jugement de ces fous qui les eussent traités de lâches, s'ils eussent obéi à la raison.'

l. 17. J. B. Beccaria (1716-1732), a celebrated Italian mathematician and philosopher.

l. 30. *Éparses*, scattered, past part. of the obsolete verb *épardre*, or *espardre*. 'Ils se mirent au fuir sans plus attendre, et *s'esparsent* li uns çà et li autres là.' (Henri de Valenciennes, ix.) 'Les catholiques quittent et *s'espardent* par le bourg.' (Agrippa d'Aubigné, Hist. Univ. ii. 241.) Cp. the English *sparse :*—

'And like a raging flood they *sparsed* are,
And overflow each country, field and plaine.'
(Fairfax, Godfrey of Boulogne, vi. s. 1.)

l. 31. *Clair-semées*, far between. *Clair* being used adverbially, is invariable here.

l. 34. *Piste*, the track. Hence the verb *dépister.*

l. 35. *Chasseur.* The feminine *chasseresse* is poetical ; *chasseuse* is the common one.

Gibier, game. Hence *giboyer*, to hunt ; *giboyeur*, a man fond of hunting ; *giboyeux, -se*, full of game ; *gibecière*, a bag or pouch where game is kept.

'Le roi des animaux se mit un jour en tête
De *giboyer ;* il célébrait sa fête.'

(La Fontaine, Fables, ii. 19.)

P. 11, l. 12. *Tisonner son feu,* to stir up the fire. From *tison,* a fire-brand.

l. 20. *Rayons,* the rays; *rayon d'une roue,* the spoke of a wheel; *rayon d'une bibliothèque,* shelf of a book-case; *rayon de miel,* a honey-comb.

l. 26. *Gazouillement,* warbling. From the Celtic *geiz* or *get,* an agreeable sound or murmur. The verb *gazouiller* is conjugated with the auxiliary *avoir.*

Hirondelle, swallow. Lat. *hirundo.* Curtius derives the word from χελιδών, and connects it with the subst. χείρ, from the Sanscrit root *har,* or *ghar,* to take. The swallow is the bird that *takes* or catches flies. In O. Fr. we find *arondelle* and *herondelle,* as well as *hirondelle.*

'Vos esprits étant plus légers
Que les volages *arondelles.*' (Porchères d'Arbaud.)

The word *aronde,* of which *arondelle* is formed, occurs in the expression, still used, *queue d'aronde ;* ouvrage à *queue d'aronde,* a piece of carpenter's work in the shape of a swallow's tail.

P. 12, l. 19. *Détail* (pl. *détails*), lit. small pieces, from *dé* and *tailler,* to cut.

l. 20. *Mon système de l'Âme et de la Bête.* 'Les divorces, querelles et raccommodements de l'âme et de *l'autre* fournissent à l'aimable *humorist* une quantité de réflexions philosophiques aussi fines et aussi profondes que le fauteuil psychologique en a jamais pu inspirer dans tout son méthodique appareil aux analyseurs de profession.' (Sainte-Beuve, Portraits Contemporains.)

l. 26. *Emboîtés,* fixed the one in the other, like a thing fastened in a box (*boîte*).

l. 30. Plato (B.C. 437-347), the celebrated philosopher. See his Timaeus.

l. 33. *Qui nous lutine,* which teases, plagues us. From *lutin,* a spirit or hobgoblin ; deriv. uncertain.

P. 13, l. 9. *Ensemble,* adv. and subst.

'Ces musiciens jouent avec beaucoup *d'ensemble.*'

l. 13. *Fâcheux,* troublesome, annoying.

l. 31. *Je m'acheminai,* I started on my way. From *chemin.*

À la cour, to court. Distinguish between *cour,* court, courtyard; *court,* adj. short, and verb, he (*or* she) runs ; *cours,* subst. masc. a course, and verb, I run, thou runnest.

l. 32. *L'ordre,* military duty.

J'avais peint. See the Biographical Notice.

P. 14, l. 8. *La toile,* canvas. *Rentoiler un tableau,* to put a picture on a fresh canvas. *Toile* means also the curtain of a theatre. *Toile d'araignée*, a cobweb.

l. 9. *Bois*, a wood ; the antlers of a stag, a wood-cut. *Je bois, tu bois* (from *boire*), I drink, thou drinkest.

l. 12. *Bocages*, groves ; adj. *bocager, -ère*, belonging to the groves.

      'Imitez le Poussin ; aux fêtes *bocagères*,
      Il nous peint des bergers et de jeunes bergères,
      Les bras entrelacés dansant sous les ormeaux.'
                      (Delille, Les Jardins.)

l. 16. *Éperdues*, dismayed, overcome by terror. Past participle of the obsolete verb *éperdre*, or *esperdre*.

      '. . . . Si vilains
      Jure et esmaie, si *s'espert*,
      Parce que sa jornée perd.' (Roman de Renart.)

l. 20. *Lointains*, background.

Bleuâtres, bluish ; *âtre* (Lat. *aster*) is a diminutive termination, and as the idea of smallness leads easily on to that of depreciation, the syllable *âtre* often expresses the mean opinion we entertain of a person or thing ; e.g. *marâtre*, stepmother ; *acariâtre*, of a disagreeable temper ; *opiniâtre*, obstinate.

l. 26. *Elle dériva ; dériver*, to drift away.

P. 15, l. 3. *Tranches*, slices. Also the edges of a book : *doré sur tranches*, with gilt edges.

l. 14. *Pincettes*, tongs. *Ette*, a diminutive termination, likewise expressing contempt or depreciation. Thus, *femmelette*, a weakminded, silly woman. 'Elle a voulu faire l'héroïne, elle n'est qu'une *femmelette*.' (Marmontel.)

Bruise, live charcoal. Deriv. *brasier, embraser*.

l. 22. *Le mettre à même*, enable him.

P. 16, l. 11. *Souci*, care, anxiety ; adj. *soucieux, insouciant ;* verb, *se soucier ;* subst. *insouciance*. *Souci* is also the name of a plant, the marigold.

Cohue, great crowd, rabble. The original meaning of *cohue* is the market, or jurisdiction of the markets. 'À Raoul est donnée la garde du guichet et de la *cohue* de la Vicomté de Pontiaudomer.' (Ducange, Gloss Med. Latin, s.v. *Cohua*.) *Cohue* is derived from *co* (for *cum*) and *huer*, to hoot or scream (comp. the English *hue-and-cry*), on account of the noise which prevails in the market-places.

l. 22. *Je bats la campagne*, I am wandering from my subject. Thus again :—

      'Des raisons qui ne feront que *battre la campagne*.'
           (Molière, Les Fourberies de Scapin, ii. 8.)

l. 31. *S'était emparée*, had taken possession of. The verb *s'emparer* is always used reflectively.

P. 17, l. 8. *Linge*, linen, from the Latin *linteum*. Deriv. *linger*, *-gère*, he or she who makes, sells or works linen. Prov. *Il faut laver son linge sale en famille*, we should never disclose to the public our family variances.

l. 10. *Depuis*, from. It would be more grammatical to say, *du soleil*. 'Les légères fautes d'incorrection sont presque aussi rares chez M. de Maistre que celles de goût. J'en note, pour acquit de conscience, quelques petites, sans être très sûr moi-même de ne pas me tromper. Ainsi, par exemple, quand il nettoie machinalement le portrait, et que son âme, durant ce temps, s'envole au soleil, tout d'un coup elle en est rappelée par la vue de ces cheveux blonds : " Mon âme, *depuis* le soleil," ' etc. (Sainte-Beuve, Portraits Contemp.)

l. 20. *Éponge*, a sponge. Prov. *avoir une éponge dans le gosier*, to be very fond of drinking ; *presser l'éponge*, to be extortionate.

l. 32. *Que je te serre*, that I may press thee. *Serrer*, to press, squeeze, lock-up ; subst. fem. *serrure*, a lock ; *serres*, the talons of a bird ; *serre*, a conservatory or hothouse.

l. 36. *Clin d'œil*, the twinkling of an eye. Verb, *cligner*, to wink, originally to incline, then specially to incline the eye-lids ; *clignoter*, to wink frequently ; subst. masc. *clignotement*.

P. 18, l. 10. *Bureau*, study table. The word *bureau*, derived from *bure* (Lat. *burrhus*, Gr. πυῤῥός), meant originally a cloth made of very coarse wool.

> 'Mais qui, n'étant vêtu que de simple *bureau*,
>   Passait l'été sans linge, et l'hiver sans manteau.'
>
> (Boileau, Sat. i.)

Study tables, being generally covered with a piece of that cloth, came to be called *bureau*. Finally, the word *bureau* was applied to the study or office itself. Prov. *L'affaire est sur le bureau*, the affair is undergoing examination. *Tenir bureau d'esprit*, to receive, at stated intervals, company for the purpose of discussing literary topics. This expression, introduced by the Précieuses, is often used ironically.

l. 26. *Corail*, plur. *coraux*. The word *coral* occurs also in the authors of the seventeenth century.

> 'Sur cet amas brillant de nacre et de *coral*,
>   Qui sillonne les flots de ce mouvant cristal.'
>
> (Corneille, La Toison d'Or, ii. 3.)

P. 19, l. 4. *Décousues*, unconnected.

l. 14. *Étape*, halting-place. *Étape* originally meant the market-place, where all merchants were obliged to bring their goods for sale. Then, by extension, a city where a certain trade is carried on. 'Alexandrie étant devenue la seule *étape*, cette *étape* grossit.' (Montesquieu, Esprit des Lois, xxi. 16.) Then, the supply of food and forage given to the troops. Finally, the quarters where the soldiers stop for the night, and where they receive their provision. Compare the English *staple*.

l. 23. *Tripoter*, to fumble about.

l. 25. *Sommeiller*, to slumber.

l. 28. *Sablier*, hour-glass.

P. 20, l. 1. *Breloques*, trinkets.

Je fais la sourde oreille, I turn a deaf ear.

l. 3. *Chicanes.* This word, according to M. Littré, is derived from the Low Gr. τζυκάνιον, a kind of game; verb τζυκανίζειν. Hence, to quarrel over a game, and by extension to wrangle or dispute about trifles.

l. 9. *Épuiser*, to exhaust. From *puiser*, to draw out of a well (*puits*).

l. 30. *À l'envers*, on the wrong side. Prov. *une tête à l'envers*, a madcap; *gens à deux envers*, deceitful people; *ses affaires sont à l'envers*, his affairs are in hopeless disorder.

l. 38. *Baguette*, a wand. Ital. *bacchetta*, from the Latin *baculus*.

P. 21, l. 2. *Il s'était aidé*, he had busied himself.

l. 11. *Que trouves-tu à redire?* what fault do you find?

l. 13. *Tablettes*, shelves.

l. 20. *Lorgner*, to ogle. From *luscus;* whence *luscarinus, luscarinare, lorinare*. In Normandy people say *loriner* instead of *lorgner*. *Lorgner* and *loucher* (to squint) have the same origin. *Lorgnette*, fem. subst., an opera-glass; *lorgnon*, masc. subs., an eye-glass.

l. 21. *Aux allants et venants*, to persons coming and going.

l. 25. *Se morfondre*, to be shivering with cold.

P. 22, l. 3. *Plis*, folds. Verbs, *plier, déplier, ployer, déployer*.

l. 11. *Prunelle*, the eye-ball.

l. 13. *Le Brun*, a celebrated French painter of the seventeenth century. See on him Select Letters of Mme. de Sévigné, &c., Notes, p. 311.

l. 31. *Tirailler*, to pull about; means also to fire in an irregular manner, like sharpshooters. *Tirailleur*, a sharpshooter.

Basques, the tails of the coat. M. Littré says, on the etym. of this word: 'On pense que ce mot vient de quelque mode suivie chez les *Basques*.' The district occupied by the *Basques* is near the Pyrenees, and corresponds to the provinces or districts of Navarre, Béarn, Labourd, and Soule.

l. 36. *À son gré*, to suit her; *gré*, from *gratus*. Sanscr. *gurta*, welcome, agreeable.

P. 23, l. 1. *À son bien-être*, to her comfort.

l. 5. *Magnétisme.* At the time when the first edition of this tale was published (1794) the pretended wonders performed by Mesmer (1733-1815), Cagliostro (1710-1795), and other men of the same kind, still occupied public attention. Animal magnetism then seemed to be the panacea for all evils.

Martinisme, the name given to a sect or society of mystics who acknowledged as their chief a Portuguese Jew, named Martinez de Pasqualis (1710-1779). The most distinguished of the *Martinists* was the Frenchman Louis Claude de Saint-Martin (1743-1803), who styled himself *Le Philosophe Inconnu.* He has left several works. See M. Caro's 'Essai sur la Vie et la Doctrine de St. Martin,' Paris, 8vo. 1852, and M. Matter's 'St. Martin, sa Vie et ses Écrits,' Paris, 8vo. 1862.

l. 22. *Tombeau d'Empédocle*, Mount Etna. Empedocles, a celebrated philosopher of Agrigentum, in Sicily, flourished B.C. 444. The well-known story says that, wishing it to be believed that he was a god, he threw himself into the crater of Mount Etna. His death, he thought, would thus remain concealed. His expectations, however, were frustrated, and the volcano, by throwing up one of his sandals, discovered to the world that Empedocles had perished by fire. This story, we need scarcely say, has no authority whatever. See Mr. Matthew Arnold's poem.

l. 25. *Faux pas*, stumbles.

P. 24, l. 12. *Liaisons*, intimacies; *connaissances*, acquaintances.

l. 30. *Que je ne fusse resté court*, that I had stopped short in my speech. The question has been raised whether *court* thus used is an adjective or an adverb, and therefore whether a lady should say *je suis restée courte*, or *je suis restée court*. Vaugelas, Chifflet, Thomas Corneille, and the best grammarians of the seventeenth century, have decided in favour of the latter form, which is now universally adopted.

Faute, for want of; syn. *par manque de.*

P. 25, l. 13. *Incartade*, a rough action or word which has something offensive for the person against whom it is directed. From the Spanish *encartarse*, to take a bad card at play; and hence, metaphorically, to make a mistake. Cp. the Italian, *dar nelle scartate*, to repeat the same thing, and also, to get into a passion.

l. 16. *Brusquer*, to scold. The adjective *brusque*, short, quick, sharp, ill-tempered, seems derived from the Low Latin *bruscia*, a thorn. *Brusquer* originally meant to seek for something as it were amongst bushes or brushwood. Comp. the English *brisk*, formerly *brusk*. 'We are sorry to hear that the Spanish gentlemen who have been lately sent to that king found (as they say) but a *brusk* welcome.' (Reliquiæ Wottonianæ.)

l. 28. *Emplettes*, small purchases. This word originally meant the act of *employing* a sum of money in purchases.

'Son mari donc se trouvant en *emplette.*' (La Fontaine.)
Syn. *achat. Achat* is used for things either large or small. Thus we
say *J'ai fait l'achat,* or *l'emplette d'un chapeau ;* but we cannot say *j'ai
fait l'emplette d'une maison.*

P. 26, l. 8. *Larme de repentir. À propos* of this passage, M. Sainte-
Beuve remarks (Portraits Contemporains): 'Le chapitre xix. où tombe
cette larme de repentir, pour avoir brusqué *Joannetti,* et le chapitre
xxviii. où tombe une autre larme, pour avoir brusqué le pauvre Jacques,
sont tout à. fait dans la manière de Sterne.'

l. 10. *Estampes,* prints. We find in Old French the verb *estamper*
used in the sense of to take a likeness. 'Sur une demoiselle nouvelle-
ment *estampée* (dont on a fait l'*estampage,* le portrait).' (Tabourot des
Accords, Bigarrures.)

l. 19. *La malheureuse Charlotte.* See the novel of Werther, by
Goethe (1749–1832).

l. 23. *Sacs de procès.* Lawyers' bags; *procès,* a law suit; *un homme
processif,* a man who is fond of going to law.

P. 27, l. 6. *Besoin,* a necessity. From the Romance *bes,* bad, and
soin, care. Deriv. *besogne,* work, business, that which for us is a matter
of necessity.

l. 7. *Nous n'avions qu'une pipe à nous deux.* We had only one pipe
between us.

l. 9. *Dans les circonstances malheureuses,* etc. Allusion to the French
Revolution which was then raging. See Biog. Notice.

l. 17. *Empêcher,* to hinder. From *in* and *pedicare.* (*Pedicare* comes
from *pedica,* a snare.) Old French, *empeschier.* In like manner the
verb *prædicare* has formed *prechier,* and thus *prêcher,* to preach. Deriv.
subst. masc. *empêchement,* a hindrance, impediment.

l. 21. *Regorger,* to be full to overflowing.

l. 31. *Cimetière,* burial-ground, cemetery (κοιμητήριον). Prov. 'Il a
de l'esprit, il a couché au *cimetière* ;' he is as dull, as stupid, as if he
had been sleeping in a burial-ground.

l. 33. *Bourdonner,* to buzz; *bourdonnement,* buzzing.

l. 36. *Grillon,* a cricket. From the Latin *gryllus.*

P. 28, ll. 2–9. *La destruction . . . . les airs.* So say the Pantheists:
'Plus rien que l'éternelle substance! cri terrible, si c'est le cri de la
mort ! Mais non ! c'est le Panthéiste qui meurt ainsi sous la loi de cette
fière doctrine qui fait sa tristesse et sa grandeur. Cette doctrine ne sera
jamais qu'à l'usage de quelques intelligences spéculatives ou de quelques
âmes hautaines. Elle n'atteindra jamais le cœur de l'humanité, elle ne
lui ravira pas sa plus chère espérance.' (Caro, L'Idée de Dieu et ses
Nouveaux Critiques, vi. 376.)

l. 25. *Une preuve invincible de l'immortalité.* See Pascal's Considerations on the Immortality of the Soul.　(Pensées, M. Havet's edit. pp. 134 and foll.)

l. 32. *M'a échappé.　Échapper* takes *avoir* as auxiliary when the idea expressed is one of action, and *être* when the idea is one of state or condition.

l. 33. *Sensible,* feeling.

P. 29, l. 1. *Exemplaire,* copy.

l. 12. *Du malheureux Ugolin.*　See Dante's Inferno.　Count Ugolino della Gherardesca, chief of the Guelfs in Pisa, by a series of treasons had made himself master of that city.　Ruggieri degli Ubaldini, Archbishop of that State, and chief of the Ghibelines, by similar means had ruined the Count, and having seized him with four of his children or grandchildren, left them to perish by famine in prison. (Wright's Dante, Note.)

l. 16. *Hagard,* wild.　This adjective, originally used in the language of falconry, was applied to wild hawks living in the *hedges.* A. S. *haga.*

l. 21. *Chevalier d'Assas.*.　Nicolas, Chevalier d'Assas, a captain in the regiment of Auvergne, died a victim of the noblest act of heroism, at Klostercamp in Westphalia, during the night of the 15th October, 1760.　As he was reconnoitring, he fell in with a column of the enemy's army advancing stealthily to take the French by surprise.　They threatened to kill him if he uttered a single word.　Without one moment's hesitation, he exclaimed, ' Help! d'Auvergne!　The enemies are upon us!' and thus saved the French camp at the cost of his life.

l. 24. *Malheureuse négresse.*　See the story of Inkle and Yariko, in the Spectator, No. 11.　The expression ' Qui sans doute n'était pas Anglais' is ironical, for Mr. Thomas Inkle is distinctly said to have been ' of London.'

l. 34. *Sapin,* a fir-tree.　A cab is colloquially called in Paris *un sapin,* on account of the wood from which it is supposed to be made. ' M. Desmoulins, l'Abbé Noël, Mme. De Beaumont, et Keralio avaient loué pour toute la soirée un *sapin* national pour se faire voir dans la promenade.'

l. 35. *Touffe,* a bunch.　Comp. the Eng. *tuft.*

P. 30, l. 5. *Coin,* a corner (Lat. *cuneus*), also a wedge, and the die of a medal or *coin.*　Deriv. *encoignure* or *encognure,* a corner formed by the junction of two walls.　Disting. between *coin* and *coing,* a quince.

l. 10. *Le démon de la guerre,* etc.　Savoy was annexed to France in 1793 under the name of Département du Mont-Blanc.

l. 33. *Le Dada de mon oncle Tobie.*　See Sterne's Tristram Shandy.

P. 31, l. 16. *Que m'importe?* what does it signify to me? of what consequence is it?　Cp. the Lat. *referre,* and the Germ. *eintragen.*

L. 17. Salvador Cherubini (1760–1842), one of the most celebrated of modern musical composers. His operas Lodoïska (1791) and Les Deux Journées (1800) are much admired.

Dominico Cimarosa (1754–1801) composed more than a hundred and twenty operas, the best of which, Il Matrimonio Segreto, is still often performed.

l. 29. *Un tour de musicien,* a musician's trick.

l. 35. *Toucher du clavecin,* to play on the harpsichord. *Clavecin* is contracted from the Latin *clavicymbalum,* the name originally given to that instrument. Ital. *clavicembalo.* We say in French, ' *toucher* du piano ; de l'orgue ;' '*pincer* de la guitare, de la harpe ;' '*donner* du cor ;' ' *battre* le tambour.' On the relative merits of music and painting see M. Ch. Lévêque's Science du Beau (Paris, 1859, 2 vols. 8vo.), and M. Chaignet's Principes de la Science du Beau (Paris, 1860, 8vo.). We must notice that Count de Maistre seems to confound here a musical *composer* with a mere *performer.*

P. 32, l. 20. Raffaelle Sanzio (1483–1520), the greatest of modern painters.

l. 28. *Complaire à . . . .,* to please. This verb carries along with it the idea of a certain amount of effort which does not belong to the verb *plaire.* ' *Complaire,*' says M. Lafaye (Dict. des Synonymes, p. 119), ' est propre à marquer l'empressement, le zèle.'

l. 29. *Ta maîtresse,* the celebrated Fornarina.

P. 33, l. 5. *La Transfiguration.* This picture, now at the Vatican, was Raffaelle's last work, and his masterpiece.

l. 17. *Échantillon,* specimen. From the Old French *cant,* a corner. *Canton* is a corner of a land or country ; *cantine,* a corner where refreshments are sold. Comp. the English *cantle, cant.*

> ' And yet she brought her fees,
> A *cantel* of Essex chese,
> Was well a fote thicke,
> Full of maggots quicke.'
>
> (Skelton, Elinour Rumming.)

l. 24. Pygmalion, the sculptor, who, according to the Greek mythology, obtained from Venus the gift of life for a beautiful statue which he had made.

l. 32. Antonio Allegri, surnamed Il Correggio, from the place of his birth (1494–1534). His style of painting was remarkably graceful and pleasing.

P. 34, l. 2. *Les spectateurs quelconques,* spectators of any kind. Lat. *qualiscunque.*

l. 22. *Qu'il aiguise,* that he sharpens. From the adject. *aigu ;* Lat. *acutus.* The verb *acutiare* is found in the Low Latin.

l. 26. *Petites mines,* simpering, affected smiles and looks.

Bouderies, pouting; from the verb *bouder.* 'Enfler la lèvre inférieure par mauvais humeur.' (Schéler, Dict. d'Etym. s.v.) The root *bod* expresses the idea of something which juts out and is swollen.

P. 35, l. 1. *Laideur,* ugliness. The adject. *laid* (Teut. *leidh ;* A. S. *ladh*) meant originally hateful, odious. *Laid* was also used as a substantive.

> 'Tot icest tort e tot icest *lait*
> Li faimes-nos senz nul forfait.'
> > (Chron. des Ducs de Normandie, t. ii. p. 140.)
> 'Maint *lait* damage s'entre-firent,
> Et maint cher ami en perdirent.'
> > (Ibid. t. iii. p. 368.)

Comp. the Germ. *hässlich,* hateful, and also ugly.

l. 27. *Damoiseau* (Low Lat. *domicellus*), originally a young man, now means a fop, a dandy.

l. 34. Apelles (flourished about 332 B.C.), the well-known painter.

P. 36, l. 11. *Versé et renversé.* Comp. Mme. de Sévigné: 'Le carrosse en fut *versé et renversé.*' (Select Letters, p. 140.)

l. 13. *Tintement,* noise like that of the ringing of bells. Lat. *tinnitare,* frequentative of *tinnire.*

l. 25. *Tancer,* to scold ; O. Fr. *tencer ;* Provençal, *tensar.* Hence the subst. *tenson,* or *tanson,* which means a kind of poem in vogue amongst the troubadours, and consisting of a discussion between several interlocutors on a point of literature or of love.

l. 28. *Fainéant,* idler, a man who does (*fait*) nothing (*néant*).

l. 30. Chambéry, chief town of the department of Savoy in France.

P. 37, l. 1. *Bourbier,* quagmire; adj. *bourbeux, -se ;* verb *embourber.*

l. 18. *Pour ne savoir que faire,* parceque je ne savais que faire, because I did not know what to do.

P. 38, l. 2. *Cabine,* a hut, a cottage, a small dwelling-place; generally used in the sense of a cabin on board a ship.

l. 10. *Casin* (Ital. *casino*), a ball-room.

l. 20. *Seuil,* threshold. From the Lat. *solea* (Festus).

l. 27. *Une horrible dissonance.* Comp. in M. Victor Hugo's 'Chants du Crépuscule,' the poem No. VI, entitled, 'Sur le Bal de l'Hôtel de Ville,' especially the lines in which the votaries of pleasure are told that they would do better

> 'De songer aux enfants qui sont sans pain dans l'ombre,
> De rendre un paradis au pauvre impie et sombre,
> Que d'allumer un lustre et de tenir, la nuit,
> Quelques fous éveillés autour d'un peu de bruit.'

P. 39, l. 6. *Édredon,* a mattress made of eider-down.

ll. 28, 33. La Marchesini and Mlle. Rapoux were two celebrities of the day, the former an opera singer, the latter, we suppose, a fashionable milliner.

P. 40, l. 7. *Celui d'Athalie*, in Racine's fine tragedy, ii. 5.

l. 16. *Un ours blanc, un philosophe, un tigre* . . . . Notice the ironical introduction of a philosopher amongst polar bears, tigers, and other wild beasts. Count de Maistre alludes to the French *soi-disant* sages whose doctrines formed the code of laws of the Revolutionists.

l. 27. *Votre roi de son trône.* Louis XVI was dethroned Sept. 22, 1792.

l. 28. *Votre Dieu de son sanctuaire.* The worship of reason was proclaimed Nov. 10, 1793.

l. 32. *Il y a cinq ans.* The first edition of Count de Maistre's tale bears date 1794.

Comp. with this chapter La Harpe's celebrated Prophétie de Cazotte, in which the chief events of the French Revolution are supposed to be predicted.

P. 41, l. 3. *V consonne et séjour.* See above, chap. xvi.

l. 32. *La prisonnière de Pignerol.* Count de Maistre never carried out his idea of writing that *histoire attendrissante*.

P. 43, l. 13. *Pompons*, ornaments.

l. 17. *Carreau*, pin-cushion.

l. 35. *Caraco*, a kind of dress.'

L. 36. *Il faut y faire une baste.* You must baste it (alter it roughly).

P. 44, l. 27. *Une décimale d'amant.* 'Dans ce charmant chapitre, je releverai une des taches si rares du gracieux opuscule ; redoublant sa dernière pensée, l'auteur ajoute que, si l'on vous voit au bal ce soir-là avec plaisir, c'est parceque vous faites partie du bal même, et que vous êtes par conséquent une fraction de la nouvelle conquête : vous êtes une *décimale* d'amant, cette *décimale*, on en conviendra, est maniérée.' (Sainte-Beuve, Portraits.)

P. 45, l. 16. *Clarisse.* The heroine of Richardson's well-known novel, Clarissa Harlowe.

l. 22. *Sans humeur*, good-tempered.

Sans détours, straightforward, sincere.

l. 31. Cléveland, one of the most celebrated novels written during the last century, is the work of the Abbé Prevost d'Exiles (1697-1753). See on him, Sainte-Beuve, Portraits Littéraires, and Arsène Houssaye, Galerie du XVIII° Siècle. The *Abaquis* and the *Ruintons* mentioned below occur in the course of the book.

P. 46, l. 7. *Sueur*, sweat, perspiration.

l. 14. *L'Expédition des Argonautes.* B.C. 1226.

L'Assemblée des Notables. Feb. 22, 1788.

l. 15. *Fin fond*, the lowest depths.

l. 20. Homer flourished about 907 B.C.

John Milton (1608-1674).
Publius Vergilius Maro (B.C. 69-19).

l. 21. Ossian, a Celtic bard, who seems to have lived during the reign of the Roman Emperor Caracalla. The original text of Ossian's poems was published in 1807.

l. 29. *La mort de l'ambitieux Agamemnon.* See Aeschylus, vers. 1348 and foll. The subject of Agamemnon's catastrophe has been treated in France principally by N. Lemercier (1772-1840), whose tragedy was performed for the first time in 1797, and by Alexandre Dumas, L'Orestie, 1856.

l. 30. *Les fureurs d'Oreste.* See the tragedies of Sophocles and Euripides, and the imitations or adaptations made by Racine, Crébillon, and Voltaire.

P. 47, l. 4. Xanthus and Scamander, two rivers of Troas.

l. 5. Hesperia, the classical name for Spain or Italy.

Arcadia, an inland district of Peloponnesus.

l. 6. Lemnos, an island in the Aegean Sea.

Crete, one of the largest islands of the Mediterranean. The labyrinth of Crete, built by Daedalus, and which served as a prison for the Minotaur. Ariadne, the daughter of Minos and Pasiphae, was abandoned by Theseus in the island of Naxos. Xavier de Maistre, as a *laudator temporis acti*, when he discourses about the mythological heroes Theseus and Hercules, reminds us of the scene in M. Victor Hugo's Burgraves (Part i. sc. 6), where the two old chieftains mourn over the degeneracy of the German nation.

l. 17. *Parvis*, literally, a court surrounded by walls. From the Latin *paradisus*, which in mediæval language has that meaning.

l. 21. *J'écoute leurs discours.* See Paradise Lost, bk. ii.

l. 31. *Le ménage*, the household.

l. 33. *Je l'aiderais volontiers.* Some of our readers are aware, perhaps, that the late Alexandre Soumet (1786-1845) composed, under the title of 'La Divine Épopée,' a poem, in which he described the redemption of hell and of Satan. See also the character of Abbadona in Klopstock's Messias.

l. 38. *Que c'est un vrai démocrate.* M. De Sacy is not so flattering in his appreciation of the French democrats. He says of them : 'Ce n'était que de la canaille pure et simple.' (Variétés Littéraires, Morales et Historiques.)

P. 48, l. 11. *Je le donne en quatre*, I allow four chances.

l. 18. Captain James Cook (1728-1779), whose travels and melancholy end are so well known.

l. 19. Sir Joseph Banks (1740-1820), President of the Royal Society, and celebrated as a naturalist.

l. 20. D. Solander (1736–1781), under-librarian at the British Museum, and F.R.S., was born at Upsala.

l. 22. *Buste.* Etym. doubtful. M. Littré traces it to the German *brest*, the chest. Comp. the English *breast.*

P. 49, l. 11. *De visiter ta tombe ?* See Biog. Notice.

l. 23. Vesulus mons, in the Cottian Alps, between France and Pied-mont.

P. 50, l. 20. *Se défilant*, coming off the thread.

l. 21. *Sopha*, or *sofa*, from the Arabic *çoffah* (Freytag), which means a platform covered with carpet.

P. 51, l. 13. *Châteaux en Espagne*, castles in the air.

P. 52, l. 9. *Tasses*, cups, from the Arabic *tassah*, a basin or cup.

l. 17. *Chenet*, from the word *chien*, because formerly the logs of wood were placed in the chimney on andirons made to represent dogs.

P. 54, l. 1. *moelleuse*, literally, as soft as marrow. From *moelle*, marrow.

l. 5. Vishnu; one of the gods of the Hindus.

l. 6. *Pagode*, from the Persian *but-kede ; but*, idol, *kede*, temple.

l. 13. *De la pragmatique*, of the official rule.

l. 21. *De le dire.* On the power of imagination see Pascal, Pensées, art. iii. edit. Lahure, vol. i. 255–258.

P. 55, l. 34. *Grenouille*, frog. O. Fr. *renouille ;* Lat. *ranucula, ranuncula, rana.* For the letter *g* prefixed without any reason, comp. the Italian *gracimolo* for *racimolo*, a bunch of grapes.

P. 56, l. 4. Dominico Caraccioli (1715–1789), celebrated as a statesman and a diplomatist. Was ambassador for the King of Naples in England (1763) and in France (1770); he afterwards occupied the post of minister of foreign affairs, and became finally Viceroy of Sicily. Caraccioli was an enthusiastic disciple of the French Encyclo-pédistes.

l. 17. Hippocrates (B.C. 460–380), one of the greatest physicians of antiquity.

l. 19. Pericles (B.C. 494–429).

Plato (B.C. 429–347).

l. 20. Aspasia, celebrated for her beauty and her intellectual accom-plishments. Became the wife of Pericles.

l. 27. *Le docteur de Cos.* Hippocrates was born at Cos, an island in the Aegean Sea.

l. 28. *Celui de Turin.* Dr. Cigna, alluded to above.

Le fameux homme d'État. Caraccioli. Amongst the *si belles choses* which he did, Count de Maistre would no doubt have included the abolition of torture in the penal legislation of the Neapolitan States.

His *si grandes fautes* were his sentiments of admiration for the infidel doctrines of Helvetius, Diderot, D'Alembert, etc.

P. 57, l. 13. *La commune,* the average.

l. 18. William Harvey (1578-1657). The work which contains his celebrated discovery is entitled 'Exercitatio Anatomica de Motu Cordis et Sanguinis in Animalibus' (1628).

l. 19. Lazarus Spallanzani (1729-1799), professor of natural history, and curator of the museum at Pavia. Has written a great number of works on scientific subjects.

P. 58, l. 4. *À mon grand étonnement.* Comp. Molière:—

'*Argan.* Pourquoi ne voulez-vous pas, mon frère, qu'un homme en puisse guérir un autre?

Béralde. Par la raison, mon frère, que les ressorts de notre machine sont des mystères, jusqu'ici, où les hommes ne voient goutte; et que la nature nous a mis au devant des yeux des voiles trop épais pour y connaître quelque chose.' (Le Malade Imag. iii. 3.)

l. 12. *Le Moniteur.* The official journal of the French Government, founded by Panckoucke. The first number appeared November 24, 1789, under the title 'Gazette Nationale, ou Moniteur Universel.'

l. 28. John Locke (1632-1704). His works and doctrines were very popular in France during the eighteenth century.

MADAME DE DURAS.

NOTICE SUR MADAME DE DURAS.

P. 65, l. 3. *Madame de Duras.* See Sainte-Beuve's Portraits de Femmes.

l. 4. *Brest (Gesocribate),* a sea-port town in the department of Finisterre.

l. 5. *Son père.* 'Le rôle de Kersaint à la Convention fut grand, intrépide. Toujours sur la brèche pour protester contre l'iniquité, pour défendre les innocents, pour accuser en face les hommes sanguinaires, Kersaint a mérité que sa conduite d'alors fût une sorte de modèle politique en ce genre.' (Sainte-Beuve.)

l. 7. The Republican Government, under the name of 'Convention Nationale,' lasted from September 23, 1792, till October 26, 1795.

l. 8. *Ces Girondins.* The political party known as the *Girondins* was thus called because its chief supporters were, at the Convention, members for the department of La Gironde.

l. 11. *Sur l'échafaud.* October 31, 1793.

P. 66, l. 5. *Ourika.* ' Ce fut par hasard, en effet, si Mme. de Duras devint auteur. En 1820, seulement, ayant un soir raconté avec détail l'anecdote réelle d'une jeune négresse élevée chez la Maréchale de Beauvau, ses amis, charmés de ce récit (car elle excellait à raconter), lui dirent : "Mais pourquoi n'écririez-vous pas cette histoire ?" Le lendemain, dans la matinée, la moitié de la nouvelle était écrite.' (Sainte-Beuve.)

l. 7. *Notre temps.* ' Si Madame de Duras a excellé à retracer toutes les nuances sociales, et cette hiérarchie, à la fois réelle et indéfinie, qui règne dans le grand monde, ce n'est pas qu'elle ait voulu peindre des ridicules, ni même faire un tableau de mœurs. Dans les différences de situation ou de rang, elle n'a semblé voir que leur effet sur les affections tendres. Sans amertume contre la société, elle a montré comment ses lois et ses distinctions pouvaient cruellement opprimer les plus naturelles et les plus pures émotions de l'âme. Elle s'est plue à représenter de telles barrières nécessaires peut-être, ou qui du moins ne peuvent disparaître au gré de ceux qu'elles oppriment, comme une sorte de fatalité contre laquelle viennent se briser les élans du cœur.' (De Barante.)

l. 8. Madame de La Fayette. See on her *Select Letters of Mme. de Sévigné*, p. 275.

l. 9. Sophie Ristaud Cottin (1773–1807). Her principal works are Malvina, Amélie de Mansfeld, Mathilde.

OURIKA.

P. 67, l. 4. *Montpellier* (*Mons Pessulanus*), the principal town in the department of Hérault, formerly celebrated for its medical school.

l. 10. *Des Ursulines*, an order of nuns founded in 1537, under the patronage of Saint Ursula.

P. 70, l. 8. Madame la Maréchale de B[eauvau], one of the most distinguished ladies of the end of the last century. The honour of frequenting her *salon* was very much sought after by men who aimed at being considered judges in matters of taste and politeness. 'Elisabeth Charlotte de Chabot, sœur du duc de Rohan Chabot, seconde femme de Charles Juste, Maréchal de Beauvau (1720–1793), a vieilli avec son époux : modèle révéré de la religion conjugale, elle lui a survécu pendant treize années, aussi intimément unie à sa mémoire qu'elle l'avait été à sa personne ; et elle l'a rejoint dans son tombeau en 1806, âgée de 78 ans.' (Biog. Universelle.)

l. 17. *Reçu la vie.* On the story of Pygmalion and Galatea see above.

l. 24. *Le ton de cette société.* 'Le salon de la Maréchale de Beauvau est caractérisé à ravir par l'héritière de son goût et de ses traditions.' (Sainte-Beuve.)

Engouement, exclusive fondness for certain persons or things.

P. 73, l. 10. *Paravent,* a screen. The word *para,* which occurs in so many French compounds (*parapluie, parachûte, parapet, parasol*) is derived from the Italian (e. g. *para-petto, para-sole*). It may be traced back to the Low Latin *parare,* Fr. *parer,* to preserve, hinder, keep back.

l. 13. *Miniature,* from the Low Latin verb *miniare,* to draw or paint with *minium.* A *miniature* was originally a drawing in vermilion, such as those which adorn mediæval MSS.; and as these illustrations are generally on a small scale, the name of *miniature* was ultimately given to any work of art of small proportions.

P. 75, l. 5. *C'était un grand changement* .... *que la perte de ce prestige.* Notice the inversion and the expletive use of *que.* This Gallicism is of frequent occurrence. Again: ' C'était une grande nouveauté pour le roi *que* d'entendre.' (Fénelon.)

l. 26. Paul Joseph Barthez (1737–1806), a very celebrated physician and linguist.

P. 76, l. 16. *Dévote,* strictly an outwardly religious person. ' La *religion* est plus dans le cœur qu'elle ne parait au dehors. La *piété* est dans le cœur et parait au dehors. La *dévotion* parait au dehors, mais sans être toujours dans le cœur.' (Lafaye, Dict. des Syn.)

P. 77, l. 16. *Me faisaient faire des retours bien douloureux sur moi-même,* made me feel very painfully my own position.

P. 78, l. 33. *De m'abuser,* to deceive me.

P. 79, l. 2. *Lorsque la Révolution cessa* .... *et qu'elle toucha. Que* stands here for *lorsque.* Thus again: 'Lorsqu'on a des dispositions, et *qu'*on veut étudier, on fait des progrès rapides.'

l. 12. *Peut-être même le malheur rend-il.* Notice the idiomatic use of the verb *rendre* in an interrogative form, on account of the word *peut-être.*

l. 24. *La liberté des nègres.* On the 4th of February, 1794, the Convention passed a decree ordering the immediate liberation of the negro slaves.

l. 29. *Les massacres de Saint-Domingue.* In 1791.

l. 37. *Les affreuses journées.* On the 20th of June, 1792, the Tuileries were attacked by the mob. On the 10th of August following the Marseillais and the Parisian populace massacred the Swiss guards, and the king was obliged to seek refuge in the midst of the legislative assembly.

l. 38. *Durent préparer,* could not but prepare us.

P. 80, l. 12. *La jouissance,* enjoyment of the interests of her grandson's fortune.

l. 14. *L'armée de Condé.* Louis Joseph, Prince de Condé (1736–1818), was one of the first French princes who emigrated at the time of the Revolution. As early as 1789, he raised, on the banks of the Rhine, a corps known by the name of *armée de Condé*. After having accomplished to no purpose prodigies of valour at Wissemburg, Haguenau, and Bentheim, he was obliged to disband his troops, and retired to England in 1800.

l. 18. *Mort du roi.* Louis XVI was beheaded January 21, 1793.

l. 30. *La Terreur.* The gloomy epoch generally known in the history of the French Revolution as the 'Reign of Terror' began in August 1792, and ended at the death of Robespierre, July 28, 1794.

l. 36. *Je tenais*, I had a bond of union.

P. 81, l. 7. *Les biens du clergé.* Church property had been given over to the State by a decree bearing date Nov. 2, 1789.

l. 9. Saint-Germain, a small town in the neighbourhood of Paris. Formerly the residence of the kings of France.

l. 14. Étienne François de Choiseul (1719–1785), known first as Count de Stainville, afterwards as Duke de Choiseul, one of the most liberal and enlightened French statesmen of the eighteenth century. Was Minister of Foreign Affairs (1758), of War (1761), and of the Navy (1763). His opposition to Madame Dubarry, the king's mistress, brought about his disgrace in 1770.

l. 35. Maximilien de Robespierre (1759–1794).

P. 82, l. 13. *Quand bien même*, even if.

l. 26. *Mais sans modifications*, but trenchant, absolute.

P. 83, l. 5. *Faisait . . . . ressortir*, brought out.

l. 8. Roland, the celebrated nephew of Charlemagne, killed at Roncevalles in 778. His adventures are related in the chronicle of Archbishop Turpin, and in the Chanson de Roland, ascribed to Theroulde. The best edition of the Chanson de Roland was published in 1873 by M. Léon Gautier, in two vols. 8vo. with a translation, notes, glossary, &c.

l. 9. Charles I, better known as Charlemagne (742–814).

P. 89, l. 9. *Qu'à deux*, without the interference of a third party.

P. 91, l. 22. *Qu'ils me firent*, for *combien ils me firent*.

P. 92, l. 19. *Tirer un meilleur parti*, turn to a better advantage.

l. 36. *Poète Anglais.* It is Gray who has it,—

> 'Born to blush unseen,
> And waste its sweetness on the desert air.'

P. 93, l. 30. *Vous prendriez fort bien votre parti*, you would quite make up your mind.

P. 94, l. 32. *Le viatique*, the eucharist administered in the Roman Catholic Church to persons *in articulo mortis*.

The following paragraph may be quoted here as giving an exact summary of Madame de Duras' touching novelette :—

'Le roman d'*Ourika* surtout est un petit chef-d'œuvre. Tout y est simple et vrai, la .fiction, les sentiments, le style. Mme. de Duras n'a pas besoin d'une machine compliquée pour nous émouvoir ; on pourrait dire qu'il n'y a qu'un seul personnage dans son roman, et rien qui ressemble à une aventure. *Ourika* est une négresse : tout le drame est dans ce mot. Élevée dans une grande et noble famille, douée d'un esprit délicat et charmant, elle a toutes les grâces, toutes les séductions de la jeunesse ; mais sa couleur la condamne pour jamais à l'isolement. Elle aime son frère d'adoption, et elle comprend qu'elle ne devrait pas l'aimer et qu'elle ne peut en être aimée. Elle assiste, la mort dans le cœur, aux fêtes de son mariage. Elle devient la confidente de son bonheur. Elle se sent torturer chaque jour par un ami, à qui elle ne peut rien reprocher, pas même son indifférence. Elle ne trouve enfin de repos et de consolation que dans le cloître, auprès de Dieu. C'est là qu'elle meurt ignorée, résignée, et n'ayant d'autre sentiment dans le cœur, après une telle vie, que de la reconnaissance pour sa mère adoptive, et pour le Dieu qui l'a éprouvée et qui l'appelle.'

ERCKMANN-CHATRIAN.

LE VIEUX TAILLEUR.

P. 101, l. 10. *Travailler de son état*, work at his profession.

l. 16. *Le nez et le menton en carnaval*, his nose and chin red (with much drinking) as if it was carnival time.

P. 102, l. 13. *Une robe à grands ramages*, a dress or gown with large flower-pattern (L. *ramus*). Thus again : 'Peste ! la belle robe de chambre ! voyez ces grands *ramages*.' (Alex. Duval. Le Souper impr.)

l. 23. *Fauteuil à crémaillère*, an arm-chair, the back of which can be moved in various positions by means of a spring or tooth-rack. (O. F. *cremaille*, from the mediæval L. *chamaculus*.)

P. 103, l. 17. *La déesse Raison.* The festival of the goddess Reason having been decreed by the Paris commune on a report of Chaumette, was celebrated for the first time Nov. 10, 1793 (Brumaire 20th, year ii.) in the cathedral church of Notre-Dame.

. l. 23. *Volontaire en '92.* The French Republic was proclaimed in 1792, and followed by a general rising of the whole population capable of bearing arms.

Les campagnes de Mayence . . . . d'Égypte. Mayence (Mentz) in 1792–1793 ; *La Vendée.* . . . The first Vendean war began in 1793 and ended in 1796 : it is the one alluded to here ; *Italie*, 1796–1797, terminated by the treaty of Campo-Formio ; *Égypte*, 1798–1799.

l. 24. *Le coup ac Brumaire* (Nov. 9, 1799), Brumaire 18th, year viii. of the Republic, when Napoleon Bonaparte suppressed the Directoire, and caused himself to be appointed Consul with Sieyès and Roger-Ducos.

P. 104, l. 3. *Du couronnement de Charles X.* Fourth son of the Dauphin Louis, son of Louis XV, Charles-Philippe, Count d'Artois (1757-1836), ascended the throne of France in 1824, on the death of his brother, Louis XVIII, and was dethroned in 1830.

l. 27. *Un peu de glèbe,* a little earth; the word here is used in its primitive sense (L. *gleba,* from *globus*), a lump of earth.

P. 105, l. 4. *Rayons,* shelves.

l. 32. *La musique,* the band; *orchestre* is used for a band in a concert, at the opera, in a theatre; *never* for a military band. Hence the corresponding expressions: *chef d'orchestre, chef de musique.*

l. 33. *Pour s'être distinguée* = parce qu'elle s'était distinguée.

P. 106, l. 5. *Une des premières lames,* literally, one of the first blades, i. e. one of the best fencers. La Fontaine applies the word to a cunning artful woman:

> 'Sœur Agnès, qui n'était de ce lieu,
> La moins sensée, au reste *bonne lame.*'

l. 15. *Commandant de place,* the military governor of a fortified town.

l. 18. *Demi-brigade,* the same as a regiment.

P. 107, l. 13. *Des prévôts, en grande tenue* = assistant fencing masters in full dress. The *prévôt d'armes* acts under the authority of the *maître d'armes.*

l. 22. *Ce terrible jacobin,* that dreadful republican. *Jacobin* is used by the royalists or moderate liberals to designate a republican of very advanced views. The club of the Jacobins was established in Paris in 1789, under the successive titles of *Club Breton* and *Société des amis de la Constitution.* It was closed on the 19th of November 1794.

l. 23. *En se dandinant,* swinging himself to and fro on his legs.

P. 108, l. 8. *Portier-consigne,* a soldier doing duty at the exterior gate of a fortified town to identify those who go in or out.

l. 12. *Tas de savetiers,* this lot of blackguards. *Savetier,* which means literally a cobbler, is frequently used as an expression of contempt, thus:

> ' *savetier,* chien
> Suy appelez, chacun m'injure.'
>
> (Eustache Deschamps.)

l. 25. *Le pékin* (or *péquin*), expression of contempt, a civilian; the etymology is doubtful. M. Littré traces it to the name of a kind of stuff of which trousers were frequently made during the first Empire; and as it was never worn in the army, it distinguished civilians from military men. The following anecdote is well known: M. de Talleyrand having one day asked Marshal Augereau what was the meaning of the word *pékin,* 'nous autres militaires,' answered the marshal, 'nous appelons *pékin* tout ce qui n'est pas militaire;' 'et nous,' retorted M. de Talleyrand, 'nous appelons militaire tout ce qui n'est pas *civil.*'

P. 109, l. 34. *Ne faites pas les malins,* don't pretend to be witty

P. 110, l. 29. *Ils avaient pris rendez-vous,* they had made an appointment.

P. 111, l. 6. *Gloriette,* a small ornamental summer-house.

> 'Une moult bien peinte chambrete
> Qu' Urake nomme *gloriete.—Partonop.*

P. 112, l. 5. *J'enfilai l'allée,* I went down the alley.

P. 113, l. 4. *Je ne tiens pas à m'enrhumer,* I am not particularly anxious to catch a cold.

l. 8. *Deux vieux (soldats) de la vieille (garde).* Two old soldiers of the old guard.

l. 19. *Tombant en garde,* placing himself on his guard. *Tomber* and *se mettre en garde* (l. 21) are synonymous.

l. 32. *S'était renfrognée* (or *refrognée*), had assumed a scowling look.

P. 114, ll. 20-21. *Ses vieux chicots . . . . ça mord dur !* Its old stumps are still quite as good as your white teeth; they bite hard.

l. 33. . . . . . *dont il passait les manches,* the sleeves of which he was getting his arms through.

P. 115, l. 6. *Le troisième vous doit une fameuse chandelle.* The third ought to be very grateful to you; liter. *owes you a famous candle,* an allusion to the custom which exists amongst the Roman Catholics of offering a consecrated taper to the Virgin Mary or to one of the Saints, as a token of gratitude for having escaped from a great danger.

P. 116, l. 25. *À la moindre mouche qui piquera,* literally: *at the first fly which happens to sting;* at the first uproar which takes place.

P. 117, l. 2. *Les missions;* under the influence of the Jesuits and the ultra-royalists, missions were organized throughout the length and breadth of France, causing serious riots in several places (1826). Béranger turned into ridicule this religious movement in some of his most popular songs (*Les Capucins, les Missionnaires, les révérends Pères, les Chantres de Paroisse, les clefs du Paradis*).

l. 3. *Louis-Philippe* (1773-1850), king of the French in 1830; dethroned in 1848.

l. 4. *Les événements de Juin,* the disturbances which took place in Paris between the 23rd and the 26th of June; they ended by the dictatorship of General Cavaignac.

l. 9. *Ils vont à confesse.* See Victor Hugo's *Châtiments.*

l. 10. *Ils se seraient alignés tout de suite,* popular expression for *ils se seraient battus en duel.*

·l. 11. *Calotins*, colloquial for priests, persons who wear a skull-cap (*calotte*) on their tonsure.

l. 36. *Je vais sans doute défiler*, I shall no doubt ' file off,' i. e. die.

P. 118, l. 1. *Signer ma feuille de route*, to sign my way-bill.

P. 119, l. 19. *Tous les vieux descendent la garde*, all the old fellows *go off duty*, i. e. die.

P. 120, l. 10. *Il n'y a pas de parade, ni en tierce ni en quarte*, it is no use trying to parry the blow either in tierce or in quarte.

ALFRED DE VIGNY.

Notice sur Alfred de Vigny.

P. 124, l. 13. *Catinat* (Nicolas) [1637–1712], one of the most distinguished French officers of his day. His successes over the Duke of Savoy at Staffarde (1690) and Marsaille (1693) won for him the dignity of Marshal of France. He was never a favourite with Louis XIV, and fell most unjustly into disgrace on account of the defeat he encountered at Carpi (1701). His soldiers had given him the nick-name of *le père la Pensée*, and his modesty, probity, and high sense of honour were fully equal to his courage.

l. 21. *Disait Boileau*. The whole couplet runs thus:

' L'honneur est comme une île escarpée et sans bords ;
On n'y peut plus rentrer dès qu'on en est dehors.'

(Sat. x.)

Nicolas Boileau Despréaux (1636–1711), the well-known poet and oracle of the French classical school. His mock-heroic poem, *le Lutrin*, is his best work.

La veillée de Vincennes.

P. 125, l. 5. *Vincennes* (L. *Ad Vicenas*), a village near Paris ; owes its origin to a palace which, at various epochs, served as a residence to kings of France. Reconstructed by Philip-Augustus in 1183, and enlarged during the fourteenth century, it became of great importance as a fortress, and was ultimately used as a state prison.

l. 8. *Polygone*, the place selected for artillery-practice.

l. 12. *Ce terroir géométrique*, the *École polytechnique*, originally styled *École des travaux publics*, was created by virtue of a decree of the Convention dated September 28, 1794. It is a training school for artillery

officers and engineers. The pupils of the École polytechnique played a
glorious part in the defence of Paris in 1814, and during the revolution
of 1830.

l. 16. *Le sérieux*, the serious character.

l. 19. *Laplace* (Pierre Simon, 1749–1827), one of the greatest of
modern French mathematicians. His *Théorie Analytique des Probabilités* (1812, 4to), and his *Essai Philosophique sur les Probabilités* (1814,
4to), have often been reprinted.

l. 23. *La chapelle construite par Saint-Louis.* Louis IX, better
known as Saint-Louis (1215–1270), ascended the throne of France in
1226. ' Si parfois le sens politique lui manqua, il donna comme roi et
comme homme l'exemple de toutes les vertus' (Lalanne). The chapel
here alluded to was really begun under Charles V, and finished only
under Francis I and Henry II. It is adorned with stained glass windows
painted by Jean Cousin, from drawings by Raffaelle.

P. 127, l. 6. *Maréchaux-des-logis*, sergeants in the cavalry. So called
because part of their duties originally consisted in providing quarters
for the regiments on the march. Their origin dates as far back as the
year 1444. The *Maréchal des logis chef* corresponds to the sergeant-
major in the infantry.

l. 8. *Mis à la salle de police*, confined in the guard-room.

l. 23. *Mutilés à Marengo et à Austerlitz.* The battle of Marengo
was fought June 14, 1800, and the battle of Austerlitz December 2,
1805.

l. 35. *Louis XIV* (1638–1715), king of France, May 14, 1643.

l. 36. *L'éternel soleil . . . l' Ultima ratio Regum.* The device of Louis
XIV was a sun with the motto *nec pluribus impar.* This *intraduisible
madrigal de trois mots*, as M. Jal calls it (' Dictionnaire critique de bio-
graphie et d'histoire '), was composed by a certain Louis Douvrier,
favourite of Colbert, who, although not elected a member of the
Académie des Inscriptions et Belles Lettres, enjoyed for many years the
privilege of writing mottos to celebrate the high deeds of the *grand
monarque.*

l. 37. *Il logeait une poule*, a hen lived. Note the doubled nomi-
native; this idiomatic form occurs frequently in French; *il* is redundant.

l. 38. *En fort bons termes*, in a very kind manner.   .

P. 128, l. 4. *Ses bonnes mœurs*, ironical ; its proper behaviour.

l. 7. *Nous n'étions pas de service*, we were not on duty.

l. 13. *Au duc d'Enghien.* Louis Antoine Henri de Bourbon-Condé,
duc d'Enghien, born in 1772, was arrested by the order of Bonaparte,
and contrary to all the rules of international law, at Ettenheim, where
he had retired after the disbanding of Condé's army (March 16, 1804).

Brought first to Strasburg, then to Paris, he was taken to Vincennes, tried by court-martial, and shot in the morning of March 21, 1804.

P. 129, l. 19. *Xénophon,* the celebrated Greek historian (B.C. 445?–355?).

P. 130, l. 18. *Saint Jérôme sur son lion.* One of the fathers of the church, St. Jerome (? 340–422), is best known by his Latin translation of the Bible (the Vulgate). Bishop Warburton says of him: ‘he is the only father that can be called a critic on the sacred writings, or who followed a just reasonable method of criticising. The appropriation of the lion as the symbolic animal connected with Saint-Jerome seems to be the result of a confusion (see Grimouard de Saint-Laurent, *Guide de l'art chrétien,* vol. v. 316–21).

P. 131, l. 9. *Rez-de-chaussée,* ground floor. *Rez* is really the same word as *ras* (L. *rado*), and means close to, on a level with. It was formerly used in the sense of *shaved.* Thus, ‘les *rez* et les tondus.’ *Chaussée* = causeway.

P. 132, ll. 14, 16. *Ossian . . . . Arven.* The singular enthusiasm which the poems of the Scottish bard, or rather Macpherson's imitations excited in France during the first quarter of the present century is well described by M. de Vigny.

P. 133, ll. 3, 4. *C'était d'ailleurs . . . que de . . . que* here is redundant.

l. 18. *L'ancien bon ton du monde.* The old good manners which characterised polite society.

l. 30. *Greuze* (Jean Baptiste) [1726–1805], one of the best of modern French *genre-painters.* ‘The brilliant reputation which Greuze acquired seems to have been due . . . to the character of the subjects which he treated. That return to nature which inspired Rousseau's attacks upon an artificial civilization demanded expression in art. Diderot, in *Le fils naturel* and *Le père de famille,* tried to turn the vein of domestic drama to account on the stage; that which he tried and failed to do, Greuze, in painting, achieved with extraordinary success, although his works, like the plays of Diderot, were affected by that very artificiality against which they protested.’ (Mrs. Pattison [Lady Dilke] in the *Encyclopædia Britannica.*)

P. 134, l. 15. *Faux-bourdon,* the following definition of this word is taken from Lafage (*Cours complet de plain-chant*), quoted by M. Littré: ‘le *faux-bourdon* signifie *fausse-basse,* parceque la basse est transportée à la partie supérieure, et il est toujours du plain-chant chanté a plusieurs parties, et note contre note, et non de la musique proprement dite.’

l. 21. *Va toujours,* go on and persevere.

l. 27. *Montreuil,* a small village near Paris. There are three fine avenues which lead up to the palace of Versailles in the direction of

Paris: the avenue de Saint-Cloud, the avenue de Paris, and the avenue de Sceaux.

P. 135, l. 6. *Madame Élisabeth*, sister of Louis XVI, born in 1764, beheaded in 1794.

l. 11. *Fourreau*, a child's frock.

l. 29. *Dégingandé*, gawkish, awkward; from *dé* and *gigue*, vulg. for jambe, comp. *gigot*.

P. 136, l. 14. *Michel Jean Sedaine* (1719–1797), a dramatic author of considerable merit. His principal plays are: *Théâtre Français*— 'Le philosophe sans le savoir' (1765), 'La Gageure imprévue' (1768); *Opéra Comique*—' Rose et Colas' (1764), 'Le Déserteur,' (1769), 'Aucassin et Nicolette' (1780), 'Richard Cœur de Lion' (1784). It is in this last play that Blondel's well-known *romance* occurs, beginning with the lines:

'Ô Richard! ô mon Roi!
L'univers t'abandonne!'

and which excited such enthusiasm when sung by the guests, at the banquet given in the Versailles Theatre by the life-guardsmen on the 1st of October, 1789. 'Malgré son ignorance des finesses de la langue, malgré ses incorrections, Sedaine a un mérite durable, celui d'être naïvement lui-même, d'avoir un talent tout personnel, et de ne rien emprunter qu'à la nature.'

P. 137, l. 15. *Devers nous* is still frequently used by common people, instead of *vers*, and although archaic, is perfectly grammatical.

'Tourne un peu ton visage *devers* moi.' (Molière.)

P. 138, l. 17. *Ne sachant que faire*, a Latinism. *Nescientes quid facerent.*

P. 139, l. 9. *La reine et Madame la princesse de Lamballe.* Marie Antoinette of Austria, born in 1755; married (1770) Louis, Duke de Berry and Dauphin, Queen of France (1774); beheaded October 16, 1793. Marie Thérèse de Savoie-Carignan, princesse de Lamballe, born in 1748; superintendent of the Queen's household; beheaded in 1792.

l. 35. *Mauvais garnement*, a scamp, from *garnir*. Should be spelt and pronounced *garniment*. This substantive has now a pejorative meaning, whether accompanied or not by the adjectives *mauvais*, *méchant*. Formerly the sense had to be determined by an epithet, thus:

'Franceis i perdent lor *meillurs guarnemenz.*'
(Chanson de Roland.)

l. 36. *Quand elle le voudrait*, even if she wished to do so.

P. 140, l. 4. *En faisant la moue*, pouting; literally, making a mouth.

l. 17. *Poudrés à frimas*, thoroughly powdered; literally, powdered so as to make them look like hoar-frost.

l. 19. *Racoleurs*, soldiers belonging to the press-gang.

l. 22. *Le (régiment de) Royal-Auvergne.* Under the old monarchy some of the regiments bore the names of the provinces in which they were originally raised. Thus the six oldest, chronologically (*les vieux*), were *Picardie* (1562), *Champagne* (1562), *Navarre* (1562), *Piémont* (1562), *Normandie* (1616), *Marine* (1627). The regiment *d'Auvergne* belonged to the *petits vieux*, likewise six in number.

l. 28. *Ils juraient infiniment*, ' they swore horribly in Flanders.'

P. 141, l. 14. *Frédéric-le-grand.* Frederick II (1712–1786) ascended the throne of Prussia in 1740.

l. 23. *Consigné à la caserne*, confined to barracks as a punishment.

l. 29. *À la saignée*, at the part of the arm where patients used to be bled.

l. 32. *M. de Saint-Germain.* Claude Louis, comte de Saint-Germain (1707–1778), Minister of War in 1775, introduced useful reforms into the army, but retired after an administration which had lasted only two years.

P. 142, l. 10. *C'est égal, on a son idée*, never mind, I have ideas of my own.

l. 17. *Une pierre de bois*, a piece of wood instead of a flint.

l. 19. *Tout vient à point à qui sait attendre*, one loses nothing by waiting.

l. 26. *Payait pour toi*, bought you off.

P. 143, l. 14. *Je taille des pièces, du papier et des plumes*, I carve plays, cut paper, and mend pens.

l. 24. *Mais ça se nomme …* We have already given the date of some of Sedaine's plays; we complete our indications so far as the comedies enumerated in this paragraph are concerned: ' Blaise le Savetier ' (1759), ' L'Agneau perdu ' (1760), ' Le Jardinier et son Seigneur ' (1761).

P. 144, l. 31. *Bottes à l'écuyère*, jackboots.

P. 145, l. 25. *Trianon.* There are in the park of Versailles two palaces called by that name : the *grand Trianon* was built by Louis XIV about the year 1676 ; the *petit Trianon* (Marie Antoinette's favourite residence) owed its origin to Louis XV.

P. 146, l. 4. *Ne la manquez pas*, don't miss her likeness.

l. 11. *Tiens-toi droite*, hold yourself up.

l. 34. *Monsigny* (Pierre Alexandre), born in 1729, and produced, between 1753 and 1777 the music of a number of comic-operas to the words of Marmontel, Favart, and Sedaine. He died in 1817.

l. 36. *Grétry* (André-Ernest-Modeste), 1741–1813, was by birth a Belgian, but he settled in France in 1768. He wrote the music to several operas, amongst others Marmontel's *Le Huron* (1768), *Zémire et Azor* (1771), and Sedaine's *Richard Cœur de Lion* (1784). 'Grétry's genuine power (says the "Encyclopædia Britannica") lies in the delineation of character, and in the expression of tender and typically French sentiment. For the first-named purpose, the careful and truly admirable fidelity with which his music is wedded to the words is invaluable. In this respect Grétry's works are indeed representative of French operatic music at its best.'

P. 147, l. 11. *En tenant la dragée haute*, literally, holding the sugarplum high up, i. e. raising great expectations.

l. 21. *Orléans* (L. *Genabum*, and afterwards *Aureliani*), a large and important town in France, on the right bank of the Loire; capital formerly of the province of Orléanais, now of the department of Loiret. The *place de Jeanne d'Arc* is so called in commemoration of the rescuing of the place in 1429, by Joan of Arc (1409-1431).

P. 148, l. 5. *Voltaire* (François Marie Arouet de) [1694-1778]. His tragedy of 'Irène,' brought out the year of his death, is a very weak production.

l. 14. *Pour te donner un peu meilleur air*, to make you look a little smarter.

l. 23. *Un jabot florissant et faisant la roue*, a smart ruffle, expanded like a peacock's tail.

l. 25. *Ceci est de la livrée de*, etc. The Duchess de Montmorency here alluded to was the wife of Gui-André-Pierre, Duke de Montmorency-Laval (1723-1798). Armand-Louis de Gontaut, Duke de Lauzun, then Duke de Biron, born in 1747, beheaded in 1793. Jean Hercule Meriadec, Prince de Rohan Guémenée (1726-1800). Charles Eugène de Lorraine d'Elbeuf, Prince de Lambesc (1751-1825), colonel of the regiment of Royal-Allemand, emigrated together with the soldiers he commanded, and died at Vienna.

P. 149, l. 4. *D'un air de persiflage*, with an air of banter.

l. 25. *A propos*, by the by.

P. 150, l. 16. *Le Kain* (Henri Louis Cain, known as) [1728-1778], a celebrated tragic actor, made his *début* in 1750. Introduced several important reforms, especially in the costumes of the performers.

P. 150, 151, ll. 35, 2, 6. *Un' souris ....p'tit .... r'montez ...* the *e* is suppressed in these three words on account of the metre.

P. 151, l. 10. *Son petit air délibéré et naïf*, her little manner both resolute and simple.

P. 152, l. 3, 8. *M. de Biron* and *M. le duc de Lauzun* are one and the same person.

l. 17. *Ma Pierrette à moi*, my own Pierrette.

P. 153, l. 16. *J'ai roulé depuis ...* I have jolted about, since.

l. 17. *De Marengo à la Moscowa*, June 14, 1800; September 7, 1812.

l. 36. *Grognards,* old soldiers.

P. 154, l. 2. *Fusil d'honneur à capucines d'argent.* Before the institution of the legion of honour (May 19, 1802), military merit, during the first French republic, was rewarded by the gift of valuable weapons (guns, swords, pistols, etc.). The name *capucine* is given to the band or ring of the soldier's musket, which fastens the barrel to the stock. There are three such *capucines;* hence the slang expression, when a man is completely overcome by drink: 'il en a jusqu'à *la troisième* capucine,' he is full up to the muzzle.

EDMOND ABOUT.

Notice sur Edmond About.

P. 157, l. 24. *Dieuze* (Lat. *Decem pagi*), a small town in the department of the Meuse.

l. 25. The Paris *École Normale,* or training school for classical and scientific masters, in connection with the University of France, was established in 1810.

Les Jumeaux de l'Hôtel Corneille.

P. 159, l. 9. *Auray,* a village in the Department of Morbihan. The chapel of Sainte-Anne of Auray is a celebrated spot much frequented by Breton pilgrims.

Vannes, in Latin *Civitas Venetorum,* the chief town of the Morbihan.

l. 13. *Rabougri,* stunted.

l. 15. *Vous auriez dit,* you would have thought he was.

l. 17. *Bien pris,* well made.

l. 20. *Il l'avait échappé belle,* he had had a narrow escape.

P. 160, l. 7. *Comme une prise d'habit,* as if he had become a monk. ' *Prendre l'habit,* se faire religieux, religieuse.' (Littré.) 'Votre cousine *a pris l'habit* à Montmartre.' (Mme. de Sévigné.)

l. 11. *Capitaine au cabotage,* captain in the coasting trade.

Armateur, shipowner.

l. 13. *Quelques biens au soleil,* some acres of land.

l. 24. *L'hôtel Corneille, qui est* ... The *Hôtel Corneille* is situated in the Rue Corneille, near the palace of the Luxembourg.

The *Hôtel des Princes,* Rue Richelieu, was formerly considered the most *recherché* establishment of the kind in Paris.

l. 35. *La licence ès lettres,* a degree corresponding to the M.A. in England.

Mes thèses. Every candidate for the Doctor's degree is obliged to maintain two public disputations, the one in Latin, the other in French.

l. 37. *Une suppléance dans quelque faculté.* In the principal towns of France there are *facultés,* or boards of lecturers, corresponding to the University Professors in Oxford and Cambridge. They examine candidates for the various degrees. When a *professeur-titulaire* is unable, on account of illness or other causes, to deliver his lectures, his place is temporarily occupied by a *professeur-suppléant.*

Ta médecine ou ton droit, you can study medicine or law.

P. 161, l. 2. *Sainte-Barbe,* one of the colleges in Paris.

l. 3. *Répétiteur,* a tutor who, in the private schools, prepares the young men for the college lectures.

l. 15. *La Sorbonne,* the head-quarters of the University of France. Founded by Robert Sorbon, confessor to King Louis IX.

l. 16. *La bibliothèque Sainte-Geneviève,* one of the best public libraries in Paris, situated near the Church of Sainte-Geneviève.

ll. 21, 22. On Mme. Sand and Balzac see the Introduction and the Chronological Table.

ll. 23, 24. François le Champi, le Bonhomme Patience, les Bessons de la Bessonière, are characters in George Sand's novels.

l. 33 foll. Rubempré, Rastignac, Henry de Marsay, Vautrin, Nucingen, Gobseck, belong to Balzac's works.

P. 162, l. 21. *Un abonnement de vingt cachets,* a subscription for twenty lessons.

l. 22. *Manège,* riding-school.

l. 30. *Celle des Treize.* See Balzac's novel of that name.

P. 163, l. 5. *Le 12º arrondissement,* one of the most wretched in Paris. Since 1859 Paris has been divided into twenty *arrondissements,* or districts, instead of the twelve of which it originally consisted. The Rue Traversine is now included in the fifth.

l. 10. *Qui l'a mise,* allusion to the events of June, 1848.

l. 19. *Rempaillait des chaises,* new-bottomed chairs made of straw.

P. 164, l. 14. *Je serai donc au même cran,* I shall be in the same condition; lit. on the same peg.

l. 21. *Un fonds de commerce,* a business.

l. 27. *Marchand des quatre saisons,* a small costermonger who sells fruits or vegetables in accordance with the four seasons of the year.

P. 165, l. 30. *Y mettre des formes,* take precautions.

P. 166, l. 11. *Un mandat,* a post-office order.

P. 167, l. 4. *Au lycée de Chaumont.* In France the public grammar schools supported by the State are called *lycées;* those which the local municipalities maintain are known as *collèges.* *Chaumont (Calvus mons, Calvimontium),* chief town of the department of the Upper Marne.

P. 169, l. 4. *Exploiter,* to work out.

P. 171, l. 15. *Quincaillerie,* ironmonger's business.

P. 172, l. 10. Cellarius, a famous dancing-master in Paris.

l. 11. Lozès, a fencing-master.

A. M. Ducauroy (1788–1850), one of the most celebrated lecturers on law. Published an excellent French translation of the Institutes of Justinian.

P. 173, l. 8. *On lui eût appris,* if they had informed him.

P. 174, l. 23. *Interdite,* confused.

P. 176, l. 13. Meudon and Clamart, villages in the neighbourhood of Paris.

P. 177, l. 16. See Boileau's first epistle.

l. 24. *Toisa,* looked from head to foot.

l. 38. Vichy (*Aquæ Calidæ*), a well-known watering place in the department of Allier.

P. 178, l. 19. *Dame,* for *par Notre Dame!* by our Lady!

Aristote. See Molière's Médecin malgré lui.

l. 26. *Le gros bleu,* dark blue.

l. 27. *Garçons de peine,* porters.

P. 179, l. 2. *Fagoté,* caricatured.

l. 9. *Écartelé,* quartered.

l. 19. *Féal,* liege.

P. 180, l. 13. *Passe-partout,* frames so contrived that they can be opened and shut at pleasure.

l. 14. *Le farouche Hippolyte,* the son of Theseus, renowned for his fondness for field sports.

Jean Baptiste Corot (*b.* 1796), François Louis Français (*b.* 1814), Auguste Adrien Edmond de Goddes, Marquis de Varennes (*b.* 1801), Émile Lambinet (*b.* 1808), Joseph Mélin (*b.* 1815), Philippe Rousseau (*b.* 1808), Paul Huet (*b.* 1804), are the most remarkable amongst the painters named here by M. About.

l. 16. *D'occasion,* second-hand.

l. 17. *Brocanteurs,* dealers in old curiosities. Comp. the Eng. *broker.*

The Rue Jacob is in the Faubourg Saint-Germain, as also the Rue de l Université.

l. 37. The Rue Laffitte belongs to the Chaussée d'Antin, considered as the favourite abode of the rich *parvenus.*

P. 181, l. 5. *Éventé,* exposed, turned into ridicule.

l. 29. *Le Lis dans la Vallée* is the title of one of Balzac's novels, as also *Modeste Mignon* and *Eugénie Grandet.*

P. 182, l. 29. *Ne relevait aucune sottise,* took no notice of any piece of silliness.

l. 38. *Frisait*, bordered upon.

P. 183, l. 21. *Carnet*, memorandum-book.

P. 184, l. 22. *Sarrasin*, buck-wheat.

l. 32. *Velléité*, the wish.

P. 186, l. 8. *Brochette*, a set.

P. 187, l. 31. Armand Duc de Richelieu (1696–1788), grand-nephew of the Cardinal.

P. 191, l. 33. *Hermann et Dorothée*, the celebrated work of Goethe.

P. 192, l. 4. *Je fus consigné*, I was gated.

· l. 22. *Le valet de carreau*, the knave of diamonds.

l. 30. *Jouer son va-tout*, stake his all.

P. 193, l. 35. *Parqué*, penned.

P. 194, l. 24. *Je suis au bout de mon chapelet*, my resources are exhausted.

P. 196, l. 12. *Il ne me revenait pas*, he did not please me, or take my fancy.

P. 197, l. 2. *Une pareille aubaine !* such a chance!

P. 198, l. 17. *De but en blanc*, suddenly, unexpected.

P. 200, l. 1. *Bien m'en a pris*, it was very well I did so.

l. 4. *Bellement*, gently.

P. 201, l. 3. *Un peu de ventre*, he is a little stout.

MÉSAVENTURES D'UN ÉCOLIER.

P. 207, l. 5. *Certain penchant musard*, a certain disposition to idle time away. Prov. *qui refuse muse*. Comp. the German *Musse*, leisure.

P. 208, l. 17. *Pour peu que ma nature s'y fût prêtée*, if my nature had had the slightest bent in that direction.

l. 32. Torquato Tasso (1544–1595), Francesco Petrarcha (1304–1374), two of the most celebrated Italian poets. On Racine see vol. iv. of this series.

P. 209, l. 9. *Cette harpe solitaire*. See M. Alfred de Musset's Nuit de Mai :—

    '. . . . C'est ainsi que font les grands poètes.
     Ils laissent s'égayer ceux qui vivent un temps ;
     Mais les festins humains qu'ils servent à leurs fêtes
     Ressemblent la plupart à ceux des pélicans.
     Quand ils parlent ainsi d'espérances trompées,
     De tristesse et d'oubli, d'amour et de malheur,
     Ce n'est pas un concert à dilater le cœur.
     Leurs déclamations sont comme des épées ;

Elles tracent dans l'air un cercle éblouissant ;
Mais il y pend toujours une goutte de sang.'

l. 12. Dante Alighieri (1265-1321).

l. 16. *singer*, to ape.

l. 24. Charles Hubert Millevoye (1782-1816) died of consumption when only thirty-four years old. One of the most agreeable of modern French poets. His elegy entitled La Chûte des Feuilles is universally admired.

l. 25. *Ta face réjouie*, thy jovial countenance.

P. 210, l. 11. *Détaillant*, retail dealer.

l. 12. *Chenu*, white. Lat. *canus*.

l. 14. *Je tiendrai ce propos*, I shall express this opinion.

l. 22. *Faire une battue*, lit. to beat about a wood, to scour the country.

ll. 22-26. On La Rochefoucauld and his book see the present editor's *Selection from the Letters of Madame de Sévigné, &c.* (C. P. S.) M. De Sacy (Variétés Littéraires, i. p. 326) says : ' Je tiens les *maximes* pour un mauvais livre. J'éprouve en les lisant un malaise, une souffrance indéfinissable. Je sens qu'elles me flétrissent l'âme et me rabaissent le cœur.'

P. 211, l. 3. Francis Joseph Gall (1758-1828). His system of phrenology is well known.

l. 26. *Son permis*, his ticket of leave.

P. 212, l. 5. Jean Pierre Claris de Florian (1755-1794). Besides his delightful fables, Florian wrote two pastoral novels, Estelle and Galatée, which answer very well to the description which Töpffer gives of them.

l. 7. *Précieuses*, high-flown, affected.

l. 23. *L'île de Calypso.* See Fénelon's Télémaque, bk. vi.

P. 214, l. 38. *Un drôle d'homme*, an odd man. Distinguish between *cet homme est drôle*, this man is odd, amusing, and *cet homme est un drôle*, this man is a rogue. The fem. *drôlesse* is applied to women whose conduct is scandalous.

P. 215, l. 16. *Sa bête noire*, his bugbear.

l. 18. The Jesuit Jouvency (1643-1719) rendered immense service to the cause of education by his expurgated editions of Ovid, Martial, etc.

l. 31. *Farci*, stuffed.

l. 32. *Au demeurant*, besides.

l. 33. *Un pâté d'encre*, a blot of ink.

Sénèque, Lucius Annæus Seneca (B.C. 3 to A.D. 65).

l. 34. *Espièglerie*, a childish trick. From the German *Eulenspiegel*. The facetious adventures of Till Eulenspiegel, who lived in Saxony during the fifteenth century, and whose exploits have often been printed, gave rise to the words *espiègle, espièglerie*.

Marcus Porcius Cato (B.C. 93-46).

l. 36. *Fou rire*, immoderate laughter.

P. 216, l. 10. *Tancé vertement*, soundly scolded.

l. 24. *Partant*, consequently.

l. 27. *Poils follets*, downy hairs.

l. 28. ' Mais un fripon d'enfant (cet âge est sans pitié).' La Fontaine, ix. 9.

l. 35. Publius Cornelius Scipio Nasica made war successfully against the Boii and the Lusitani.

l. 36. *Hannetons*. From the Germ. *Hahn*. Eng. *cockchafer*.

P. 217, l. 24. Arnaud Berquin (1749-1791), author of several excellent books for children.

P. 218, l. 15. Georges Louis Leclerc, Count de Buffon (1707-1788), the great French naturalist, made, *à propos* of the horse, the remark which Töpffer facetiously applies to the cockchafer.

P. 220, l. 17. *Serait entré*, I should say had entered.

P. 222, l. 31. *Tout chauds*, quite hot.

THE END.